SON CRI
SILENCIEUX

OUVRAGES ÉCRITS PAR LISA REGAN

En français
Jeunes disparues
La Fille sans nom
La Tombe de sa mère
Ses Ultimes Aveux
Les Ossements qu'elle a enterrés
Son Cri silencieux

En anglais
Detective Josie Quinn
Vanishing Girls
The Girl With No Name
Her Mother's Grave
Her Final Confession
The Bones She Buried
Her Silent Cry
Cold Heart Creek
Find Her Alive
Save Her Soul
Breathe Your Last
Hush Little Girl
Her Deadly Touch
The Drowning Girls
Watch Her Disappear

Local Girl Missing
The Innocent Wife
Close Her Eyes
My Child is Missing
Face Her Fear
Her Dying Secret
Remember Her Name

LISA REGAN

SON CRI SILENCIEUX

Traduit par Laurent Bury

bookouture

L'édition originale de cet ouvrage a été publié en 2019 sous le titre *Her Silent Cry*
par Storyfire Ltd. (Bookouture).

Publié par Storyfire Ltd.
Carmelite House
50 Victoria Embankment
London EC4Y 0DZ

www.bookouture.com

Le représentant légal dans l'EEE est Hachette Ireland
8 Castlecourt Centre
Dublin 15 D15 XTP3
Ireland
(email: info@hbgi.ie)

Copyright de l'édition originale © Lisa Regan, 2019
Copyright de l'édition française © Laurent Bury, 2025

Lisa Regan reconnaît être l'autrice de cet ouvrage.

Tous droits réservés. Il est interdit de reproduire intégralement ou partiellement le présent ouvrage, sur quelque support que ce soit, sans autorisation de l'éditeur.

ISBN : 978-1-83618-695-3
eBook ISBN : 978-1-83618-694-6

Cet ouvrage est une fiction. Les noms, les personnages, les entreprises, les lieux et les événements relatés autres que les faits relatifs au domaine public sont le produit de l'imagination de l'autrice ou utilisés à des fins de fiction. Toute ressemblance avec des personnes, vivantes ou décédées, ou bien des événements particuliers, serait pure coïncidence.

Pour Dot Dorton, qui a changé ma vie.

1

Leurs disputes se fracassaient en vagues furieuses contre la porte qui me séparait d'eux, s'écrasant contre le bois, se répandant sur le sol et passant par-dessous pour me permettre d'entendre chaque mot. La plupart du temps, je ne comprenais pas ce qu'ils disaient ou même pourquoi ils se battaient. Je devinais seulement qu'elle allait souffrir ; en silence ou avec des cris. Je ne savais jamais ce qui était le pire.

Même quand il lui avait fait très mal, elle finissait toujours par revenir dans notre chambre. Elle se glissait dans notre lit grinçant, respirant à travers ses dents serrées, et elle tendait la main vers moi. J'ai appris à user de précaution quand je remuais sous la couverture. Parfois, même la plus légère pression lui arrachait un hoquet de douleur. Aussi délicatement que possible, j'allais me blottir au creux de son ventre et j'attendais que les doigts tremblants qui se promenaient sur mon crâne finissent par trouver un rythme lent et apaisant.

J'avais tant de questions en tête, mais je ne les posais pas. Je ne voulais pas que l'homme m'entende, qu'il se souvienne que j'étais là aussi. Quand sa respiration haletante se calmait, elle poussait un léger soupir signifiant qu'elle avait atteint un point où la souffrance était supportable.

« Tout va bien, disait-elle. Tout va bien se passer. »

Elle mentait très mal.

2

Les hurlements du petit Harris Quinn résonnaient à travers le terrain de jeu du Denton City Park, perçant les oreilles de Josie. Tout en lui courant après des balançoires jusqu'au toboggan, elle regardait autour d'elle pour vérifier si les autres parents étaient gênés par ses cris de plaisir suraigus, mais personne n'y prêtait attention. Tous les adultes étaient focalisés sur leurs propres enfants qui couraient en tous sens, les appelant avec enthousiasme.

— Maman ! Regarde-moi !
— Tu m'attraperas pas.
— Je veux aller sur la bascule !

Josie suivit Harris jusqu'à la cage à poules située au centre du terrain de jeu. Elle avait l'aspect d'un château, avec un long pont incurvé menant d'une volée de marches basses à un grand toboggan à l'autre bout. Harris grimpa l'escalier et courut à travers la passerelle.

— Attention, lui cria Josie.

Mais il était déjà en haut du toboggan. Elle faillit renverser deux bambins alors qu'elle fonçait vers le bout du toboggan.

Elle le cueillit en l'air avant qu'il tombe par terre à l'issue de sa glissade, et il couina.

— JoJo !

Elle lui embrassa le sommet du crâne avant qu'il ne se mette à gigoter.

— Lâche-moi, JoJo ! Encore !

À contrecœur, elle le reposa sur le sol et le regarda repartir vers l'escalier. *Il vaut mieux rester en bas pour le rattraper*, pensa-t-elle. Pendant quelques secondes, quand il était sur le pont, elle le perdit de vue. Son cœur lui martela la poitrine lorsque ses cheveux blonds et son t-shirt bleu à dinosaure apparurent en haut du toboggan. Quand il s'assit et se prépara à se propulser en avant, une petite fille passa devant Josie et voulut escalader la glissière. Josie se représenta mentalement la collision désastreuse qui allait se produire. La fillette devait avoir six ou sept ans, vu sa taille – elle était presque deux fois plus grande que Harris. Elle portait des baskets blanches, un pantalon en stretch bleu et un haut rose à paillettes, décoré d'une licorne. Elle avait un petit sac à dos en forme de papillon. Ses cheveux blonds, comme des soies de maïs, étaient attachés à la diable en une queue-de-cheval. Josie ouvrit la bouche pour parler, pour dire à la petite fille de ne pas monter, ou à Harris de ne pas descendre, mais les mots restèrent bloqués dans sa gorge.

Elle se rapprocha du toboggan, les bras en avant pour attraper Harris avant qu'il ne percute la fillette. Une femme apparut soudain de l'autre côté.

— Lucy, aboya-t-elle fermement. Tu sais que tu n'as pas le droit de monter sur le toboggan par là. Descends avant de blesser quelqu'un.

La petite Lucy continuait son escalade, mais la femme lui agrippa le bras pour l'arrêter.

— Regarde-moi, Lucy. Qu'est-ce que j'ai dit ?

Lucy se pétrifia et leva les yeux vers la femme. Josie fut aussitôt frappée par la ressemblance : même visage en forme de cœur, mêmes yeux pervenche et nez étroit aux narines fines. Les cheveux de la femme étaient peut-être un rien plus foncés que ceux de l'enfant, mais elles étaient forcément mère et fille.

Lucy se mordit la lèvre inférieure, lâcha le toboggan et, dans un pêle-mêle de membres minces et dégingandés, entreprit de redescendre lentement sur le ventre.

— Pardon, maman, marmonna-t-elle.

Lorsqu'elle atteignit le bas, sa mère la prit par la main et l'entraîna hors de la trajectoire de Harris, qui arriva quelques secondes après. Très vite, Josie le reprit dans ses bras, serrant son petit corps agité.

La mère de Lucy croisa le regard de Josie et sourit.

— Je suis désolée.

— Je vous en prie, répondit Josie. Il y a eu plus de peur que de mal.

La femme éclata de rire.

— On n'imagine pas qu'un terrain de jeu puisse être aussi dangereux.

— C'est vrai.

Emmener Harris au terrain de jeu la rendait folle d'inquiétude à chaque fois. Il avait tellement de possibilités de tomber et de se cogner, de se briser un os, d'être blessé par un autre enfant qui courait trop vite ou qui remontait le toboggan dans le mauvais sens.

— Quel âge a-t-il ? demanda la femme pendant que Lucy tirait sur la main de sa mère, cherchant à l'entraîner vers une autre partie du terrain de jeu.

— Deux ans. Presque trois.

Avec un sourire mélancolique, la femme commenta :

— Ah, je me rappelle l'époque où la mienne avait deux ans. Un âge formidable.

— Oh, ce n'est pas...

Josie s'apprêtait à expliquer qu'elle n'était pas la mère de

Harris, qu'elle le surveillait simplement pour une amie, mais Lucy chouina :

— Maman ! Je veux aller au manège !

Harris cessa de gigoter.

— Moi aussi ! JoJo, encore le manège !

Josie le redressa dans ses bras.

— Encore ? On y est déjà allés trois fois.

Cette simple idée lui donnait la nausée. Depuis une semaine, elle n'était pas dans son assiette, et ces trois tours de chevaux de bois n'avaient certainement pas aidé.

— Maman, insista Lucy, tirant sa mère vers l'autre bout du terrain de jeu, où un manège flambant neuf avait été installé quelques semaines auparavant, grâce aux manigances de la maire.

Un parc d'attractions avait fermé à quelques comtés de là, et la maire Tara Charleston y avait vu l'occasion « d'embellir le charmant jardin public de Denton », ainsi qu'elle l'avait formulé lorsqu'elle avait convaincu le conseil municipal de dépenser une somme folle pour faire démonter, transporter et reconstruire le manège dans le parc de Denton. Du moins la ville avait-elle économisé de l'argent en demandant aux étudiants en art de l'université de le restaurer. À présent, ses couleurs vives brillaient au soleil de l'après-midi alors que ses chevaux se soulevaient et retombaient au son de la musique joyeuse diffusée pendant qu'il tournait et tournait. Rien qu'à le regarder, Josie avait mal au cœur.

— JoJo, s'il te plaît, réessaya Harris en remuant.

Avant qu'elle ait pu l'en dissuader, une voix d'homme se fit entendre.

— Vous êtes Josie Quinn.

Lucy et sa mère s'arrêtèrent pour se retourner, alors que l'homme s'avançait vers Josie en lui tendant la main. Josie l'avait vu dans le parc à leur arrivée : il faisait le tour du terrain de jeu et parlait dans son portable. Mince et bronzé, cheveux poivre et sel. Polo bleu, bermuda kaki et mocassins : il aurait été plus à sa place sur un green de golf, mais le climat de cette fin avril était assez chaud pour justifier sa tenue légère.

— Je m'appelle Colin Ross.

Josie changea Harris de position afin de pouvoir lui serrer la main. Lucy et sa mère revinrent sur leurs pas. Les yeux de la femme allaient et venaient entre Colin et Josie.

— Colin, tu connais cette dame ?

Il se tourna vers elle et sourit.

— Amy, tu ne l'as pas vue aux infos ?

La tension bloqua les omoplates de Josie. Inspectrice de police à Denton, elle avait résolu certaines des enquêtes les plus spectaculaires de l'État, dont beaucoup avaient été couvertes par les médias nationaux, mais elle ne se faisait toujours pas au fait d'être célèbre. Ou du moins reconnue.

Amy dévisagea Josie d'un air hésitant, jusqu'à ce que Josie finisse par lui tendre la main pour détendre l'atmosphère.

— Tout à fait, je suis Josie Quinn. Je suis inspectrice de police.

Amy porta la main à la bouche.

— Mon Dieu, c'est vous qui venez de résoudre l'affaire Drew Pratt !

Josie acquiesça, non sans remarquer l'admiration que Colin manifestait envers elle.

— Mon équipe a résolu cette affaire, en effet.

— Elle est fantastique, ajouta Colin. Et tu sais qui est son père ?

Josie voulut préciser que son père était mort mais, avant qu'elle en ait eu le temps, Colin répondit à sa propre question :

— Christian Payne.

Un an auparavant, Josie avait appris qu'elle avait été kidnappée dans sa petite enfance. Ses vrais parents l'avaient crue morte dans un incendie. Leurs retrouvailles étaient toutes récentes. Elle avait encore du mal à s'habituer à cette famille toute neuve.

— Vous le connaissez ? demanda-t-elle.

Colin sourit.

— Nous travaillons tous les deux pour Quarmark.

— Ah, d'accord. La grande compagnie pharmaceutique. Vous êtes dans le marketing, également ?

— Non, je fais partie de l'équipe qui élabore la structure tarifaire des nouveaux produits que Quarmark met sur le marché.

— Pas très folichon, commenta Amy.

— Papa, gémit Lucy, je veux faire du manège.

— JoJo, dit Harris en pointant le doigt par-dessus l'épaule de Josie. Les balançoires !

Josie fut soulagée qu'il ait changé d'avis.

— Une minute, et on y va.

Amy posa une main dans le dos de son mari.

— Chéri, Lucy veut faire un tour de manège. Tu l'accompagnes ou j'y vais ?

Colin sourit à sa fille.

— On pourrait peut-être y aller tous les trois.

— Tu prendras quel cheval, papa ? demanda Lucy.

— Je ne sais pas, il faut que je les examine avant de choisir. Ravi de vous avoir rencontré, dit-il à Josie avec un sourire.

— Moi de même.

Tandis que la famille Ross s'éloignait en direction du manège, Josie posa Harris dans l'herbe et il courut vers les balançoires. Alors qu'elle l'aidait à s'y installer et commençait à le pousser doucement, elle vit qu'Amy et Lucy Ross étaient assises sur les chevaux de bois. Colin se tenait de l'autre côté de la clôture, de nouveau sur son téléphone. L'idée d'un tour de manège en famille n'avait pas duré.

— Plus haut ! criait Harris. S'il te plaît, JoJo !

Josie sourit à sa crinière blond doré et le poussa un peu plus fort, même si le fait de le projeter à peine plus haut augmentait d'un cran son angoisse. Elle ne savait pas comment sa mère, Misty, supportait de l'amener ici constamment. L'endroit semblait hérissé de dangers. Pour Josie, Harris était encore si petit et si fragile. Elle ne pouvait s'empêcher de craindre qu'une mauvaise chute lui fracture un os ou lui fende le crâne. Dans sa tête, elle entendait Misty, sa propre mère, Shannon, et sa grand-mère, Lisette, se moquer d'elle toutes les trois, comme c'était souvent le cas lorsqu'elle s'inquiétait trop pour la sécurité de Harris. Elles répétaient toutes la même chose : « Les enfants sont plus résistants qu'ils n'en ont l'air. »

Alors qu'une nouvelle vague de nausée lui secouait le ventre, Josie se demanda comment les mères parvenaient à gérer cette existence. Plus Harris devenait indépendant, plus tout paraissait terrifiant. Elle s'assurait qu'il s'accrochait bien aux chaînes de part et d'autre de la balançoire lorsqu'elle discerna la voix d'Amy Ross au loin. Elle hélait sa fille.

— Lucy ? Lucy !

Se tournant vers le manège, Josie vit Amy encore parmi les chevaux de bois alors que les gens quittaient lentement le manège et franchissaient la clôture métallique qui l'entourait.

Sa voix se fit plus sonore, plus aiguë :

— Lucy ! Lucy !

Colin cessa de marcher et écarta légèrement son téléphone de son oreille, comme s'il détectait enfin la panique dans la voix de sa femme.

— Lucy !

Amy courait entre les chevaux de bois, plus frénétique à chaque seconde qui s'écoulait.

Sans s'en rendre compte, Josie avait arrêté la balançoire de Harris.

— JoJo ? s'étonna-t-il, levant les yeux vers elle.

— Tout va bien, mon ange, murmura-t-elle en le cueillant sur le siège pour se diriger vers le manège.

Les gens continuaient à quitter cette attraction alors que Colin tentait d'entrer par la sortie. L'adolescent qui surveillait l'endroit se tenait au portillon, regardant Amy d'un air stupide. Derrière lui, la file de gens qui attendaient de monter l'observaient aussi. Comme si elle sentait tous ces yeux fixés sur elle, Amy s'immobilisa et les regarda.

— Quelqu'un a vu ma fille ? Elle était ici. Elle était sur le cheval bleu, moi sur le violet. Elle est descendue avant la fin du tour. Quelqu'un l'a vue partir ? Lucy ?

Personne ne répondit. Colin, le portable toujours en main, était maintenant sur la plateforme, il se faufilait entre les chevaux, vérifiant l'intérieur de deux chariots où des sièges de velours rouge se faisaient face.

— Tu l'as vue sortir ? demanda Amy.

— Non, je n'ai rien vu. J'étais au téléphone.

Amy s'adressa une fois encore aux gens qui faisaient la queue.

— Quelqu'un aurait vu une petite fille descendre toute seule du manège ? Elle a sept ans, les cheveux blonds, elle portait un t-shirt licorne rose vif et un sac à dos papillon.

Quelques-uns secouèrent la tête, mais personne n'offrit la moindre information. Josie avait maintenant atteint la clôture et elle contemplait le manège. Il n'y avait vraiment nulle part où se cacher. Elle repensa au moment où la voix d'Amy avait attiré son attention pour la première fois. Une foule de gens étaient passés par la sortie. Josie ne se rappelait pas avoir vu Lucy parmi eux, mais la petite fille s'était peut-être sauvée en courant avant que Josie ne regarde.

— Amy, dit Colin en s'approchant. Mais où peut-elle bien être ?

— Je n'en sais rien ! cria sa femme. Elle était là, elle était avec moi. Je l'ai quittée des yeux pendant une seconde. Oh, mon Dieu.

Elle porta les deux mains à ses tempes, et se mit à crier :

— Faites quelque chose, je vous en prie !

Josie prit Harris sur sa hanche et pénétra à l'intérieur de l'enclos. Elle s'adressa à l'ado hébété, censément responsable.

— Fermez le manège, lui ordonna-t-elle.

— Quoi ?

— Fermez le manège. Personne n'entre ni ne sort tant qu'on n'aura pas retrouvé cette enfant. Si elle n'est pas ici, dit-elle aux parents, elle est dans le terrain de jeu.

Amy scrutait les lieux derrière Josie.

— Je ne la vois pas. Elle n'est pas là-bas.

— Madame Ross, regardez-moi.

Amy braqua ses yeux sur elle.

— Dispersons-nous pour fouiller le reste du terrain de jeu. Elle pourrait être dans l'une des cages à poules.

Colin et Amy sortirent en courant et se mirent à héler leur fille. Quelques-unes des personnes qui attendaient dans la queue se joignirent à eux, en répétant le nom de Lucy. Josie suivit, faisant passer Harris d'une hanche à l'autre.

— Par terre, JoJo, demanda l'enfant qui se tortillait.

— Pas tout de suite, mon chéri, répondit Josie. On doit retrouver la petite fille, d'accord ?

— Je t'aide ?

Elle lui sourit.

— Reste avec moi. C'est comme ça que tu m'aideras.

Amy brandit une photo de Lucy sur son cheval de bois qu'elle avait prise quelques minutes auparavant. Harris devenait un peu lourd pour les bras de Josie, mais elle était trop inquiète pour le poser. Un sentiment de terreur s'insinuait sous sa peau, elle se sentait en nage, mal à l'aise.

— Elle a dû aller se promener, dit Josie à Amy lorsque celle-ci menaça de replonger dans l'hystérie, mais, à chaque instant qui s'écoulait sans le moindre signe de Lucy, elle en venait à soupçonner bien pire.

Josie parcourut le périmètre du terrain de jeu. Derrière le

manège, un haut grillage séparait le terrain de softball de la zone réservée aux plus petits. Quelques personnes y jouaient au ballon. Josie longea toute la clôture pour s'assurer qu'il n'y avait pas de brèche. Ensuite, des buissons arrivant à la taille marquaient la limite du parc, avec un bout de trottoir de l'autre côté. Des pavillons bordaient la rue. Beaucoup de voitures étaient garées, mais il n'y avait aucune circulation ni dans un sens ni dans l'autre. Josie suivit les buissons jusqu'à l'entrée du terrain de jeu, sous une arche large sur laquelle étaient inscrits les mots « Terrain de jeu de Denton City Park ». Plus loin, sur plusieurs mètres, d'autres buissons constituaient la frontière entre le terrain de jeu et le trottoir, avant de se terminer dans une zone boisée. Josie savait que de l'autre côté des arbres s'étendait un des chemins de jogging traversant l'épaisse forêt. Un enfant pouvait facilement s'échapper dans le bois. Les arbres entouraient tout le reste du terrain de jeu, jusqu'au début de la clôture, de l'autre côté. Malgré tout, Lucy aurait dû quitter le manège et parcourir un espace considérable avant de s'enfuir dans la forêt. Quelqu'un l'aurait sûrement vue.

Contemplant les arbres, Josie eut la poitrine encore plus oppressée. La zone située à l'arrière du terrain de jeu était plus accidentée et s'enfonçait davantage dans le parc, qui s'étendait sur plusieurs kilomètres dans toutes les directions.

Une surface trop vaste pour qu'elle puisse la couvrir, même avec l'assistance des Ross.

De sa main libre, elle tira son portable de sa poche pour appeler des renforts.

— Inspectrice Quinn, dit-elle quand un agent décrocha. J'ai besoin de deux ou trois unités au terrain de jeu du parc. Je pense qu'un enfant a disparu.

3

Amy se tenait à côté de la cage à poules, le téléphone à la main, et de grosses larmes roulaient sur son visage. Près d'elle, Colin faisait les cent pas, le visage blême et ridé par la peur. Une douzaine de parents s'étaient réunis et écoutaient les instructions de Josie.

— Veuillez ne pas vous en aller avant d'avoir laissé votre nom et votre numéro de téléphone à un des agents. Je vous demanderai aussi de vérifier sur vos portables si l'on voit Lucy Ross à l'arrière-plan sur l'une des photos ou des vidéos que vous avez pu faire depuis moins d'une heure.

Josie inventoriait mentalement les visages. Elle voulait être certaine que son équipe ne manquerait personne. Du fond de l'attroupement, un homme demanda :

— On peut vous aider à chercher ?

— Je préfère que vous restiez ici pour répondre aux agents.

Rien n'indiquait que Lucy ait été enlevée, mais cette idée était certainement venue à l'esprit de Josie. Elle savait qu'il était extrêmement peu probable qu'un des parents apeurés ou de leurs enfants épuisés ait un lien avec la disparition de Lucy, mais elle ne pouvait prendre le risque de les laisser participer aux recherches. Et si l'un d'eux avait fait quelque chose à Lucy ? Cela lui aurait permis de dissimuler son méfait. Cette pensée lui inspira un frisson. Contre son épaule, Harris renifla, car il s'était endormi malgré toute l'agitation.

— Vous n'allez pas les laisser nous aider ? s'étonna Colin. Il faut organiser une battue. Plus tôt on commence...

Le reste de sa phrase fut englouti par le bruit des sirènes alors que deux véhicules de police se garaient devant l'entrée du terrain de jeu, suivis par la voiture banalisée de l'inspectrice Gretchen Palmer. Josie fut inondée par le soulagement quand ses collègues accoururent vers elle. Tandis qu'elle les briefait, Amy sortit la photo de Lucy qu'elle avait montrée aux autres parents afin que les policiers la voient aussi. Josie désigna deux agents pour relever les noms, adresses et numéros de téléphone des adultes assemblés et pour récupérer toutes les photos et vidéos éventuelles.

— Il nous faudra plus de monde pour fouiller le parc, déclara Gretchen.

Pendant que Gretchen appelait pour réquisitionner plus d'unités, Josie envoya Hummel et l'un des autres agents dans des directions distinctes afin de fouiller les zones boisées voisines du terrain de jeu. Amy lui tapota l'épaule.

— Je veux participer. Je veux chercher.

Josie se retourna.

— Bien sûr. Nous devons simplement vous poser quelques questions, d'abord. Ce ne sera pas long.

Colin s'avança derrière sa femme. D'une main, il tenait encore son portable, tandis qu'il passait l'autre dans ses cheveux grisonnants.

— Je ne comprends pas ce qui s'est passé, murmura-t-il.

Gretchen raccrocha, se présenta aux Ross et sortit son bloc-notes.

— Quel âge a Lucy ? s'enquit Josie.

— Sept ans, répondirent ses parents à l'unisson.
— Donc elle vient d'entrer à l'école primaire ? demanda Gretchen.
— Oui, confirma Amy. À l'école primaire de Denton West. C'est juste... C'est à trois cents mètres d'ici.
— Votre adresse personnelle ?
Amy renseigna les inspectrices et Gretchen nota. Ils habitaient à moins de deux cents mètres.
— Je pense que nous devrions envoyer quelqu'un chez vous, au cas où Lucy serait rentrée, suggéra Josie. Vous pensez qu'elle aurait retrouvé le chemin toute seule ?
— Oui, affirma Colin.
— Non, dit en même temps Amy.
Colin toisa sa femme.
— Elle sait rentrer du parc jusque chez nous, Amy.
Amy essuya une larme qui roulait sur son visage.
— Non, elle ne sait pas. Il y a deux semaines, elle s'est perdue dans l'école après être allée à l'infirmerie.
Il parut surpris.
— Quoi ?
Amy croisa les bras.
— Tu le saurais si tu étais plus souvent à la maison.
— J'appelle tous les jours quand je suis en déplacement, répliqua Colin. L'une de vous deux aurait pu m'en informer.
Gretchen s'éclaircit la gorge pour ramener leur attention vers elle.
— Monsieur et madame Ross, indépendamment de l'âge de votre enfant et de son sens de l'orientation, il est logique de vérifier chez vous, d'autant que vous habitez tout près.
Comme l'inspecteur Finn Mettner passait par là, Josie lui fit signe, de sa main libre, et lui ordonna d'accompagner Colin pour vérifier si Lucy était rentrée chez eux.
— Lucy connaît-elle par cœur votre adresse et votre numéro

de téléphone ? Si elle se perd et qu'on les lui demande, sera-t-elle capable de les indiquer ?

— Oui, répondit Amy pendant que Colin sortait du parc avec Mettner.

— C'est une bonne chose, la rassura Josie.

— Lucy a-t-elle déjà fugué ? demanda Gretchen. Ici, ou peut-être dans un magasin, un endroit de ce genre ?

Amy secoua la tête, les larmes continuant à se répandre sur ses joues.

— Non, ce n'est pas son style. Elle reste toujours près de moi. C'est une de nos règles. Elle sait que je suis...

Elle s'interrompit, le corps secoué par un sanglot.

— Oh, mon Dieu, mon bébé. Vous devez la retrouver. Il faut me la retrouver !

Josie lui parla d'une voix claire et ferme :

— Madame Ross, regardez-moi.

Les yeux d'Amy s'égarèrent à travers tout le terrain de jeu avant de se poser sur le visage de Josie.

— Nous faisons tout notre possible pour la retrouver. Dites-moi, Lucy a-t-elle des problèmes de santé desquels nous devrions être informés ?

Amy laissa son regard vagabonder vers le groupe de parents et d'enfants réunis au centre du terrain de jeu, dont deux policiers recueillaient les coordonnées. Puis elle se tourna vers les zones boisées, à la périphérie, où plusieurs autres agents circulaient entre les arbres, cherchant Lucy et criant son nom.

— Madame Ross ? insista Gretchen.

— Non, aucun problème de santé. Elle est en pleine forme.

Elle les regarda de nouveau.

— Ça ne lui ressemble pas. Vous ne comprenez pas. Elle n'est pas du genre à s'enfuir.

— Vous l'avez vue quitter le manège ?

Amy fit signe que non.

— J'essayais de descendre de ce fichu cheval de bois. Ma

ceinture de sécurité était bloquée. Lucy a été plus rapide que moi et elle est partie. Je l'ai perdue de vue dans la foule.

— Donc vous ne l'avez pas vue aller vers la sortie ?

— Non, non. Une fois descendue de son cheval, elle a filé et je ne l'ai plus vue. J'ai regardé partout, partout... Oh, mon Dieu.

— Vous venez souvent au parc ? demanda Gretchen.

— Deux ou trois fois par semaine. Enfin, en général, elle vient avec sa nounou.

— Comment s'appelle sa nourrice ? Où est-elle en ce moment ?

— Jaclyn. Jaclyn Underwood. Elle est en voyage. Elle vient du Colorado. Elle passe le week-end dans sa famille.

— Où vit-elle, à Denton ?

Amy leur fournit une adresse voisine du campus.

— Elle fait ses études à l'université de Denton. Elle récupère Lucy après l'école et elle passe quelques heures avec elle avant le dîner. Excusez-moi, c'est vraiment important ? Je veux qu'on aille chercher Lucy.

— Bien sûr, acquiesça Gretchen. Je reste ici pour coordonner l'enquête.

Une carte professionnelle apparut dans sa main, et elle la tendit à Amy.

— Mon numéro de portable est dessus.

La serrant dans son poing, Amy partit en courant. Josie la regarda suivre le périmètre du terrain de jeu avant de disparaître dans une des zones boisées, suivant plusieurs agents de police.

Harris remua, ouvrant ses yeux bleus, puis soupira et tourna la tête. Josie sentit une flaque de sueur là où il avait posé son visage. Elle lui caressa le dos et regarda Gretchen. Celle-ci tapota son bloc-notes avec son stylo.

— Qu'est-ce que tu en penses ?

— Je ne sais pas, répondit Josie.

— Tu ne crois pas qu'elle s'est sauvée ?

Josie secoua la tête. Cette impression ne se fondait sur rien de concret, rien ne prouvait qu'il soit arrivé quelque chose d'affreux à Lucy Ross, et elle ne prit pas donc la peine d'essayer de s'expliquer.

Gretchen soupira et désigna le manège.

— Commençons par le commencement.

4

L'adolescent responsable du manège était assis dans sa minuscule guérite, à l'entrée de l'enclos. À travers la vitre du guichet, les yeux écarquillés, effrayé, il observait toute cette agitation. Il s'avança lorsque les deux inspectrices s'approchèrent.

— Comment vous appelez-vous ? lui demanda Gretchen.

Il tenait dans ses mains une casquette de base-ball rouge vif. Ses doigts en pliaient la visière en U. Des cheveux noirs lui tombaient dans les yeux. Il secoua rapidement la tête vers la gauche pour écarter les mèches de son visage.

— Logan.

Gretchen se présenta, ainsi que Josie.

— Quel âge avez-vous, Logan ?

Il dansa d'un pied sur l'autre.

— Dix-huit ans.

Elles pouvaient donc lui parler sans avoir à contacter un parent ou un tuteur légal. Avant qu'elles aient pu poser une autre question, il demanda :

— Vous... vous l'avez retrouvée ?

— Non, pas encore.

— Vous voulez que je laisse le manège fermé ?

— Oui. Tant que nous ne savons pas à quoi nous avons affaire.

Josie sortit son téléphone, tout en tenant d'un bras Harris contre elle, se servant maladroitement de son autre main pour taper son mot de passe et faire apparaître la photo de Lucy Ross qu'Amy lui avait envoyée par SMS.

— Logan, dit-elle. Vous vous rappelez avoir vu cette petite fille sur le manège ?

Il examina la photo.

— Possible. Des gosses, j'en vois passer des tonnes dans la journée. Je ne peux pas me souvenir de tous.

— À quelle heure êtes-vous arrivé ici aujourd'hui ?

— Vers midi.

Josie vérifia l'heure sur son portable. Il était presque 16 h 30. Gretchen demanda :

— Et vous êtes censé faire marcher le manège jusque quand ?

— Jusqu'à 18 heures.

— Depuis combien de temps travaillez-vous ici ?

— Environ trois semaines.

Josie lui remontra la photo de Lucy.

— Vous vous rappelez l'avoir vue, ou pas ?

Il serra de nouveau les doigts sur la visière de sa casquette.

— Ouais, elle avait un sac à dos de toutes les couleurs, en forme d'insecte.

Josie regarda Gretchen.

— C'est exact. Elle portait quelque chose qui ressemblait à un papillon en peluche, mais c'était un sac à dos.

— Vous l'avez vue monter sur le manège. Vous l'avez vue en descendre, aussi ? reprit Gretchen.

Il secoua la tête.

— Non, je prenais les billets des gens qui faisaient la queue.

Je n'ai rien remarqué d'anormal avant que sa mère se mette à gueuler son nom.

— Et là, vous vous êtes retourné vers le manège. Vous avez vu Lucy ?

— Non. Désolé.

— Très bien, conclut Gretchen en désignant de la tête le carrousel. Vous permettez ?

— Aucun problème.

Logan leur fit traverser la petite zone clôturée où il faisait attendre les clients. Il se pencha par-dessus la barrière pour la déverrouiller et la tint ouverte pour les laisser entrer, restant à la grille pendant que Josie et Gretchen montaient sur la plateforme.

— Il y a des caméras de surveillance ? s'enquit Josie.

— Non, pas de caméras.

Avec un soupir, Gretchen ajouta :

— Et il n'y en a aucune dans le parc.

— Exact, répondit Josie. Pas assez de crimes pour justifier une vidéosurveillance.

Changeant encore Harris de côté, Josie passa parmi les chevaux de bois.

— J'ai parlé aux Ross avant qu'ils viennent ici, dit-elle à sa collègue. Voilà, la petite s'était assise sur celui-ci. C'est le même que sur la photo.

— Et sa mère était aussi sur un cheval ?

— Oui. Celui-là, je crois.

Le cheval près duquel Josie avait vu Amy s'attarder alors qu'elle interpellait les badauds était voisin de la monture de Lucy, mais légèrement devant.

— Le manège était plein, précisa Josie.

Gretchen tourna complètement sur elle-même.

— OK, alors disons qu'elle est un peu derrière sa mère. Le manège ralentit et s'arrête. Elle descend du cheval et s'en va.

Elle pointa le doigt vers la sortie.

— Elle pouvait facilement partir.
— Personne ne l'a vue. Personne ne l'a vue sortir, et personne ne l'a vue ensuite sur le terrain de jeu.
— Personne ne la cherchait, souligna Gretchen.
Elle désigna Harris.
— Tu étais ici avec lui. Combien de garçons bruns as-tu vus aujourd'hui sur le terrain de jeu ?
— Aucune idée.
— De garçons bruns... en t-shirt bleu, par exemple ?
— Je ne sais pas. Je comprends où tu veux en venir.
— Sur ce manège et dans le terrain de jeu, tous les adultes étaient focalisés sur leurs propres gamins. Même si Lucy s'était enfuie, il est très possible que personne ne l'ait remarquée.
— C'est pour ça que les photos prises par les autres parents nous seront utiles.

Toutes deux se tournèrent vers le groupe d'adultes et d'enfants impatients. Ils avaient sorti leurs portables, tout comme les deux agents chargés de recueillir leurs témoignages. Tous les parents devaient envoyer par texto les photos ou les vidéos qu'ils avaient, auxquelles ils jetteraient un coup d'œil systématique.

— On devrait aussi questionner les enfants, dit Josie. Ils auront peut-être plus facilement repéré Lucy.
— Oui, on devrait.

Alors qu'elles allaient se diriger vers le bord extérieur du manège, un détail sur le pilier central attira l'attention de Josie.

— Une seconde.

Elle se rapprocha du milieu de la plateforme. Le pilier était large, fait d'épais panneaux de bois ornés de moulures tarabiscotées encadrant des paysages peints à l'huile : champs et fermes au loin, vieux moulins près de cascades, jardins pleins de fleurs colorées. Josie passa les doigts sur le bord d'une des boiseries.

— Gretchen ! C'est une porte.

Gretchen se rapprocha, indiquant à Logan de la suivre. Vers le bas du panneau se trouvaient un loquet et une petite poignée peinte dans le même rouge vif que le bois tout autour. Josie ne l'aurait pas remarqué si elle n'avait pas été tout près. Elle tira sur la poignée et la boiserie s'ouvrit exactement comme une porte.

— Euh, vous ne pouvez pas entrer là-dedans, intervint Logan.

Josie et Gretchen lui lancèrent des regards sévères. Il rougit et sourit.

— Bon, OK, vous êtes de la police...

Josie confia Harris à Gretchen. Il était réveillé, mais dans cet état post-sieste où il se contentait de ne pas faire grand-chose à part observer en silence son environnement. Elle pénétra dans le pilier. De petits carrés de bois constituaient le sol, assez près les uns des autres pour qu'elle marche dessus mais assez éloignés pour laisser voir, en dessous, des barres métalliques qui partaient du centre de la roue intérieure rattachées aux barres verticales actionnant les chevaux. Au-dessus d'elle, d'autres barres couraient jusqu'au bord du toit. Devant elle, une petite étagère fixée à l'arrière de l'une des boiseries supportait un petit sac noir contenant sans doute des outils.

Logan glissa la tête derrière elle.

— Ça appartient à mon patron. Au cas où il aurait besoin de resserrer des boulons ou je ne sais quoi.

Après inspection, Josie s'aperçut que le sac était vieux et usé. La fermeture Éclair était ouverte et elle distingua quelques clés et tournevis. Elle se tourna vers Logan.

— Cette porte n'est jamais fermée ?

— Jamais. Enfin, autant que je sache. Personne ne met jamais les pieds là-dedans. La porte, personne ne la voit, je pense.

Josie jeta un dernier coup d'œil autour d'elle, mais ne vit aucune trace de Lucy, rien qui laisse supposer que quelqu'un était entré récemment dans le pilier. Elle recula et reprit Harris à Gretchen.

— JoJo, j'ai soif.

— Je sais, mon ange. Je vais appeler ta maman pour qu'elle vienne te chercher. Elle devrait déjà être sur la route.

Gretchen et Josie remercièrent Logan, lui ordonnant de ne laisser personne pénétrer dans le périmètre, puis elles repartirent vers le groupe des parents. Les agents en uniforme n'avaient remarqué Lucy sur aucune des photos et vidéos fournies par les adultes. Pendant que Josie contactait Misty et lui demandait de venir au parc plutôt qu'à la maison pour récupérer Harris, Gretchen obtint des parents leur accord pour interroger les enfants. Elle les fit s'asseoir en cercle dans l'herbe et leur expliqua qu'une petite fille prénommée Lucy s'était perdue dans le parc après un tour sur les chevaux de bois. Elle fit circuler le téléphone avec la photo de Lucy à l'écran. Josie observa la scène : le plus jeune devait avoir quatre ans, le plus âgé, une dizaine d'années. Trois d'entre eux se souvinrent avoir vu Lucy sur le terrain de jeu. Il y en avait même un qui se rappelait l'avoir aperçue sur le manège avec sa mère, mais aucun ne l'avait vue une fois le manège arrêté.

Tandis que le groupe des parents et des enfants se dispersait, Misty Derossi apparut à l'entrée principale du terrain de jeu, suivie par le petit ami de Josie, le lieutenant Noah Fraley, qui se déplaçait rapidement avec des béquilles. Cela faisait près d'un mois qu'il s'était cassé la jambe en sautant du haut d'un bâtiment en flammes.

— Mamaaaaan ! cria Harris, tendant les bras vers Misty qui s'avançait.

Elle le prit à Josie et le serra contre sa poitrine.

— Noah a tenu à m'accompagner, expliqua Misty. J'étais déjà chez toi quand tu m'as appelée. J'ai eu l'impression que ça n'allait pas.

Noah les rejoignit une seconde plus tard.

— Un gamin a disparu ? demanda-t-il.

Josie leur résuma la situation.

— Tu es sûre qu'elle s'est juste enfuie ? s'enquit Misty.

Tous les trois avaient été profondément marqués par l'affaire des jeunes disparues qui avait ébranlé la ville de Denton trois ans auparavant. Tout ce qui rappelait cette histoire leur était pénible.

— Je ne sais pas, répondit franchement Josie. Mais je veux rester pour participer aux recherches.

— Bien sûr, acquiesça Misty.

Elle leur dit au revoir et s'en alla avec Harris. Noah ne bougea pas, appuyé sur ses béquilles.

— Tu n'aurais pas dû venir, dit Josie.

Il sourit.

— Je trouverai le moyen de me rendre utile.

Josie vit un banc près de l'entrée du terrain de jeu.

— Bon. Tu pourras surveiller qui entre et sort pendant que nous cherchons la petite.

5

Josie venait d'accompagner Noah jusqu'au banc quand Mettner revint, escorté par Colin. Le père de Lucy avait encore blêmi depuis la dernière fois que Josie l'avait vu. Elle sut aussitôt que sa fille n'était pas rentrée chez elle.
— Elle n'est pas là-bas, confirma Mettner.
— Où est ma femme ? demanda Colin.
Josie désigna les zones boisées derrière elle.
— Elle participe à la battue. Nous avons une dizaine d'agents qui cherchent Lucy en ce moment. Si elle s'est égarée, nous la retrouverons.
— Et si elle ne s'était pas égarée ?
Colin avait posé tout haut la question qui tournait en boucle dans la tête de Josie depuis qu'elle avait entendu la tension et le désespoir dans la voix d'Amy qui hélait Lucy.
Josie ouvrit la bouche pour lui fournir la réponse habituelle de la police, mais Colin s'était déjà détourné pour aller lui aussi se joindre aux recherches. Tous trois le regardèrent s'éloigner.
— Apparemment, il se déplace beaucoup pour son travail, leur apprit Mettner.
— Eh bien, ça explique leur petite dispute au sujet du sens

de l'orientation de Lucy, et leur besoin d'une nounou, commenta Josie. A-t-il précisé ce que faisait sa femme, dans la vie ?

— Elle est mère au foyer. Elle ne travaille pas.

Noah s'immisça dans leur dialogue :

— Tu dis qu'elle a une nounou ? Elle doit avoir une activité, alors. Pourquoi payer une nourrice si elle est mère au foyer ?

Josie haussa un sourcil.

— Être seule avec un enfant, ça n'est pas évident. Misty a beaucoup de mal.

— Misty travaille soixante heures par semaine. Et pour l'aider, elle vous a, toi et la grand-mère de Harris.

— Amy Ross n'a peut-être pas de famille à proximité, suggéra Mettner.

Josie leva les bras au ciel.

— Nous n'avons pas le temps de faire des hypothèses. Nous devons partir chercher cette petite fille. J'ai mon portable si tu as besoin de moi, dit-elle à Noah. Gretchen sera en faction là-bas. Elle assure la coordination. Mett, allons-y.

Avec Mettner à quelques mètres d'elle, elle se dirigea vers un des bosquets entourant le terrain de jeu. Ils entendaient les bruits émis par les autres équipes de recherche – les branches qui craquaient et se cassaient, des voix criant le nom de Lucy. Josie s'arrêta plusieurs fois pour envoyer un texto à Gretchen, au cas où il y aurait du nouveau. Rien. Gretchen avait envoyé d'autres unités sonner aux portes des maisons situées de l'autre côté du parc, et fouiller les jardins au cas où Lucy serait sortie du parc au lieu de s'y enfoncer. Une heure s'écoula, puis une deuxième, et une troisième. Ils émergèrent d'une zone forestière, traversèrent une autre partie du parc, et entrèrent dans un bosquet complètement distinct. Ils marchèrent jusqu'à la limite du parc, là où commençait le campus de l'université. Quelque part derrière elle, Josie entendit Amy héler de nouveau sa fille, d'une voix anxieuse, au bord de l'hystérie. Le soleil déclinait, plongeant les bois dans la pénombre.

Alors qu'elle revenait au terrain de jeu, les réverbères du jardin public s'allumèrent. À l'entrée du parc était réuni un groupe de policiers, dont Gretchen et Noah. En se rapprochant, Josie constata qu'Amy et Colin étaient également là, ainsi que le chef de la police de Denton, Bob Chitwood. Tous portaient des blousons. D'un bras, Colin tenait sa femme contre lui, tandis que son autre main serrait son téléphone.

— Alors ? demanda Josie en rejoignant l'attroupement.

Avec une moue décourageante, Gretchen secoua la tête.

Mettner accourut derrière Josie. Il jeta un coup d'œil au groupe, évaluant la situation.

— Toujours pas trace de la gamine ?
— Non, rien, répondit Gretchen.
— On peut lancer une alerte Amber ?
— Non, dirent d'une seule voix Josie et Chitwood.

Josie continua :

— Nous n'avons aucune preuve qu'elle ait été enlevée. A priori, elle s'est enfuie. Les alertes Amber sont réservées aux enfants kidnappés et en danger. En revanche, on peut appeler la police d'État et le bureau du shérif, pour demander de l'assistance.

Chitwood brandit un portable.

— C'est déjà fait. J'ai demandé une équipe pour fouiller cette nuit, et le shérif envoie sa brigade canine.

Gretchen s'adressa à Amy et Colin :

— Vous pourriez nous rapporter de chez vous quelque chose qui aurait l'odeur de Lucy, pour quand les chiens seront là ?

Amy releva la tête et la tourna vers Gretchen.

— Oui.

Josie fit signe à l'un des agents en uniforme d'escorter les Ross, puis se retourna vers Gretchen et Chitwood.

— Nous devrions appeler le FBI.

Chitwood ricana.

— Personne n'appelle le FBI, Quinn.

Josie mit une main sur sa hanche.

— Ils ont une équipe de déploiement rapide pour les enfants disparus.

— Ce n'est pas seulement pour les enfants enlevés ? demanda Mettner.

— Si, affirma Chitwood. C'est la CARD, l'équipe de déploiement rapide pour rapt d'enfant.

— Non, ils ne s'occupent pas seulement des rapts d'enfants. Ils couvrent toutes les disparitions de jeunes enfants, c'est-à-dire ceux de moins de douze ans. La CARD a été envoyée en Caroline du Nord le mois dernier quand un garçon de quatre ans a disparu du jardin de ses parents.

— Exact, dit Noah. Ils l'ont retrouvé vivant, dans la forêt.

— Et ce soir, nous retrouverons Lucy Ross vivante, dans ce parc, rétorqua Chitwood. Inutile d'appeler le foutu FBI. Nous sommes équipés pour ça, et nous aurons la police d'État et le shérif en renfort.

— Chef, protesta Josie, la CARD pourrait être ici en moins de deux heures.

— Nom de Dieu, Quinn.

Tout le monde dévisagea Chitwood, parce qu'il n'avait pas hurlé sur Josie. Il passait son temps à hurler sur tout le monde. Mais il parlait à présent d'une voix basse où perçait clairement sa frustration, comme s'il n'avait presque pas la force de débattre avec elle.

— Toutes les disparitions ne sont pas des enlèvements, reprit-il.

— Les enfants ne se volatilisent pas, répliqua Josie.

— Vous n'avez aucune preuve qu'il s'agisse d'un enlèvement. Croyez-moi, Quinn, les gamins s'enfuient, parfois.

— Si Lucy Ross s'était enfuie, quelqu'un l'aurait déjà retrouvée.

Chitwood se tourna vers Noah.

— Fraley, combien de temps a-t-il fallu à la CARD pour retrouver ce gamin, en Caroline du Nord ?

Penaud, Noah répondit :

— Quatre jours.

Josie se retint de lever les yeux au ciel.

— C'était dans une zone extrêmement rurale. Dans ce parc, quelle que soit la direction qu'on prend, on aboutit dans une zone résidentielle. Le campus est au nord. Quelqu'un dans cette ville aurait déjà vu Lucy. Il n'y a pas assez d'espaces naturels pour qu'elle se soit perdue.

Chitwood s'avança vers elle, les bras croisés devant sa poitrine étroite. Même dans la lumière jaune terne, Josie discernait les fines mèches de cheveux blancs qui flottaient au sommet de son crâne dégarni.

— On va retrouver cette gosse, Quinn. On n'a pas besoin du foutu FBI.

— Chef, avec tout le respect que...

— Quinn ! l'interrompit-il. Quand vous commencez une phrase comme ça, je sais que vous allez dire un truc qui m'emmerde. Pourquoi ne pas m'épargner la peine de vous menacer de vous démettre de vos fonctions ?

Josie sentit qu'elle avait les joues en feu, mais elle ne put s'empêcher d'ajouter :

— Si vous refusez d'appeler le FBI parce que vous avez peur qu'on vous soupçonne de ne pas savoir gérer votre propre ville, je vous prie de considérer que la vie d'une enfant de sept ans compte plus que votre orgueil.

À la lueur des réverbères du parc, elle vit ses joues marquées par les cicatrices d'acné s'empourprer sous sa barbe naissante. Là encore, elle s'attendit à une harangue furieuse, qui ne vint pas. Il déglutit plusieurs fois, sa pomme d'Adam s'agitant dans son cou. Puis, d'une voix tendue, il répondit :

— Quinn, ça n'a aucun rapport avec mon orgueil. Je suis

dans le métier depuis longtemps. Vous portiez encore des couches quand j'ai débuté. Nous avons les ressources humaines et financières nécessaires. Pas la peine de mettre tout le paquet à chaque fois, Quinn. On peut gérer. On n'a pas besoin du FBI.

Gretchen s'avança.

— Alors on a besoin de la presse.

Josie sentit comme une vague de soulagement. Chitwood ne pourrait sûrement pas refuser d'impliquer les médias pour aider les recherches. Elle savait aussi, tout comme Gretchen, que l'équipe CARD du FBI n'avait pas à attendre d'être invitée par la police locale si elle était informée de la disparition d'un enfant de moins de douze ans. S'ils lisaient les journaux, il y avait de grandes chances qu'ils viennent à Denton, que cela plaise ou non à Chitwood.

— Prévenez WYEP, consentit celui-ci. Qu'ils nous envoient des journalistes. Installez ici un poste mobile. Nous allons fouiller toute la nuit et, demain matin, nous ferons appel aux bénévoles si elle n'a pas été retrouvée.

6

Moins d'une heure après, une grande tente avait été dressée à l'entrée du terrain de jeu, avec des tables et des chaises pliantes, pour servir de poste de commandement mobile à la police de Denton. Quelqu'un avait apporté du café et des viennoiseries, auxquelles personne ne toucha. Noah s'était installé avec son ordinateur professionnel pour télécharger les vidéos et les photos reçues des adultes présents ce jour-là au terrain de jeu. Gretchen et Chitwood étaient assis face aux parents de Lucy. Josie regardait à l'extérieur, où des journalistes attendaient d'interviewer quelqu'un de la police. Des membres du bureau du shérif et de la police d'État tournaient en rond, prêts à entreprendre de nouvelles recherches. Josie savait qu'ils travailleraient toute la nuit, par équipes, jusqu'à ce que Lucy soit retrouvée. Dans sa tête, elle entendit une fois de plus la voix de Colin : « Et si elle ne s'était pas égarée ? »

Se secouant, elle se retourna vers son équipe.

— Les gens de WYEP sont là. Gretchen, tu veux leur faire une déclaration ?

Gretchen se leva, mais Chitwood lui mit une main sur l'avant-bras.

— Je veux que ce soit Quinn, dit-il.
— Ce n'est pas moi qui commande sur cette affaire, chef. C'est mon jour de congé, j'étais là par hasard quand Lucy a disparu.
Chitwood haussa un sourcil.
— Je le sais bien, Quinn. Je veux que vous représentiez la police de Denton.
— Chef, protesta Gretchen.
— Écoutez, Palmer, vous n'avez pas le...
Il se tut lorsqu'il remarqua que les Ross le dévisageaient. Après s'être éclairci la gorge, il reprit.
— Quinn est une célébrité locale, et elle passe très bien à l'écran. C'est tout. Je pense que nous obtiendrons de meilleurs résultats si elle parle aux journalistes pendant que vous travaillez sur le dossier.

Josie le savait, s'il ne voulait pas que Gretchen soit devant les caméras pour une affaire importante, c'était parce que, sept mois auparavant, elle avait été impliquée dans un scandale qui avait failli lui coûter sa carrière. Elle était revenue dans la police uniquement grâce aux machinations de sa collègue, et elle avait alors été forcée de rester dans les bureaux. Pour une fois, Josie comprenait le raisonnement de Chitwood. Le dossier avant tout. Malgré tout, elle était gênée. Elle regarda fixement Gretchen, mais celle-ci se contenta de sourire et dit :
— J'ai toujours eu horreur des journalistes.
Rassurée, Josie s'adressa à Colin et Amy :
— Ce serait formidable que vous veniez avec moi. Je sais que vous êtes bouleversés, mais si vous pouviez dire quelques mots, ça aiderait peut-être.
Colin serra l'épaule de sa femme.
— Il vaut mieux que ce soit Amy qui parle, je pense.
— Non, dit celle-ci. Je... je ne peux pas.
Colin fronça les sourcils.
— Amy, tu es sa mère. Tout le monde a de la sympathie

pour les mères. Tout ce que tu as à faire, c'est demander aux gens de venir participer aux recherches. C'est tout.

Amy avait les yeux exorbités, et ce qu'elle ressentait semblait au-delà de la nervosité. *Plutôt de la terreur*, songea Josie. Amy joignit les mains et les tint devant sa poitrine.

— Je ne peux pas passer à la télé, marmonna-t-elle. Je ne peux pas.

Elle regarda Josie.

— Je vous en prie, retrouvez juste ma petite fille. Je vous en prie.

Chitwood, Gretchen et Colin se mirent à parler tous en même temps, mais Josie leva une main pour leur imposer le silence. Certaines personnes n'étaient pas aptes à s'exprimer devant les caméras même quand tout allait bien, et encore moins quand tout allait mal et qu'elles étaient épuisées.

— C'est bon, dit Josie.

— Quinn, commença Chitwood.

— Non. Mme Ross a raison. Le seul visage que les gens doivent voir ce soir à la télévision, c'est celui de Lucy.

— Nous leur donnerons la photo que nous avons utilisée tout à l'heure, ajouta Gretchen.

— Mettner, appela Josie.

L'inspecteur arriva du fond de la tente.

— Oui, patronne ?

— Appelez-moi Josie, ça suffira. Mett, contactez Lamay et demandez-lui d'apporter une estrade, ensuite vous irez faire agrandir cette photo de Lucy. Voilà ce que nous voulons montrer aux gens.

— Compris, répondit Mettner qui sortit de la tente au pas de course.

Josie sentit une main glacée serrer la sienne. En tournant la tête, elle vit le visage exsangue d'Amy qui la contemplait, des larmes ruisselant encore sur ses joues.

— Merci, murmura-t-elle.

Un des adjoints du shérif glissa la tête dans la tente.

— La brigade canine sera là dans deux heures.

— Deux heures ? s'exclama Gretchen. Ils ne peuvent pas aller plus vite ?

— Désolé, inspectrice. Ils étaient déjà sur une affaire quand vous les avez contactés.

Josie regarda l'une des tables, où était posé un grand sac brun contenant un t-shirt sale de Lucy qu'Amy avait repêché dans son panier à linge pour le faire renifler aux chiens.

— Tout va bien, dit-elle aux parents. Nos équipes continueront à fouiller jusqu'à ce que la brigade canine arrive.

La conférence de presse se déroula sans accroc, la photo agrandie de Lucy assise sur un des chevaux de bois était impressionnante par ses dimensions, ses couleurs et à cause du sourire éclatant de la fillette. Le producteur de WYEP promit que l'affaire ferait leur une. Ensuite, Gretchen incita Amy et Colin à rentrer chez eux pour tâcher de dormir un peu.

— Je ne pourrai pas, répondit Amy. Lucy est encore quelque part dans la nature. Je ne pourrai pas dormir, je ne pourrai pas tant qu'elle ne sera pas à la maison avec moi.

Colin frictionna le dos de sa femme.

— Amy, on a besoin de repos.

Elle le foudroya du regard.

— Très bien. Va te reposer. Moi, j'attends mon bébé ici.

— Amy, insista-t-il avec une pointe d'agacement dans la voix.

Elle se dégagea de son étreinte.

— C'est ta faute, tu sais.

Il tressaillit, comme si cette accusation lui avait porté un coup physique.

— Quoi ?

Elle lui arracha son téléphone de la main. Avant qu'il ait pu réagir, elle le jeta contre une des parois de la tente sur laquelle il s'écrasa avant de tomber à terre.

— Toi et ta connerie de portable, éructa-t-elle. Si tu avais été capable de le poser cinq minutes pour monter sur le manège avec Lucy, ou même juste pour regarder ta fille, elle serait peut-être encore ici.

— Tu ne peux pas… commença Colin, mais les mots lui manquèrent.

Le dégoût déforma le visage d'Amy. Elle leva les deux bras, serrant les poings, et lui frappa la poitrine.

— Si tu l'avais regardée, tu aurais vu où elle allait. Mais non, monsieur était sur son téléphone. Tu sais qu'à chaque tour sur ce putain de manège, elle criait pour t'appeler ?

Elle le frappa de nouveau et il encaissa le coup. Une larme unique roula sur son visage.

Amy continua, d'une voix toujours plus aiguë.

— Elle disait : « Regarde-moi, papa ! Regarde-moi ! Je suis sur le cheval bleu. »

— Je ne l'ai pas entendue, dit doucement Colin.

Il saisit les avant-bras de sa femme.

— Amy, c'était un simple coup de fil.

— C'est toujours un simple coup de fil, non ? C'est ta faute, salaud.

— Comment ça, ma faute ? Tu étais sur le manège avec elle. Tu étais censée la surveiller.

— Va te faire foutre, hurla Amy.

Elle libéra ses bras et se jeta sur lui avec une force presque surnaturelle, lui assénant une volée de coups de poing. Quand Colin tomba sur le dos, Josie et Mettner s'interposèrent, chacun passant un bras sous les aisselles d'Amy pour l'entraîner loin de son mari. Ses hurlements n'en continuèrent pas moins à volume égal. Elle agitait tous ses membres. Josie reçut son coude sur le nez, et elle sentit le sang couler sur son visage.

Gretchen se joignit à la mêlée, tous trois essayant de maîtriser Amy. Finalement, Mettner la ceintura, lui plaquant les bras le long du corps. Amy n'en finissait pas de maudire son mari. Elle se débattait, mais Mettner tint bon. Il fallut un moment pour que Josie comprenne ce que Mettner lui répétait à l'oreille.

— Madame Ross, calmez-vous, je vous en prie. Lucy a besoin de vous. Elle a besoin que vous restiez calme. S'il vous plaît.

Josie s'essuya le nez dans la manche de sa veste, jusqu'à ce que la main de Gretchen apparaisse devant elle, tenant une serviette en papier. Sans détacher ses yeux d'Amy, Josie tenta d'essuyer le sang de sa lèvre supérieure et de son menton. Noah s'avança sur ses béquilles.

— Hé, ça va ?

Josie hocha la tête. Les cris d'Amy se réduisirent peu à peu à un gémissement sinistre. Prisonnière de Mettner, elle s'effondra.

— Mon bébé, geignait-elle. Je vous en prie, retrouvez mon bébé.

Les doigts de Noah relevèrent délicatement le menton de Josie.

— Tu penses qu'elle t'a cassé le nez ?

Josie fit signe que non.

— Je vais bien.

Gretchen rapprocha une chaise et Mettner laissa Amy s'y écrouler, la lâchant enfin. Josie passa devant Noah pour aller s'agenouiller devant elle.

— Madame Ross, regardez-moi.

— Josie, dit Noah d'une voix chargée d'inquiétude.

Josie l'ignora. Elle prit l'une des mains d'Amy.

— Regardez-moi, Amy, répéta-t-elle plus fermement.

Les grands yeux tristes d'Amy battirent des paupières et se concentrèrent sur le visage de Josie.

— Nous allons faire tout ce que nous pouvons, absolument tout, pour retrouver votre fille.

Amy opina. Josie sentit la main de la femme presser la sienne. Elle se leva et se détourna. Gretchen, Noah et maintenant Chitwood l'observaient tous. Derrière eux se tenait Colin, hirsute et abasourdi. Josie lui adressa un signe de tête en sortant de la tente. Elle ralentit seulement lorsqu'elle fut sortie du parc, dans la rue, près des voitures garées. Puis elle se plia en deux et vomit.

7

Amy rentra enfin chez elle pour dormir et Gretchen envoya une policière avec elle. Colin resta dans la tente, muet et hébété, assis dans un coin tandis que les agents venaient faire leur rapport à Gretchen et prendre du café. Mettner avait convaincu les Ross de se reposer à tour de rôle pour que l'un d'eux soit toujours au parc, au cas où Lucy serait retrouvée. La brigade canine du shérif arriva, et Gretchen emmena l'adjoint au terrain de jeu avec son berger allemand. Le maître-chien le fit monter sur le manège, à côté du cheval bleu où Lucy avait été vue pour la dernière fois, et lui fit sentir le t-shirt de la petite fille avant de le lâcher. Le chien renifla partout sur la plateforme. Il flaira le pilier central, puis fit le tour du carrousel, entre la plateforme et la clôture. La truffe collée au sol, il sortit et partit vers la droite, en direction de la clôture qui séparait le parc du trottoir. Là, il s'assit et émit un bref aboiement. Le dresseur repéra l'endroit et emmena le chien de l'autre côté, où il retrouva la trace de Lucy. Reniflant le trottoir, le chien parcourut encore cinq ou six mètres puis s'arrêta de nouveau, en silence cette fois.

Josie rejoignit Gretchen et le maître-chien.

— La piste ne va pas plus loin, dit ce dernier. Elle est des deux côtés de la clôture.

— Ce qui signifie ?

L'homme haussa les épaules.

— Je ne suis pas sûr. Mais comme il n'y a pas une trace continue depuis le parc jusqu'à l'extérieur, ça peut vouloir dire que quelqu'un a pris la petite dans ses bras et l'a portée par-dessus le grillage, ou qu'elle a sauté par-dessus. Après, sur le trottoir, ça s'arrête complètement. En général, dans ces cas-là, c'est parce que la personne est montée dans un véhicule.

— Vous pensez qu'elle a été enlevée ? demanda Gretchen.

— Je ne peux pas l'affirmer. Tout ce que je peux vous garantir, c'est que le chien a suivi son odeur depuis le manège jusqu'à cet endroit-là. Et comme je vous le disais, quand la piste s'arrête, c'est habituellement parce que la personne a pris un véhicule pour quitter les lieux.

Gretchen griffonna quelques mots dans son bloc-notes et remercia le maître-chien. Ensemble, elles regagnèrent la tente. Josie résuma :

— Quelqu'un l'a emmenée.

— Ça en a tout l'air, mais comment est-elle allée du manège jusqu'au trottoir sans que personne ne la voie ?

— Il y a un truc qui nous échappe.

Dans la tente, Colin était encore là, les bras croisés, le menton sur la poitrine. Il ronflait légèrement.

— Hé ! les héla Noah depuis sa place derrière l'ordinateur.

Elle s'assit à côté de lui, sentant enfin l'épuisement dans son corps et la douleur dans son nez.

— Tu n'es pas obligé de rester, lui dit-elle. Je peux te ramener chez toi, ou chez moi. Tu devrais reposer ta jambe.

Les doigts de Noah continuèrent à tapoter le clavier.

— Ça va. Je préfère être ici. Ça m'empêche de penser à... Tu sais bien.

Moins de deux mois auparavant, la mère bien-aimée de

Noah avait été assassinée, et sa famille avait été déchirée. Il passait tout son temps chez Josie. Elle savait qu'il avait du mal à accepter tout ce qui s'était passé, et qu'il allait encore lutter un bon moment. Elle savait aussi qu'il avait beaucoup de mal à se débrouiller, avec sa jambe cassée. Elle se pencha et lui pressa la cuisse.

— C'est bon de se sentir utile.

— Oui, acquiesça-t-il en faisant apparaître une série de photos sur l'écran. Regarde, j'ai fait le tri dans toutes les photos des autres parents. Malheureusement, personne n'en a pris une fois que le manège s'était arrêté.

— Et les images prises ailleurs sur le terrain de jeu, après la disparition de Lucy ? Quelqu'un aurait pu la photographier par hasard en arrière-plan ?

Elle lui résuma ce qu'avait déclaré le maître-chien. Noah fronça les sourcils et se mit à cliquer sur les photos.

— Non, pas à ce que j'ai pu voir.

Chaque image était centrée sur un enfant différent, qui souriait, riait, courait ou jouait. Quand Noah les faisait défiler, elle examinait les personnes visibles derrière l'enfant, à la recherche du t-shirt rose de Lucy ou de son sac à dos papillon. Elle se repéra avec Harris à l'arrière de plusieurs photos, mais pas Lucy.

— Et les vidéos ?

— Deux du manège quand il tournait encore. Aucune où on voie Lucy ou Amy Ross une fois qu'il s'est arrêté. Quand les chevaux ne bougeaient plus, les parents ne filmaient plus. Il y en a une autre qui est plus prometteuse.

Noah ferma les fenêtres montrant les photos et cliqua sur une petite icône. Quand la vidéo démarra, Josie vit qu'elle avait été filmée assez loin du manège, mais on voyait les chevaux de bois tourner à l'arrière-plan. Une petite fille faisait la roue dans l'herbe. On entendait la voix de sa mère qui l'encourageait et la félicitait sur sa souplesse. Derrière l'enfant, le carrousel s'arrêtait lentement. Sur la droite de l'image, Josie distinguait l'arrière-train du cheval bleu. Le sac à dos papillon accrochait la lumière alors que Lucy descendait de sa monture et partait vers l'autre bout de la plateforme. Josie suivit des yeux sa progression vers le côté gauche de l'écran. Le manège était noir de monde et, par deux fois, Lucy était masquée derrière d'autres personnes et d'autres chevaux. Josie aperçut ses cheveux dorés et son papillon coloré une dernière fois avant qu'elle ne disparaisse de l'autre côté du pilier.

— C'est elle. C'est sûr. Remontre-la-moi.

Noah repassa la vidéo à plusieurs reprises et, chaque fois qu'ils la visionnaient, Josie remarquait davantage de détails. Amy, sur le cheval légèrement devant celui de Lucy, empêtrée dans sa ceinture de sécurité, ce qui laissait à Lucy de précieuses secondes pour échapper à la surveillance de sa mère. Colin, à droite de l'image pendant quelques instants, allant et venant, le téléphone contre l'oreille. Les autres personnes, soucieuses de s'extirper de leur propre harnais de sécurité et de quitter le manège. La sortie était sur la gauche de l'écran, et les gens s'y dirigeaient en un flux régulier, mais la femme qui filmait suivait les cabrioles de sa fille et elle avait détourné la caméra de la sortie avant que tout le monde soit parti. Impossible de déterminer si Lucy était passée par la grille ou si elle avait fait demi-tour et sauté par-dessus la clôture. Mais pourquoi aurait-elle agi ainsi ? Josie repensa à Lucy escaladant le toboggan. Elle en aurait sans doute été capable, mais elle était déjà allée sur le manège ce jour-là – Amy et Colin le leur avaient dit –, donc pourquoi aurait-elle quitté le carrousel autrement que par la vraie sortie ?

— Merde, grommela Noah en regardant pour la quatrième fois les dernières secondes de la vidéo. Pas moyen de savoir où elle est allée après avoir fait le tour du pilier.

— Repasse-la encore une fois. En entier.

Alors que Josie visionnait encore une fois la vidéo, Gretchen et Mettner surgirent derrière eux et regardèrent aussi les images. Quelque chose tracassait Josie depuis la première fois qu'elle avait vu Lucy descendre de son cheval et s'en aller, et elle parvint enfin à mettre le doigt dessus.

— Elle court vers quelqu'un ou quelque chose.

— Comment ça ? s'étonna Mettner.

Josie toucha le bras de Noah, qui relança la vidéo. — Regardez. Elle est impatiente de descendre. Elle se débarrasse du harnais, elle saute et elle fonce comme une flèche.

— Loin de sa mère, suggéra Gretchen.

— Et loin de son père, compléta Noah.

Il désigna le côté droit de l'écran, où l'on voyait une des jambes de Colin, dans le coin.

— Vous voyez comme les autres enfants se déplacent lentement ?

— Parce qu'ils n'ont pas envie que le manège s'arrête, dit Gretchen.

— Exact. Mais Lucy sait où elle va.

— Donc elle a vu quelqu'un qu'elle connaît ? s'enquit Mettner.

— Je ne sais pas. Peut-être.

— Quelqu'un aurait pu sortir du parc avec elle, ou la hisser par-dessus la clôture, avant que tu fermes le manège et que tu réunisses les parents ? demanda Noah.

— Oui, dit Josie, le cœur gros. C'est très possible.

— Nous n'avons toujours aucune preuve qu'elle ait été enlevée, souligna Mettner. Juste un soupçon.

— Exact, admit Josie.

Mais en son for intérieur, ce mot sonnait creux.

— Patronne, l'interpella Mettner.

Josie se tourna vers lui. Il faisait la grimace.

— Crachez le morceau, Mett.

— Vous ne pensez pas que vous vous orientez immédiatement vers l'hypothèse d'un enlèvement à cause de tout ce qui s'est passé il y a quelques années, pendant l'affaire des jeunes disparues ? Un peu comme si vous envisagiez tous les nouveaux dossiers par le prisme de celui-là ?

— Vous dépassez les bornes, Mett, grommela Noah.

— C'est bon, dit Josie.

Elle croisa le regard de Noah. Sans un mot, ils échangèrent à ce moment une foule d'informations. Il voulait s'assurer que l'accusation de Mettner, si hésitante qu'elle soit, n'avait réellement pas perturbé Josie, et elle voulait lui faire savoir qu'elle n'en était pas du tout troublée. Elle lui adressa un bref sourire fatigué. Elle était sensible à l'idée que, malgré ses propres ennuis, Noah veuille la soutenir ainsi.

Mettner avait les mains en l'air.

— Je ne voulais pas vous offenser. Vraiment. C'est juste que cette affaire-là, je le sais, a été un moment difficile pour vous tous.

— Certains d'entre nous en portent encore les cicatrices, c'est vrai, répondit Noah, mais Josie a un excellent instinct et sa vision n'est pas du tout biaisée. Si elle pense qu'il ne s'agit pas simplement d'une petite fille qui s'est enfuie et qui s'est perdue, je la crois. Et puis le maître-chien pense que Lucy a pu monter dans un véhicule.

Mettner n'avait pas baissé les mains.

— D'accord.

— C'est bon, Mett, dit Josie. Vous n'avez rien fait de mal.

Elle se retourna vers Noah et l'ordinateur.

— On peut revoir la vidéo encore une fois ? Tu peux la ralentir ? Image par image, à partir du moment où elle saute en bas du cheval, jusqu'à celui où elle disparaît de l'écran ?

— Bien sûr.

Josie, Mettner et Gretchen se penchèrent alors que Noah cliquait d'une image à la suivante. Alors que Lucy atteignait le côté gauche de l'écran, Josie distingua une forme sombre qui s'avançait vers la fillette, depuis le pilier central du manège.

— Stop !

Elle désigna la silhouette en question : c'était comme la pointe de quelque chose qui se tendait vers Lucy, de derrière le pilier.

— C'est quoi ? demanda Noah en zoomant sur cette partie de l'image.

Tous se penchèrent encore plus, plissant les yeux comme si cela allait rendre l'image plus nette. Plus Noah zoomait, plus elle était pixélisée.

— Ce n'est ni une jambe ni un bras, affirma Mettner. Ça ressemble au coin d'un carré.

Gretchen et Josie parlèrent en même temps :

— C'est la porte.

8

Ils coururent vers le manège, tandis que des lampes torches balayaient les alentours. Noah suivait avec ses béquilles, aussi vite qu'il le pouvait. Josie et Gretchen montrèrent aux autres la porte. Mettner s'introduisit dans le pilier comme Josie l'avait fait auparavant. Il n'y avait rien là-dedans.

— Appelez Hummel pour que l'équipe d'identification criminelle vienne examiner l'intérieur, ordonna Josie.

Mettner referma la porte et prit son téléphone. Tous les quatre regagnèrent la tente.

— Tu penses qu'elle est entrée dans le pilier ? demanda Gretchen.

— Je ne sais pas, avoua Josie. Si elle s'était cachée là, on l'y aurait trouvée quand on a commencé à la chercher.

— Et personne d'autre sur le manège n'aurait remarqué la porte qui s'ouvrait ? s'étonna Noah.

— C'est possible, répondit Gretchen. Demain matin, j'appellerai tous les parents dont les enfants ont fait un tour de manège, pour voir si l'un d'eux se rappelle quelque chose.

Mettner raccrocha.

— Hummel sera là dans un quart d'heure. Et s'il y avait eu quelqu'un d'autre derrière cette porte ?

— Je pensais que vous n'étiez pas convaincu par la théorie de l'enlèvement ? lui lança Noah.

Mettner haussa les épaules.

— Je n'ai jamais dit ça. Juste que nous n'avions aucune preuve que la gamine ait été enlevée.

— Il paraît peu probable qu'un kidnappeur caché dans le manège ait pu enlever une enfant de sept ans. Il n'y a qu'une seule façon de quitter le carrousel.

Une fois de retour dans la tente, ils constatèrent que Colin avait été remplacé par Amy, emmitouflée dans une épaisse veste en peau de mouton. Ses cheveux blonds emmêlés lui tombaient sur le visage. Ses paupières étaient enflées. Elle leva les yeux, pleine d'espoir, quand ils entrèrent.

— Alors ?

Tous secouèrent la tête.

— Rien pour le moment, dit Josie.

Amy fronça les sourcils.

— Qu'est-ce vous avez au nez ? s'étonna-t-elle.

Tout le monde se pétrifia.

— Vous ne vous rappelez pas ? demanda Mettner.

— Me rappeler quoi ?

Josie ne fut pas surprise qu'Amy n'ait aucun souvenir de s'être battue avec Mettner et elle pendant sa crise, et ne se soit même pas rendu compte qu'elle l'avait frappée. Et puis, c'était un accident.

— Je me suis cognée à une branche, mentit-elle. Madame Ross, vous sentez-vous en état de regarder pour nous les photos et les vidéos de cet après-midi ?

Amy se leva d'un bond.

— Je vous en prie. Je ferai tout ce que je peux pour vous aider.

Noah lui signala la chaise à côté de lui et elle s'y assit. Ils visionnèrent les images de Lucy descendant de son cheval et s'en allant. Personne ne mentionna la porte qui s'ouvrait, mais Josie expliqua qu'à leur avis, Lucy courait vers quelque chose ou quelqu'un. Ils demandèrent à Amy d'examiner toutes les photos, au cas où elle reconnaîtrait une personne que Lucy aurait pu être ravie de voir. Deux heures s'écoulèrent sans qu'Amy reconnaisse quiconque.

Deux groupes d'agents qui se relayaient pour les recherches revinrent sans avoir rien trouvé, et deux autres leur succédèrent. L'équipe d'identification criminelle avait terminé son travail à l'intérieur du manège, mais les résultats mettraient un certain temps à arriver. Gretchen décida que deux d'entre eux devaient rentrer dormir quelques heures. Josie et Mettner furent volontaires. Noah et Gretchen resteraient sur place jusqu'à leur retour, après quoi ils en feraient autant. Tous espéraient que de nombreux bénévoles participent à la battue le lendemain matin.

9

Par la fenêtre, j'ai encore vu la femme argentée. Dans son grand jardin, elle me tournait le dos, un arrosoir à la main. Je l'appelais « la femme argentée » parce que ses cheveux avaient la couleur d'une pièce de monnaie que j'avais trouvée sous notre lit. Ce jour-là, je l'avais récupérée dans ma paume moite et ensuite, en dépliant mes doigts, je l'avais regardée briller au soleil. L'homme sur la pièce avait des cheveux longs, comme la femme argentée, et aujourd'hui elle avait une queue-de-cheval exactement comme lui. Allant à droite et à gauche, elle arrosait les fleurs à ses pieds. J'aurais voulu qu'elle pivote sur ses talons, qu'elle lève les yeux et qu'elle me voie l'admirer. Mais non. J'ai eu beau taper avec mon ongle sur la vitre pour attirer son attention, ça n'a pas marché. J'ai pensé à frapper avec mes articulations, mais ça aurait fait trop de bruit. En principe, je devais me tenir tranquille.

J'ai appuyé la pièce contre la fenêtre avec mon pouce, en regrettant qu'elle ne puisse pas briser le verre. Alors j'aurais pu sortir. J'aurais pu m'approcher des fleurs dans le jardin de la femme argentée. J'aurais peut-être même pu me servir de son arrosoir.

La pièce a glissé sous mon pouce, glissé de la fenêtre, a rebondi sur le rebord et est tombée par terre. Le bruit s'est répercuté sur les murs de la petite chambre. J'ai senti ma poitrine se serrer. J'avais reçu un avertissement au sujet du bruit. Elle m'avait dit de ne pas regarder la femme argentée. « N'attire pas l'attention sur toi », répétait-elle toujours.

Quand je l'ai entendue à la porte, j'ai quitté mon perchoir sur le rebord de la fenêtre, j'ai récupéré ma pièce et j'ai couru jusqu'au lit. J'ai fourré la pièce sous l'oreiller.

— Qu'est-ce que tu fais ? a-t-elle demandé.
— Rien.
— J'ai entendu du bruit.
— Je n'ai rien fait.
— Tu as bougé, je l'ai entendu. Qu'est-ce que je t'ai dit ?

J'ai remonté mes genoux contre ma poitrine, sans répondre.

— Je sais que tu te le rappelles. Fais le moins de bruit possible, sinon il nous fera du mal.
— J'ai envie de sortir avec toi. S'il te plaît.

Elle m'a adressé un sourire douloureux.

— Je le sais bien. Quand il s'en ira, je te ferai sortir.

Il a fallu attendre longtemps avant qu'il s'en aille. Alors elle m'a fait visiter les autres pièces. J'adorais les explorer même si je les avais déjà vues souvent. Au moins elles étaient différentes de ma chambre. J'essayais de découvrir un détail nouveau à chaque fois : une dalle abîmée et jaunie dans la cuisine ; le tissu marron du fauteuil inclinable bosselé qui me grattait la peau ; la grosse tache de gras là où il posait sa tête quand il s'y asseyait pour fumer. À côté du fauteuil, il y avait une petite table avec une télécommande que je n'avais pas le droit de toucher. Un cendrier rond qui débordait de mégots. Mes doigts se sont attardés au-dessus du tas de cigarettes abandonnées après avoir été fumées. J'avais envie de les toucher, mais elle me l'a défendu. Alors j'ai fait des bonds sur le canapé et sautillé sur le tapis jusqu'à ce qu'elle me crie :

— Calme-toi. Si tu casses quelque chose, il...
Elle s'est tue. Je l'ai dévisagée.
— Il nous fera du mal ?
— Ou pire.

Elle murmurait comme s'il était encore là, quelque part, à nous écouter en secret. Elle m'a saisi le bras et a serré très fort.

— Promets-moi. Promets-moi de faire exactement ce que je te dis.

J'ai contemplé ses yeux écarquillés.
— Promis.

10

Chez elle, Josie se doucha et tenta de se nettoyer la figure de son mieux, mais elle avait déjà deux yeux au beurre noir. Et Chitwood qui voulait qu'elle représente la police de Denton pour la télé ! Elle s'écroula dans son lit, si épuisée qu'elle avait mal partout. Elle aurait aimé que Noah rentre avec elle. L'image de Lucy Ross tourbillonnait dans sa tête. Elle espérait se tromper, pour l'enlèvement, mais elle ne pouvait se départir d'un mauvais pressentiment qui pesait sur ses épaules comme un manteau lesté.

Lorsqu'elle mit son téléphone à charger, elle remarqua plusieurs textos qu'elle avait manqués. Elle fit glisser son doigt sur l'écran pour les faire apparaître, dans l'espoir qu'ils contiendraient de bonnes nouvelles concernant Lucy. Un soupir s'échappa de ses lèvres quand elle vit qu'ils venaient de sa sœur, Trinity. Elle s'enfonça dans son lit et les lut.

Il paraît qu'une gamine a disparu à Denton ? Qu'est-ce qui se passe ?

Tu es là ? Ça va ? C'est quoi, le scoop ?

Raconte-moi, s'il te plaît. J'espère que vous allez vite la retrouver.

Appelle-moi dès que tu liras ce message. J'espère que vous allez vite retrouver la petite. Dis-moi si je peux faire quelque chose.

Josie était certaine que sa sœur jumelle s'inquiétait réellement pour Lucy, mais elle savait aussi que, chez Trinity, le besoin de couvrir un sujet juteux l'emportait sur presque tout le reste. Trinity avait commencé comme journaliste pour la chaîne de télé locale, WYEP, avant de devenir correspondante nationale pour l'antenne new-yorkaise du groupe. Puis une source lui avait communiqué de fausses informations, sa carrière s'était écroulée et, en disgrâce, elle avait été renvoyée dans sa Pennsylvanie natale. À la force du poignet, elle avait reconquis son statut sur une chaîne nationale, et elle présentait un journal matinal très apprécié. Elle était aidée par le fait que Denton, sa ville d'origine, était apparemment un réservoir intarissable de scandales qui captivaient tout le pays. Trinity voulait discuter avec elle de l'affaire Lucy Ross parce qu'il y avait peut-être matière à reportage. Trois ans auparavant, Josie aurait eu envie de l'étrangler. À présent, elle savait que, malgré l'ambition dévorante qui la poussait à viser les sommets, Trinity se souciait réellement des autres. Plus d'une fois, ses reportages, ses enquêtes et son ingéniosité avaient véritablement aidé des gens.

Le doigt de Josie hésita au-dessus de la touche qui composerait automatiquement le numéro de Trinity. Mais elle n'avait pas envie de parler à sa sœur après la journée qu'elle avait eue. Elle fit défiler ses contacts jusqu'à trouver le nom de Christian Payne. Elle se rendit compte qu'il était très tard seulement après avoir lancé l'appel. Christian décrocha néanmoins à la cinquième sonnerie, la voix rendue pâteuse par le sommeil.

— Josie ?

— Oh, je suis désolée, je ne me rendais pas compte qu'il était si tard.

— Tout va bien, ma chérie ?

Josie se sentit à la fois attendrie et repoussée par sa familiarité. Elle n'avait pas encore entièrement intégré le fait que Christian était son vrai père. L'homme que Josie avait cru être son géniteur était mort lorsqu'elle avait six ans mais, dans son cœur, elle n'était pas sûre de pouvoir jamais s'imaginer Eli Matson dans un autre rôle. Elle savait pourtant que ce n'était pas la faute de Christian si le destin les avait séparés et qu'ils avaient dû passer trente ans comme deux parfaits inconnus.

— Oui, tout va bien. Excuse-moi, on se parlera demain matin.

— Josie, insista-t-il, manifestement plus réveillé à présent. Pendant plus de trente ans, j'aurais tout donné pour recevoir un coup de fil de toi, pour apprendre que tu étais en vie, donc tu as le droit de me téléphoner en pleine nuit autant que tu veux. Qu'est-ce qui te tourmente ?

Elle entendit une porte grincer à l'autre bout du fil. Elle l'imagina sortir de la chambre qu'il partageait avec sa mère, traverser le palier sur la pointe des pieds et descendre à la cuisine, dans la maison qu'ils habitaient, à deux heures de chez elle.

— C'est un dossier, expliqua Josie. Une petite fille a disparu, cet après-midi. Son père s'appelle Colin Ross. Il a dit qu'il te connaissait.

— Oui, il travaille dans notre service tarification, répondit aussitôt Christian. Oh là là, je suis vraiment désolé pour sa fille. Comment réagit-il ? Qu'est-ce qui s'est passé ?

Josie lui résuma brièvement la situation.

— Je peux faire quelque chose ?

— Eh bien, je voulais juste connaître ton opinion sur Colin Ross.

Christian parut interloqué.

— Mon opinion ? Tu penses qu'il a un rapport avec la disparition de sa propre fille ?

— Je pense qu'il ne faut exclure aucune éventualité.

— Mon Dieu.

— Tu le connais bien ?

Josie se força à poursuivre cette conversation embarrassante. Christian soupira.

— Pas si bien que ça. Je ne dirais pas que nous sommes proches, mais nous avons bu quelques verres et fait pas mal de voyages d'affaires ensemble. Quand il travaillait à New York, je le voyais plusieurs fois par an. Je devais y aller souvent pour l'entreprise. Le marketing collabore étroitement avec son service quand nous lançons un nouveau médicament. Il a longtemps vécu là-bas. Ses parents y habitent encore, je crois. C'est là qu'il a rencontré sa femme.

— Qu'est-ce que tu penses de lui ?

— Colin est un brave gars. Il s'est vraiment rangé depuis son mariage.

— Dans quel sens ?

— C'est juste qu'avant... Comment tourner ça ? C'était un peu un homme à femmes. Il en fréquentait beaucoup sans jamais s'engager envers aucune.

— Qu'est-ce qui lui est arrivé ?

— Je ne sais pas. Il a rencontré Amy. Elle ne s'intéressait pas du tout à lui. Est-ce à cause de ça qu'il est devenu obsédé par elle ? En tout cas, il l'a courtisée avec acharnement. Certains de ses collègues, à New York, plaisantaient en disant qu'il l'avait eue à l'usure. J'aurais parié qu'après l'avoir convaincue de l'épouser, il se lasserait d'elle. Chez Quarmark, personne ne pensait que leur couple durerait.

— Eh bien, vous vous trompiez.

— Oui. Il n'a que sa famille à la bouche. Avant, quand on se retrouvait pour un verre, il parlait de sa dernière conquête, mais je pense que la paternité l'a transformé. Il s'est posé. Ou il a simplement vieilli.

Il ricana, mais son gloussement ne dura pas.

— Je ne peux pas le croire. La pauvre petite.

— On va la retrouver, affirma Josie avec plus d'assurance qu'elle n'en ressentait en réalité.

— J'en suis sûr. Tu sais, ta sœur va te harceler dès qu'elle entendra parler de l'affaire.

Josie rit à cette réflexion.

— Elle a déjà commencé.

Ils se dirent au revoir, puis Josie remit son téléphone à charger et se recoucha. Le silence vibrait à travers la maison, la solitude l'étouffait. Elle pensa à la bouteille de Wild Turkey qu'elle avait achetée un mois avant, juste après l'assassinat de la mère de Noah. Le whisky était encore dans la cuisine, au fond d'un des placards. Une gorgée, et elle s'endormirait sans difficulté. Mais elle avait l'estomac en vrac depuis plus d'une semaine, et elle ne voulait pas aggraver son cas. Par ailleurs, elle avait appris à ses dépens que la consommation de Wild Turkey ne lui valait rien de bon, quelle que soit la quantité.

En entendant une voiture se garer dans son allée, elle se redressa tout à coup. Un instant après, deux portières claquèrent et on frappa à sa porte. Il faisait noir, mais le détecteur de lumière sous le porche s'enclencha. À travers le judas, Josie vit Misty avec, sur un bras, Harris qui dormait et, sur l'autre, son minuscule chien, un teckel croisé chihuahua. Josie ouvrit grand la porte et fit entrer tout ce monde, cueillant Harris au passage.

— Misty, on est en pleine nuit. Ça va ?

— Je suis désolée. Tout va bien. Simplement, je ne pouvais pas...

Dans la pénombre du vestibule, Josie distingua des larmes dans les yeux de Misty. Elle verrouilla la porte et lui fit signe de la suivre dans le salon. Harris dormait paisiblement sur l'épaule de Josie. Le minuscule chien de Misty inspectait avec méfiance son nouvel environnement.

— Qu'est-ce qui se passe ? demanda Josie. Il est arrivé quelque chose ?

— Oh, non. Mon Dieu, qu'est-ce que tu as au visage ?

— Rien, ça va. Et vous deux ? Qu'est-ce qu'il y a ?

— Je suis désolée, je sais que c'est ridicule. Simplement, je... J'ai juste... Je n'arrête pas de penser à la petite qui a disparu. Je t'ai vue à la télé. Tu as bien dit que vous pensiez qu'elle s'était perdue mais, quand même, l'annonce de la disparition de cette gamine m'a ramenée à l'époque de la naissance de Harris. Tu sais, quand on me l'a pris.

— Oh, Misty, dit doucement Josie.

D'une main, elle pressa l'épaule de Misty. Son accouchement s'était déroulé avec l'aide d'une femme qui, en réalité, fuyait un groupe d'individus très dangereux. Misty avait été agressée sauvagement, et Harris avait été kidnappé.

— Je sais que je ne me rappelle pas grand-chose de ce qui s'est passé, mais...

— Tu as quand même été traumatisée, dit Josie. Je comprends.

— Je ne pouvais pas rester dans cette maison cette nuit. Tous les bruits me terrifiaient. J'espère que tu ne m'en veux pas. Ici, on est en sécurité, Harris et moi.

Josie sourit.

— Je suis contente que tu sois venue. Monte donc. J'ai un lit *king size*. On tiendra tous dedans.

— Merci, Josie.

Elle ne l'avouerait jamais à Misty, mais Josie était ravie d'avoir de la compagnie. Elles placèrent Harris entre elles, et le chien de Misty se coucha au pied du lit. Grâce aux sons réguliers émis par Misty et Harris, et la respiration du chien, Josie se sentit aussitôt bercée. Alors qu'elle dérivait vers le sommeil, Misty murmura :

— Je n'arrête pas de penser à la mère de cette gamine. Ce qu'elle doit ressentir. Je ne peux même pas imaginer, si Harris...

— Arrête. N'imagine rien. Nous le protégerons. Toujours.

— Mais comment ? Dans ce monde où il arrive des choses aussi terribles, comment le protéger ?

— Je ne sais pas, répondit honnêtement Josie. Mais je mourrai avant qu'on lui fasse du mal. Voilà ce que je sais.

Son élocution s'était ralentie. Elle était fatiguée, et elle sentait le sommeil l'aspirer. Misty parlait encore. Les derniers mots que Josie entendit avant de s'endormir furent :

— Comment protéger nos enfants quand il n'y a pas moyen de distinguer les méchants qui veulent les enlever des autres ? Nous sommes entourés de méchants, Josie. Mais ils sont déguisés en gentils. En gens normaux.

Quelque chose dans un recoin du cerveau de Josie lui criait qu'il faudrait qu'elle s'en souvienne au réveil, mais c'est alors qu'elle sombra.

11

Lorsqu'elle s'éveilla, Josie entendit la voix de Harris monter du rez-de-chaussée, puis les glapissements de Pepper, le petit chien de Misty. Elle ouvrit les yeux et se tourna vers la gauche, mais le lit était vide. Consultant son horloge, elle constata qu'elle avait dormi trois heures. Une odeur de café montait dans l'escalier. En temps normal, ç'aurait été un baume pour ses nerfs à vif, mais, ce jour-là, dès que ce parfum lui parvint, une nausée la prit et la bile de son estomac lui grimpa dans la gorge. Repoussant la couverture, elle se leva d'un bond et courut à la salle de bains. Elle tenta de vomir dans les toilettes, mais rien ne sortait. Une sueur froide perlait sur son front. Effondrée sur le sol, le dos contre le carrelage froid de la baignoire, elle attendit que ça passe. Elle devait prendre la route du parc et aider à retrouver Lucy.

Elle entendit la porte d'entrée s'ouvrir, le bruit des béquilles de Noah dans le vestibule, puis sa voix :

— Salut, mon petit bonhomme !

Puis Harris :

— Noah, Noah ! Hé, c'est qui ?

— C'est mon ami Mettner. Il m'a ramené chez moi dans sa voiture.

« Chez moi. » Noah se sentait chez lui dans la maison de Josie. Elle en eut un petit pincement au cœur. Une fois debout, elle s'éclaboussa le visage, se brossa les dents sans regarder dans le miroir, puis descendit. À la tête de Mettner et de Noah, elle devina qu'elle n'était pas belle à voir.

— Ah, elle ne vous a pas ratée, hein ?

Josie se toucha le nez et les pommettes, encore sensibles.

— Tout va bien. Il y a du neuf ?

Tous deux prirent un air dépité.

— Non, dit Noah. Rien. Les fouilles ont continué toute la nuit, et les bénévoles commencent dans une heure. Les gens se rassemblent déjà dans le parc. Il y aura foule, apparemment.

Harris courut attraper la jambe de Josie.

— JoJo, je peux regarder la télé ?

— Bien sûr, répondit-elle en lui caressant les cheveux. Mais vérifie d'abord avec maman, d'accord ?

Lorsqu'il fut parti, Josie déclara :

— Il faut que j'aille relayer Gretchen.

Elle se rappela l'idée qu'elle avait rangée dans son esprit endormi quelques heures auparavant.

— Il faut aussi que je rejette un œil aux photos et à la vidéo.

— On se retrouve là-bas, dit Mettner.

En route vers le parc, Josie appela Trinity, qui avait téléphoné trois fois pendant qu'elle dormait.

— C'est pas trop tôt, dit Trinity en décrochant, se dispensant de toute formule préliminaire.

— Je suis désolée, je travaillais. Ça t'arrive, de dormir ?

— Ne t'inquiète pas de mon rythme de sommeil. Parle-moi

de la disparue. Tu sais que je n'aime pas obtenir mes renseignements auprès du correspondant local chez WYEP.

Josie la mit au courant de la situation et conclut :

— Je ne sais pas si tu as de quoi en tirer un reportage, Trin, mais si tu veux aider, les parents de la petite ont habité New York avant sa naissance. Tu pourrais peut-être retrouver leurs anciens amis. Les parents de Colin vivent encore là-bas. Tu pourrais leur parler. Voir à quel genre de gens on a affaire.

— Tu penses qu'un des parents est mêlé à la disparition ?

— Je ne sais pas, admit Josie. Mais si l'un des deux a un passé louche, je suis sûre que tu le découvriras, et plus rapidement que le FBI.

Trinity éclata de rire.

— Pour ça, tu as tout à fait raison. Je te rappelle.

Josie raccrocha alors que le parc était en vue. Le terrain de jeu était rempli de gens, la file des volontaires pour participer aux recherches s'étirant jusque sur le trottoir. Josie se sentit encouragée par le nombre de personnes prêtes à se lever de bonne heure et à donner de leur temps pour secourir une petite fille. Ils la dévisagèrent alors qu'elle longeait la queue et entrait dans le terrain de jeu. Il lui fallut un moment pour comprendre que c'était à cause de ses yeux au beurre noir. Elle pressa le pas et se glissa dans la tente. Mettner l'avait devancée. Assis derrière l'ordinateur, il lui fit signe.

— J'ai la vidéo et les photos. Regardez. Je vais dire à Gretchen qu'elle peut rentrer chez elle, et j'aiderai à organiser les recherches.

Josie fit défiler les images. Elle ne savait pas exactement ce qu'elle cherchait. L'idée qu'avaient suscitée les mots de Misty était encore une ombre dans son esprit. Elle ne s'était pas entièrement solidifiée. Gretchen apparut à côté d'elle.

— Waouh. Tu as l'air...

Elle n'acheva pas sa phrase. Josie sourit, et cela lui fit mal au visage.

— Je sais. Pas grave. Il se passe quelque chose ? Je ne vois ni Amy ni Colin.

— Ils participent à la battue. Mettner et les agents s'en chargent. Je n'ai aucune nouvelle. Hummel a recueilli des empreintes à l'intérieur du pilier du manège. Aucune ne figure dans notre base de données. J'ai parlé à tous les parents qui étaient ici hier et sur le carrousel quand Lucy a disparu. Aucun des adultes ne se rappelle que la porte se soit ouverte dans le pilier central. Aucun enfant ne s'en souvient.

— Ils ne se rappellent pas non plus avoir vu Lucy, souligna Josie. Mais nous savons qu'elle était là.

— Vrai.

Josie se leva.

— Bon, nous allons continuer à chercher. Tu devrais rentrer chez toi et dormir un peu.

Gretchen ne discuta pas. Josie avait repris la situation en mains. Elle avait envie d'aller chercher dans la forêt même si une partie d'elle-même était convaincue que Lucy n'y était pas. Ces bois avaient déjà été fouillés plusieurs fois, pendant toute la nuit, sans qu'on découvre la moindre trace de la fillette. Mais elle devait rester au poste de commandement pour coordonner les différentes équipes des forces de l'ordre et de civils venus aider. Elle se planta à l'entrée de la tente quand la battue du matin se mit en marche. Ils allaient commencer au parc, puis avancer vers l'extérieur, en inspectant les jardins des maisons sur un rayon d'un kilomètre et demi, ainsi que le campus. Si cela ne donnait rien, ils étendraient encore la superficie.

Elle vit Amy et Colin s'enfoncer ensemble dans le parc. Tous deux étaient pâles, visiblement épuisés. Amy portait un jean et un pull noir lui moulait le torse. Ses mèches blondes étaient réunies en une queue-de-cheval informe. Colin avait mis un coupe-vent bleu électrique et ses cheveux poivre et sel semblaient ne pas avoir été peignés du tout ce matin-là. Il y glissa les deux mains, en ce qui était de toute évidence un tic nerveux. Tous deux cheminaient côte à côte, sans se toucher.

Josie étudia la longue file de bénévoles qui regardaient le couple tout en marchant entre les arbres. Ils étaient d'âges variés. Beaucoup de lycéens de Denton East et de Denton West. Ils arboraient le sweater à l'insigne de leur établissement. Il y avait des ménagères, de jeunes cadres, des retraités, et apparemment quelques professeurs d'université. Un homme plus âgé, aux cheveux gris et à la barbe bien taillée, vêtu d'un costume en tweed et d'une cravate. Il sirotait du café dans un gobelet, suivant des yeux les mouvements des Ross. Curieuse tenue pour une battue, en net contraste avec les gilets orange fluo et les casquettes de base-ball Mossy Oak de plusieurs bénévoles. Josie soupçonna que ces couleurs vives avaient pour but d'attirer l'attention de Lucy s'ils la trouvaient dans les bois.

Plusieurs chiens de sauvetage amateurs étaient également arrivés. De l'endroit où elle se tenait, Josie remarqua un chien de Saint-Hubert lourdaud qui lui parut très familier. Même avant de repérer son propriétaire, elle sentit son cœur accélérer. Puis elle le vit. Luke Creighton ; grand, large d'épaules, à la barbe hirsute. Ils avaient jadis été fiancés. Puis il avait été mêlé à une affaire compliquée, il avait pris une série de mauvaises décisions et il avait écopé de six mois de prison. Elle l'avait revu deux ans après, lors de sa dernière grosse enquête, une investigation pour meurtre qui l'avait menée dans le comté de Sullivan, à trois heures de route vers le nord, où il habitait une ferme isolée avec sa sœur. Josie avait été forcée de lui demander son aide pour localiser un témoin qui s'était révélé être une victime. Avec l'enquête sur l'assassinat de la mère de Noah, elle traversait un moment difficile, Noah ayant estimé que Josie et lui devaient se séparer momentanément. Elle avait donc passé la soirée chez Luke. Ce qui n'était pas un problème en soi en soi, sauf qu'elle s'était enivrée et avait perdu connaissance. Elle ignorait ce qui s'était passé cette nuit-là. Elle était plutôt convaincue qu'il n'avait été question ni d'amour ni de sexe mais, en vérité, elle ne pouvait en être absolument sûre. Elle était partie le lendemain matin avant qu'il se réveille et avait espéré ne plus jamais le revoir.

Il l'aperçut de loin. Les joues en feu, elle le vit lever une main pour lui faire signe, affichant un sourire chaleureux. Elle lui répondit d'un geste raide, en priant pour qu'il ne vienne pas lui parler. Il ne s'approcha pas, partit avec un groupe de bénévoles et disparut dans les profondeurs du parc.

Soulagée, Josie regagna la tente, ramassa le talkie-walkie que Gretchen avait laissé et prit la direction des opérations. La battue se prolongea toute la journée. Selon ses calculs, plus de mille personnes étaient venues aider à chercher Lucy. Les entreprises locales avaient offert à boire et à manger pour soutenir cet effort, pour que les forces de l'ordre et les volontaires soient bien ravitaillés en nourriture et en caféine. Quelques étudiants de la faculté d'ingénierie robotique apportèrent des drones munis de caméras pour quadriller la ville. WYEP envoya trois équipes de tournage pour couvrir les moindres aspects des recherches. Par chance, Chitwood se présenta pour une interview diffusée en direct. Amy et Colin réussirent à échapper à la presse, alternant entre participation à la battue et repos au poste de commandement. Gretchen et Noah revinrent dans l'après-midi après s'être reposés et douchés. Chitwood partit après avoir parlé aux médias. Il revint plusieurs fois dans la journée mais passa la majeure partie de son temps au commissariat, pour coordonner les agents auxquels il avait confié la gestion des problèmes de routine. Quand les derniers rayons du soleil disparurent à l'horizon, aucune trace de Lucy n'avait été retrouvée où que ce soit dans la ville.

La plupart des gens étaient rentrés chez eux. Seule une poignée de bénévoles dévoués, de membres de la police d'État et d'adjoints du shérif secondaient encore la police de Denton. Dans la tente, l'équipe de Josie était désespérée, n'ayant pas plus à offrir à Amy et Colin que la veille.

— Comment est-ce possible ? s'indigna Colin. Elle était là, sur ce putain de manège. Inspectrice Quinn, vous avez dit vous-même que les enfants ne se volatilisent pas.

— Qu'est-ce que tu dis ? demanda Amy d'une voix tremblante.

Elle était restée étrangement silencieuse pendant toute la journée. Josie la soupçonnait de prendre des calmants pour ses nerfs. À sa place, qu'aurait-elle ressenti si elle avait eu un enfant et que cet enfant avait disparu ? Elle aurait eu besoin de médicaments ne serait-ce que pour continuer de respirer, et encore plus pour garder son sang-froid.

Les mains de Colin glissèrent vers son visage.

— Je dis qu'elle ne peut pas s'être enfuie. On l'aurait déjà retrouvée. Le maître-chien pense qu'elle pourrait être montée dans une voiture.

— Mais pourquoi serait-elle montée dans la voiture de quelqu'un d'autre ? Pourquoi se serait-elle enfuie ? Tu l'as vue. Elle a sauté en bas de son cheval et elle est partie en courant. En courant. Pourquoi ?

Josie repensa aux mouvements enthousiastes de Lucy, qui se déplaçait vers un but précis, comme le petit Harris fonçait lorsqu'il voyait sa mère après une longue journée avec Josie ou avec sa grand-mère.

— Surtout, ne le prenez pas mal, mais je suis obligée de vous poser la question : Lucy est-elle votre enfant biologique ? À tous les deux ?

Les Ross dévisagèrent Josie. Gretchen prit le relais.

— Nous ne vous avons pas interrogés à ce propos hier parce que nous supposions que Lucy s'était simplement égarée. Mais puisque nous n'avons retrouvé aucune trace d'elle, nous devons aborder le sujet maintenant. Il faut que nous sachions s'il y a d'autres parents dans l'histoire. Lucy est-elle le fruit de votre union, ou l'un de vous l'a-t-il eue d'un premier lit ?

— Oh, c'est bien notre fille, répondit Amy. Nous n'avons eu d'enfants ni l'un ni l'autre avant de nous marier.

— Et ses grands-parents ? Est-elle proche de vos parents ? reprit Josie.

— Le père d'Amy n'a jamais fait partie de sa vie, et sa mère est décédée avant notre rencontre, expliqua Colin. Mes parents habitent New York. Nous emmenons Lucy les voir trois ou quatre fois par an.

— Ils ne viennent jamais ici ?

— Ça ne leur plaît pas, lâcha Amy. Ça n'est pas assez « urbain » à leur goût.

Colin lui adressa un regard réprobateur, et Josie eut l'impression qu'ils avaient déjà eu cette discussion : manifestement, Amy n'avait pas toujours de très bons rapports avec ses beaux-parents.

— Et ses oncles et tantes ? L'un de vous a-t-il des frères et sœurs qui soient proches de Lucy ?

Amy fit signe que non.

— J'avais deux sœurs. L'une est morte dans un accident de voiture en même temps que ma mère. Je n'ai plus parlé à mon autre sœur depuis l'accident. C'était il y a plus de vingt ans. Nous... nous ne nous sommes jamais entendues. Je ne sais même pas où elle vit à présent.

— Comment s'appelle-t-elle ? demanda Josie.

— Renita Walsh. Mais si elle s'est mariée, elle a pu changer de nom.

— Plus jeune ou plus âgée que vous ?

— Mon aînée de deux ans.

— Avez-vous déjà essayé de la contacter ?

Amy secoua la tête.

— Non. Comme je vous le disais, une fois maman décédée, nous n'avions plus de raison de rester en contact. Je suis partie pour New York. Après, je ne sais pas ce qui lui est arrivé. Colin a un frère, mais il occupe un poste important dans une entreprise à Hong Kong. On le voit une fois par an, et encore.

— Et les amis de Lucy ? Votre fille a beaucoup d'amis, à l'école ? s'enquit Josie.

— Il y a deux ou trois filles avec qui elle est très copine. Je peux vous donner leurs noms.

Amy sortit son téléphone.

— Et le nom et le numéro de leurs mères.

Josie fit signe à Mettner, qui s'approcha d'Amy avec son propre portable, utilisant son application de prise de notes pour enregistrer ces informations.

— Pourquoi cette question ? s'étonna Colin. Vous pensez que Lucy a été enlevée par quelqu'un que nous connaissons ?

— Pas nécessairement. Je pense qu'à la fin de son tour de manège, elle a vu quelqu'un qu'elle était pressée de rejoindre. Je me demande qui, et si cette personne a vu quelque chose d'étrange ou d'inquiétant, si elle savait même que Lucy courait vers elle.

— Nous ferons une liste, répondit Colin. Tous les gens que nous connaissons. Tous ceux que Lucy connaît. Vous pourrez vous renseigner sur eux.

— Ce n'est pas une mauvaise idée, concéda Gretchen.

Les deux parents furent ravis d'avoir quelque chose d'utile à faire. Ils s'installèrent à une table avec Mettner et Noah, et celui-ci dressa la liste sur sa tablette pendant que Mettner tapait sur son téléphone.

Une fois de plus, Josie reprit les images de la veille, accompagnée par Gretchen. Elle revisionna la vidéo de Lucy courant autour du pilier central du carrousel, avec le carré sombre qui surgissait alors qu'elle fonçait vers la gauche. La porte. La porte s'était ouverte, mais personne ne se rappelait l'avoir vue. Gretchen lui avait répété ce que tous les parents avaient déclaré : ils ne savaient même pas qu'il y avait une porte à cet endroit. Gretchen leur avait demandé d'en parler à leurs enfants, au cas où l'un d'eux se rappellerait avoir vu la porte s'ouvrir. Sans résultat. Comment est-ce que, sur un manège plein à craquer, personne n'avait vu la porte du pilier s'ouvrir ? Pour la même raison que personne n'avait remarqué Lucy quittant le carrousel, comprit Josie. Tous ces adultes ne se souciaient que de s'en aller avec leur enfant, et les petits ne se souciaient sans doute que de la suite : les balançoires, le toboggan, peut-être une glace. Mais si Lucy était entrée dans ce pilier, quelqu'un l'aurait forcément remarqué.

Le fait que, de toutes les personnes interrogées, aucune n'ait le souvenir d'avoir vu Lucy après la fermeture du manège continuait à troubler Josie. Elle portait un t-shirt rose vif et un sac à dos papillon coloré qu'il était impossible de ne pas repérer. Lucy ne s'en était pas débarrassée car on ne l'avait retrouvé nulle part. Elle avait dû quitter le parc avec ce sac sur le dos. Mais alors, pourquoi ne figurait-elle sur aucune des photos prises dans le terrain de jeu, pendant ou après le tour de manège ?

Les paroles de Misty la veille lui revinrent par bribes. Qu'avait-elle dit avant que Josie ne bascule dans le sommeil ? Une histoire de méchants qui n'avaient pas l'air méchant. Une histoire de...

— Déguisement, marmonna Josie.

— Pardon ?

— Nous avons montré à tout le monde une photo de Lucy en t-shirt rose, avec le sac à dos papillon, répondit-elle à Gretchen. Personne ne l'a vue.

— Exact. Mais nous savons qu'elle a gardé son sac à dos puisque personne ne l'a découvert.

— Mais les gens cherchent peut-être le sac à dos au lieu de chercher Lucy.

— Qu'est-ce que vous racontez ? demanda Amy.

Josie leva les yeux de l'écran, car tout le monde l'écoutait, maintenant. Son regard se concentra sur Amy. Elle lui fit signe de venir s'asseoir sur la chaise pliante à côté d'elle.

— Vous reconnaîtriez votre enfant n'importe où, pas vrai ? Si vous deviez trouver Lucy au milieu d'un groupe d'enfants, que chercheriez-vous ? Pas ce qu'elle porte, car ça change tous les jours, mais peut-être plutôt ses cheveux blonds ou sa silhouette.

— Sa démarche, répondit Amy, comprenant où Josie voulait en venir. Elle sautille tout le temps. Elle fait quelques pas normalement, puis elle se met à faire des bonds, je suis obligée de lui dire de ralentir. Maintenant, elle arrête sans que je lui dise rien. Comme si elle m'entendait dans sa tête lui demander de ne pas sautiller.

Amy laissa échapper un petit rire qui se transforma vite en sanglot. Sa main vola vers sa bouche, et Josie la vit lutter pour la baisser.

— OK, dit-elle en lui pressant l'épaule, je vais vous montrer de nouveau la vidéo. Vous me direz ce que vous voyez.

Elles regardèrent une fois de plus ces images désormais gravées sur leurs rétines ; Lucy s'empressant de descendre de son cheval, courant de la droite de la plateforme vers la gauche et faisant le tour du pilier. Elles virent le coin de la porte qui s'ouvrait. Puis Lucy disparut, une fois la porte refermée.

— Continuez à regarder, et dites-moi ce que vous voyez.

Quelques secondes plus tard, Amy eut un hoquet. Elle se leva brusquement et sa chaise se renversa.

— Oh, mon Dieu, mon Dieu. C'est elle. C'est elle !

Colin accourut et regarda par-dessus l'épaule de sa femme. Josie remit la vidéo au moment où Lucy disparaissait. Tandis que les autres parents récupéraient leurs enfants et se dirigeaient lentement vers la sortie, une petite fille surgissait en sautillant de derrière le pilier tandis que, de l'autre côté, Amy venait de se détacher du harnais de sécurité et cherchait Lucy.

Un grand sweater noir couvrait la poitrine de la fillette, lui arrivant au milieu des cuisses. La capuche était rabattue, mais une mèche dorée devint visible lorsqu'elle traversa la plate-forme en sautillant, puis se faufila parmi les gens entre le manège et la clôture, jusqu'au portillon de sortie qui se trouvait aussi à l'opposé de là où Amy cherchait maintenant plus activement Lucy, bien qu'elle n'ait pas encore commencé à la héler. Au portillon, un petit garçon laissa tomber ce qui ressemblait à un éléphant en peluche et sa mère se baissa pour le ramasser, faisant reculer toute la file. Un papa les contourna, traînant son bambin par la main. Puis vint une petite silhouette en sweater, qui sortit en sautillant, suivie de près par une mère portant un bébé sur la hanche tout en tirant un enfant plus âgé par l'avant-bras. Elle regardait par-dessus son épaule, comme pour parler à l'aîné. C'était la pagaille totale.

Josie revint en arrière, et tous visionnèrent plusieurs fois la scène. Lucy franchissait le portillon en courant et partait vers la droite, hors du champ. Aussitôt après, Josie fit défiler les photos. Ils repérèrent la fillette en sweater à l'arrière-plan de deux images, une de profil, l'autre de dos. À chaque fois, elle marchait vers la clôture séparant le terrain de jeu de la rue.

— Oh, mon Dieu, sanglota Amy.

— Où a-t-elle trouvé ce sweater ? demanda Colin d'une voix tremblante.

— On est absolument certain que c'est elle ? s'enquit Mettner.

— Eh bien, non, concéda Josie.

— C'est elle, insista Amy. Je sais que c'est elle. Je la reconnais.

— Sauf votre respect, madame Ross, dit Mettner, vous avez visionné la vidéo plusieurs fois aujourd'hui sans l'identifier.

— Mett, le mit en garde Gretchen.

Amy le foudroya du regard.

— Je regardais où elle allait. Je cherchais son t-shirt rose ou son sac à dos. Je ne... Pourquoi aurais-je remarqué une fille en sweater ? Lucy ne portait pas de vêtements d'adulte.

— Nous sommes tous passés à côté, signala Josie.

— On ne peut affirmer que ce soit elle, néanmoins, persista Mettner. Où a-t-elle trouvé ce sweater ?

— Je pense...

Josie s'interrompit parce que l'idée paraissait presque absurde, mais décida de l'énoncer tout haut quand même.

— Je pense qu'il était dans le pilier.

— Et elle savait d'avance qu'il était là ? Elle a décidé de le prendre et de l'enfiler ? Puis de partir en courant ? questionna Noah.

— Si c'était prévu, dit Josie. Si quelqu'un l'a enlevée et avait prévu ça...

— Ce quelqu'un aurait dû l'y préparer, fit remarquer Gretchen.

— L'y préparer ? Comment ça ? s'étonna Colin.

Gretchen regarda Amy.

— Diriez-vous que vous êtes proche de Lucy ?

Amy plaqua une main sur sa poitrine.

— Bien sûr que oui. C'est ma petite fille.

— Elle vous raconte tout ? demanda Josie.

Amy prit un air pincé.

— Qu'insinuez-vous ? Elle a sept ans. Qu'a-t-elle à me raconter ?

— Les détails de sa journée, suggéra Gretchen. L'école. Les gens qui lui parlent.

Amy sembla décontenancée.

— Je... J'imagine. Enfin, elle parle surtout d'insectes.

— D'insectes ?

— Oui, toutes sortes de bestioles. Elle est obsédée par les coccinelles, les mites et les papillons. Elle a même fait un papillon lune en papier. Je ne savais même pas que cette espèce existait.

— Où en a-t-elle entendu parler ?

Amy haussa les épaules.

— En classe, forcément.

— À part vous, votre mari et sa nounou, qui côtoie-t-elle régulièrement ?

— Je... je ne sais pas. Elle a sept ans. Elle va à l'école. Elle rentre à la maison. Parfois elle vient ici, au parc. Parfois nous allons au centre commercial. Le week-end, il lui arrive d'être invitée à un goûter d'anniversaire.

Gretchen intervint :

— L'avez-vous déjà vue parler à un adulte dans un des endroits où vous allez avec elle ? Un adulte que vous ne connaissez pas ?

— Bien sûr que non ! Je ne l'aurais pas laissée parler à un inconnu.

— Et votre nounou ? demanda Josie.

— Jaclyn est très attentive. Je doute qu'elle la laisse faire ça.

— Qui a parlé à Jaclyn ? lança Josie à la cantonade.

— Moi, répondit Mettner. Je lui ai téléphoné et je l'ai interrogée. Elle sera de retour en ville demain.

— Très bien. Quand elle reviendra, j'aimerais lui parler au commissariat, déclara Gretchen.

— Au commissariat ? répéta Colin. Vous pensez que notre nounou a un rapport avec la disparition de Lucy ?

— Non, pas nécessairement. Mais nous devons envisager toutes les possibilités. Si Lucy ne s'est pas perdue, c'est qu'elle a été enlevée. Si quelqu'un lui était assez familier pour lui proposer un plan où elle était censée prendre un sweater dans le pilier du manège, l'enfiler et abandonner ses parents pour sortir du parc, nous devons découvrir qui est cette personne. Et nous devrons supposer que c'est cette personne qui a enlevé votre fille.

Les genoux d'Amy se dérobèrent et elle tomba. Colin la rattrapa avant qu'elle percute le sol. Il souleva son corps flasque, tâchant de la redresser. Des larmes ruisselèrent de nouveau sur son visage.

— Oh, mon Dieu, gémit-elle.

Josie se leva et s'adressa à Colin.

— Écoutez, vous devriez ramener votre femme chez vous et vous reposer. La journée a été longue, et nous devons sérieusement examiner l'éventualité d'un kidnapping, ce qui change du tout au tout l'orientation de l'enquête. Nous avons beaucoup à faire dans l'immédiat. Nous vous recontacterons dès que nous en saurons plus.

Il semblait sur le point de refuser, mais Amy devenait de plus en plus ingérable. Il finit par acquiescer et entraîna son épouse hors de la tente. Une fois sûre qu'ils ne pouvaient plus l'entendre, Josie dit :

— Nous devons parler aux parents de ses camarades de classe. Nous devrions aussi rencontrer l'instit. Et il faudra faire la liste de tous les délinquants sexuels dans un rayon de dix kilomètres de sa maison et de son école. Quelqu'un a dû lui parler, la convaincre de quitter ses parents.

— Merde, lâcha Noah d'une voix lourde et triste.

— Et je pense que nous devons lancer une alerte Amber et appeler le FBI, ajouta Josie.

— Chitwood n'acceptera jamais, la prévint Gretchen.

— Je me contrefous de ce que Chitwood acceptera ou non.

12

L'alerte Amber fut émise quelques instants après le coup de fil que Josie passa à la police d'État. Tous leurs téléphones se mirent à sonner en même temps. Dix minutes plus tard, Josie reçut un appel sur son portable : le nom de Bob Chitwood s'affichait à l'écran. Elle décrocha.

— Quinn, aboya-t-elle.

Chitwood attaqua sans préambule :

— C'est vous qui avez fait ça, Quinn ?

Josie serra les dents, se préparant à son sermon, voire à ce qu'il la vire pour insubordination.

— Oui.

— Et vous avez appelé le FBI ?

— Oui, chef. Nous avons maintenant des raisons de penser qu'il pourrait s'agir d'un kidnapping.

Elle voulut lui expliquer la situation, mais il l'interrompit.

— Bouclez-la, Quinn. Je ne veux rien entendre.

— Pardon ?

— Je ne vous ai jamais interdit de vous appuyer sur des preuves. Mais, nom de Dieu, Quinn, vous avez intérêt à ne pas vous tromper, sinon...

— Je sais. Sinon, vous me foutrez dans la merde avant la fin de la semaine. J'en prends bonne note.

Il y eut un instant de silence, juste assez long pour rendre Josie un peu nerveuse. Puis Chitwood parla :

— Je suis ravi que nous nous comprenions, Quinn. Maintenant, au boulot.

Il raccrocha, et Josie contempla son téléphone comme si c'était un objet extraterrestre qu'elle venait de découvrir.

— Qu'est-ce qui lui arrive ? demanda Gretchen.

— Aucune idée. Il suit peut-être un cours de gestion de la colère, un truc de ce genre ?

Gretchen, Mettner et Noah éclatèrent de rire.

— Ensuite, on pourra peut-être l'inscrire à un cours de bonnes manières, proposa Noah.

— On essaiera, plaisanta Josie. Allez, Mett, on va interroger les autres mamans. Vous savez où les trouver ?

Mettner la suivit jusqu'à sa voiture, tout en consultant son portable.

— Amy ne m'a donné le nom que de deux mères. C'est normal, qu'une gamine de sept ans n'ait que deux copines ?

— Je ne sais pas, Mett. Mais commençons par elles. On pourra toujours leur demander s'il y a d'autres mamans à rencontrer.

Ils montèrent dans le véhicule qui démarra tandis que Mettner énonçait une adresse du quartier.

— Ingrid Saylor. Sa fille est dans la classe de Lucy.

Quelques minutes plus tard, quand ils arrivèrent devant chez Ingrid, toutes les fenêtres du rez-de-chaussée étaient éclairées. Josie et Mettner s'avancèrent jusqu'à un porche faisant le tour de la maison. Des voix résonnaient à l'intérieur quand Josie appuya sur la sonnette. Une trentenaire aux cheveux élégamment coupés court, vint leur ouvrir en souriant. Lorsqu'elle vit leurs polos de la police de Denton, les coins de sa bouche retombèrent. Sa lèvre inférieure trembla.

— Oh non. C'est à propos de Lucy ?

— C'est à propos de Lucy, mais nous n'avons rien de nouveau, répondit Mettner.

Josie tendait la main.

— Ingrid Saylor ? Je suis l'inspectrice Quinn, et voici l'inspecteur Mettner. Amy Ross nous a fourni vos coordonnées. Selon elle, votre fille est l'amie de Lucy. Nous voudrions simplement vous poser quelques questions.

Ingrid resserra sur sa poitrine les revers de son gilet de tricot gris et s'écarta pour les laisser entrer.

— Je serais ravie de vous parler. D'ailleurs, certaines des mamans sont ici.

— Les mamans ? s'étonna Mettner.

Ingrid leur fit signe d'entrer dans la grande maison, le vestibule menant à une vaste cuisine où plusieurs femmes étaient réunies autour d'un plan de travail central, grignotant des petits fours et buvant dans des flûtes à champagne.

— Ce sont quelques-unes des mamans de la classe de Lucy.

Josie compta six mères en tout, qui les dévisagèrent lorsque Mettner et elle entrèrent dans la pièce.

Ingrid les présenta et leur proposa à manger et à boire, ce que Josie et Mettner déclinèrent tous deux. Mettner se mit à tapoter furieusement sur son portable afin de saisir, pour chacune de ces dames, leur nom, leur adresse, leur numéro de téléphone et le nom de leur enfant, en vue des rapports que Josie et lui devraient établir ensuite.

— Nous avons toutes participé à la battue aujourd'hui, dit Ingrid. Nous avons passé la journée à chercher Lucy. J'ai invité tout le monde à venir prendre un verre.

— Ç'a été une longue journée, fit observer l'une des mères.

Josie réussit à afficher un sourire crispé.

— C'est très difficile pour nous tous. Merci pour votre assistance. Dans ce genre de recherche, chacun peut aider énormément. Nous nous demandions si vous pourriez nous parler un peu de Lucy et d'Amy Ross. Vous les voyez souvent ?

Une petite femme ronde, aux cheveux blonds frisés, leva la main pour attirer l'attention. Elle avait déclaré à Mettner se prénommer Zoey. Elle était l'autre personne mentionnée par Amy.

— Ma fille est la meilleure amie de Lucy. J'essaie de faire en sorte qu'elles se voient au moins une fois par semaine. En général, je passe par la nounou.

— Ce n'est pas Amy qui vous l'amène ? s'étonna Josie.

Zoey haussa les épaules.

— Parfois, mais rarement. Je conduis ma fille au parc et elles se retrouvent là-bas.

Mettner haussa un sourcil.

— Une fois par semaine ? Que fait la nounou pendant que les filles jouent ensemble ?

— Elle téléphone, en général. Comme la plupart des parents. Le terrain de jeu est un lieu sûr...

Elle s'interrompit et rougit, puis balbutia.

— Je... je... Enfin, avant.

— Je comprends, dit Josie. J'imagine qu'à sept ans, les filles n'ont pas vraiment besoin d'être surveillées.

— Elles se débrouillent très bien toutes seules, confirma Zoey. Et elles savent que nous sommes là si elles ont besoin de quelque chose, si elles tombent, et ainsi de suite. Ce n'est pas comme si on les ignorait complètement. Simplement, on ne les suit pas partout où elles vont.

— Bien sûr. Dites-moi, avez-vous déjà vu Lucy parler à d'autres adultes dans le parc ?

Zoey réfléchit un instant.

— Je ne me rappelle pas. Ça a pu arriver, je suppose.

— Je l'ai vue parler à un adulte, déclara Ingrid.

Tous les yeux se braquèrent sur elle.

— Quand était-ce ? demanda Mettner.

— Il y a quelques mois, le 5 janvier. Nous fêtions l'anniversaire de ma fille au parc de loisirs près de la galerie marchande. Amy avait amené Lucy. Les enfants couraient dans tous les sens. Lucy et quelques autres sont entrés dans la salle d'arcade. Amy était allée chercher des jetons pour les machines, et Lucy était de l'autre côté de la salle, elle jouait au flipper. En passant, j'ai vu un homme lui parler.

— Tu ne nous as jamais raconté ça, commenta une des mères.

Ingrid prit une gorgée de vin.

— Ça ne me semblait pas important. En m'approchant, j'ai vu qu'il débloquait une des boules qui s'était coincée. Mais comme cet homme avait l'air de s'attarder, j'ai appelé Lucy. Elle s'est tournée vers moi, et il est parti.

— À quoi ressemblait-il ? demanda Josie.

— Il était jeune. Une vingtaine d'années. Blanc. Grand. Je n'ai pas vu ses cheveux parce qu'il portait une casquette de base-ball.

— Comment était-il habillé ? voulut savoir Mettner.

— Un jean, un sweater, rien qui m'ait frappée.

— Mais vous avez jugé bon d'intervenir, souligna Josie.

Elle vit au moins deux autres femmes lever les yeux au ciel.

— Je suis « intervenue » uniquement parce qu'Amy devient folle quand elle voit Lucy parler à des gens qu'elle ne connaît pas.

Une des mères lâcha un rire.

— Lucy n'a le droit de rien faire, la pauvre petite. Pas étonnant qu'elle n'ait pas d'amies.

— Jaimie, tais-toi, tu es soûle, la réprimanda Zoey.

Jaimie agita sa flûte, le liquide dansant dans le verre.

— Tu sais que c'est vrai. Amy est une mère-hélicoptère, toujours à planer au-dessus de sa fille. C'est même étonnant qu'elle ait une nounou, vu comme elle est avec Lucy. Colin n'est pas vraiment un mauvais père, mais il n'est presque jamais à la maison.

Elle regarda autour d'elle.

— Honnêtement, Amy vous a déjà déposé Lucy pour qu'elle joue avec vos enfants ? Elle a déjà autorisé Lucy à aller quelque part sans parents dans les parages ? Quand il y a une sortie scolaire, ce n'est pas toujours avec elle ou la nounou ?

Une vague de malaise parcourut la pièce, chaque femme changeant de position ou évitant avec soin de croiser le regard des autres.

— Elle est surprotectrice ? demanda Mettner.

— Ça va plus loin que ça, dit Ingrid. Nous sommes toutes surprotectrices. Amy... C'est comme si elle voulait que personne ne s'approche de Lucy, même les autres enfants.

— Il faut les laisser se faire des amis, ajouta Zoey. Laisser nos petits ensemble sans être toujours sur leur dos. Elle ne nous confie presque jamais Lucy, à part lors des fêtes d'anniversaire.

— Lucy est souvent invitée à ces fêtes ? s'enquit Josie.

Une des mères ricana.

— À cet âge-là, tout le monde est invité. Même ceux qu'on n'a pas envie de voir.

Mettner leva les yeux de son téléphone.

— Lucy fait partie de ceux que vous n'avez pas envie de voir ?

— Non, non, répondit Ingrid. Lucy est très mignonne, très sage. C'est juste qu'Amy la surveille de très près, on a l'impression qu'elle n'a jamais le droit de s'amuser. Sauf quand c'est la nounou qui l'amène.

— Je crois qu'elle est très seule, renchérit Zoey.

— Vous parlez de Lucy ?

Toutes les femmes hochèrent la tête.

— Lucy a du mal à se faire des copines ? demanda Mettner.

— Pas du tout, contredit Jaimie. Comme disait Ingrid, elle est toute mignonne. C'est toujours la plus sage lors des fêtes. Je dois reconnaître qu'Amy l'a très bien élevée, c'est une petite fille très polie. Elle doit l'éduquer d'une main de fer.

Les autres gloussèrent. Josie haussa les sourcils et Zoey s'empressa d'expliquer :

— Nous rions parce qu'Amy est bien trop douce pour avoir une « main de fer ».

— Lucy tient d'elle, pour ça, précisa Ingrid.

— Vous passez beaucoup de temps avec Amy ? demanda Josie.

Jaimie roula des yeux et donna un coup de coude à Zoey, qui répondit :

— Amy est très réservée. Elle ne se livre pas. Son mari, lui, est très sociable, mais il n'est jamais là.

— Amy est charmante, affirma Ingrid. Vraiment charmante. Mais ce n'est pas facile d'être amie avec elle. Nos enfants vont tous à la même école depuis la maternelle. Ça nous a rapprochées. Nous incluons toujours Amy...

— Mais elle n'accepte jamais nos invitations, dit Jaimie.

— Je pense qu'elle aussi est très seule, commenta Zoey.

— J'ai l'impression qu'elle s'isole, ainsi que sa fille, déclara Ingrid, songeuse, suscitant l'approbation des autres. Ça les rend encore plus seules qu'elles ne le sont déjà, avec Colin qui est en déplacement les trois quarts du temps.

— Nous ne savons pas à quoi elle occupe ses journées, se plaignit Jaimie. Elle est toujours à la maison et elle a une nounou. On ne sait même pas si elle a des hobbys... à moins qu'elle ait un amant.

Cette remarque fit rire Ingrid.

— Ah non, pas Amy. Colin et elle sont encore amoureux.

— Si je ne voyais mon mari que deux ou trois jours par mois, je serais peut-être encore amoureuse aussi, ironisa Zoey.

L'hilarité fut générale. Josie eut l'impression que la conversation dérivait vers les ragots.

— Mesdames, seriez-vous prêtes à nous laisser parler à vos

enfants ? Pour leur demander si Lucy leur avait raconté qu'elle connaissait d'autres adultes que ses parents ?

— Bien sûr, murmurèrent-elles.

Josie distribua sa carte professionnelle.

— Il y a mon numéro de portable dessus. N'hésitez pas à me contacter. À n'importe quelle heure, de jour comme de nuit.

De retour dans la voiture, Mettner tapotait encore furieusement sur son appli de prise de notes. Lorsqu'ils commencèrent à rouler, il dit :

— Aucune piste jusqu'ici.

Josie soupira.

— Non, pas parmi les parents. Je ne vois toujours pas Colin ou Amy être impliqués dans l'enlèvement de leur fille, mais il semble y avoir eu beaucoup d'occasions, quand Lucy était avec sa nourrice, pour qu'un kidnappeur l'approche et la prépare à abandonner ses parents.

— Vous pensez que le type qui l'a aidée au flipper la préparait à ça ? Qu'il complotait toute l'affaire ?

— Impossible de le savoir. Appelez le parc de loisirs et demandez combien de temps ils conservent leurs vidéos de surveillance. S'ils les gardent assez longtemps, on pourrait trouver le film de cette rencontre.

Mettner ouvrit le navigateur internet sur son téléphone.

— J'ai le numéro, annonça-t-il avant d'appeler.

Josie l'écouta parlementer avec le directeur du parc de loisirs. Au bout de quelques minutes, Mettner dit : — Donc vous ne gardez les vidéos que pendant un mois ? OK. Oui. Merci quand même.

Il raccrocha.

— Chou blanc, encore une fois, marmonna Josie.

Dans la tente, Noah revérifiait les photos et la vidéo tandis que Gretchen faisait les cent pas derrière lui, feuilletant son bloc-notes. Josie et Mettner leur transmirent le peu qu'ils avaient appris.

— Tu penses que quelqu'un l'a abordée pendant qu'elle était avec sa nounou ou quand Amy avait le dos tourné ? demanda Noah. Pour la préparer ? La convaincre de s'enfuir ?

Josie opina.

— Ça me paraît de plus en plus vraisemblable.

— Elle a récupéré un sweater dans le pilier, dit Gretchen. Elle l'a enfilé et a planté là ses parents. Pour persuader une gamine de sept ans de faire ça, il faudrait un sacré conditionnement.

— Ce type lui parlait peut-être tous les jours quand elle était au parc avec sa nounou, après tout.

— Tout échafauder ici serait plus sensé, concéda Josie. Il est peut-être même monté sur le manège avec elle pour lui faire voir la porte.

— Ils devaient avoir convenu d'un genre de signal, dit Noah. Pour qu'elle sache à quel moment le faire.

— Elle a dû le voir quand elle était sur les chevaux de bois, suggéra Gretchen. Il était forcément là. Elle l'a repéré. Il lui a donné le signal et elle est descendue, a ouvert le pilier, mis le sweater et est sortie du parc en courant.

— Ça fait une centaine de fois que je revois la vidéo et les photos. Je ne trouve rien.

— On devrait peut-être regarder à nouveau, proposa Mettner. Pendant des dizaines de visionnages, aucun de nous, pas même ses parents, n'a vu Lucy se balader en sweater.

Ils se rassemblèrent autour de l'ordinateur et Noah leur montra toutes les images dont il disposait. Ils les étudièrent minutieusement, sans rien remarquer d'anormal.

— On devrait peut-être retourner jeter un œil au manège, déclara Josie. En prenant le point de vue de Lucy.

Ils marchèrent lentement, pour que Noah puisse les accompagner, bien qu'il soit désormais rapide avec ses béquilles. Il resta à l'extérieur de l'enclos, à l'endroit approximatif d'où avait été tournée la vidéo. Gretchen se plaça entre les deux chevaux qu'Amy et Lucy avaient occupés.

— Le type pouvait être n'importe où, affirma Gretchen. Le manège tournait. Il y a des parties du parc qu'on ne voit sur aucune des images qu'on nous a données.

Josie grimpa sur le cheval bleu et balaya des yeux les environs. Elle descendit avec un soupir.

— Tu as raison.

— Quand le carrousel s'est arrêté, le type devait déjà être hors du parc, de toute façon, fit observer Noah. Elle est partie vers la rue, à en croire le maître-chien.

— C'est ce que confirme la vidéo, approuva Gretchen.

Josie tenta de reconstituer la trajectoire de Lucy, suivie par Gretchen et Mettner. Laissant derrière elle le cheval bleu, elle marcha jusqu'à la porte et commença à l'ouvrir, jusqu'à ce que Noah lui dise d'arrêter.

— Voilà. C'était comme ça sur la vidéo.

La porte n'était entrouverte que sur quinze centimètres. Ce qui permettait largement de ramasser un sweater sur le sol.

— C'est peut-être pour ça que personne n'a rien remarqué, supposa Gretchen. Elle ne l'a pas ouverte en grand.

— Juste assez pour glisser la main à l'intérieur du pilier, dit Mettner.

— C'est allé très vite, puisque quelques secondes plus tard elle est apparue de l'autre côté, portant le sweater, compléta Josie.

Lorsqu'elle voulut refermer la porte, son attention fut attirée par quelque chose de coloré. Elle se pétrifia.

— Patronne ? fit Mettner.

— Mon Dieu, murmura Josie.

Mettner et Gretchen se pressèrent derrière elle. Lentement, Josie ouvrit entièrement la porte.

— Mais qu'est-ce que...

Gretchen n'acheva pas sa phrase.

— Un problème ? demanda Mettner en tendant le cou.

Josie et Gretchen s'écartèrent pour qu'il voie l'intérieur du pilier.

— Oh putain, lâcha Mettner.

Sur le sol se trouvait le sac à dos en forme de papillon pailleté de Lucy Ross.

13

— Ne touchez à rien, ordonna Josie. Appelez Hummel. Réveillez-le si besoin. Qu'il vienne tout de suite analyser ça.

Gretchen passa le coup de fil pendant que tous trois ressortaient de l'enclos pour rejoindre Noah. Quand Josie lui expliqua ce qu'ils avaient découvert, il s'exclama :

— Ce sac a été placé là aujourd'hui !

— Je sais, acquiesça Josie.

— C'est culotté, estima Mettner.

— Ça n'a pas dû être bien difficile. Personne ne s'intéressait au manège, aujourd'hui. Les équipes de recherche rayonnaient vers l'extérieur. Il n'y avait aucune surveillance sur les chevaux de bois. À quoi bon ?

Noah rebondit sur les propos de Josie :

— Le type a pris un risque, si le but était qu'on trouve le sac. Et si nous n'étions jamais revenus ici ? Le manège va probablement rester fermé plusieurs jours encore et, de toute façon, le gérant a-t-il vraiment besoin d'entrer dans cette colonne pour le mettre en marche ?

— Non. Tout se fait depuis la petite guérite.

— Il a peut-être démonté un truc dans le pilier pour que, le jour où on relancera le manège, ça ne marche pas et qu'il faille aller regarder à l'intérieur, suggéra Mettner. Comme dit Fraley, en supposant qu'il veuille qu'on trouve le sac.

— Il voulait qu'on le trouve, j'en suis certaine, dit Josie. Autrement, pourquoi courir le risque de revenir ici quand il y avait foule dans le parc ?

— La patronne a raison, déclara Gretchen. J'appelle le directeur du parc pour qu'il vienne dès que Hummel aura fini et qu'il regarde dans le pilier si quelque chose a été trafiqué.

Elle s'éloigna pour passer ce coup de fil. Noah repartit en boitillant vers la tente où il pourrait s'asseoir. Un quart d'heure après, Hummel arriva avec l'agente Jenny Chan, autre membre de leur équipe d'identification criminelle, et tout le matériel dont ils avaient besoin. Josie et Mettner restèrent hors du carrousel pendant qu'ils examinaient l'intérieur du pilier et le sac de Lucy. Une heure après, tous se réunirent dans la tente, debout autour d'une table où Hummel avait déposé un sac en papier brun. De ses mains gantées, il en tira le sac à dos papillon qu'il déposa sur la table.

— Nous n'avons rien pu en tirer. Pas d'empreintes, évidemment, parce que c'est un tissu qui ne marque pas. Ni ADN ni rien. Mais il y a des trucs qui vont forcément vous intéresser.

Il étala plusieurs objets enfermés dans des sachets en plastique : deux petits jouets en forme de chenilles, un gloss parfum pastèque, un chouchou pour les cheveux, une minuscule peluche coccinelle sur un porte-clés et, enfin, une feuille de papier blanc avec des mots écrits à l'encre bleue.

— C'est tout ce qu'il y avait dans le sac, expliqua Hummel. Les parents pourront vous confirmer que tout ça est bien à elle mais, vu les circonstances, et ce message, je suis sûr à cent pour cent que c'est bien le sac à dos de Lucy Ross.

Josie se pencha au-dessus de la table et déchiffra le message manuscrit, sa peau se glaçant un peu plus à chaque mot.

Petite Lucy s'en est allée.
Petite Lucy ne peut pas jouer.
Vous la verrez si vous attendez.
Rentrez chez vous sans discuter.
Répondez à tous les appels
Ou vous ne saurez plus rien d'elle.

Mettner émit un sifflement.

— La patronne avait raison.

— Je vais vérifier s'il y a des empreintes sur le papier, déclara Hummel.

Josie sortit son téléphone et prit le message en photo. Le martèlement de son cœur était assourdissant. Elle tenta de ralentir sa respiration.

— C'est curieux, dit Gretchen. Les gens qui enlèvent des enfants le font pour des motifs égoïstes, en général pour assouvir leurs désirs sexuels pervers.

— Et donc ? interrogea Noah.

— Donc ici, ça doit être pour une rançon.

— Appelez WYEP et récupérez toutes les images qu'ils ont tournées aujourd'hui pour leur journal, ordonna Josie. Il y a une chance pour qu'ils aient filmé le kidnappeur allant au manège ou en revenant.

— Je m'en occupe, acquiesça Mettner.

— Nous devons parler de nouveau avec Amy et Colin, ajouta Josie.

De l'extérieur de la tente leur parvint le grondement de plusieurs gros véhicules. Josie et Gretchen se regardèrent, puis sortirent. Le FBI arrivait en force, sous la forme d'un convoi incluant ce qui ressemblait à une caravane customisée et une camionnette portant l'inscription « Traitement des éléments de preuve ». Quand les agents surgirent de leurs véhicules garés devant le parc, Josie en compta plus de deux douzaines. Un grand Noir costaud traversa le terrain de jeu, le visage sévère et déterminé. Lorsqu'il les eut rejointes, il tendit la main à Josie.

— Inspectrice Quinn ?

— C'est moi, dit-elle en lui serrant la main. Et voici l'inspectrice Gretchen Palmer.

Il serra la main de Gretchen et se présenta :

– Agent spécial Ruben Oaks, de la CARD. Apparemment, une fillette de sept ans a disparu.

Josie fut soulagée à la perspective de disposer de plus de personnel et de ressources pour l'aider à retrouver Lucy.

— Oui, répondit-elle. Et nous savons maintenant qu'elle a été kidnappée. Je vous en prie, entrez et nous allons tout vous expliquer.

14

— S'il te plaît, a-t-elle dit à l'homme. Il nous faut du chauffage. Il fait trop froid ici pour un enfant.

— Ta gueule, a-t-il répliqué. Te plaindre, tu ne sais faire que ça.

— Alors une couverture supplémentaire. S'il te plaît.

De derrière la porte, j'ai entendu une gifle, puis le cri qu'elle a poussé. Je pensais qu'il allait la frapper encore, mais le son suivant a été un bruit de pas traînants en direction de la porte. J'ai reculé, j'ai sauté sur le lit alors qu'elle faisait irruption dans la pièce. Dans le clair de lune qui passait par la fenêtre, j'ai vu le petit filet de sang au coin de sa bouche. Elle l'a essuyé du revers de la main.

— Sous les draps, a-t-elle ordonné.

J'ai rampé sous la couverture élimée que nous partagions, et elle s'est couchée à côté de moi. Elle venait me serrer contre son corps et sa chaleur a bientôt imprégné ma peau.

— Je suis désolée, a-t-elle dit.

Je n'ai pas bronché. Elle a passé un bras autour de ma poitrine, m'attirant plus près d'elle, et a murmuré dans mon oreille :

— Un jour, on partira d'ici. Je te le promets.

— On ira où ? ai-je demandé tout bas.

— Je ne sais pas. Chez nous.

J'ai tourné la tête et j'ai senti son haleine sur ma joue.

— Chez nous ?

— Oui. Où il fait toujours chaud et où il y a plein de choses à manger. Tous les jouets que tu voudras, et des amis. Des tas d'amis.

— Il viendra avec nous ?

— Non. On ne le verra plus jamais.

— Tu resteras avec moi pour toujours ?

Elle m'a embrassé le sommet du crâne.

— Pour toujours. On n'aura plus jamais froid, plus jamais mal.

— Je veux partir maintenant.

— Pas encore, a-t-elle chuchoté.

15

La CARD passa aussitôt à l'action. Oaks envoya plusieurs agents chez tous les délinquants sexuels répertoriés à l'intérieur des limites de la ville. Le FBI prit possession du message pour l'analyser. Josie savait que s'il y avait des empreintes à y découvrir, leur labo obtiendrait les résultats plus vite que Denton et la police d'État. Josie indiqua à Oaks les noms de tous les parents qui se trouvaient dans le terrain de jeu lors de la disparition de Lucy, et il chargea une équipe de se renseigner sur chacun d'eux, puis d'aller les voir au cas où ils auraient des précisions à apporter.

Oaks était sérieux et efficace, il savait déléguer et donner des ordres avec rapidité et assurance. Josie le trouva immédiatement sympathique. Quand il eut installé le commandement mobile du FBI et envoyé ses agents en mission, Josie permit enfin à ses troupes ainsi qu'aux agents de la police d'État et aux adjoints du shérif d'aller se reposer. Une fois la situation bien en main, Oaks se tourna vers Josie.

— Bien, et si on allait parler aux parents ?

Mettner et Noah restèrent sur place pour seconder le FBI si besoin. Josie et Gretchen montèrent avec Oaks et une petite équipe d'agents dans une grande Chevy Suburban pour se rendre chez les Ross, à deux cents mètres de là. Un des agents conduisait, tandis qu'Oaks était assis à l'arrière avec les deux inspectrices.

— Que savons-nous d'eux ? leur demanda-t-il.

Gretchen sortit son bloc-notes et plissa les yeux tandis que le véhicule accélérait, Josie donnant des instructions au chauffeur.

— Lui travaille pour Quarmark, une grande entreprise pharmaceutique. Il voyage beaucoup. Elle est mère au foyer.

Josie prit son téléphone pour envoyer un texto à Trinity : *Tu as trouvé quelque chose sur les Ross à New York ?*

À Gretchen, elle dit :

— Tu as eu l'occasion de les interroger plus longuement hier soir, non ?

— Il a quarante-huit ans, elle, quarante-quatre. Il vient de New York, elle, d'une petite ville du même État, Fulton. Amy et ses deux sœurs ont été élevées par leur mère. La mère et une des sœurs sont mortes dans un accident de voiture quand Amy avait vingt-deux ans. Elle ne s'est jamais entendue avec son autre sœur, donc elle est partie sans regret pour New York. Elle avait vingt-neuf ans et elle était serveuse quand elle a rencontré Colin. Ils sont sortis ensemble pendant un moment, se sont mariés, et Colin a décroché un emploi chez Quarmark. Ils ont quitté New York pour une ville proche du siège social de la boîte, puis ont emménagé ici au bout de quelques années. Ils habitent la même maison depuis cinq ans.

Le téléphone de Josie gazouilla lorsqu'elle reçut un texto de Trinity.

Rien de bien intéressant. Je continue à chercher. Je t'appelle tout à l'heure.

— C'est ici, indiqua Josie au chauffeur, qui se gara.

— Lucy est leur unique enfant. Premier mariage, premier enfant, ajouta Gretchen.

— Ils ont une nourrice, actuellement en voyage, précisa Josie. Un de nos hommes a déjà parlé avec elle, mais nous pensons qu'il faudrait l'interroger plus exhaustivement. Lucy est en primaire, et je crois qu'il faudrait aussi parler à son instit.

— Je m'en occuperai, assura Oaks en hochant la tête avant de descendre de la voiture. Apparemment, ils ne dorment pas encore.

C'était le milieu de la nuit, mais toutes les pièces étaient éclairées dans la vaste demeure des Ross, une maison à deux niveaux de style colonial. La lampe du porche était allumée et Colin vint très vite leur ouvrir. Il les dévisagea, son regard allant et venant entre Josie, Gretchen et, derrière elles, les imposants agents du FBI.

— Il y a du nouveau ? Vous avez... Il est arrivé quelque chose ?

Amy accourut, s'accrochant à l'épaule de son mari pour ne pas s'effondrer.

— Vous l'avez trouvée ?

— Je suis désolée, monsieur et madame Ross, répondit Josie. Nous n'avons pas encore localisé Lucy, mais l'enquête a évolué. Je vous présente l'agent spécial Ruben Oaks, du FBI, et quelques membres de son équipe. Ils sont là pour nous aider.

— Je vous en prie, entrez, dit Colin.

La décoration chaleureuse de l'intérieur privilégiait les nuances de crème, avec des touches bleu pastel. Leurs pieds foulèrent une moquette épaisse lorsqu'ils pénétrèrent dans le salon. Un long canapé crème dominait la pièce. Dans un coin, une couverture décorée de princesses Disney était roulée en boule à côté de deux poupées Barbie. Sur l'étroite et solide table basse en noyer, une briquette de jus de fruit dans laquelle était plantée une paille, des livres de coloriage et des crayons de couleur. À côté du canapé, un fauteuil inclinable de la même couleur. De petites tables supportaient des lampes aux pieds en céramique bleu clair. Dans un coin du salon, Josie aperçut un coffre en bois au couvercle relevé, débordant de jouets et de jeux. Sur les murs, des photographies encadrées de la famille Ross, mais surtout de Lucy. Dans cette seule pièce, Josie pouvait la voir se transformer, du bébé jusqu'à la fillette énergique qu'elle avait rencontrée la veille au parc. Tout l'espace ressemblait à un câlin réconfortant. Josie s'y sentait au chaud et en sécurité. Lucy avait dû éprouver la même chose. Pourquoi avait-elle fui ? Qui l'avait enlevée ? Serait-elle rendue à ses parents ?

Josie chassa toutes ces questions et l'angoisse qu'elles provoquaient, afin de se concentrer sur la tâche en cours. Oaks fit signe aux agents venus avec lui. Pour la première fois, Josie remarqua qu'ils transportaient des caisses. *Du matériel électronique*, devina-t-elle. Ils devaient mettre sur écoute les portables des deux parents, au cas où le ravisseur appellerait.

— Mon équipe a besoin d'un endroit pour l'installation, annonça Oaks. J'ai vu en passant ce qui ressemblait à une table de salle à manger. Vous permettez ?

— L'installation de quoi ? demanda Amy d'une voix de plus en plus aiguë.

Josie leva la main.

— Nous vous expliquerons mais, s'il vous plaît, plus tôt nous démarrerons, mieux ça vaudra. Dans l'intérêt de Lucy, je vous en prie.

— D'accord, accepta Colin. Allez-y.

— Nous aurons aussi besoin de vos téléphones portables, poursuivit Oaks. Et des mots de passe.

— Vous me faites peur, dit Amy.

Gretchen sortit son bloc-notes et son stylo qu'elle tendit à Amy.

— Nous savons que c'est effrayant, mais je vous promets que

nous vous expliquerons tout dans une minute. Veuillez simplement noter ici le mot de passe de votre téléphone.

Amy griffonna le sien, puis passa le bloc-notes à Colin. D'une main tremblante, il écrivit à son tour. Ils confièrent leurs portables à Gretchen qui les remit à l'un des collègues d'Oaks.

— L'écran est cassé, marmonna Colin. Mais je vous le donne volontiers.

Avec un hochement de tête, Oaks laissa Josie et Gretchen mener l'opération puisqu'elles avaient déjà établi une relation avec Colin et Amy. Gretchen leur apprit la découverte du sac à dos, après quoi Josie leur montra les photos des objets trouvés dedans – tout sauf le message.

— Vous reconnaissez tout ça ?

Les deux parents contemplèrent les images des chenilles, du gloss, du chouchou et de la coccinelle en peluche. Finalement, Amy prit la parole en pointant les objets du doigt.

— C'est son gloss. Parfum pastèque. Je le lui ai acheté la semaine dernière. Et c'est son chouchou. Il était à moi, au départ, mais la couleur lui plaisait, elle m'a demandé si elle pouvait l'avoir, et je lui en ai fait cadeau.

— Et les jouets ? demanda Josie.

Amy secoua la tête.

— Non, non. Ils n'appartiennent pas à Lucy.

— Tu en es sûre, ma chérie ?

Amy se tourna tout à coup vers Colin.

— Évidemment que j'en suis sûre.

— Alors d'où viennent-ils ? Comment les a-t-elle eus ?

Avant qu'Amy ait pu répondre à son mari, Gretchen intervint :

— Nous pensons que ces objets pourraient lui avoir été donnés par quelqu'un. Un adulte.

Colin parut perplexe.

— Un adulte ? Mais qui ?

Josie reprit son téléphone et fit apparaître la photo du message.
— Il y a autre chose. Nous avons trouvé un mot dans le sac. Nous voudrions que vous y jetiez un œil.
— Un mot ? Quel genre de mot ? demanda Colin tandis qu'Amy tendait la main vers le portable de Josie.
— Ça risque d'être un peu difficile pour vous deux, les prévint-elle.
— Nous avons besoin de savoir si vous reconnaissez l'écriture, précisa Gretchen.
Amy avait les mains tremblantes et Colin pâlit pendant qu'ils examinaient le message.
— Qu'est-ce que c'est ? Je ne comprends pas. Elle a été enlevée ?
— Nous le pensons, répondit Josie à Colin.
— Reconnaissez-vous l'écriture ? insista Gretchen.
Amy secoua la tête.
— Non, dit Colin. Je ne la reconnais pas. Qui ferait ça ? Qui enlèverait notre petite fille ?
Amy se mit à sangloter. Colin lui passa un bras autour des épaules, mais elle s'enfonça de plus en plus dans le canapé.
— Oh, mon Dieu, quelqu'un a pris mon bébé, gémit-elle. Quelqu'un a pris mon bébé.
Son visage, blême quelques secondes auparavant, devint écarlate. À chaque exclamation, sa voix se faisait plus haut perchée. En la voyant repousser la main de son mari et se lever soudain, Josie craignit de voir se répéter la crise de la veille au soir. Mais comment le lui reprocher ? Josie pensa au petit Harris, qu'elle aimait tant, et elle sut que s'il était un jour enlevé, cela l'anéantirait d'une manière qu'elle ne pouvait pas même imaginer.
Josie s'avança vers Amy et lui saisit les mains.
— Madame Ross. Je vous en prie, regardez-moi.
Amy tenta de se dégager, mais Josie la retint.

— S'il vous plaît, il faut que vous restiez calme. C'est très important. Nous avons des questions auxquelles vous seule pouvez répondre, vous comprenez ? Des questions importantes, qui pourraient nous aider à retrouver Lucy. Pouvez-vous m'aider ?

Les yeux plongés dans ceux de Josie, Amy serra les dents et un petit cri de souffrance sortit de sa gorge. À travers ses mains crispées, Josie sentait la tension dans son corps.

— S'il vous plaît, reprit Josie. Je sais que c'est dur. Je sais que ça paraît impossible, mais j'ai besoin de votre aide. Exactement comme vous m'avez déjà aidée, dans la tente. Vous vous rappelez ?

Lentement, Amy hocha la tête.

— Bien. C'est vous qui connaissez le mieux Lucy, n'est-ce pas ?

— Oui, chuchota Amy.

— OK, asseyons-nous et vous allez nous aider, M. Ross et vous, en répondant à nos questions. Certaines vont vous sembler étranges, mais il est important que vous répondiez à toutes. Pouvez-vous faire ça pour moi ? Pour Lucy ?

Amy acquiesça et retomba sur le canapé, mais sans lâcher les mains de Josie, dont les doigts étaient douloureux, mais qui n'eut d'autre choix que de prendre place à côté d'elle.

— Monsieur et madame Ross, commença Oaks, avez-vous remarqué la présence d'un individu suspect, récemment ? Devant la maison, à l'école de Lucy, quand vous sortez ?

— Je voyage beaucoup, répondit Colin, donc Amy doit savoir ça mieux que moi.

— Non, je n'ai vu personne de suspect ou d'inhabituel, mais notre nounou, Jaclyn, garde Lucy la plupart des après-midi. C'est à elle que vous devriez parler.

— Nous le ferons. Depuis combien de temps travaille-t-elle pour vous ?

— Trois ans, répondit Amy. Elle est étudiante, c'est une

perle. Elle doit bientôt obtenir sa licence donc nous allons la perdre, j'en suis sûre. Lucy l'adore. Elle est très sérieuse.

Oaks se tourna vers Colin.

— Monsieur Ross ?

— Oh. Oui, Jaclyn est formidable. Un don du ciel.

— Avez-vous des raisons de penser, l'un ou l'autre, que Jaclyn pourrait vouloir enlever Lucy ?

— Quoi ? s'exclama Amy. Non. C'est absurde. Jamais Jaclyn ne...

D'un geste large, Oaks désigna la pièce.

— Vous avez une belle maison, je suppose que vous êtes à l'aise financièrement. Jaclyn pourrait avoir un complice. Elle a peut-être vu une occasion de se remplir les poches ?

— Non, riposta Amy, catégorique. Jamais Jaclyn ne ferait une chose pareille. Jamais. Nous la payons bien. Il y a deux ans, elle a eu un souci de logement, et nous nous sommes bien volontiers portés caution pour son nouvel appartement. Elle sait qu'elle peut nous solliciter en cas d'ennuis. Elle fait partie de la famille.

— Amy a raison. Je sais que vous devez envisager toutes les hypothèses, mais je ne crois pas que Jaclyn soit mêlée à ça.

— Jaclyn a-t-elle un petit ami ? demanda Oaks. À votre connaissance ?

— Non, elle est célibataire, répondit Amy. Elle en avait un quand elle était en première année, mais plus depuis.

— OK. Maintenant, avez-vous en tête quelqu'un qui aurait une raison d'enlever Lucy ?

— Non, dit Colin. Absolument personne.

— Y a-t-il quelqu'un avec qui vous auriez eu des problèmes récemment ? Une dispute, un litige ?

Colin fit signe que non.

— Personne.

Amy s'éclaircit la gorge. Josie la sentit resserrer la pression sur ses mains.

— À ton travail, Colin.

Il regarda sa femme.

— Quoi ?

Plus fort, Amy répéta :

— À ton travail. Les menaces de mort.

— Quelles menaces de mort ? demanda Josie.

Colin s'adressa à la fois à Amy et à l'inspectrice.

— Oh, ce n'est rien.

La voix d'Amy se chargea de venin.

— Rien ? Notre fille a disparu, Colin. Qui voudrait enlever notre bébé ? Qui ? Tu as reçu des menaces de mort il y a moins de deux mois.

— Quelles menaces de mort ? répéta Josie.

Avec un profond soupir, Colin se prit le visage entre les mains.

— Mon mari est responsable de la tarification des produits que Quarmark lance sur le marché américain. Il décide du prix que les gens paieront pour chaque médicament.

Colin releva la tête.

— Je ne décide pas. Il y a toute une équipe et des recherches à n'en plus finir pour en arriver là. Ce n'est pas comme si je collais une étiquette à la légère sur chaque boîte.

— Mais c'est toi qui es responsable de l'équipe, rétorqua son épouse. En fin de compte, c'est toi qui donnes le feu vert. Quarmark a reçu des menaces qui t'étaient adressées, *à toi*.

— Voilà un point sur lequel nous devrons enquêter, monsieur Ross, dit Oaks.

— Il y a des gens qui se plaignent du prix d'un nouveau médicament Quarmark ? demanda Gretchen.

Colin acquiesça.

— Quel médicament ?

Il soupira encore, visiblement mal à l'aise.

— Dis-leur, exigea Amy.

— Il faut d'abord se représenter tout ce qui est en jeu, commença-t-il.

Amy émit un bruit de gorge.

— N'essaie même pas de justifier ça, Colin. Ça a toujours été injustifiable, et tu le sais.

— Je travaille pour une entreprise à but lucratif. Si je ne les aide pas à faire du profit, je perds mon emploi.

Amy pointa le menton en avant. Elle broya les doigts de Josie, comme pour se donner du courage.

— C'était un médicament contre le cancer. Un truc révolutionnaire, qui empêche la plupart des cancers de se métastaser. Ça arrête la propagation. Ça pourrait sauver des millions de gens, ou du moins prolonger leur vie.

— Quel est le prix exigé par Quarmark ? s'enquit Oaks.

Il y eut un long silence. Amy finit par répondre :

— L'équipe de Colin avait fixé le prix à 15 000 dollars par mois. Les compagnies d'assurances en couvrent une grande partie, mais les gens doivent encore débourser des milliers de dollars en complément. Des milliers. Vous connaissez beaucoup de patients qui ont des milliers de dollars sous le coude pour payer un médicament ?

— Amy ! l'avertit Colin.

Josie intervint pour revenir à l'essentiel :

— Vous avez reçu des menaces de mort quand le produit a été mis sur le marché ?

— Pas tout de suite, dit Colin. Mais au bout de quelques mois, nous avons commencé à en recevoir.

— *Tu* as commencé à en recevoir, clarifia Amy.

— C'est moi qui en ai reçu la majorité. Je suis officiellement responsable de la tarification.

— Comment ces menaces vous sont-elles parvenues ? s'enquit Gretchen.

— Les unes par la poste, les autres par mail. Toutes à mon bureau, qui est à près de deux heures d'ici. En fait, je suis en déplacement la plupart du temps et, même quand je suis dans la région, je n'ai pas besoin d'être au bureau tous les jours. Mais ces gens ne m'ont pas visé ici, seulement au travail.

— Il n'est pas difficile de se procurer l'adresse de quelqu'un, monsieur Ross, fit remarquer Josie.

— Vous avez conservé ces lettres ? demanda Oaks.

— Dans mon bureau, au travail. Je garde une copie de chacune. J'ai confié les originaux et les mails à notre service juridique, mais j'ai gardé des photocopies.

— Pourquoi ? s'étonna Gretchen.

Il haussa les épaules.

— Au cas où... il arriverait quelque chose, je suppose.

— Nous en aurons besoin, déclara Oaks. Quand nous en aurons fini ici, j'enverrai un agent les chercher avec vous. Nous attendrons qu'il fasse jour. Nous identifierons tous ceux qui vous ont menacés, vous ou votre équipe, et nous leur rendrons visite.

Amy relâcha enfin légèrement son emprise sur les doigts de Josie.

— Merci, marmonna-t-elle.

— Très bien, mais ça me paraît tiré par les cheveux, commenta Colin. Pourquoi enlèverait-on ma fille pour protester contre le prix d'un médicament contre le cancer ?

— Qu'y aurait-il d'autre de plus précieux que votre vie ? répliqua Josie. Pour un parent ? Qu'est-ce qui compte plus que votre propre vie ?

Colin ne répondit pas. Ce n'était pas la peine. Tous connaissaient la réponse. Inutile d'être parent pour savoir que le lien entre parent et enfant pouvait être l'un des plus puissants au monde.

— Il y a autre chose que j'aimerais vous demander. C'est une procédure assez courante. Vous pouvez refuser, bien sûr, mais nous espérons que ce ne sera pas le cas.

— De quoi s'agit-il ? voulut savoir Colin.

— J'aimerais vous faire passer un test polygraphique.
— Quoi ? s'écria Amy.

Josie faillit hurler quand la pression sur ses doigts devint intolérable.

— Pourquoi ? Vous nous croyez coupables ?
— Non, répondit Oaks. Mais peu importe mon opinion. Ce qui compte, c'est ce que révèlent les données. Dans presque tous les cas d'enlèvement, nous devons d'abord porter notre attention sur les parents. Les éliminer de la liste des suspects pour consacrer nos ressources à des pistes plus intéressantes.

— Nous étions là tous les deux, dit Amy, regardant Josie. Vous aussi, vous étiez là. Vous nous avez vus.

— En effet. Mais, Amy, c'est réellement la procédure standard. Vous passez le test tous les deux, ça ne donne rien, et votre implication dans le kidnapping de Lucy peut être exclue.

— Comment aurions-nous pu l'enlever ? Pourquoi ? Pourquoi mettre en scène l'enlèvement de notre propre enfant ?

— Exactement, dit Oaks. Vous ne devriez donc rien avoir à redouter du test polygraphique.

— Je t'en prie, ma chérie. Ne faisons pas d'histoires pour si peu. Pour Lucy, nous devons nous concentrer sur les recherches.

Amy ne répondit rien à son mari, mais elle cessa de regimber.

— Je ferai venir le polygraphe au plus vite, annonça Oaks. Par ailleurs, d'après le contenu du message trouvé dans le sac à dos de Lucy, nous pensons que le ravisseur va tenter de vous contacter. Vous avez une ligne fixe ?

— Non, dit Colin. Juste nos portables.

— Rien d'anormal de nos jours. Mon équipe est en train d'installer ses ordinateurs pour intercepter tous les appels que vous recevrez et en déterminer la source. Mais nous devons passer par le service juridique de votre opérateur téléphonique. Vous devrez signer un formulaire de consentement.

— Très bien.

— Formidable. Il faudra répondre tout à fait naturellement aux coups de fil. Ne laissez pas vos portables se décharger. Nous ferons en sorte d'écouter tout ce que vous entendrez. N'oubliez pas : ce n'est pas comme à la télévision, ou comme autrefois, il n'est pas nécessaire de faire parler longtemps le ravisseur. Avec le wifi, les adresses IP et le logiciel que nous avons, la source de tout appel peut être identifiée rapidement. Dès qu'il vous téléphonera, nous aurons sa localisation et nous enverrons une équipe. Voilà comment nous allons procéder.

Colin et Amy acquiescèrent. Amy libéra enfin les mains de Josie.

— Parfait, dit Oaks. Si vous voulez bien me suivre dans la pièce où se trouve mon équipe, nous pourrons commencer.

16

Au centre de commandement, les premières lueurs de l'aube apparaissaient à l'horizon. Ils avaient veillé toute la nuit. Josie ressentait un épuisement que toute son équipe semblait partager, à en juger par la mine hagarde de Gretchen, de Noah et de Mettner. Oaks les réunit dans la tente, et s'adressa d'abord à Josie.

— Vous avez une vraie relation avec Amy Ross. Un lien. Vous avez des enfants ?

— Non.

— Vous étiez au terrain de jeu quand c'est arrivé.

— Oui. Je m'occupais du fils d'une amie.

— OK, vous allez devoir accompagner Amy Ross au maximum.

— Pas de problème.

— Vous connaissez la ville bien mieux que mes agents. Si nous recevons un appel du kidnappeur, nous aurons besoin de vous autres pour le localiser au plus vite.

— Vous pensez qu'il est encore dans la région ? demanda Gretchen.

— Nous ne pouvons pas avoir de certitude, évidemment, répondit Oaks, mais nous aimerions être prêts s'il apparaît dans les environs.

Il s'interrompit et les regarda un par un.

— Vous et votre équipe, vous devriez rentrer vous reposer. Revenez tout à l'heure et nous vous tiendrons au courant s'il y a du nouveau. En attendant, mon équipe va bosser à fond.

Personne ne discuta. Ils étaient tous trop fatigués, et il était clair qu'Oaks n'avait pas l'intention de les exclure de l'enquête s'ils partaient se reposer quelques heures.

Une fois qu'Oaks eut enregistré leurs numéros de téléphone, Josie monta dans son véhicule, emmenant Noah avec elle. La voiture de Misty n'était plus devant sa maison mais, à l'intérieur, différents signes indiquaient que Harris et elle restaient chez Josie. Son petit chien, Pepper, dormait dans un coin du canapé. Les jouets de Harris étaient éparpillés dans le salon.

— Regarde où tu mets les pieds, conseilla Josie.

— Je file au lit, lui dit Noah en sautillant, ses béquilles dans une main, utilisant la balustrade pour ne pas perdre l'équilibre alors qu'il montait l'escalier.

— Je te rejoins tout de suite.

Josie alla dans la cuisine appeler Trinity.

— Tu te lèves ? demanda celle-ci.

— Je me couche !

— Il y a des choses qui ne changent jamais. Tu as du nouveau ?

— Tu sais que je n'ai pas le droit de te parler d'une enquête en cours.

— Oh, fit Trinity. Donc c'est beaucoup plus sérieux qu'on pensait au début.

— Je n'ai pas dit ça.

— Pas besoin. Si c'était simplement une fille qui s'est perdue dans le bois, tu me répondrais qu'il n'y a rien de neuf. Alors, c'est quoi ? Un délinquant sexuel ?

Josie garda le silence.

— Ce n'est pas un délinquant sexuel ?

Josie resta muette.

— Alors c'est autre chose. Mais c'est quand même un enlèvement.

Contrariée, Josie s'exclama :

— C'est de la magie, comment fais-tu ?

La question fit rire Trinity.

— Peu importe. Je sais que tu n'as pas le droit de me parler, donc je vais te dire ce que, moi, j'ai appris. Colin Ross habitait New York depuis longtemps lorsqu'il a rencontré sa femme. Apparemment, c'était un vrai don juan. J'ai parlé à quelques-unes de ses ex, si on peut les appeler comme ça. Il n'était pas du genre à s'engager. Du moins, pas avant Amy.

C'était la deuxième fois que Josie entendait ce récit. Une voix dans un coin de son cerveau se demandait si le poids d'une famille à nourrir était devenu trop lourd pour Colin. S'était-il arrangé pour faire éliminer Lucy ? Mais non, ça n'avait aucun sens. Si tel avait été le cas, on aurait déjà retrouvé le corps, au lieu d'un message suggérant aux parents d'attendre un appel du kidnappeur.

— Et sur le plan financier ? s'enquit Josie.

— Ses parents étaient tous les deux profs en fac. Classe moyenne supérieure, mais pas riches. Colin a dû cumuler les petits boulots pour s'inscrire en master à la New York University. Il a décroché un job chez Quarmark juste après son diplôme et il est monté dans la hiérarchie. Il est chef du service tarification depuis plusieurs années, et il a un salaire à six chiffres.

Une demande de rançon aurait donc été logique, songea Josie.

— J'ai parlé à sa mère. Selon elle, il lui donne des nouvelles, mais il ne veut pas qu'elle aille à Denton. Elle ne s'entend pas avec Amy, qu'elle accuse de vouloir couper Colin de tous les gens qu'il connaît.

— Amy a-t-elle refusé de laisser Lucy voir ses grands-parents ?

— Non. Ils n'aiment pas spécialement leur belle-fille, mais elle a toujours veillé à maintenir le lien avec Lucy. Du moins, c'est ce que m'a raconté la mère de Colin.

— Et Amy ? Il y a des choses intéressantes dans son passé ? demanda Josie.

Trinity soupira.

— Non. Sa vie est ennuyeuse comme la pluie. Elle a vécu à New York pendant plus de sept ans avant de rencontrer Colin. Elle a eu plusieurs emplois, de serveuse surtout, pour payer le loyer d'un petit studio merdique à Brooklyn qu'elle partageait parfois avec d'autres filles. Je n'ai pu dénicher qu'une seule de ses colocs. Rien à signaler. Amy était gentille, calme et réservée.

Entre son salaire et les menaces de mort causées par son travail, Colin apparaissait peu à peu comme la raison la plus probable de l'enlèvement de Lucy. Quelqu'un avait décidé de le punir ou de toucher le gros lot.

— Je continuerai à enquêter, annonça Trinity, puisqu'une source fiable vient de m'apprendre que le FBI est désormais impliqué. Je ne devrais rien te révéler de ce que je trouverai puisque tu n'es pas du tout coopérative, mais je le ferai quand même parce que tu es ma sœur.

— Et parce que tu as de la compassion, souligna Josie. Tu as de la compassion pour cette gamine de sept ans dont la vie est en jeu.

— La compassion, c'est surfait, sœurette.

— Menteuse.

Trinity rit.

— On se reparle bientôt.

Josie raccrocha et monta à l'étage où elle entendait déjà Noah ronfler. Elle s'écroula dans le lit à côté de lui et, quelques minutes plus tard, elle sentit la main de son compagnon se glisser dans la sienne. Ses doigts entrelacés aux siens, elle s'endormit instantanément.

17

En se réveillant, Josie entendit les bruits que faisaient au rez-de-chaussée Misty, Harris et Pepper. Elle consulta son téléphone, mais elle n'avait rien reçu. Lucy Ross n'avait pas été retrouvée. Le kidnappeur n'avait pas encore appelé. De son côté du lit, Noah s'agita, tendant la main vers elle. Elle se tourna vers lui et se colla à son corps, posant sa joue sur sa poitrine nue. Il l'attira contre lui, passant les doigts dans ses cheveux.

— Tu as des invités, dit-il.

— Je sais, marmonna Josie. Elle est un peu en panique.

— Tu crois qu'elle a préparé du café ?

Josie rit.

— C'est sûr. Elle a un enfant de deux ans et un travail à plein temps. Elle souffre d'un manque de sommeil chronique.

— Toi, tu n'as pas bu de café depuis quelques jours.

— Quoi ?

Noah lui embrassa les cheveux.

— Tu croyais que je ne l'avais pas remarqué ?

— Que je n'ai pas bu de café ?

— Que tu ne te sens pas bien.

— C'est le stress, répondit Josie, évasive. Entre la mort de ta mère, toute l'affaire, et maintenant cette petite...
— C'est dur, non ? Lucy Ross...
Un nœud se forma dans la gorge de Josie.
— Oui.
Il la prit dans ses bras. Elle sentit son souffle sur son front.
— Alors mettons-nous au travail.

Josie envoya un texto à Mettner et à Gretchen pour savoir où ils étaient – tous deux avaient dormi aussi longtemps que Noah et elle, c'est-à-dire presque toute la journée – et promit de les rejoindre dans une demi-heure au poste de commandement mobile. Josie et Noah se douchèrent et grignotèrent un morceau. Misty leur avait cuisiné un délicieux dîner. Josie fut tentée de lui demander de s'installer de façon permanente. Sur la route du poste de commandement, Josie envoya un SMS à Oaks qui répondit qu'il serait là pour les briefer.

Gretchen arriva avec du café et des viennoiseries, mais Josie ne put avaler qu'un *Cheese Danish*[1] avant que la nausée s'empare d'elle de nouveau. Elle but un peu d'eau pour apaiser son estomac barbouillé, tandis qu'Oaks résumait tout ce que ses agents avaient accompli pendant que Josie et son équipe se reposaient.

Tous les quatre étaient assis à l'une des tables, Oaks présidant à une extrémité.

— Nous n'avons rien tiré du message. Aucune empreinte. Le papier était une banale feuille qu'on peut se procurer dans n'importe quelle papeterie, et l'encre semble être l'encre bleue ordinaire qu'il y a dans tous les stylos à bille. Nous avons parlé

---

1. *Cheese Danish* : viennoiserie danoise à base de pâte feuilletée et de fromage frais.

au directeur du parc qui a regardé dans le pilier du manège. Une des tiges servant à faire monter et descendre les chevaux avait été désactivée.

— Donc il y aurait eu un problème à la remise en marche du carrousel, commenta Josie.

— Exact, poursuivit Oaks. Plusieurs chevaux de bois seraient restés stationnaires pendant que le manège tournait, donc quelqu'un aurait dû entrer dans le pilier, où le sac à dos de Lucy aurait été découvert.

— Et les autres pistes ?

— Nous avons interrogé les délinquants sexuels. Ils ont tous un alibi pour l'heure où Lucy a disparu. Même chose pour les parents présents au parc, rien d'anormal. En revanche, nous avons trouvé soixante-quatorze menaces crédibles pour M. Ross, en lien avec le médicament dont il nous a parlé hier soir.

— Eh bien, dit Gretchen. Ça paraît beaucoup plus considérable qu'il ne l'avait d'abord laissé entendre.

— Nous pensons qu'il ne voulait pas faire peur à sa femme. Le service juridique de Quarmark avait déjà signalé ces menaces à la police locale. Personne ne semble avoir eu le projet réel de tuer M. Ross ou de lui nuire. Jusqu'ici, mon équipe a trouvé un alibi pour la moitié des soixante-quatorze auteurs de menaces. Nous devrions en avoir terminé dans les prochaines vingt-quatre heures.

Josie se sentit profondément soulagée. Sa petite équipe aurait mis des semaines à faire ce que le FBI pouvait accomplir en moins d'une journée.

Oaks reprit la parole.

— Nous avons étudié de plus près la nourrice, et il n'y a rien à signaler. Elle a passé le week-end chez sa famille dans le Colorado, comme Mme Ross l'avait dit. Ce voyage était prévu depuis plusieurs mois. Nous ne pouvons la rattacher à personne qui aurait pu avoir l'envie ou les moyens de monter un enlèvement.

Elle nous a accordé la permission de fouiller son appartement, et son propriétaire nous a laissés entrer. Rien d'anormal non plus. Nous avons interrogé quelques-uns de ses amis et professeurs. Rien de suspect. Elle nous préviendra dès qu'elle sera de retour en ville, dans le courant de la journée.

— Et l'instit ? demanda Josie.

— Rien à signaler pour elle non plus.

— L'une ou l'autre a-t-elle vu Lucy parler à un inconnu au cours des dernières semaines ou des derniers mois ?

— Non, rien. Nous avons également examiné les données téléphoniques des deux parents. Rien qui sorte de l'ordinaire. Les tests polygraphiques ont eu lieu ce matin. Le père s'en est tiré sans problème, mais Amy a menti.

— Quoi ? lâchèrent d'une seule voix Josie et Gretchen.

Oaks leva les mains.

— Rappelez-vous, ces tests ne sont pas sûrs à cent pour cent. L'état émotionnel de la personne est déterminant. Comme vous le savez, Mme Ross est très instable en ce moment. Le stress a pu biaiser les résultats, ou bien le fait qu'elle a menti à son mari à propos des cours qu'elle était censée suivre en ligne.

— Elle vous a avoué ça ? demanda Noah.

Oaks secoua la tête.

— Non. Elle nous a dit qu'elle suivait des cours en ligne, mais nos recherches sur son ordinateur et un coup de fil à l'université ont confirmé qu'elle n'a jamais été inscrite, bien qu'elle ait été acceptée il y a plus d'un an.

— Son mari n'a pas remarqué que les cours n'étaient pas payés ? s'étonna Gretchen.

— Elle a un compte qu'il alimente mais ne surveille pas.

— Autrement dit, il lui verse une allocation ? dit Noah.

— En gros, oui. Le mari gère leurs finances, paie toutes les factures, lui donne de l'argent pour les courses et tout ce qu'il faut pour Lucy. C'est juste pour elle, semble-t-il. Au départ, il a dit que c'était pour ses cours de yoga et ses journées au spa, mais ensuite elle a décidé de reprendre des études, donc il y a mis plus d'argent. Il ne sait pas combien il y a dessus.

Gretchen haussa un sourcil.

— Ça doit être agréable de ne pas avoir à se préoccuper de ces choses-là.

— Son mari lui a donné accès à l'ensemble de leurs finances. Aucune somme n'a été versée à une université depuis un de leurs comptes.

— L'avez-vous interrogée à ce sujet ? demanda Josie.

— Non. Nous aimerions que vous lui en parliez. Comme je l'ai dit, elle semble avoir une sorte de lien avec vous. Nous voudrions que vous soyez chez elle autant que possible, surtout si elle reçoit un appel du ravisseur et que ça la met dans tous ses états. Elle se confiera peut-être à vous. Jusqu'ici, notre enquête n'a rien livré de suspect, mais son échec au test polygraphique est un signal que nous ne pouvons ignorer. Si vous pouvez la pousser à admettre qu'elle ment à son mari au sujet de ses cours à la fac, elle sera peut-être disposée à vous parler de son rôle éventuel dans la disparition de Lucy.

— Vous pensez vraiment qu'elle a fait ça ?

— Je ne sais pas, répondit franchement Oaks. Mais c'est une possibilité que je ne peux pas négliger, si improbable qu'elle soit.

— Quelle serait sa motivation ? voulut savoir Gretchen. Elle a une vie idéale. Un mari riche, une belle maison, une fille superbe. Elle a même une nounou pour l'aider. Elle n'a aucun stress. Elle peut occuper ses journées comme bon lui semble. Que gagnerait-elle à faire enlever sa fille ?

Pendant un long moment, personne ne parla. Puis Mettner dit :

— Elle est peut-être dingue et elle le cache très bien.

— Je ne crois pas à sa culpabilité, déclara Josie. Mais je suis d'accord, nous ne pouvons négliger aucune piste, même la plus tordue. Je ferai de mon mieux pour qu'elle se confie à moi.

— Pourquoi ne pas l'amener ici pour l'interroger ? s'enquit Mettner.

— Parce qu'on ne pourrait le faire qu'une fois, expliqua Gretchen. Dès qu'on commencera à la traiter en suspecte, elle prendra un avocat. Les Ross ne communiqueront plus avec nous, et toutes les informations grâce auxquelles Amy aurait pu nous aider à retrouver Lucy en vie deviendront inaccessibles.

— Il viendra peut-être un jour où nous devrons la convoquer au poste, dit Josie. Mais pour le moment, tant que Lucy est en danger, la manière douce me paraît préférable.

— Je suis tout à fait d'accord avec l'inspectrice Quinn, approuva Oaks. Il nous faut aussi quelqu'un d'autre chez les Ross, au cas où le ravisseur appellerait et que nous le localisions à proximité. Quelqu'un qui connaît la ville comme sa poche. De toute évidence, l'inspectrice Quinn en serait capable, mais j'aimerais avoir du renfort dans ce domaine.

Il regarda Gretchen, mais elle désigna Mettner.

— Je suis une pièce rapportée. Noah ne marche pas encore très vite avec sa jambe cassée, mais Mett a grandi ici. Il est le mieux placé pour ça.

— J'ai du mal à bouger, mais je ferai tout ce que je pourrai pour vous aider, si vous me donnez du travail, dit Noah.

Oaks sourit.

— Du travail, ce n'est pas ce qui manque.

18

La maison des Ross était cernée par les véhicules du FBI et les camionnettes des médias. À l'intérieur, deux agents étaient installés à la table de la salle à manger, leurs ordinateurs ouverts, attendant un appel. Colin était avec eux et tentait de leur faire la conversation. Amy, les bras croisés, faisait les cent pas dans la vaste cuisine, au milieu de laquelle trônait une vieille table rustique encombrée de toutes sortes de plats à couvercle. Quand Amy vit Josie, elle lui expliqua :

— Les voisins et des parents de l'école de Lucy nous ont apporté ça. C'est gentil, hein ?

— Oui. Très attentionné.

Une larme roula sur la joue d'Amy, qui l'essuya.

— Je n'ai pas le cœur à manger. Et vous ?

L'esprit de Josie dériva vers son estomac sensible et ce que ses nausées constantes pouvaient signifier, mais elle chassa ces pensées avant d'esquisser un sourire en avançant dans la pièce.

— Je n'arrive jamais à manger pendant une grande enquête.

Amy cessa de s'agiter et regarda le visage de Josie. Elle fit la moue.

— C'est moi qui vous ai fait ça, hein ?

Josie hocha la tête.

— Aucune importance. J'ai vécu pire. Je sais que vous ne vous contrôliez plus.

— Parfois, je suis... perdue. C'est comme si je me noyais dans mon cerveau, et je ne m'en sors plus. Ça ne m'était plus arrivé depuis des années, des décennies, même. Mais cette fois... je suis dépassée par les événements. Lucy, c'est mon bébé. Ça me dépasse.

Ses épaules tressautèrent alors qu'elle tentait de réprimer ses sanglots. Josie fit le tour de la table et la rejoignit.

— Madame Ross.

Amy déglutit.

— Amy, s'il vous plaît. Appelez-moi Amy.

— Amy.

— Colin a appelé mon médecin. Il m'a prescrit du Xanax. Vous le saviez ?

— Non. Je me doutais que vous preniez quelque chose. Si ça vous aide à garder la tête sur les épaules, c'est une bonne solution.

— Ça m'assomme, c'est tout, répondit Amy. Oh, ma Lucy !

Elle baissa la voix, comme si elle s'apprêtait à divulguer un secret. Josie se pencha pour l'écouter.

— Vous savez ce que les hommes font aux petites filles quand ils les enlèvent ?

Josie sentit que l'envie de vomir la reprenait.

— Oui, je le sais.

Amy hocha la tête et se détourna, s'appuyant sur le plan de travail devant l'évier. Au-dessus, une petite fenêtre donnait sur le jardin, rempli de jouets et d'une grande cabane.

— J'en étais sûre. Je l'avais deviné. Ils vous ont parlé de mon test polygraphique ?

— Oui.

— Maintenant, ils me croient coupable ? Ils pensent que je... que je ferais une chose pareille à mon propre enfant ?

— Ces tests ne sont pas toujours fiables, dit Josie. Vous subissez un stress épouvantable. Ça suffirait à rendre le résultat inutilisable.

Amy regarda vers la porte comme pour s'assurer que personne n'écoutait.

— J'ai menti à mon mari. Je lui ai dit que je voulais reprendre des études, passer un diplôme. J'ai fait tout ce que j'étais censée faire : j'ai obtenu mes anciens relevés de notes, j'ai envoyé ma candidature, j'ai écrit cette foutue lettre de motivation. J'ai été acceptée. Et puis je me suis dégonflée. Il croit que je suis des cours, mais c'est faux.

— Il y a des mensonges bien pires. Alors que faites-vous de vos journées ? Quand Lucy est en classe ?

Amy soupira.

— Je fais le ménage. Vous seriez surprise par tout le désordre que sème une enfant de sept ans. Il y a parfois le yoga, le jogging. Et je prépare le dîner.

Cela ne suffisait pas vraiment à remplir une journée entière, mais Josie n'insista pas.

— Votre nounou va chercher Lucy à l'école ?

— Oui. Jaclyn la ramène ici et l'occupe pendant que je finis le dîner. En général, elle commence ses devoirs avec elle. Le plus souvent, Jaclyn reste dîner avec nous. Mon Dieu, je ne lui ai pas parlé depuis... ce qui est arrivé. Elle est en visite chez sa famille. Il faudrait vraiment que je l'appelle.

— Mon équipe et le FBI lui ont déjà parlé, dit Josie. Elle doit rentrer aujourd'hui. Elle était bouleversée, pour Lucy. Je suis sûre qu'elle vous téléphonera dès qu'elle aura posé ses bagages. Dites-moi, pourquoi n'avez-vous pas suivi ces cours ? Ou au moins un, pour commencer ?

Amy la regarda avec un sourire amer.

— Je ne suis pas faite pour les études, inspectrice.

— Mais vous avez été admise. Quelle discipline aviez-vous choisie ?

Amy haussa les épaules.

— J'hésitais encore. Je n'étais pas obligée de choisir une majeure tout de suite, je devais commencer par les cours généraux. De toute façon, ça n'a plus d'importance, maintenant. Tout ce qui compte, c'est Lucy, et je n'ai pas été à la hauteur. Quel genre de mère perd sa fille sur un manège de chevaux de bois quand elle est assise juste devant elle ?

Josie toucha l'épaule d'Amy.

— Ce n'est pas votre faute, j'en suis absolument certaine. Ne perdez pas votre temps ou votre énergie à vous adresser des reproches.

Amy ne parut pas convaincue, mais elle marmonna un remerciement.

Une sonnerie de téléphone dans la pièce voisine les fit sursauter toutes les deux. Amy courut vers la salle à manger. Aucun des agents ne leva la tête, pas même Oaks. Colin contemplait le centre de la table où le portable d'Amy dansait, vibrant à chaque sonnerie. Elle se baissa pour le prendre.

— C'est Jaclyn.

Oaks leva la main.

— Madame Ross, l'appel que nous attendons est celui du ravisseur. Mieux vaut laisser la ligne libre au cas où il téléphonerait.

Amy regarda l'écran du portable, le front plissé par l'hésitation. Son index planait au-dessus de l'icône qui lui permettrait de prendre l'appel.

— Ne décroche pas, ma chérie, dit Colin. Jaclyn comprendra.

— Le message disait : « Répondez à tous les appels. » *Tous* les appels, précisa Josie.

— Nous savons que ce numéro est celui de la nourrice, pas du kidnappeur, insista Oaks.

Le téléphone cessa de sonner. Amy releva les yeux pour regarder Josie et Oaks chacun leur tour. Le moment de tension se prolongea. Josie entendait le *tic-tac* de l'horloge murale, les discussions des journalistes à l'extérieur.

Le portable sonna de nouveau, et ils firent tous un bond. Amy l'agita entre ses mains.

— C'est encore Jaclyn.

— Ne réponds pas, conseilla Colin.

Josie se pencha et appuya sur l'écran pour décrocher. Elle hocha la tête et Amy colla le téléphone contre son oreille. Lorsqu'elle dit « allô », on entendit sa voix dans un petit haut-parleur à l'autre bout de la table. Mais la voix qui lui répondit n'était pas celle d'une femme, pas celle de Jaclyn. C'était une voix d'homme, grave et froide.

— Bonjour, Amy.

C'était comme si la pièce avait été vidée de son air. Colin se leva d'un bond de sa chaise. Les deux agents se mirent à taper sur le clavier de leurs ordinateurs. Oaks passa la tête dans le salon et invita Mettner à les rejoindre. Amy tendit une main et Josie la prit.

— Qui est-ce ? demanda-t-elle.

L'homme éclata de rire.

— Je suis celui que tu attends. Tu attendais bien mon appel ? La police t'a fait voir mon message, non ?

Amy se tourna vers Josie, les yeux écarquillés, l'air incertain. Josie articula : « Parlez-lui de Lucy. »

Amy acquiesça et dit :

— Où est Lucy ?

Oaks et Mettner se penchèrent par-dessus l'épaule de l'un des agents, pour voir l'écran de l'ordinateur. Oaks lut l'adresse à voix basse et Mettner déclara :

— On peut y être en dix minutes.

— On y est allés tout à l'heure quand la nounou nous a donné l'autorisation de fouiller son appartement. Partez avec l'unité qui est dehors, lui ordonna Oaks pendant que Mettner sortait en hâte.

Au téléphone, le kidnappeur riait.

— Ah, Amy, tu ne comprends vraiment pas ce qui se passe ?

— Où est ma fille ? hurla-t-elle.

— Je ne peux pas te le dire.

Son ton réjoui faisait bouillonner la colère dans le ventre de Josie.

Colin s'approcha de sa femme. Il tendit la main pour obtenir son portable, mais elle se détourna, lâchant Josie pour se diriger dans un coin de la pièce.

— Qu'est-ce que vous voulez ?

— Ce que je veux ? Ce que je veux, c'est savoir quel effet ça fait, Amy.

— L'effet de quoi ?

— Allons, Amy. Nous savons tous les deux à quoi je fais allusion.

La voix d'Amy n'était plus qu'un cri perçant.

— Je ne sais pas à quoi vous faites allusion. Je veux ma fille. Rendez-moi ma fille.

— Seulement si tu me dis ce que tu ressens, Amy. Quel effet ça te fait ?

— Je ne sais pas de quoi vous parlez. Dites-moi simplement ce que vous voulez. Nous ferons tout. Nous voulons juste qu'on nous rende Lucy. Ramenez-la-moi, c'est tout.

— Tu sais bien que je ne peux pas, Amy.

— Vous pouvez. Dites-moi ce que vous voulez, et je vous le donnerai.

— Je veux que tu attendes.

Et la communication fut coupée.

19

Oaks fonça hors de la pièce. Amy fondit en sanglots et s'effondra au sol. Colin s'agenouilla et prit sa femme dans ses bras. Il la serra contre lui, lui chuchotant quelque chose à l'oreille. Josie mit un moment à comprendre qu'il disait :

— Tout va bien. Tu as été formidable. On va la récupérer.

— Je l'ai perdue, gémit Amy. Je l'ai encore perdue.

— Non, tu ne l'as pas perdue. Tu lui as demandé ce qu'il voulait. C'est ce qu'on nous avait recommandé de faire, souviens-toi. Lui demander ce qu'il voulait. Tu as fait exactement ce que tu étais censée faire.

— Mais il ne veut rien.

— C'est un jeu, expliqua Josie. Il joue à une sorte de jeu pervers. Il va rappeler.

Elle s'avança vers l'agent avec lequel Oaks et Mettner avaient discuté, dont l'écran montrait l'adresse d'un petit immeuble voisin de l'université.

— Je vais là-bas.

L'agent acquiesça.

— Nous avons déjà plusieurs équipes en route. Je leur envoie un message radio pour qu'ils sachent que vous arrivez.

Dehors, Josie joua des coudes pour traverser un attroupement de journalistes et atteindre sa voiture. Une fois au volant, elle fonça en direction de l'appartement de Jaclyn Underwood. Amy et Colin étaient si bouleversés, si concentrés sur leur volonté de récupérer Lucy, que ni l'un ni l'autre ne s'étaient étonnés que le kidnappeur appelle du portable de Jaclyn. Jaclyn, qui avait déjà été disculpée par le FBI et qui n'était de retour à Denton que depuis quelques heures à peine.

Le cœur de Josie battait irrégulièrement lorsqu'elle se gara dans la rue de Jaclyn. Les véhicules d'intervention encombraient la zone située devant l'immeuble, une bâtisse comptant douze appartements sur chacun de ses deux niveaux. Chaque logement avait sa propre courette, ceux de l'étage ayant un balcon. L'entrée principale se trouvait au centre de la façade. Les agents du FBI allaient et venaient entre cette entrée et leurs véhicules. L'équipe d'identification criminelle était déjà là. Josie examina les appartements du rez-de-chaussée jusqu'à ce qu'elle aperçoive Mettner dans l'une des cours, sur le côté.

— Mett ! le héla-t-elle.

Il se retourna, et elle comprit à la pâleur de son visage que ce qu'elle avait soupçonné en quittant la maison des Ross était vrai.

— La nounou est morte, annonça Mettner. Il vient de partir d'ici, vraisemblablement. Nos unités fouillent les rues pendant que le FBI étudie la scène de crime.

— Où est Oaks ?

— À l'intérieur. Passez par l'entrée principale.

Josie montra son badge à l'agent qui gardait la porte, et remarqua la caméra de surveillance placée au-dessus de celle-ci. Une fois entrée dans le vestibule, elle tourna à gauche. Au bout du couloir se trouvait un autre agent muni d'un porte-bloc. À côté de lui, une policière distribuait des équipements de protection. Josie enfila une combinaison, une charlotte, des surchaussures et des gants, et franchit la porte. Elle compta trois agents qui analysaient les lieux, prenant des photos, aspirant les fibres et relevant les empreintes. L'appartement était petit, son séjour juste assez grand pour un canapé deux places devant une petite table surmontée d'un téléviseur. Derrière la télé, les voilages de la porte-fenêtre étaient soulevés par le vent. De l'autre côté, Mettner attendait. Josie s'approcha et vit que la porte coulissante avait été laissée entrouverte. La cuisine, elle, pouvait à peine contenir la table et les chaises qu'on y avait installées. Quittant la cuisine, elle emprunta un petit couloir qui menait à la salle de bains à gauche et à une chambre avec un bureau et plusieurs étagères à droite. Au bout du couloir, Oaks se tenait à l'entrée de ce que Josie devina être la chambre de Jaclyn lorsqu'il l'entendit arriver.

— Comment avez-vous su ? demanda-t-il.

— Su quoi ?

— Que c'était le kidnappeur qui appelait ?

— Je n'en savais rien, répondit Josie. Je me fiais simplement au message. Juste avant l'appel, Amy m'a confié qu'elle s'en voulait de ne pas avoir téléphoné à Jaclyn. Elle m'a parlé des cours à la fac, au fait.

— Très bien. Elle vous fait confiance.

Il s'écarta pour que Josie puisse passer. Elle resta sur le seuil. Un des agents du FBI photographiait le corps de Jaclyn Underwood, étendue sur le dos, une plaie d'environ cinq centimètres de long près du plexus solaire, visiblement due à un couteau. À ce que pouvait voir Josie, ç'avait été une belle jeune femme à la peau bistrée et aux longs cheveux noirs. Son visage était figé en une expression de stupeur, ses yeux bruns grands ouverts, vitreux. Le sang noircissait le t-shirt moulant en coton jaune qu'elle portait et le couvre-lit violet. À côté de son corps était tombé un téléphone.

— Il est venu ici et s'est servi de son portable pour appeler les parents. Puis il l'a tuée.

— Il a appelé Amy, fit remarquer Josie. C'est elle qu'il

voulait torturer. Maintenant, en plus d'avoir enlevé Lucy, il a tué quelqu'un dont elle était proche. Amy aimait beaucoup cette fille.

Oaks secoua la tête.

— Amy Ross n'a pratiquement pas d'existence en dehors de chez elle. Nous n'avons rien trouvé indiquant que quelqu'un voudrait lui nuire. Aucune dispute avec quiconque. Nous avons étudié ses relevés téléphoniques, ses mails. Nous avons parlé avec ses voisins et d'autres parents à l'école. Ils disent qu'elle est réservée, mais personne n'avait rien à lui reprocher. Il faudrait qu'elle fréquente du monde afin d'avoir une relation assez personnelle avec quelqu'un pour qu'il ou elle veuille lui faire autant de mal.

— Alors quelque chose nous échappe.

— Nous devrions peut-être nous intéresser de plus près à son mari. C'est possiblement pour l'atteindre, lui, que le criminel s'en prend à elle et à Lucy.

— Colin Ross est une cible plus vraisemblable, admit Josie. Son travail pour Quarmark l'a enrichi et il a reçu beaucoup de menaces de mort. Ça pourrait être lié au prix du médicament contre le cancer. Rendez-vous compte, il y a des gens qui doivent voir souffrir et mourir un membre de leur famille, parce qu'ils n'ont pas les moyens de payer le traitement nécessaire.

— Et ce type torture Colin en l'obligeant à voir souffrir sa femme, à se demander si sa fille est en danger ou non. Il est obligé d'assister à la lente agonie de sa famille.

Josie acquiesça.

— Vous avez trouvé l'arme du crime ?

— Non. Nous pensons qu'il l'a emportée.

— Il est entré par la porte-fenêtre ? demanda Josie.

— On dirait bien. Il y a de petites gouttes de sang sur le sol à l'intérieur et sur les vitres, donc nous savons qu'il est sorti par là.

— Il y a une caméra au-dessus de l'entrée principale. On devrait regarder la vidéo de surveillance.

— Il y a aussi une entrée à l'arrière, répondit Oaks.
— Je peux en parler au propriétaire pour qu'il nous procure les images.
— Ce serait formidable. Je vais envoyer quelques agents frapper aux portes des autres locataires et des voisins.

Josie lança un dernier regard dans la pièce. À terre, à côté du lit, la valise de Jaclyn était béante. Sur les habits pliés, un sèche-cheveux et une trousse de toilette ouverte. Josie vit un tube de crème anticernes et du fond de teint en poudre, du mascara et du rouge à lèvres.

— Elle devait être en train de déballer ses affaires. Il s'est introduit ici et l'a surprise. Il n'est pas resté longtemps. Il venait dans l'intention de la tuer et d'utiliser son téléphone, point final.

— Nous avons affaire à un individu sans pitié, confirma Oaks.

Josie repartit dans le couloir. Elle jeta un coup d'œil dans la chambre qui servait de bureau. Sur les étagères était disposé un mélange de romans contemporains et de manuels, pour la plupart en lien avec l'architecture. La tristesse envahit Josie. Jaclyn Underwood ne concevrait jamais de bâtiment. Elle n'obtiendrait jamais son diplôme après avoir travaillé si dur pour en arriver là. Elle ne se marierait jamais, elle n'aurait jamais d'enfants. Toute une vie qu'elle ne vivrait jamais. Malgré tout son professionnalisme, les jeunes victimes l'atteignaient toujours, même si elle ne le montrait jamais. Comme bien d'autres avant elle, Jaclyn Underwood hanterait les cauchemars de Josie pendant des années. À l'idée qu'elle devrait sans doute révéler à Amy le meurtre de Jaclyn, Josie eut le cœur encore plus lourd. Elle allait tourner les talons quand le bord d'un objet dépassant de sous le bureau attira son attention.

Josie se mit à quatre pattes pour voir sous le bureau. C'était un poudrier, semblable à celui que Jaclyn avait dans sa valise, mais d'une marque bien plus onéreuse, et la teinte s'appelait « Ivory Nude ». Josie se releva et examina la pièce plus attentivement. Elle ouvrit l'armoire, remplie de matériel sportif : un tapis de yoga, un appareil elliptique portatif, des bandes élastiques et de petits haltères. Des robes étaient suspendues à la barre de penderie. Sur l'étagère du haut, des boîtes à chaussures et un oreiller. Josie se mit sur la pointe des pieds pour confirmer que la taie d'oreiller était assortie aux draps de Jaclyn. Elle ne dérangea rien car le contenu de cette pièce n'avait pas encore été photographié, et elle se dirigea vers la salle de bains. Le porte-brosse à dents se trouvait sur la droite du lavabo, un gobelet en chrome luisant avec quatre trous dans le couvercle. Tous vides, ce qui était logique puisque Jaclyn avait passé son week-end dans le Colorado. Elle n'avait pas eu le temps de sortir ses affaires de sa valise. Josie étudia les trous et vit exactement ce à quoi elle s'attendait.

— Oaks, je peux vous parler une minute ?

Oaks la rejoignit dans la minuscule salle de bains.

Josie désigna le gobelet.

— Que voyez-vous ?

Oaks haussa un sourcil mais observa tout de même l'objet.

— Je vois une étudiante qui n'a pas nettoyé son porte-brosse à dents depuis des mois, probablement.

Il avait raison. Il fallait du temps pour aboutir à la croûte blanc verdâtre qui bordait le trou.

— Voire plutôt deux, ajouta-t-il.

— Exactement.

Un des trous était très encrassé, tandis que l'autre l'était à peine, mais suffisamment pour indiquer qu'il avait été utilisé, bien que moins longtemps.

— Dans la chambre d'amis, il y a un poudrier sous le bureau.

— Un poudrier ?

— Oui. Qui n'appartenait pas à Jaclyn.

— Comment le savez-vous ?

— Le sien est dans sa valise.

— Elle en avait peut-être deux. Vous en avez combien, vous ?

Josie sourit.

— J'en ai deux, c'est vrai, mais de la même couleur et de la même marque. Venez avec moi.

Oaks la suivit dans la chambre. Josie s'agenouilla devant la valise ouverte.

— Elle a été photographiée ?

— Oui, répondit l'agent du FBI qui relevait des empreintes de l'autre côté de la pièce.

Avec précaution, Josie souleva juste assez le poudrier pour déchiffrer la marque et la couleur.

— Revlon ColorStay. Teinte « Medium Deep ». Ça coûte environ 10 dollars au supermarché du coin. Regardez la peau de Jaclyn. Elle n'est pas claire. Elle est bistrée.

— Poursuivez, dit Oaks.

Elle le ramena dans la chambre d'amis et désigna le sol sous le bureau.

— Vous pouvez regarder mais je l'ai déjà fait. Estée Lauder. Teinte « Ivory Nude ». Dans les 40 dollars, vendu dans les magasins haut de gamme. Jaclyn est étudiante. Les étudiantes ne s'achètent pas du fond de teint à 40 dollars. Elles vont au supermarché du coin.

— Comment savez-vous tout ça ?

— Parce que j'achète du maquillage. Et quand j'étais à la fac, 10 dollars en fond de teint, c'était cher. Et peu importe où vous vous procurez votre maquillage et à quel prix, vous ne vous trompez pas de couleur. « Ivory Nude », ça n'a rien à voir avec « Medium Deep ». C'est le poudrier de quelqu'un d'autre. Je pense qu'il est tombé et a dû rouler là-dessous par accident. Celle à qui il appartient ne s'est sans doute pas aperçue qu'elle l'avait perdu.

— Jaclyn a des amies, vous savez. Il pourrait être à l'une d'elles.

— Il pourrait. Tout ça pourrait être parfaitement innocent.

Josie se dirigea vers le placard et rouvrit la porte en désignant l'oreiller sur l'étagère.

— Cet oreiller vient de son lit. Il y en a trois sur son lit en ce moment. Tous avec les mêmes taies assorties. Exactement comme celui-là. Alors que fait-il ici ?

— Quelqu'un a dormi chez elle ?

— Oui. Peut-être pas longtemps, mais assez pour laisser sa brosse à dents à la salle de bains, ce qui me fait croire que ce n'était pas simplement une amie venue une nuit ou même un week-end.

— Elle a déclaré à mon équipe qu'elle n'avait ni colocataire ni visiteur récent.

— Vous lui avez demandé ce qu'elle entendait par « récent » ?

Oaks soupira.

— J'ai un coup de fil à passer.

20

Josie contacta le propriétaire de l'immeuble et visionna toutes les vidéos de surveillance filmées à l'intérieur et à l'extérieur du bâtiment. La caméra extérieure de l'accès principal montrait Jaclyn arrivant près de deux heures avant, traînant sa valise. Une seule autre personne était entrée après elle et avant le FBI, et le propriétaire l'identifia comme un locataire du premier étage. La caméra de l'arrière n'avait enregistré aucune allée et venue. Josie demanda une copie des vidéos, même si elles prouvaient seulement que le criminel était malin et avait assez étudié les lieux pour n'entrer et sortir que par la porte-fenêtre, où il ne serait pas filmé.

Elle retrouva Oaks à l'extérieur, lui remit les images et lui raconta ce qu'elle avait appris, à savoir pas grand-chose.

— J'ai parlé à l'agent qui a eu Mme Underwood au téléphone, dit-il. Il lui a demandé si elle avait eu de la visite ces dernières semaines et elle a répondu que non. J'ai déjà envoyé quelques agents interroger ses amis et voisins pour savoir qui aurait pu séjourner chez elle depuis six mois. Nous relèverons les empreintes sur le poudrier, et on regardera s'il y a des traces d'ADN dessus, ainsi que sur l'oreiller. Au cas où. Vous pensez que cette personne a un lien avec la disparition de Lucy ?

— Je pense que l'enlèvement a été prévu de longue date, répondit Josie. Et que Lucy était bien préparée. Je ne sais ni comment, ni par qui, ni quand ça s'est fait. Selon tous les témoignages, les seuls adultes qu'elle voit régulièrement sont ses parents, sa nourrice, son instit, et tous ont été innocentés.

— Sauf Amy. Elle a menti au test polygraphique.

— Vous avez vous-même reconnu que cela ne signifiait pas forcément grand-chose.

Oaks acquiesça.

— Je sais, je sais. Je n'adhère pas complètement à l'idée que la mère puisse être responsable. Mais vous êtes d'accord que le kidnappeur a été aidé ?

— Oui, dit Josie. Et quel meilleur moyen de se renseigner sur les habitudes d'une famille que de se rapprocher de la nounou ?

— Bien, quand toutes les pièces à conviction auront été traitées et analysées, nous verrons si ça mène quelque part.

Oaks se tourna vers la rue où la docteure Anya Feist, la légiste de Denton, sortie de sa camionnette, marchait vers le bâtiment en faisant la grimace. Josie la salua d'un geste et la légiste s'arrêta. Elle haussa un sourcil et articula : « Qu'est-ce qui vous est arrivé au visage ? » En réponse, Josie articula : « Ne vous en faites pas pour ça », avant de regarder la docteure disparaître dans le bâtiment.

— Je repars chez les Ross, annonça Josie, même si ce qu'elle aurait à y faire lui pesait énormément.

21

Amy accueillit la nouvelle du meurtre de Jaclyn exactement comme Josie le prévoyait, se transformant en une poupée de chiffon écroulée à terre dans la salle à manger, accablée par le chagrin. Comme elle invoquait son secours, Josie s'accroupit pour la tenir dans ses bras. Colin avait reçu l'information dans un silence hébété mais, à chaque instant, la tension creusait un peu plus les rides de son visage. Josie le voyait serrer la mâchoire. Tandis qu'elle tâchait de nouveau de calmer Amy, Colin quitta la pièce, puis revint un instant après, avec un verre d'eau et un comprimé de Xanax.

Il tendit les deux à Amy.

— Prends ça, ordonna-t-il brutalement.

Amy avala le comprimé, puis Josie l'aida à s'asseoir sur l'une des chaises de la salle à manger. Colin faisait le tour de la table tandis que les agents du FBI pianotaient sur le clavier de leurs ordinateurs, casque sur la tête. Josie ne savait pas du tout s'ils écoutaient vraiment quelque chose ou s'ils le mettaient juste pour éviter d'assister à la crise de nerfs.

Josie patienta quelques minutes, dans l'espoir que le Xanax

atténuerait assez le choc pour qu'elle puisse interroger Amy. Quand elle eut le regard vide et voilé, Josie lui dit :

— Je sais que le moment est très mal choisi, mais il faut que je vous pose quelques questions.

— Évidemment, s'irrita Colin. Des questions, toujours des questions. Moi aussi, j'ai une question : où est ma fille, nom de Dieu ?

— Nous faisons tout notre possible pour retrouver Lucy.

— Eh bien, bougez-vous le cul. Allez-y, posez-les, vos questions.

Josie s'adressa à Amy :

— Avant que Jaclyn s'en aille, vous avait-elle parlé d'une invitée chez elle ?

— Non, répondit Amy.

— Jaclyn emmenait-elle parfois Lucy dans son appartement ?

— Non. Après l'école, elles rentraient à la maison. Jaclyn la conduisait parfois au terrain de jeu mais, en général, elles revenaient ici.

— Lucy avait-elle rencontré des amies de Jaclyn, à votre connaissance ?

Amy secoua la tête.

— Non. Pas que je sache. Jaclyn la récupérait à l'école et nous la ramenait. Parfois, quand Lucy avait fini ses devoirs avant le dîner et qu'il faisait beau, elles allaient ensemble au terrain de jeu.

— Jaclyn était-elle attentive, selon vous ? Était-elle du genre à toujours avoir un œil sur Lucy, ou pensez-vous qu'il lui arrivait de s'installer sur un banc et d'être sur son téléphone jusqu'à ce que Lucy ait fini de jouer ?

— Elle était toujours attentive quand je les voyais ensemble, dit Amy. Bien sûr, je ne sais pas ce qui se passait lorsqu'elles étaient seules au parc. Je suppose qu'elle jouait avec Lucy et interagissait toujours avec elle.

— Mais tu n'en es pas sûre, intervint Colin, d'une voix tendue.

Il y avait dans son ton une froideur que Josie n'avait pas encore remarquée.

Amy le suivit des yeux alors qu'il arpentait l'autre bout de la pièce, séparé d'elles par la table.

— Quoi ?

Colin pointa le doigt vers elle.

— Tous les jours, tu confiais notre fille à une inconnue. Tu la laissais partir avec une inconnue, et tu n'as aucune idée de la façon dont cette femme se comportait avec elle.

— Qu'est-ce que tu racontes ? Jaclyn n'était pas une inconnue, protesta Amy. Jaclyn était notre nounou.

— Oui, éructa Colin. Parce qu'il te fallait une nounou, bien sûr !

— Colin, je...

— Toi et tes putains d'angoisses. Il te fallait une nounou parce que tu ne pouvais pas te démerder avec ta propre fille pendant deux heures, entre l'école et le dîner, bordel !

Amy plaqua ses mains sur sa poitrine, visiblement choquée.

Colin continuait à marcher, avec des mouvements plus frénétiques. Il braqua de nouveau son index vers sa femme.

— Elle a été assassinée à cause de toi, tu le sais ?

Josie se leva et le mit en garde :

— Monsieur Ross.

Il l'ignora, lançant ses mots à travers la pièce comme autant de poignards visant le cœur d'Amy.

— Il t'a fallu une nounou et, à cause de toi, elle est morte. Elle avait quel âge, déjà ? Vingt ans ? Vingt et un ans ? Je parie que sa famille regrette qu'elle nous ait rencontrés. Elle aurait pu travailler dans un restaurant, être maître-nageuse, un truc comme ça. Mais elle était ici, à faire le boulot à ta place, et maintenant elle est morte.

— J'aimais beaucoup Jaclyn. Jamais je ne l'aurais mise en danger, affirma Amy.
— C'est pourtant bien ce que tu as fait.
— Quoi ? Comment aurais-je pu deviner que Lucy allait être enlevée ? Que ce dingue allait s'en prendre à Jaclyn ?

Il eut un geste évasif, le visage déformé, pincé, comme s'il avait croqué dans un fruit acide.

— Mais qu'est-ce que tu fous de tes journées, Amy ? Tu ne bouges pas d'ici. Lucy part pour l'école à 8 h 30. Jaclyn va la chercher. C'est quoi, ton problème ? Il y a des mères célibataires qui cumulent plusieurs jobs, qui s'occupent de plusieurs enfants et qui se débrouillent sans nounou.

Les larmes roulaient sur les joues d'Amy.

— Colin, je t'en prie.
— Je veux savoir, Amy. Une fille vient d'être tuée à cause de toi. Alors je veux savoir : qu'est-ce que tu fous de tes journées ?

Josie attendit de voir si Amy allait mentir et prétendre qu'elle suivait des cours, mais elle ne répondit pas à sa question, préférant formuler un reproche :

— Là, tu es cruel. Tu m'avais promis de ne jamais être cruel.

Il cessa de marcher et la regarda dans les yeux.

— Et toi, tu m'avais promis de t'occuper de notre fille en mon absence, de la protéger.

Amy bondit de sa chaise.

— Tu étais là, toi aussi. À moins que tu aies oublié ? Tu aurais peut-être pu empêcher tout ça, si ton foutu téléphone n'était pas la chose la plus importante dans ta vie.
— Ne m'accuse pas, s'il te plaît, riposta-t-il.
— Alors, toi, ne m'accuse pas non plus. On oublie l'essentiel. L'essentiel, c'est Lucy. Elle est entre les mains d'un tueur, Colin. D'un tueur ! Oh, mon Dieu.

Amy sortit de la pièce en courant. Josie et Colin se regardèrent longuement. Puis Colin se laissa tomber sur la chaise la plus proche, le visage entre les mains, et pleura.

22

Je les ai encore entendus se disputer. J'ai rampé sous le lit, mais je les entendais encore. J'ai marché sur la pointe des pieds, jusqu'au coin le plus éloigné de la porte. Je les entendais encore. J'ai grimpé sur le rebord de la fenêtre, mais je les entendais encore.

— Tu ne peux pas garder un enfant comme ça, a-t-elle dit à l'homme.

— Comment ?

— Dans des conditions pareilles. Les enfants ont besoin de sortir. Ils ont besoin de soleil et de nourriture – il nous faut plus à manger.

— Bon sang, gronda l'homme. Tu ne fais que te plaindre de ce que tu n'as pas. J'en ai marre.

— Je ne demande que le minimum vital.

L'homme a ri, mais son rire n'avait rien de joyeux.

— Vous êtes en vie, non ? Vous vous portez bien.

Elle a répondu tout bas, sur un ton amer.

— Tout ça, c'est à cause de toi. Moi, je n'ai jamais voulu ça, et pourtant, on en est là. Si tu en as assez, laisse-nous partir.

La voix de l'homme est devenue un grognement.

— Vous n'irez nulle part, compris ? Je vous tuerai. Personne ne retrouvera jamais vos corps. Maintenant, fous le camp avant que je me fâche pour de bon.

Quelques secondes après, elle est entrée dans la pièce. En me voyant, elle m'a adressé de grands signes.

— Descends de là, a-t-elle ordonné sévèrement.

J'ai dû m'asseoir en tailleur sur le lit, face à elle. L'homme ne voulait pas nous apporter de jouets ou de livres, donc elle inventait des jeux avec ses chaussettes. Elle leur donnait des formes et me disait leur nom. Cheval. Souris. Chien. La lettre A. Mais ce jour-là, je n'avais pas envie de jouer. Quand elle a fait la forme d'un cœur sur le lit avec les chaussettes, je les ai jetées par terre.

— Hé ! a-t-elle protesté.

— Je veux aller à la maison.

Elle a regardé la porte fermée.

— Bientôt. Très bientôt.

Je ne l'ai pas crue.

23

Josie ne suivit pas Amy immédiatement. Elle sortit dans le jardin pour inspirer un peu d'air frais. Elle aurait aimé avoir un comprimé de Xanax à prendre, ou peut-être une gorgée de Wild Turkey. Mais à l'instant où elle eut cette pensée, son estomac se noua. Si cela se prolongeait, elle devrait voir un médecin. *Ou aller à la pharmacie*, murmura une voix à l'arrière de son crâne. Elle chassa cette idée vers les profondeurs de sa conscience. Elle n'était pas encore prête à en arriver là. Pas tant que Lucy était entre les mains d'un fou, alors qu'une armée de policiers était incapable de la retrouver.

Josie prit son portable et appela Noah. Il connaissait déjà les derniers développements de l'affaire grâce aux agents du FBI présents au poste mobile ou à d'autres membres de l'équipe de Denton. Ils parlèrent pendant quelques minutes. Josie lui posa des questions inutiles, juste pour le retenir au téléphone. Le son de sa voix était la seule chose qui l'arrachait à la tristesse dans laquelle elle se noyait ce jour-là. Ils s'apprêtaient à raccrocher, quand Noah s'entretint rapidement avec une personne du poste de commandement avant de s'adresser de nouveau à Josie :

— On vient de recevoir les images tournées hier par WYEP.

— J'arrive dans cinq minutes, annonça-t-elle immédiatement.

Les bénévoles de la veille étaient partis, mais beaucoup de gens s'attardaient encore sur le terrain de jeu, buvant du café et bavardant, dans l'espoir d'aider... *Ou* d'avoir des nouvelles, pensa Josie. Elle repéra Luke et son chien parmi les quelques personnes venues avec leur propre chien pour participer à la battue. Les étudiants avec leurs drones étaient encore là, bidouillant leur machine pour la plupart pendant que l'un d'eux se servait d'un gros boîtier de commande pour que son robot survole le parc, sans doute pour la douzième fois. Le café le plus fréquenté de la ville, *Komorrah's Koffee*, avait installé une petite table à l'entrée du terrain de jeu, offrant des viennoiseries et du café aux forces de l'ordre et aux civils volontaires. Sur une autre table, un restaurant de Denton proposait des repas chauds et des boissons variées. Une équipe de WYEP était installée sur les bancs voisins, tous penchés sur leur téléphone, sauf le cameraman qui examinait les lieux d'un œil méfiant, prêt à filmer, la caméra sur l'épaule.

Dans la tente, Josie trouva Noah assis devant l'une des tables pliantes, tapotant sur un ordinateur portable.

— Tu devrais demander aux jeunes de l'université les vidéos tournées par leurs drones, dit-elle en prenant un siège près de lui.

Il se retourna et lui sourit.

— Je l'ai déjà fait, mais ça n'a rien donné. Les drones volaient au-dessus du reste de la ville pendant que le carrousel était laissé sans surveillance.

— Je ne peux pas croire que ce type se soit glissé sur le manège alors que tout le monde était là.

— Pourtant, c'est assez génial, commenta Noah en cliquant sur les images reçues de WYEP. Il se fond dans la foule. Personne ne regarde le carrousel.

Tandis que la vidéo démarrait à l'écran, Josie se sentit découragée.

— Il y avait facilement un millier de gens hier, et ils avaient tous un sac à dos.

La caméra était braquée sur l'entrée du parc, la tente visible au fond. La journaliste parlait d'abord à un endroit où les gens circulaient autour d'elle. Puis on passait à la file de bénévoles à l'intérieur du parc. À plusieurs reprises, on s'arrêtait quelques secondes sur le manège, mais on ne voyait personne dans l'enclos. La journaliste parlait ensuite avec le carrousel à l'arrière-plan mais, là non plus, aucun individu suspect n'apparaissait. Puis la vidéo enchaînait les vues prises dans différentes parties de la ville où les bénévoles recherchaient Lucy.

— Il aurait sans difficulté pu s'introduire dans le pilier du manège pendant la battue. WYEP n'a pas filmé toute la journée, souligna Noah.

Josie se pencha et relança la vidéo.

— Pourtant il doit être là. Il devait être dans la foule.

— Exact, mais comment savoir à quoi il ressemble ? Il ne portait pas un maillot avec « Kidnappeur » écrit dessus. Tous ces gens-là se ressemblent, ils n'ont rien de menaçant. Sauf ce type.

Noah désigna l'écran.

— Il n'est pas menaçant, juste décalé.

— Ah, l'homme au costume en tweed ? Je l'ai remarqué aussi. J'ai pensé que c'était un prof de fac.

— On se renseigne sur lui ?

— Ça ne peut pas faire de mal, dit Josie. Mais je ne crois pas que le ravisseur se serait autant mis en évidence. Je dois repartir chez les Ross. Tu peux m'envoyer la vidéo sur mon téléphone ?

— Je m'en occupe.

— Appelle-moi s'il y a du nouveau.

En regagnant sa voiture, elle scruta le petit groupe de personnes, mais aucune ne se détachait du lot. Luke lui fit signe et elle répondit rapidement, se pressant jusqu'à son véhicule avant qu'il ne puisse s'approcher. Lorsqu'elle alluma le moteur, la nausée s'empara d'elle une fois de plus.

24

Josie trouva Amy à l'étage, dans une pièce qui était clairement la chambre de Lucy. Elle était décorée en rose : peinture rose pastel sur les murs, licornes roses dansant sur une frise près du plafond. Amy était adossée à un tas de peluches, sur un lit une place à montants blancs et surmonté d'un baldaquin rose. La moquette épaisse était rose foncé. Tout le mobilier était blanc : coiffeuse, coffre à jouets, petit bureau et sa chaise. Dans un coin, un grand chevalet et une commode. Feutres, crayons de couleur, papier et autres ustensiles de loisirs créatifs débordaient des trois tiroirs. Sur le chevalet, un grand dessin au pastel d'une petite fille aux cheveux blonds, à côté d'un grand personnage en chemise et short fauve, un filet à la main. Au-dessus d'eux voletaient une douzaine de papillons.

En fait, toute la pièce trahissait l'obsession de Lucy pour les papillons. Il y avait à côté de la porte un filet et un bocal. Une couverture à motifs de papillons était drapée sur un pouf poire. Lucy avait orné sa coiffeuse d'autocollants papillons. Sur un mur, un grand poster présentait une classification de différents types de papillon avec leurs noms. Dans un coin gisait ce qui ressemblait à une paire d'ailes de papillon que Lucy pouvait porter sur le dos. À côté du bureau, un dôme en filet abritait de petites plantes. En regardant de plus près, Josie crut distinguer des cocons suspendus à un petit cercle en plastique.

La voix d'Amy était à peine un murmure.

— C'est un jardin à papillons. On commence par les chenilles.

Josie compta six cocons accrochés au rond blanc.

— Il y a de vraies chenilles là-dedans ?

— Oui. Les papillons devraient éclore dans quelques jours. C'est la troisième fois qu'on fait ça.

— Je ne savais même pas que c'était possible, avoua Josie, émerveillée.

Amy eut un petit rire.

— Colin trouve ça répugnant, mais Lucy adore. Elles arrivent dans un petit gobelet en plastique. On les laisse là et, au bout d'une semaine environ, elles s'attachent au couvercle pour tisser leur cocon. Ensuite on retire ce couvercle, on le place sous le filet et on attend qu'ils naissent. Ils sont si beaux quand ils sortent. On les libère dans le jardin.

— Waouh ! Elle est vraiment obsédée par les papillons.

— Obsédée, le mot est faible. Elle voulait qu'on la rebaptise Chrysalide.

Josie s'esclaffa mais son rire s'éteignit aussitôt car penser à Lucy faisait automatiquement ressurgir les questions qui tournaient en boucle dans son cerveau : où était-elle, et était-elle en vie ?

— C'était après avoir visité la salle des papillons à l'Académie des sciences naturelles de Philadelphie, pendant un week-end. C'est magnifique. La température est maintenue à vingt-neuf degrés. On traverse la salle, et il y a des papillons partout. Lucy avait un t-shirt rouge vif, et ils n'arrêtaient pas de se poser sur elle. Elle disait...

Amy s'interrompit, la lèvre tremblante. Puis elle inspira profondément et continua.

— Elle disait que c'était le plus beau jour de sa vie. Elle aime aussi les coccinelles. Elle connaît toutes sortes d'informations bizarres à leur sujet. Elle sait qu'elles hibernent, et qu'elles cherchent pour ça les murs clairs tournés vers l'ouest. Elle me disait que si un jour elle se perdait, elle reviendrait ici en volant vers l'ouest comme une coccinelle. Elle était si heureuse que notre maison ait des murs clairs. Si seulement elle n'avait qu'à s'envoler pour revenir à moi...

Josie alla s'asseoir sur le lit, elle aussi.

— Je suis désolée pour tout à l'heure, ajouta Amy.

— Il ne faut pas. Vous savez que Jaclyn n'est pas morte à cause de vous ?

Amy couina :

— Ah non ? Il a raison, vous savez. Je n'ai pas besoin d'une nounou. Je devrais être capable de m'occuper moi-même de ma fille. Sans moi...

— Sans vous, Jaclyn aurait travaillé beaucoup plus dur pour gagner trois fois rien, dans un emploi qui lui aurait beaucoup moins plu. La seule personne qui l'a mise en danger, c'est son assassin. Personne d'autre n'est responsable. Personne.

— J'aimerais le croire.

— Quand vous vous êtes... disputés, vous avez dit que Colin avait promis de ne pas être cruel. L'a-t-il été avec vous autrefois ?

Amy agita la main.

— Oh, non. Pas lui. Je ne lui aurais jamais cédé. Il m'a couru après, vous savez. Il était tellement obstiné. Moi, je n'avais besoin de personne. Il est venu à bout de ma résistance. Mais avant d'accepter de l'épouser, je lui ai fait promettre qu'il ne se montrerait jamais cruel. L'homme avec qui j'étais avant lui, il y a bien longtemps, était très cruel. Je voulais ne jamais revivre cette situation.

— Cet homme...

— Il est mort, l'interrompit Amy. Il est décédé il y a des

années, à ce qu'il paraît. De toute façon, ce n'était pas sérieux entre lui et moi. Un truc de gosses. Comme je le disais, ça remonte à bien longtemps. C'était à peine une relation. Simplement, comme c'était ma seule expérience et qu'elle avait été mauvaise, je n'en cherchais pas d'autre. Voilà tout.

— Vous l'avez quitté ?

— Oui. Il n'a pas essayé de me retenir, si c'est là que vous voulez en venir. Il ne m'aimait pas assez pour me retenir. C'est de l'histoire ancienne.

— Amy, il faut que je vous pose la question. Pensez-vous à quelqu'un qui pourrait faire ça ? Enlever Lucy, tuer Jaclyn ?

— Ce serait si facile, n'est-ce pas ? Ça nous mènerait directement à lui. Mais non, je ne vois personne.

Josie pesa ses mots suivants avec soin.

— Nous avons tous nos secrets, Amy. J'en ai de fameux. Regardez sur Google, vous verrez. Il n'y a rien de honteux à avoir un passé.

— Je n'ai pas de passé. C'est tout juste si j'ai un présent.

— C'est une affaire personnelle, dit Josie. Le coupable, quel qu'il soit, vous vise pour des raisons personnelles, Colin et vous. Colin est une cible évidente, il a déjà reçu des menaces de mort à cause de son poste chez Quarmark. Avez-vous en tête quelqu'un qui voudrait s'en prendre à votre mari ? Quelqu'un dont vous ne vouliez peut-être pas parler devant lui ?

Amy haussa un sourcil.

— Comment ça ? Vous pensez... vous pensez qu'il a une liaison ?

— Je ne sais pas quoi penser. Mais je suis dans la police depuis assez longtemps pour savoir que les gens ont toutes sortes de secrets.

— Pas Colin. C'est un homme honorable, malgré ce que vous avez vu tout à l'heure. Il n'a rien à cacher.

— Et vous ? demanda Josie avec précaution.

Amy pointa sa propre poitrine.

— Moi ? Vous pensez que j'ai quelque chose à cacher ?

— Vous comprenez bien que je dois vous poser la question. S'il y a quelque chose que vous ne nous avez pas dit, que vous ne vouliez pas aborder devant votre mari, vous devriez m'en parler maintenant. Si vous avez même le plus léger soupçon envers une personne qui aurait pu viser Lucy pour vous atteindre, il est important de me le dire maintenant. Avant que ça aille plus loin.

— J'aimerais savoir dans quelle direction vous orienter. Vous pensez que je vous cacherais quelque chose qui pourrait sauver la vie de ma fille ? Je ne connais personne qui voudrait nous faire ça, à Lucy ou à moi.

Josie n'insista pas. Le silence se prolongea, puis Amy reprit :

— Vous pensez qu'elle est encore en vie.

— Je ne sais pas, répondit Josie en toute franchise.

— Je voudrais juste qu'il nous dise ce qu'il veut. Nous avons de l'argent. Tout ça pourrait être réglé très vite.

Kidnapper Lucy pour une rançon était le scénario le plus logique, mais Josie ne croyait pas que ce soit une histoire d'argent. Si ç'avait été aussi simple, le kidnappeur n'aurait pas tué Jaclyn afin d'appeler les parents de Lucy, uniquement pour les narguer. Il n'aurait pas gaspillé son temps ou ses ressources, il aurait directement formulé une demande de rançon. C'était pour autre chose, Josie en était sûre, mais elle ne le dit pas à Amy. Cela ne lui aurait pas fait de bien. Elle avait déjà répondu à Josie qu'elle ne voyait personne qui veuille l'attaquer. Soit elle mentait, et si elle était encore prête à mentir après le meurtre de Jaclyn, Josie n'imaginait pas qu'elle puisse un jour tout révéler, soit le ravisseur ciblait les Ross pour un autre motif, dont Colin et Amy ne savaient rien.

Là encore, Josie pensa aux menaces de mort que Colin avait reçues à son travail à cause du médicament contre le cancer. Combien de malades étaient morts parce qu'ils n'avaient pas les moyens d'acheter le remède miracle de Quarmark ? Soixante-quatorze individus au moins lui reprochaient les souffrances et même le décès de leurs proches. L'un d'eux estimait peut-être que le meilleur moyen de se venger serait d'enlever l'être que Colin aimait le plus, puis de torturer psychologiquement l'autre personne qui comptait le plus dans sa vie. Dans le scénario actuel, Colin n'était pratiquement qu'un témoin qui ne pouvait qu'observer les événements, impuissant, alors que la vie de sa fille était en danger et que sa femme devenait de plus en plus instable, hystérique. Cela reproduisait-il, comme Josie et Oaks l'avaient évoqué, la façon dont les familles avaient regardé un proche lutter contre le cancer tout en sachant qu'un médicament inaccessible aurait pu stopper la maladie, ou du moins la ralentir ? Si tel était le cas, il n'y aurait pas de demande de rançon, et le jeu s'arrêterait à la mort de Lucy.

Un frisson parcourut tout le corps de Josie.

À côté d'elle, Amy avait pris une licorne en peluche qu'elle serrait dans ses bras.

— Elles ont toutes son odeur, expliqua-t-elle.

Josie regarda la rangée d'animaux colorés sagement assis contre le mur. Elle tendit la main et toucha un ours arborant un nœud papillon rouge. Comme elle aurait adoré avoir une telle chambre quand elle était enfant. Elle espérait pouvoir y ramener Lucy afin qu'elle puisse de nouveau dormir dans son beau lit de princesse.

— Oh, attention, prévint Amy.

Josie retira sa main.

— Je suis désolée. Je devrais y aller.

— Non, ce n'est pas ça... C'est un ours où on peut enregistrer des messages. Colin en laisse un pour Lucy quand il part en voyage d'affaires, mais la peluche est très sensible. Un jour où il était en déplacement, j'ai déplacé l'ours en faisant le ménage et j'ai effacé le message sans le faire exprès. Lucy a pleuré pendant des heures.

— Ah. C'est une jolie idée. Il voyage beaucoup, j'ai l'impression.

Amy hocha la tête.

— Il n'est presque jamais là, pour vous dire la vérité.

Elle prit délicatement la peluche.

— Lucy continue de le vénérer bien qu'elle le voie à peine. Cet ours assure le lien entre elle et son père. « Je t'aime, petite Lucy. Fais de beaux rêves. » Voilà ce qu'il enregistre, en général.

Josie ne put s'empêcher de se rappeler le mot glissé dans le sac à dos papillon par le ravisseur. « Petite Lucy ne peut pas jouer. » N'était-ce qu'une coïncidence ?

— Parfois, quand il sait qu'elle va avoir un contrôle en classe, ou quand il lui a promis quelque chose à son retour, il en parle. Je pense que, pour son dernier voyage, il a laissé le message standard.

Amy tâta les pattes de l'ours jusqu'à ce qu'elle trouve ce qu'elle cherchait.

— Là. Il y a un petit bouton à l'intérieur.

Elle pressa la patte de la peluche, mais ce ne fut pas la voix de Colin qui remplit la chambre.

Josie fut pétrifiée par la voix du kidnappeur. Son ton était froid, ses paroles ruisselaient de mépris, plus sonores à chaque mot qu'il criait.

— Salut, Amy. Qu'est-ce que tu ressens ? Qu'est-ce que tu *ressens* ? Qu'est-ce que tu *ressens* ?

25

Amy émit un cri à glacer le sang. Josie bondit du lit. Avant qu'elle ait pu l'en empêcher, Amy jeta l'ours loin d'elle.

— Ne touchez à rien, dit Josie, mais ses mots furent engloutis par les hurlements d'Amy.

Quelques secondes plus tard, les deux agents du FBI en faction dans la salle à manger firent irruption dans la chambre. Josie leur barra la route.

— Stop. Ne touchez à rien. Redescendez. C'est une scène de crime.

Amy s'écroula à quelques centimètres de l'endroit où la peluche avait atterri. Elle hurlait toujours. Un des agents jeta un coup d'œil par-dessus l'épaule de Josie, puis regarda l'inspectrice, les yeux écarquillés, perplexe.

— Mais qu'est-ce qui se passe ? Elle est blessée ?

— Non. Laissez-nous. S'il vous plaît.

Les deux agents levèrent les mains en l'air et sortirent de la pièce à reculons. Josie alla s'accroupir près d'Amy, la souleva en passant les bras sous ses aisselles et la traîna hors de la chambre. Sur le palier, elle tourna à gauche et ouvrit d'un coup de pied vers l'arrière la porte la plus proche, qui était celle de la chambre parentale, par chance. Elle fit monter Amy sur le lit, en douceur. Les cris de celle-ci étaient désormais réduits à des grognements. Elle regardait droit devant elle, mais la terreur la rendait aveugle. Josie passa plusieurs minutes à tenter de l'apaiser et de la réconforter, de la ramener à la raison, mais en vain, cette fois. Elle se calma seulement quand Colin apparut sur le seuil en l'appelant, la mine défaite.

— Il est venu ici, lui dit Amy. Il est venu chez nous.
— De quoi parles-tu ?
Amy regarda Josie.
— Montrez-lui.

Josie n'avait aucune envie de réentendre la voix atroce du kidnappeur narguant Amy, mais elle se leva et sortit de la chambre. Les deux agents du FBI se tenaient comme des sentinelles de part et d'autre de la porte de la chambre de Lucy. Josie entra, sortit de sa poche une paire de gants – elle en avait toujours sur elle quand elle était de service – et les enfila. Elle appuya sur la patte de l'ours comme Amy l'avait fait, et l'horrible message fut de nouveau diffusé. Colin était entre les deux agents, et il semblait sur le point de vomir. Josie avait la même sensation.

Un des agents déclara :
— Je vais appeler l'agent Oaks, et faire venir notre équipe pour s'occuper de ça.

Josie secoua la tête.
— Ils ont déjà assez à faire sur les lieux du meurtre. Je préviens mon équipe. Ils seront là dans cinq minutes. On briefera Oaks dès qu'il sera disponible.

Il sembla s'écouler une éternité avant que la chambre de Lucy ait été examinée par l'équipe d'identification criminelle et qu'Oaks revienne de chez Jaclyn Underwood. Il faisait désormais nuit, mais on y voyait comme en plein jour, à cause de tous les véhicules des médias massés dehors, leurs caméras et leurs projecteurs prêts pour les actualités de 23 heures. À un moment de la journée, l'affaire avait pris une dimension nationale, même si le chargé de relations presse du FBI avait simplement déclaré aux journalistes que la disparition de Lucy était maintenant considérée comme un enlèvement. À contrecœur, Josie appela Trinity.

— Tu as quelque chose pour moi ? demanda celle-ci. Je vais venir couvrir cette affaire moi-même.

— Désolée, répondit Josie. Je n'ai rien, et ne me refais pas le coup de la connexion psychique entre jumelles.

Trinity rit.

— Je n'ai pas besoin de connexion psychique pour savoir que tu as besoin de quelque chose. Qu'est-ce qui t'arrive ?

— Amy Ross pourrait avoir eu un copain violent avant de rencontrer Colin.

Il y eut un silence, puis un bruit de papiers, et Josie sut que Trinity consultait ses notes.

— La coloc à qui j'ai parlé n'a jamais mentionné ça, ni aucun petit ami.

Josie pensa à la façon dont Amy avait qualifié cette relation : « Un truc de gosses. »

— Il faut peut-être remonter plus loin dans le temps, suggéra-t-elle.

— Bon, je sens que je vais devoir aller faire un tour à Fulton avant de descendre te voir à Denton.

Oaks avait déjà envoyé des agents à Fulton pour étudier les origines d'Amy, mais Josie savait que, la plupart du temps, Trinity agissait plus vite que la police. En outre, sa célébrité poussait souvent les gens à lui dire des choses qu'ils auraient été réticents à confier aux forces de l'ordre. Trinity n'était pas non plus entravée par le besoin de mandats ou par le souci de recevabilité des preuves. Quand elle dénichait une piste, elle la poursuivait sans retenue. S'il y avait une chose dans le passé d'Amy que quelqu'un voulait cacher à la police, il y avait de grandes chances pour que Trinity la trouve.

— Tiens-moi au courant, lui dit Josie.

La nuit avançait, et Josie avait l'impression que le temps s'était arrêté. Seules quelques heures s'étaient écoulées depuis qu'elle s'était réveillée avec Noah dans son lit, mais elle avait le sentiment d'être avec Amy depuis des semaines, qu'elle n'avait plus revu son équipe depuis des siècles. Elle fut donc soulagée lorsque Mettner entra avec Oaks dans la salle à manger des Ross. Elle l'avait briefé au téléphone tandis que Hummel et l'équipe d'identification criminelle de Denton travaillaient dans la chambre de Lucy, au cas où le kidnappeur aurait laissé des traces.

Oaks semblait épuisé et hagard lorsqu'il la fit raconter de nouveau tout l'incident.

— Avez-vous demandé à Mme Ross si l'ours avait disparu à un moment quelconque durant les dernières semaines ?

— Oui, quand elle s'est calmée. Elle affirme qu'il n'a jamais disparu.

— M. Ross est rentré de son dernier voyage la veille de la disparition de Lucy, fit observer Oaks.

— Oui. Amy dit que Lucy a écouté le message de Colin le soir avant qu'il rentre. C'était sa voix, son message.

— Donc le kidnappeur a dû changer le message entre ce moment-là et aujourd'hui.

— Amy dit que personne à part la famille et la nounou n'est entré dans la maison depuis des mois. Ni ami, ni réparateur. Personne qui ait pu changer le message. D'après tout ce qu'Amy m'a appris quant à leurs habitudes et aux déplacements de Colin, je pense que le kidnappeur s'est introduit alors que la famille Ross était au parc, avant d'enlever Lucy, ou pendant la première battue, avant que le FBI s'installe dans la maison.

— Comment serait-il entré ? Rien n'avait été dérangé. Aucun signe d'effraction.

— Je pense qu'il a peut-être une clé, déclara Josie.

Oaks haussa un sourcil.

— C'est un peu tiré par les cheveux, inspectrice Quinn.

— Vous trouvez ? Qui connaissait l'existence de cette peluche ? Réfléchissez. Cet ours était le cadeau spécial de Colin pour Lucy. Les seuls à savoir qu'il y avait un enregistreur dedans et à quoi il servait étaient Colin, Amy, Lucy et la nounou.

— Ce qui nous ramène à la nourrice.

— Et si quelqu'un s'était rapproché d'elle ? Avait vécu chez elle, l'avait questionnée sur la famille pour qui elle travaillait : leurs horaires, leurs habitudes. S'était procuré un double de la clé. Amy m'a dit que Jaclyn avait sa clé. Ça n'aurait pas été compliqué de faire fabriquer un double pendant que Jaclyn était en cours.

Oaks croisa les bras.

— Nous avons relevé des empreintes sur le poudrier de la chambre d'amis, mais elles ne correspondaient à personne dans la base de données nationale. Nous essayons d'obtenir de l'ADN à partir des cheveux trouvés sur l'oreiller, néanmoins, si les empreintes n'ont rien donné, je doute qu'un profil ADN suffise. Nous risquons de ne pas identifier la femme mystère à moins qu'un des voisins ou des amis ne sache quelque chose, mais nous continuerons sur cette piste. Jusqu'ici, aucune des amies de Jaclyn Underwood n'a le souvenir qu'elle ait eu une invitée à demeure au cours de l'année écoulée.

Josie lui parla des messages de Colin où il l'appelait « petite Lucy », comme dans le message du ravisseur.

— Je ne sais pas si ça signifie quelque chose, conclut Josie. Mais ça mérite d'être mentionné.

— Bon travail, la complimenta Oaks. À propos, mon équipe a fini de se renseigner sur le reste des auteurs de menaces contre

Colin chez Quarmark. Ils ont tous un alibi pour le jour où Lucy a disparu.

— Mais il pourrait aussi y avoir des gens qui s'indignent du prix du nouveau médicament sans avoir formulé de menaces de mort.

— Oui, c'est vrai. C'est ce qui est effrayant. Nous ne savons réellement pas à qui nous avons affaire.

— Et pourtant, nous le coincerons, affirma Josie. Mon équipe a inspecté le reste de la maison au cas où le kidnappeur aurait laissé d'autres messages aux parents, mais nous n'avons rien trouvé.

— Où sont M. et Mme Ross ?

— À l'étage, ils se reposent.

— Ça paraît une bonne idée. Rentrez chez vous, Quinn. Accordez-vous quelques heures. Même chose pour Mettner. Nous avons tous eu une longue journée. Revenez demain matin. Amenez quelqu'un de votre équipe. Nous continuerons à étudier toutes les pistes jusqu'à mettre le doigt sur la bonne.

Josie ne discuta pas. Sur le trajet du retour, elle passa chercher Noah au poste de commandement mobile : jamais elle n'avait été aussi soulagée de voir son visage et d'entendre sa voix. Misty et Harris dormaient dans la chambre d'amis lorsqu'ils montèrent vers la chambre de Josie.

— Tu as mangé quelque chose, ce soir ? lui demanda Noah alors qu'elle se glissait entre les draps.

Il veillait toujours à ce qu'elle soit nourrie, hydratée et caféinée.

— Oui, mentit-elle, sans se donner la peine de préciser qu'elle avait eu l'estomac trop barbouillé pour manger après les événements de la soirée. Viens te coucher. Tu m'as manqué toute la journée.

26

Josie rêva de Lucy : elle lui courait après dans le parc et chez les Ross, où il y avait des couloirs sinueux et interminables. Chaque fois qu'elle rattrapait la petite fille et tendait la main pour lui prendre le bras, Lucy se volatilisait. Elle se réveilla hors d'haleine, couverte de sueur, et fila aussitôt sous la douche. Lorsqu'ils furent prêts pour la journée, elle déposa Noah au poste mobile. Au lieu d'aller chez les Ross, elle fit demi-tour et entra dans le parking de l'école primaire de Denton West. C'était un bâtiment en briques, sur un seul niveau mais très étendu, entouré de jardins impeccables, avec des buissons et des arbres parfaitement taillés. Josie trouva à se garer dans la zone réservée aux visiteurs. Il restait encore une heure avant que les élèves commencent à arriver. Elle marcha jusqu'à l'entrée principale. Près de la double porte, à côté d'une boîte brune surmontée d'un petit bouton, un panneau plastifié signalait que tous les visiteurs devaient se présenter directement à l'accueil. Josie appuya sur le bouton puis leva les yeux vers la caméra fixée au-dessus de la porte. Elle brandit son insigne. Quelques secondes plus tard, un cliquetis se fit entendre quand la serrure s'ouvrit.

À l'intérieur, d'autres panneaux plastifiés indiquaient le chemin à suivre jusqu'à l'accueil, dans le couloir de droite, après plusieurs classes et l'auditorium. Les écoles que Josie avait fréquentées, dans les quartiers est de Denton, étaient similaires, avec un accueil loin de l'entrée. Josie s'était souvent demandé pourquoi ce bureau était placé si loin de l'entrée principale. Une fois à l'accueil, elle se trouva face à une secrétaire charmante, coiffée d'écouteurs. Josie expliqua la raison de sa venue, montra de nouveau son insigne et attendit que la femme passe un coup de fil. Ensuite, on lui expliqua enfin comment atteindre la classe de Lucy.

Après avoir parcouru encore quelques couloirs, Josie découvrit l'institutrice de Lucy, Violet Young, qui l'attendait sur le seuil de sa classe. Violet devait avoir une bonne vingtaine d'années. Formes généreuses, longs cheveux auburn. Pull bordeaux moulant, pantalon en stretch noir qui disparaissait dans des cuissardes brunes. Un collier de macaronis autour du cou. Elle adressa un large sourire à Josie en la voyant s'approcher dans le couloir.

Une fois les présentations faites, Violet invita Josie dans sa classe, remplie de minuscules pupitres entre le grand bureau de la maîtresse et un tapis multicolore représentant l'alphabet. Un tableau blanc occupait presque tout un mur. Des affiches et des dessins des élèves décoraient les autres cloisons. Violet alla s'asseoir sur le bout de son bureau.

— Y a-t-il du nouveau ? demanda-t-elle.

— Je crains que non, répondit Josie.

Violet regarda vers le ciel, mais Josie eut le temps de voir ses yeux s'embuer.

— C'est vraiment incroyable. Nous sommes tous atterrés. Notre chère Lucy. Je ne peux pas imaginer...

Josie l'interrompit avant qu'elle se mette à pleurer.

— Nous faisons le maximum pour retrouver Lucy. Nous

travaillons vingt-quatre heures sur vingt-quatre pour la ramener à ses parents.

Violet regarda Josie.

— Les agents du FBI étaient ici hier. Ils ont interrogé presque tout le personnel.

— Oui, je sais. Ils sont extraordinaires. Je ne prétends pas faire mieux qu'eux. J'ai été chargée d'accompagner Mme Ross.

Violet porta la main à son collier de nouilles, ses doigts glissant sur les pâtes crues.

— Comment va-t-elle ?

— Aussi bien qu'on peut l'espérer vu les circonstances. Vous avez des enfants ?

Violet sourit.

— Non. Mes élèves sont mes enfants. Du moins pour le moment. Mon mari et moi, nous nous sommes accordé cinq ans pour nous marier, acheter une maison, lancer notre carrière puis avoir des enfants. Encore trois ans et nous commencerons à essayer !

Il y avait une note de désespoir dans ses paroles, comme si elle avait préparé et déjà répété tant de fois ce discours censé donner le change. Josie comprit aussitôt que ce plan sur cinq ans n'était pas une idée de Violet, mais de son mari.

— Eh bien, tout sera en ordre quand vous fonderez une famille. À propos de famille, j'ai passé pas mal de temps avec les parents de Lucy ces deux derniers jours, et je pensais que ça m'aiderait à établir un lien avec eux si j'en savais plus sur elle. Je voulais simplement voir où se déroulent ses journées, vous demander quel genre d'élève elle est, vous voyez.

— Ah oui, bien sûr.

Violet traversa le dédale de petits pupitres jusqu'à celui qui occupait le centre de la salle. Sa main se posa dessus, et Josie vint se placer à côté d'elle.

— Voici la table de Lucy, dit l'institutrice.

Tous les pupitres avaient quatre pieds en métal, avec un

casier sous le plateau imitation bois, où les élèves pouvaient ranger leurs livres et leurs cahiers. Une bande de papier de couleur plastifié était fixée sur chacun, avec les chiffres de 0 à 10, le nom de l'élève soigneusement écrit au feutre, ainsi que l'alphabet en majuscules et en minuscules. Josie désigna le petit casier.

— Vous permettez ?
— Je vous en prie.

Josie s'accroupit et jeta un œil dans ce petit rangement. Il y avait une trousse, de la colle, une pile de cahiers et de pochettes, et des papillons en plastique à côté desquels gisait un petit objet cylindrique en papier vert.

— C'est un cocon, expliqua Violet. Enfin, Lucy dirait une chrysalide. Je suppose que vous êtes au courant de son obsession pour les papillons.

Josie ne put s'empêcher de rire doucement, attendrie par ce que Lucy dissimulait dans son pupitre.

— Oui, effectivement. Dites-moi, quel genre d'élève est Lucy ?

Violet croisa les mains devant sa taille.

— Oh, elle est très intelligente, et très gentille. Mais elle se laisse facilement distraire. Il lui arrive d'avoir... des idées fixes.

Elle rit et désigna le cocon que Lucy avait fabriqué sous sa table.

— Je dois parfois me battre pour la canaliser. Mais bon, elle n'a que sept ans.

Josie se leva et s'approcha d'un mur orné de dessins.

— Et avec les autres enfants ? Se fait-elle facilement des amis ?

— J'ai quelquefois l'impression...

Violet se tut, le front plissé.

— L'impression que quoi ?
— Je ne devrais pas en parler, ça n'a aucun intérêt.

— Ça ne sortira pas d'ici, lui promit Josie. Je suis curieuse de savoir ce que vous avez pu observer.

Violet détourna les yeux de nouveau. Lorsqu'elle se remit à parler, ses mains s'agitèrent devant elle.

— Je pense parfois que, comme M. Ross est constamment absent et que Mme Ross paraît très... préoccupée, Lucy a l'impression, inconsciemment, de devoir rendre les gens heureux pour obtenir leur attention et leur amour. Un peu comme si elle se sentait invisible, sauf quand elle se montre aimable avec quelqu'un ou quand elle fait ce qu'un autre enfant lui demande. Comme si elle ne croyait pas pouvoir être aimée pour elle-même.

Il y avait là beaucoup d'informations à la fois, mais Josie commença par le commencement.

— Vous trouvez que Mme Ross est préoccupée ?

— C'est ce que j'ai pensé chaque fois que je l'ai vue. Comme si elle avait toujours l'esprit ailleurs. Je suis sûre qu'elle aime Lucy, ce n'est pas ce que je suis en train de dire.

— Je sais.

— Simplement, parfois, lors des événements scolaires ou des excursions, Lucy lui parle, et Mme Ross a les yeux dans le vide. À un moment, Lucy s'aperçoit que sa mère n'a rien entendu, alors elle se tait. Ce n'est pas toujours comme ça. La plupart du temps, Mme Ross a l'air tout à fait présente, mais on voit bien que c'est un problème récurrent, à la façon dont Lucy soupire et roule des yeux quand elle ne l'écoute pas.

En entendant cela, Josie se sentit submergée par une vague de tristesse. Cependant, beaucoup de parents ne prêtaient guère attention à leurs enfants. Cela ne signifiait pas qu'Amy soit capable de mettre en scène l'enlèvement de sa propre fille.

— J'ai rencontré d'autres mères, qui estimaient que Mme Ross était un peu... surprotectrice.

Violet rit.

— Oui, c'est vrai. Pourtant, il y a une différence entre être présente physiquement et mentalement. Je dirais que Mme Ross est plus physiquement présente que tous les parents que j'ai rencontrés, presque au détriment des relations de Lucy avec les autres enfants, mais, je le répète, on voit bien que, une grande partie du temps, son esprit est ailleurs.

Josie aborda un autre problème soulevé par Violet.

— Quand vous dites que Lucy a envie de faire plaisir aux autres, pourriez-vous me donner des exemples que vous avez observés ici, à l'école ?

Violet prit le temps d'y réfléchir.

— Eh bien, il y a dans la classe une autre petite fille qui refuse de jouer avec Lucy si elle ne lui donne pas tous les jours son dessert. Lucy le fait, même s'il est parfois évident qu'elle aimerait bien garder ce dessert pour elle. Mais, si elle refuse de le lui donner, alors sa camarade la taquine ou l'ignore pendant la récréation. J'en ai parlé plusieurs fois à Lucy, et à l'autre élève, bien sûr, en leur expliquant comment fonctionne l'amitié, mais Lucy continue de céder, en général.

— Elle a bon cœur, en tout cas.

— Oh oui, c'est certain.

Josie désigna les dessins sur le mur.

— Lesquels sont les siens ?

Violet rejoignit Josie et montra une série de dessins.

— La consigne était de dessiner un endroit où ils étaient allés en vacances. Voici celui de Lucy : la plage. Elle adore la plage. Là, ils devaient dessiner leur autoportrait, puis trois choses qu'ils aiment.

Les trois choses dessinées par Lucy incluaient un papillon, sans surprise, ainsi qu'un livre et deux bonshommes se donnant la main, l'un à cheveux courts, l'autre à cheveux longs.

— Ce sont ses parents, indiqua Violet.

Une fois de plus, Josie fut attristée pour Lucy. Tous les autres enfants avaient opté pour leur jouet préféré ou un objet lié à leur sport favori, un animal fantastique ou un personnage de dessin animé. Clairement, l'univers de Lucy était plus restreint que celui de ses camarades. Comme l'affirmaient les autres mères, Lucy était isolée.

— Là, reprit Violet, c'était après une sortie scolaire dans un verger et un champ de citrouilles. Les enfants devaient dessiner ce qu'ils avaient préféré. Comme vous le voyez, ils ont presque tous choisi la promenade dans le chariot à foin ou le petit zoo. Et ici, c'était après une excursion sur le campus. La troupe de théâtre jouait une adaptation du *Petit Monde de Charlotte*. Les élèves devaient dessiner leur personnage favori.

— Et ceux-ci ? demanda Josie.

Une partie du mur était couverte de représentations d'insectes : scarabées, coccinelles, abeilles, des bestioles que Josie ne pouvait identifier, et des papillons. Elle reconnut aussitôt le dessin de Lucy parce qu'elle en avait déjà vu une autre version dans sa chambre. C'était un bonhomme portant des vêtements bruns et muni d'un filet, qui donnait la main à une petite silhouette féminine et blonde. Des papillons voltigeaient au-dessus d'eux.

— Il y a quelques mois, nous avons reçu la visite d'un expert en insectes, expliqua Violet.

Josie haussa un sourcil.

— Un expert en insectes ?

Violet sourit.

— Ah, les enfants l'ont adoré. C'est en fait un apiculteur. Il vit à environ une heure de Denton, à mi-chemin entre ici et Philadelphie. Il a apporté des scarabées, des tarentules, une blatte siffleuse de Madagascar, des coccinelles, des papillons et un phasme. Il se déplace à travers tout l'État pour intervenir dans les écoles.

— Combien de temps a-t-il passé ici ?

— Oh, seulement quelques heures. Il a un exposé tout à fait rodé.

— A-t-il eu l'air de s'intéresser à Lucy en particulier ?

— Non, pas vraiment.

— Vous auriez son nom et ses coordonnées ?

— Je les ai donnés au FBI, répondit Violet. Ils voulaient une liste de toutes les personnes extérieures qui étaient venues à l'école depuis six mois.

Elle repartit vers son bureau et fouilla dans des papiers jusqu'à ce qu'elle trouve ce qu'elle cherchait. Elle tendit à Josie une feuille où un nom et un numéro de téléphone étaient inscrits. John Bausch. Josie tira son portable de sa poche et photographia la page.

— Avez-vous pris des photos lorsqu'il est venu ici ?

Violet sortit son propre téléphone.

— Quelques-unes, oui, mais surtout des enfants et des insectes. En début d'année scolaire, nous envoyons un formulaire que les parents doivent signer pour nous autoriser à photographier les enfants lors des activités de groupe. Il y a en général quelques familles qui s'y opposent, mais cette année nous avons obtenu la permission pour toute la classe. Nous n'avons le droit de publier ces images que sur un site sécurisé auquel seuls les enseignants, le personnel et les parents ont accès. Je ne les ai plus sur mon téléphone, mais je peux vous les montrer en passant par l'application.

Elle scrolla sur son portable jusqu'à ce que la série de photos apparaisse et elle tendit l'appareil à Josie.

Josie les regarda une à une jusqu'à ce qu'elle tombe sur John Bausch. À chaque fois, il était de profil, ou penché vers les enfants. Il était jeune, entre vingt-cinq et trente ans, visage rasé, sous une épaisse chevelure brune. Il portait un pantalon kaki et un polo fauve. Josie se demanda si Bausch était l'adulte des dessins de Lucy.

— Pourriez-vous me les envoyer ?

— Non, je n'ai pas le droit. Mais je peux en parler à la directrice. Il pourrait y avoir des questions juridiques...

— Un mandat, dit Josie. Je peux en obtenir un dans l'heure et le faire adresser à la directrice.

— Ça devrait marcher, acquiesça Violet.

Josie lui remit sa carte professionnelle, en l'incitant à l'appeler si elle pensait à quoi que ce soit qui puisse être utile.

Elle retourna vers le mur et posa le doigt sur le dessin des deux bonshommes entourés de papillons de Lucy.

— Je peux vous prendre celui-là ?

Violet hésita un instant avant de répondre :

— Oui, bien sûr.

27

Josie et Oaks se tenaient dans le jardin des Ross, le seul endroit de la maison où ils pouvaient parler sans être entendus par Amy ou Colin. Oaks semblait n'avoir toujours pas dormi. Une barbe grise de trois jours couvrait son menton et sa mâchoire. Les bras croisés, il la dévisageait.

— Vous saviez que nous avions interrogé l'instit, et vous êtes quand même allée la voir. Vous remettez en question le travail de mon équipe, inspectrice Quinn ?

— Non. Au contraire, je trouve votre équipe formidable, et vous couvrez bien plus de terrain que la mienne ne pourrait espérer le faire en aussi peu de temps.

— Alors pourquoi êtes-vous allée à l'école ?

Josie ne pouvait entièrement l'expliquer. Son instinct l'y avait poussée, et elle ne savait pas où il allait la mener.

— J'avais simplement besoin de parler à quelqu'un de proche de Lucy en dehors de ses parents. Violet Young m'a dit qu'Amy semblait souvent préoccupée.

— Vous cherchiez quelque chose qui pourrait vous servir pour que Mme Ross se confie à vous ? demanda Oaks.

— En quelque sorte. Le kidnappeur était au courant pour l'ours en peluche, celui qui contient un enregistreur, et il a pu entrer dans la maison pour s'en servir, à l'insu de tout le monde, c'est ce qui me tracasse.

Oaks hocha la tête.

— Ça me tracasse aussi.

— Celui qui a enlevé Lucy avait réussi à devenir proche d'elle, d'une manière ou d'une autre. Voilà ce qui me trouble.

— Hier, vous affirmiez que cette personne était celle qui avait habité chez la nourrice, souligna Oaks.

— Oui. Ce scénario continue à me sembler le plus probable, mais je sens que nous passons à côté de quelque chose. Comment le ravisseur a-t-il pu voir Lucy assez souvent pour la convaincre de quitter ses parents ? Suffisamment pour mettre son plan en place, un plan selon lequel elle devait récupérer un sweater dans le manège, l'enfiler pour ne pas être repérée, et courir rejoindre cet individu ? Quelqu'un de proche de la nounou aurait pu y parvenir. Quelqu'un qui côtoyait régulièrement Lucy au parc, chaque fois que la nounou l'y emmenait et était sur son téléphone. Mais l'école était le seul endroit où Lucy était totalement en dehors de la sphère d'influence de sa mère.

Oaks soupira.

— Je vais me renseigner sur le personnel de l'école.

— Merci. Et je pense que nous devrions nous intéresser de plus près à John Bausch.

Oaks plissa le front.

— Il est venu faire une présentation devant les élèves, c'est ça ?

— Oui. Quelle mémoire !

Josie savait que le FBI suivait littéralement des milliers de pistes. Même les plus improbables des suspects figuraient sur sa liste.

— C'est l'expert en insectes qui est venu dans la classe de Lucy il y a quelques mois. J'ai demandé à mes agents d'envoyer un mandat à l'école pour avoir les photos que l'instit a prises de lui avec les enfants, ce jour-là.

— Vous savez, j'ai envoyé une équipe à l'école. Ils ont obtenu une liste de tous les intervenants extérieurs des six derniers mois. John Bausch était l'un d'eux. Je suis tout à fait sûr qu'il avait un alibi pour le jour où Lucy a disparu. Un de mes agents l'a contacté.

Oaks sortit son téléphone. Après avoir cherché plusieurs secondes, il tapota l'écran avec son index.

— Le voilà. J'ai une note à son sujet. Mes agents ont parlé à son assistante, qui est aussi son épouse, et elle nous a envoyé son agenda pour la semaine où Lucy a disparu. Il a passé le week-end à Philadelphie, et il avait rendez-vous avec quelqu'un de l'Académie des sciences naturelles au moment de l'enlèvement. Ça nous a été confirmé par un représentant de l'Académie. Que proposez-vous de faire ?

— Le convoquer ici.

— Vous voulez qu'on convoque un type qui habite à une heure d'ici et qui a un alibi solide ?

— Écoutez, nous savons que nous n'avons pas affaire à un criminel isolé, dit Josie. Bausch a peut-être un alibi, mais je ne sais pas si ça l'exclut définitivement de la liste des suspects. Il a pu être aidé, peut-être par la femme mystère qui séjournait chez Jaclyn Underwood. Si elle était son complice, son rôle était de devenir proche de Jaclyn afin d'obtenir le maximum de détails sur l'intimité des Ross – et de se procurer un double de la clé qu'avait Jaclyn.

L'air pincé d'Oaks montrait qu'il avait du mal à accorder du crédit à son raisonnement. De la poche arrière de son jean, Josie tira le dessin pris à l'école, qu'elle déplia et tendit à Oaks.

— Lucy a dessiné ça après que Bausch est venu à l'école. Il y en a un autre dans sa chambre. C'est le même.

Oaks haussa un sourcil.

— Vous voulez que je convoque ce type à cause d'un dessin d'enfant ?

— Avons-nous des pistes plus convaincantes ?

— C'est abusif d'appeler ça une piste, inspectrice Quinn. Cet homme est allé à l'école de Lucy une fois, il y a deux mois. Il a un alibi validé pour le jour où Lucy a disparu. Une demi-douzaine d'intervenants extérieurs se sont succédé à l'école primaire de Denton West au cours du dernier semestre : Bausch, deux auteurs pour enfants, la maire de Denton, le chef des pompiers et un footballeur professionnel des Philadelphia Eagles. Nous avons vérifié, ils avaient un alibi pour le jour de l'enlèvement. Vous voudriez qu'on les convoque tous ?

Josie mit une main sur sa hanche et dit :

— Seulement s'ils pratiquent la chasse aux papillons.

Oaks eut un air ahuri, puis éclata de rire. Josie attendit qu'il ait terminé avant de reprendre :

— Il faudrait être aveugle pour ne pas remarquer que Lucy est obsédée par les papillons.

Oaks acquiesça.

— Aveugle, en effet, et je comprends maintenant : pour un adulte qui voudrait gagner la confiance de Lucy afin de la préparer à quelque chose, exploiter son intérêt pour un sujet précis serait un excellent point de départ, mais ça paraît un peu gros, non ? Un type qui gagne sa vie en manipulant des papillons kidnappe justement une gamine qui adore les papillons ?

— Pas seulement les papillons. C'est d'abord un apiculteur, d'après Violet Young. Il a apporté à l'école un tas d'insectes différents.

— OK, donc, à part ça, vous voulez quand même convoquer un type qui a déjà été disculpé ?

— Laissez mon équipe s'en charger, proposa Josie. Ma collègue l'inspectrice Gretchen Palmer peut le faire. Elle le fera venir à notre commissariat. Nous lui parlerons. S'il n'y a rien, tant pis. Mais s'il y a quelque chose...

Oaks soupira.

— Alors vous aurez mon soutien. Vous le savez.

— Merci.

Tandis qu'Oaks rentrait voir Colin et Amy, Josie prit son téléphone et appela Gretchen.

28

La journée fut longue et pénible. Il y eut plusieurs appels sur le portable d'Amy : un de la directrice de l'école de Lucy, des coups de fil d'Ingrid et de Zoey, les mamans de deux amies de Lucy, et un de la pharmacie pour lui apprendre que son ordonnance était prête. À chaque sonnerie, les deux agents du FBI en faction dans la maison, Oaks, Mettner et Josie convergeaient dans la salle à manger, retenant leur souffle jusqu'à ce qu'Amy décroche, la voix toujours tremblante, lâchant un « allô » hésitant comme si elle avait peur de ce que l'univers allait déchaîner contre elle. Mais le kidnappeur ne téléphona pas.

L'absence de progrès de l'enquête et d'appel du ravisseur rendait tout le monde nerveux et agité. Cela laissait beaucoup trop de temps à Amy et Colin pour poser des questions auxquelles il n'y avait pas de réponse pour l'instant.

— Vous pensez qu'elle est encore en vie ?
— Que lui fait-il ?
— Que veut-il ?
— Pourquoi n'appelle-t-il pas ?
— Pourquoi est-ce que tout ça nous arrive ?

Leur vie était en suspens. *Mais c'est précisément ce que veut le ravisseur*, songea Josie. Ni Amy ni Colin ne pouvaient mener une existence normale sans savoir où était Lucy ni ce qui lui arrivait. C'était la plus cruelle des tortures. Même sans enfant à elle, Josie le comprenait. Il tirait du plaisir de leur souffrance, c'est pourquoi elle était sûre qu'il allait faire durer ce jeu. Il ne pouvait leur enlever définitivement Lucy. Au bout d'un certain laps de temps, ils auraient fini par reprendre leurs activités normales. Ils se seraient habitués à vivre dans l'incertitude, ils se seraient remis à manger, à se doucher, et Colin se serait forcé à aller travailler parce qu'il fallait payer les factures. L'absence de Lucy et l'ignorance deviendraient la nouvelle normalité. Ils ne seraient plus jamais en paix, mais ils sortiraient de la phase aiguë de l'horreur pour entrer dans un état plus chronique. Le kidnappeur voudrait qu'ils restent le plus longtemps possible dans le stade aigu, imaginait-elle. Il voudrait que la situation s'éternise.

À moins qu'ils mettent d'abord la main sur lui.

Quand Gretchen apparut en fin d'après-midi, cela eut sur Josie un effet si apaisant qu'elle eut envie de se jeter dans ses bras. Elle apportait du café et des viennoiseries pour tout le monde, avec un sac contenant trois *Cheese Danish* pour Josie. Parce que les médias campaient devant la maison – en nombre croissant d'heure en heure, semblait-il –, Josie et Gretchen se glissèrent dans le jardin.

— J'ai pensé que tu aurais besoin d'une pause, lui dit Gretchen.

Josie prit le gobelet de café et le posa sur la table occupant le centre de la cour. L'odeur de la boisson lui donnait un peu mal au cœur, mais les *Danish* passèrent sans problème.

— Merci. Tu as réussi à identifier l'homme à la veste de tweed ? Celui qu'on voit sur les images de WYEP.

— Pas encore. Néanmoins, nous savons qu'il n'est pas prof à la fac. J'ai deux ou trois personnes qui travaillent là-dessus.

— Tu as contacté Bausch ?

Gretchen hocha la tête.

— Aujourd'hui, il était à Allentown pour une présentation dans une école, mais il a promis de venir demain. Il s'est montré très coopératif.

— Bien.

— Tu veux assister à l'interrogatoire ?

— Oui. Fais-moi signe quand il sera là.

Quelques instants s'écoulèrent dans un silence agréable. Gretchen sirotait son café tandis que Josie terminait son troisième *Cheese Danish*.

— Que veut obtenir ce type, selon toi ? demanda Gretchen.

— Je ne sais pas. Il n'opère pas comme les pédophiles. Eux essaient plutôt de ne pas attirer l'attention. En général, soit ils gardent l'enfant, soit ils accomplissent leur fantasme et tuent leur victime au cours des premières heures.

Gretchen acquiesça.

— Un pédophile ne narguerait pas les parents comme ça.

— Ce qui ne signifie pas que notre homme ne soit pas un pervers, mais je ne pense pas qu'il ait enlevé Lucy pour ça.

Ce que Josie s'abstint de préciser, ce qu'elle ne parvenait pas à dire tout haut, mais que toutes deux savaient, c'était que, même si le kidnappeur voulait obtenir une rançon ou satisfaire une rancune personnelle contre les Ross, cela ne signifiait pas que Lucy reviendrait vivante.

À l'heure du dîner, comme il n'y avait toujours pas eu d'appel, Oaks renvoya Josie chez elle. Noah, qui avait trouvé quelqu'un pour le ramener à la maison, était déjà à la table du dîner avec Misty et le petit Harris.

— Des pâtes, ça te va ? demanda Misty.

— C'est délicieux, l'informa Noah tout en mâchant une bouchée de spaghettis.

— JoJo ! s'écria Harris alors que Josie s'asseyait entre Noah et la chaise haute de l'enfant.

Elle sourit et l'embrassa dans les cheveux, humant le parfum de son shampooing, plus rassérénant qu'un bain chaud après une longue journée.

Le petit garçon plongea sa main potelée dans son bol en plastique et saisit un spaghetti couvert de sauce.

— Pasghettis ! s'exclama-t-il.

Misty déposa une assiette fumante devant Josie et se rassit de l'autre côté de Harris.

— Des spa-ghet-tis, énonça-t-elle.

Il l'ignora et brandit la pâte sous le nez de Josie.

— Mange, dit-il.

Josie se laissa nourrir à la becquée, aspirant goulûment le spaghetti, ce qui déclencha un torrent de gloussements.

— Encore, encore ! dit Harris en cherchant d'autres pâtes dans son bol.

Josie répéta son numéro trois fois, jusqu'à ce que tous les convives soient hilares. Le rire de Harris avait toujours été contagieux.

Puis Misty intervint :

— Harris, mange ce qu'il y a dans ton assiette. Laisse JoJo savourer son dîner.

Josie prit un spaghetti de sa propre assiette et le tendit à Harris qui essaya de l'imiter, sans succès, puis le lui prit avec les doigts pour se le fourrer dans la bouche.

Ils évitèrent délibérément d'aborder les sujets sérieux – le travail de Josie et de Noah, Lucy Ross, les disparitions d'enfants. Aussitôt après le repas, Josie et Noah s'écroulèrent dans le lit, trop fatigués pour parler. La nausée la réveilla à 5 h 30, alors que le silence régnait encore dans le reste de la maison. Tandis qu'elle se vidait l'estomac dans les toilettes, elle pria pour que

Noah ne la voie pas vomir. Par chance, il continua à dormir. S'appuyant sur le rebord de la baignoire, elle se couvrait le ventre avec les deux mains. Pourquoi était-elle encore malade ? N'était-ce réellement que le stress ? Ou y avait-il autre chose ? À l'instant où la question « Et si j'étais enceinte ? » faisait surface dans son esprit, elle entendit un bruit de pas dans le couloir. Puis à travers la porte lui parvint le murmure sonore de Harris :

— JoJo ?

En souriant, Josie se releva et ouvrit la porte. Harris la regarda, ébloui par la lumière. Elle le prit dans ses bras.

— Ta maman sait que tu es déjà debout ?

Il glissa ses bras autour du cou de Josie.

— J'ai soif.

— Tu as soif ? Alors laissons maman dormir, et descendons dans la cuisine.

Une fois de plus, Josie arriva chez les Ross aux aurores. Oaks était là avec un nouveau groupe d'agents pour utiliser les téléphones et les ordinateurs.

— Ça vous arrive, de dormir ? demanda Josie.

Oaks sourit.

— Quelques heures par-ci, par-là.

Elle ne prit pas la peine de lui dire de se reposer. Si elle pouvait encore dormir la nuit, c'était parce que son équipe à lui travaillait vingt-quatre heures sur vingt-quatre et qu'elle savait que la famille Ross était entre de bonnes mains.

— Nous avons obtenu les résultats des analyses ADN de la scène de crime chez Jaclyn Underwood, lui apprit-il. Il y avait un cheveu avec sa racine sur l'oreiller du placard, nous pensons qu'il pourrait appartenir à la personne qui a vécu chez elle, et nous avons trouvé sous deux des ongles de Jaclyn des fragments de peau qui pourraient venir du tueur. Mais rien qui soit déjà dans notre base de données.

— Ça m'aurait étonnée, soupira Josie.

— Néanmoins, les empreintes sur le poudrier coïncident avec des empreintes inconnues dans la chambre de Lucy.

Josie sentit un petit frisson d'enthousiasme. Cela ne les aiderait pas à retrouver le kidnappeur ou sa complice, mais cette correspondance établissait un lien entre les deux scènes de crime.

— Donc la femme qui séjournait chez Jaclyn Underwood est aussi venue dans la chambre de Lucy. Pourtant, selon Amy, Lucy n'a jamais rencontré aucune amie de Jaclyn – à sa connaissance, en tout cas.

— Eh bien, je lui ai redemandé si Jaclyn amenait parfois des amies à elle, et elle a répondu que ça n'arrivait jamais. Pourquoi ai-je la sensation que ces salauds sont juste sous notre nez ? s'interrogea Oaks, se passant une main sur le visage avant de se frotter les yeux.

— Parce qu'ils pourraient très bien l'être, répondit Josie. Est-ce qu'on passe à côté d'un truc énorme ?

Oaks fit signe que non.

— Ça ne me paraît pas possible. J'ai des dizaines d'agents qui étudient toutes les pistes, sans parler du travail de votre service.

Avant que Josie ait pu ajouter un mot, le portable d'Amy sonna. Oaks et Josie contemplèrent l'écran. Le nom affiché était « Wendy ».

Amy accourut de la cuisine et Colin apparut à l'autre porte, derrière elle, venant du salon. Josie avait remarqué que le couple ne s'était plus guère parlé depuis la veille au soir.

— Qui est Wendy ? demanda Oaks.

Amy leva les yeux vers lui.

— Wendy Kaplan. Une amie du cours de yoga

Sa main tremblait au-dessus du téléphone.

— Je vais lui dire que je dois laisser la ligne libre.

Elle décrocha.

— Allô ?

Il y eut un instant de silence total avant que la voix du kidnappeur s'élève, faisant frémir chaque personne dans la pièce.

— Bonjour, Amy.

Elle inspira brusquement et se plaqua une main contre la poitrine.

— Comment va Lucy ? demanda-t-elle.

Josie vit qu'elle avait longuement réfléchi à la question qu'elle poserait lorsque le ravisseur appellerait.

— À ton avis, comment va-t-elle, Amy ?

— Je veux lui parler. S'il vous plaît, puis-je lui parler ?

Un rire retentit au bout du fil.

— Oh, Amy. Triste, sotte et sans cervelle.

Nullement désarçonnée, Amy demanda encore :

— Vous lui avez fait du mal ?

— Ah, tout dépend de ce qu'on entend par « faire du mal ».

Amy hoqueta, les larmes aux yeux. Colin se glissa entre les agents pour s'approcher d'elle. Il tendit la main pour qu'elle lui donne le téléphone, mais elle se détourna, sa voix se brisant alors qu'elle suppliait le kidnappeur de la laisser parler à Lucy.

Un des agents eut un geste en direction d'Oaks et désigna l'écran. Oaks fit signe à Josie, qui alla voir l'adresse.

— Je ne suis pas certain de l'emplacement exact, murmura l'agent. Mais j'ai fait une recherche sur Wendy Kaplan et cette maison-ci lui appartient.

Malheureusement pour eux, la maison de Wendy Kaplan, que l'agent pointait du doigt sur l'image satellite, se situait en banlieue de Denton.

— C'est à un quart d'heure, chuchota Josie. Au moins.

Elle voulut sortir, mais Oaks ordonna :

— Restez avec Mme Ross. J'emmène Mettner. Il est dehors.

Alors qu'Oaks s'en allait, Josie se tourna vers Amy. Son visage ruisselait de larmes.

— Que voulez-vous ? sanglota-t-elle dans le téléphone. Dites-moi juste ce que vous voulez.

Josie pensait que le ravisseur allait de nouveau la narguer, mais il répondit :

— Un million de dollars.

Un silence total tomba sur la pièce. Les deux agents levèrent les yeux vers Josie, puis se regardèrent avant de se reconcentrer sur leurs ordinateurs. En un instant, le kidnappeur avait cessé de provoquer Amy pour formuler une exigence.

Comme elle ne répliquait pas, il ricana.

— Ah, tu n'avais pas vraiment envie de savoir ce que je voulais ? Tu posais juste la question parce qu'une mère aux abois est censée faire ça ?

Amy ouvrit la bouche pour réagir mais pas un son n'en sortit. Colin lui arracha le téléphone des mains et aboya :

— Nous voulons la preuve qu'elle est en vie.

Amy tira sur le bras de Colin pour lui reprendre le portable.

— Non, gémit-elle. Donne-lui ce qu'il veut, pour qu'il nous rende Lucy.

Colin s'éloigna d'elle.

— Prouvez-nous que Lucy est en vie, et vous aurez l'argent.

Josie entendit ensuite la colère dans la voix du kidnappeur.

— Ce n'est pas vous qui dictez les règles. Donnez-moi un million de dollars, et je vous rendrai Lucy. Voilà. C'est tout.

Amy était pratiquement suspendue au bras de Colin, elle hurlait pour qu'il l'écoute.

— Vous aurez ce que vous demandez. Rendez-moi simplement ma fille. Je vous en prie.

— Vivante, précisa Colin. Vous nous la rendrez vivante.

Il y eut un long silence. Josie crut pendant une seconde que le ravisseur avait raccroché, mais elle l'entendit exhaler.

— Un million de dollars. Pas un cent de moins. Sans conditions.

Et la communication fut coupée.

Colin jeta le téléphone sur la table et pressa sa paume sur le sommet de son crâne. Amy se mit à le frapper, à le gifler en criant :

— Salaud ! Pourquoi fais-tu ça ? Pourquoi ?

Colin ne ripostait pas. Les mains en l'air, il parait les coups de son mieux.

— Et si elle était déjà morte ?

— Non ! Ne dis jamais ça. Pourquoi as-tu demandé la preuve qu'elle est vivante ? Donne-lui ce qu'il veut pour qu'il nous la rende.

— Amy, ce type a enlevé une enfant de sept ans. Tu crois que je devrais lui faire confiance ?

— Et alors ? Tu ne lui donneras pas l'argent, si elle est morte ?

— Quoi ?

— Tu comprends très bien ce que je veux dire. Tu ne veux rien faire pour la récupérer, c'est ça ?

— Bien sûr que si !

Colin baissa les mains, laissant ses bras pendre mollement.

Je voulais seulement savoir comment elle allait. C'est tout. Je voulais...

Il se tut. Lorsqu'il reprit la parole, ce fut d'une voix brisée.

— Je voulais entendre sa voix à elle, Amy. Bon Dieu, je voulais juste entendre sa voix.

Il tomba à genoux et Amy s'écroula devant lui. Elle le prit dans ses bras.

— Moi aussi. Moi aussi.

29

Wendy Kaplan habitait sur les hauteurs, dans un lotissement appelé Briar Lane. Ce petit ensemble pavillonnaire ne pouvait être atteint que par une des routes rurales, longues et étroites, qui serpentaient depuis Denton vers les épaisses forêts environnantes. Même si Josie n'en avait pas été familière, elle n'aurait eu qu'à suivre la longue file de camionnettes des médias pour trouver la maison de Kaplan, à présent cernée par les véhicules de police. Josie se gara à l'extérieur du périmètre de sécurité marqué par la police et marcha cent mètres pour arriver jusqu'à l'adresse exacte.

Comme dans la plupart des lotissements récents à Denton, toutes les maisons étaient identiques. Elles existaient en trois couleurs : ocre, gris et blanc. Certains résidents leur avaient donné un peu de caractère en personnalisant leur jardin. Elle passa devant une maison grise à sa droite, qu'elle connaissait bien. Elle frémit en songeant que ce nouvel enlèvement la ramenait presque à l'endroit où avait débuté pour elle la fameuse affaire des jeunes disparues, quelques années auparavant. Elle savait qu'il n'y avait aucun lien, évidemment, mais elle avait un mauvais pressentiment.

La maison de Kaplan, ocre avec un jardin magnifiquement entretenu, se situait un peu plus loin. Un agent du FBI se tenait dans l'allée, devant une petite voiture de sport rouge. Il salua Josie et lui indiqua :

— Ils sont à l'arrière.

Josie avança, remarquant que Wendy Kaplan avait fait installer une haute clôture blanche derrière sa maison. Un autre agent était là avec Mettner pour garder l'entrée.

Josie sentit son rythme cardiaque accélérer.

— Mett. Pourquoi ai-je l'impression que vous surveillez une scène de crime ?

Il grimaça.

— Désolé, patronne, mais Wendy Kaplan est morte.

Josie trouva la camionnette de l'équipe scientifique du FBI et s'habilla comme il convenait. Lorsqu'elle revint, elle s'aperçut que Mettner était parti inspecter le périmètre au cas où il pourrait découvrir des indices. Josie se présenta à l'agent du FBI et pénétra dans le jardin à l'arrière de la maison. Comme à l'avant, il était superbe, avec une belle fontaine en pierre au centre. Josie repéra le corps d'une femme, face contre terre. À en juger par son pantalon noir en stretch et son débardeur rose, elle partait à son cours de yoga ou en revenait. Ses longs cheveux grisonnants étaient étalés sur ses épaules, la pointe rougie par la flaque de sang qui s'élargissait dans l'herbe autour de son buste. Un bras était bloqué sous son corps, l'autre étendu sur le côté, les doigts couverts de sang. Elle n'était pas morte depuis très longtemps. Oaks était là aussi, avec deux autres agents, tous en combinaison blanche. Josie attendit pendant qu'il leur donnait ses instructions.

Quand il eut fini, il vint la rejoindre tandis que ses agents photographiaient le corps et commençaient à analyser les lieux.

— Nous ne l'avons pas encore retournée, mais je pense que c'est un coup de couteau, là aussi.

— Mon Dieu.

Josie leva les yeux mais ne put voir aucune fenêtre des maisons voisines. Personne n'avait pu assister à ce qui s'était produit dans le jardin de Wendy.

— Apparemment, elle s'est débattue, dit Oaks. La maison est dans un sale état. Le téléphone de la cuisine est sur le plan de travail. Il y a du sang dessus, donc nous pensons qu'il l'a d'abord tuée, puisqu'il est entré appeler Amy.

Il désigna les portes vitrées.

— J'aimerais que vous y jetiez un œil, si vous êtes d'accord.

— Bien sûr.

Ils franchirent le seuil avec précaution. Des débris crissèrent sous leurs pieds dès qu'ils foulèrent le carrelage de la cuisine. Ce n'était pas du verre des portes, mais les restes d'un dîner et de la vaisselle qui avait été cassée lorsque Wendy Kaplan avait lutté contre le tueur. L'égouttoir était sur le sol, jonché de fragments d'épaisses assiettes et de tasses en céramique. La table en bois était renversée, un pied cassé. Tous les appareils ménagers que possédait Wendy gisaient, en pièces, au sol, et la porte du réfrigérateur avait pris un coup.

Josie éprouva un grand respect pour cette femme. Elle n'aurait pas dû mourir après avoir résisté aussi vaillamment.

— J'espère qu'elle l'a blessé, dit-elle en scrutant la pièce.

— Moi aussi.

Oaks se tenait dans un coin, les bras croisés. Josie cessa d'analyser la cuisine du regard pendant un instant pour le regarder, lui.

— Vous me faites passer un test ?

Il eut un rire bref.

— Non, ce n'est pas un test. Je veux juste savoir ce que vous voyez. Vos impressions.

Josie contourna les débris pour s'approcher de la porte menant vers l'avant de la maison. Elle traversa prudemment la salle à manger et le séjour. Rien ne semblait avoir été dérangé, même le mécanisme verrouillant la porte principale. Elle regagna la cuisine.

— Elle lui a ouvert.

— Il n'y a pas eu effraction, confirma Oaks. Mes agents et votre homme ont vérifié. Pas de fenêtres cassées, pas de brèche dans la clôture, pas de dégâts sur les portes vitrées.

— Mais ils sont allés dans la cuisine et, à un moment, elle a compris qu'il était dangereux. Que savons-nous de Wendy Kaplan ?

Oaks prit son téléphone pour consulter ses notes.

— Comme vous le savez, mon équipe a enquêté sur toutes les personnes considérées comme proches d'Amy et Colin Ross. Kaplan était en tête de liste avec la nourrice. Donc, voici : elle était plus âgée qu'Amy, la cinquantaine bien tassée. Divorcée, sans enfants. Pas de petit ami. Elle avait travaillé à New York, dans l'édition, pendant des années. Désormais, elle faisait des petits boulots en freelance, depuis chez elle. Elle a acheté cette maison il y a environ trois ans. Pas de casier judiciaire. Rien d'anormal. Un alibi pour l'heure exacte où Lucy a disparu : elle participait à une visioconférence sur Skype avec plusieurs collègues qui ont confirmé sa présence, de même que ses relevés téléphonique et internet.

— Donc elle vivait seule ?

— Oui.

— Une femme seule venue d'une grande ville n'aurait pas laissé entrer n'importe qui chez elle, commenta Josie.

— Il l'a peut-être menacée. Il a brandi un couteau, voire un revolver, et a exigé qu'elle lui ouvre.

— Vous avez interrogé les voisins ? Ceux de juste en face ?

— Mes agents sonnent à toutes les portes, mais les voisins d'en face sont les premiers que nous sommes allés voir. Il n'y a personne. On est en semaine, la plupart des gens sont au travail.

— Mais il lui a fallu un véhicule pour arriver ici.

— Oui, acquiesça Oaks. C'est pour ça que j'ai des agents qui interrogent tout le lotissement au cas où quelqu'un aurait remarqué un véhicule inhabituel.

Josie contempla de nouveau la cuisine.

— S'il l'avait menacée à la porte, c'est là qu'elle se serait débattue. Elle ne l'aurait jamais fait entrer.

— Comment en êtes-vous si sûre ?

Josie désigna le carnage autour d'eux.

— Je connais ce genre de lutte. Je me suis battue comme ça. Le genre de personne qui résiste ainsi, la femme célibataire vivant seule qui résiste ainsi ne laisse pas entrer un inconnu chez elle.

— Voilà un avis bien étayé, commenta Oaks.

Josie crut d'abord qu'il rejetait son raisonnement, mais comprit qu'il plaisantait quand elle le vit sourire. Certes, son opinion n'avait rien d'incontestable. Elle ne se fondait ni sur les faits, ni sur la science, juste sur une impression. Mais les impressions de Josie la trompaient rarement.

— Alors comment l'a-t-il convaincue de le laisser entrer ?

Josie haussa les épaules.

— Manipulation. Il faudrait voir si Wendy devait recevoir aujourd'hui la visite d'un réparateur ou d'un technicien. Il s'est peut-être fait passer pour quelqu'un d'autre. Soit ça, soit il lui a raconté une histoire, un bobard, quelque chose d'assez étonnant pour qu'elle veuille lui ouvrir. Ils vont dans la cuisine et, à un moment, elle comprend qu'il va la frapper ou la tuer, et elle essaie de résister.

Josie repartit dans les autres pièces pour les regarder de plus près. Le salon était très peu meublé : un canapé, une table basse et un grand téléviseur à écran plat. C'était un séjour pour une personne, mais qui dégageait une sensation de relaxation joyeuse, avec des œuvres d'art contemporain très colorées sur les murs et la petite sculpture d'un bouddha heureux posée au centre de la table. La salle à manger avait été convertie en pièce de travail, avec des étagères et un bureau qui supportait un ordinateur allumé et un tas de pages imprimées. Un tapuscrit, devina Josie. Le titre en était *L'Erroné*, mais la partie de la feuille où figurait le nom de l'auteur avait été arrachée. Peut-être le morceau de papier avait-il servi de brouillon ? Derrière, une tasse de café ornée d'une pile de livres sous les mots : « Boire du café. Lire des livres. Être heureux. » Kaplan l'utilisait comme porte-crayons. Peut-être était-elle au téléphone, en train de noter quelque chose : elle avait pris un stylo et griffonné sur le premier papier disponible, la page de titre du tapuscrit.

À droite de l'ordinateur, une souris sans fil. De sa main gantée, Josie la déplaça et l'écran s'illumina. En se penchant, elle découvrit que Wendy lisait ses mails la dernière fois qu'elle s'était assise ici. Le message était en rapport avec un voyage à New York qu'elle prévoyait dans quelques semaines. Le fauteuil était à plus d'un mètre du bureau. Était-elle en train de planifier son voyage quand le tueur avait frappé à la porte ?

Josie tenta de jouer la scène dans sa tête. Wendy, assise à son bureau, mettant au point la visite à ses vieux amis new-yorkais. Ouvrant la porte à un inconnu qui lui raconte quelque chose pour la persuader de le laisser entrer.

— Quelqu'un est allé voir à l'étage ? demanda-t-elle.

Oaks passa la tête hors de la cuisine.

— Nous avons vérifié qu'il n'y avait personne, bien sûr, mais nous n'avons pas encore relevé les empreintes, puisque la lutte semble s'être déroulée en bas.

Josie gravit l'escalier et regarda partout attentivement, mais Oaks avait raison, tout paraissait en ordre. Le tueur n'avait sans doute aucune raison de monter. De retour au rez-de-chaussée, elle attendit près de la porte principale pendant que l'équipe scientifique s'attaquait à la cuisine. Elle balaya des yeux le salon, une fois encore, puis le bureau-salle à manger, s'arrêtant sur le fauteuil. Il n'avait pas de roulettes. Logique, puisque la pièce était moquettée. Des roulettes auraient moins bien glissé sur la moquette, à moins que Kaplan ait mis un tapis en plastique en dessous.

Oaks la rejoignit.

— À quoi pensez-vous ?

Josie désigna le fauteuil.

— Voilà ce qui me gêne.

— Le bureau ?

— Le fauteuil. Si elle s'est levée en repoussant son siège, il ne devrait pas être aussi loin.

Josie s'avança, se positionnant entre le fauteuil et le bureau. Oaks la suivit.

— C'est seulement pour aller sous le bureau qu'il faut autant de place.

— Elle avait peut-être fait tomber quelque chose, suggéra Oaks.

Josie se mit à quatre pattes afin de jeter un coup d'œil par terre. Tout au fond, contre le mur, elle vit un petit tas de papier blanc. Josie dégagea son téléphone de sa combinaison et alluma le flash pour éclairer le papier froissé.

Oaks s'accroupit et regarda par-dessus son épaule.

— Vous voyez, elle avait simplement fait tomber un bout de papier.

Josie l'examina un instant de plus, et comprit vite qu'elle avait déjà vu ailleurs un objet semblable.

— Ce n'est pas un bout de papier. C'est une chrysalide.

— Quoi ?

— Un cocon. Exactement comme celui que j'ai vu dans le pupitre de Lucy Ross à l'école. Oaks, elle est venue ici. Lucy est venue ici. Le tueur l'a amenée avec lui. C'est pour ça que Wendy Kaplan l'a laissé entrer. Elle a introduit Lucy dans cette pièce-ci pendant qu'elle discutait avec l'homme dans la cuisine.

— Ça signifie que Lucy a pu assister à la lutte, au meurtre.

— Ou qu'elle l'a simplement entendu et qu'elle s'est cachée là-dessous. Quand il a eu fini, il est venu la chercher.

— Il a écarté la chaise, et il a tiré la petite de sa cachette.
— Mais elle a laissé ça, dit Josie.
— Vous pensez qu'une enfant de sept ans aurait eu l'idée de nous laisser un indice prouvant qu'elle est en vie ?
— Je pense que ça lui a permis de se concentrer sur autre chose que ce qui se passait à côté. Elle fait ce qu'elle peut pour se protéger mentalement de ce qu'elle voit et ce qu'elle subit, répondit Josie. Mais si elle est encore en vie, nous avons une chance de la ramener chez elle.

30

Au réveil, elle n'était plus là. J'avais froid au nez. Sans elle dans le lit, la couverture ne suffisait pas à me réchauffer. Une fois hors du lit, j'ai marché jusqu'à la porte entrouverte. Il faisait sombre dans les autres pièces. Même la lueur de la télévision avait disparu. Puis je l'ai vue, comme une ombre, qui se déplaçait dans les pièces. Je l'ai regardée pendant plusieurs minutes. Elle tenait un genre de sac où elle jetait des choses. Finalement, elle est arrivée à la porte.

— Ah, c'est bien. Tu ne dors plus.

Je l'ai fixée. Elle s'est agenouillée et a touché mon visage.

— Tu te souviens, je t'ai dit qu'on allait partir d'ici ?
— Pour aller à la maison ?
— Oui.

J'ai hoché la tête.

— On part maintenant. Tu ne dois faire absolument aucun bruit, tu comprends ?

J'ai de nouveau hoché la tête. Elle avait décidé de me porter dans ses bras. Avec une lenteur infinie, elle a manœuvré les deux serrures de la grande porte donnant sur l'extérieur et l'a ouverte centimètre par centimètre. L'air frais était agréable sur ma peau. L'enthousiasme me chatouillait la nuque. Je n'en pouvais plus d'attendre.

Lorsqu'elle est sortie dans la nuit, elle s'est mise à courir, me serrant contre elle, ses pieds nus claquant sur le sol. Les réverbères brillaient au-dessus de nous et projetaient des cercles lumineux sur le trottoir pendant notre fuite. Elle avait la respiration hachée. Elle me comprimait si fort que j'en avais mal aux côtes.

Au bout de plusieurs minutes, elle a ralenti et a relâché sa prise. Elle a regardé derrière nous et, quand elle s'est retournée vers moi, un sourire fendait son visage. Je n'avais jamais vu un sourire aussi large.

— Tu entends ? a-t-elle chuchoté.

Perplexe, j'ai regardé tout autour, en tendant l'oreille de mon mieux. Il n'y avait rien.

— Entendre quoi ?
— Le silence. On a réussi.

J'étais debout, mais elle me tenait encore les mains.

— Viens, on a encore un bon bout de chemin.

Il y avait en elle une légèreté, une sorte de joie qui semblait émaner de sa personne et qui m'enveloppait. J'ai commencé à sautiller pour la rattraper et elle ne m'a même pas dit d'arrêter.

C'est seulement quand une lumière vive est apparue derrière nous que j'ai senti une tension dans sa main. Puis il y a eu un rugissement, qui a ébranlé le silence de la nuit. Elle s'est retournée et, en poussant un cri, s'est mise à courir entre deux maisons, tout en me traînant derrière elle. J'ai vu deux lumières fortes qui nous suivaient, puis s'arrêtaient. Une porte a claqué. Nos corps se sont écrasés contre une clôture. Puis j'ai entendu sa voix, qui m'a glacé le sang.

— Qu'est-ce que vous foutez, bordel ? Remontez dans le putain de camion. Maintenant.

— Non, a-t-elle balbutié. Non.

Des mains ont empoigné brutalement nos deux corps

emmêlés, pour nous tirer en arrière. Je m'agrippais à son cou, je ne voulais pas qu'on me sépare d'elle.

— Si tu penses que je vais te laisser emmener mon enfant, tu es complètement dingue. Je t'ai prévenue, je vous tuerai.

Quand il a claqué la portière de la cabine du camion derrière nous, j'ai cru que ce serait le dernier son que j'entendrais de ma vie.

31

Mettner se vit confier la tâche peu enviable de retourner chez les Ross pour leur apprendre que Wendy Kaplan avait été assassinée. Pendant que Josie et Oaks étaient chez Kaplan, Gretchen les appela pour signaler que John Bausch, l'expert en insectes, était au commissariat de Denton.

— Occupe-toi des formalités préalables, lui demanda Josie. J'arrive.

Elle raccrocha et regarda Oaks.

— Mon équipe a John Bausch. Mais avant que je m'en aille, je pense que nous devons regarder de beaucoup plus près la liste des proches d'Amy et de Colin. D'Amy, en particulier.

— Vous pensez donc à la même chose que moi.

— Que ce type utilise les proches d'Amy pour la contacter sans qu'on puisse faire le lien avec son téléphone personnel ?

— Exact, dit Oaks. Avec la technologie dont nous disposons aujourd'hui, nous pourrions le localiser très vite et assez précisément, s'il se servait de son propre portable. Avec son numéro, nous pourrions passer par les opérateurs téléphoniques pour savoir où se trouve l'appareil. Cela nous aurait d'emblée conduits à Lucy.

— Mais s'il va chez des proches de la famille Ross pour utiliser leurs téléphones, il peut repartir sans être repéré.
— Voilà. C'est assez malin.
— Oui, mais ça signifie qu'il a une liste, exactement comme nous. Nous devons deviner qui sera le prochain sur cette liste avant qu'il tente de recontacter Amy.
— Je m'en charge, répondit Oaks.

Sur la route du commissariat, Josie repensa à la chrysalide que Lucy avait laissée chez Wendy. L'idée même que la fillette puisse être encore en vie suffisait à la réjouir. Mais ses espoirs furent aussitôt broyés par la peur que le kidnappeur la tue avant qu'ils aient pu le battre à son propre jeu pervers. Parce que c'était une sorte de jeu, auquel il gagnait pour le moment.

Le commissariat apparut, entouré de véhicules des médias. L'ancien hôtel de ville récupéré par la police soixante-cinq ans plus tôt était un édifice historique à trois niveaux, une énorme bâtisse grise avec des moulures compliquées au-dessus de ses nombreuses fenêtres cintrées à double battant et un beffroi à un angle. Josie se gara sur le parking municipal, à l'arrière, pour éviter les journalistes stationnés devant. Elle gagna le premier étage, passa devant la grande salle où se trouvaient les bureaux des inspecteurs, et prit un long couloir jusqu'à la porte de l'une des salles d'interrogatoire. Sans entrer, elle envoya un texto à Gretchen pour lui faire savoir qu'elle était là.

Un moment après, la porte s'ouvrit. Gretchen lui fit signe de pénétrer dans la pièce mais, une fois franchi le seuil, Josie se pétrifia. À la table était assis un homme en léger surpoids, la soixantaine, aux longs cheveux gris en queue-de-cheval et à la barbe grise clairsemée. Il lui adressa un sourire bienveillant.

— Je vous présente l'inspectrice Josie Quinn, dit Gretchen. Et voici M. John Bausch.

Josie le dévisagea un instant de plus, abasourdie, avant de réussir à articuler :

— Pardon, monsieur, il faut d'abord que j'aie un entretien en privé avec l'inspectrice Palmer.

Sans écouter sa réponse, Josie pivota sur ses talons et sortit. Gretchen la suivit dans la salle de visionnement, un peu plus loin, d'où elles pouvaient observer l'homme grâce aux caméras de surveillance.

— Quel est le problème ? demanda Gretchen.

Josie désigna l'écran.

— Ce n'est pas John Bausch.

Intriguée, Gretchen haussa un sourcil.

— Ah, si. Selon son permis de conduire, c'est bien lui.

Josie le regarda de nouveau.

— Alors ce n'est pas l'homme qui est venu à l'école de Lucy. Tu as reçu les photos prises ce jour-là par Violet Young ? Nous avons envoyé un mandat à la directrice.

— Ne bouge pas, je vérifie.

En attendant, Josie se focalisa sur l'homme assis dans la salle d'interrogatoire. Calme, les mains croisées sur le ventre, il sifflotait. Totalement détendu.

Il y avait un énorme problème.

— Tu as raison, dit Gretchen en revenant.

Elle tendit à Josie son téléphone, où apparaissait l'une des photos du jeune homme qui s'était fait passer pour John Bausch.

Josie montra l'écran de surveillance.

— Voilà le vrai John Bausch, évidemment, s'il t'a montré son permis, mais il n'a pas fait de présentation à l'école primaire de Denton West.

— Pourtant il affirme en avoir fait ici, à Denton.

Josie rendit son portable à Gretchen.

— C'est ce qu'il raconte ? Il en a fait plusieurs ?

Comprenant aussitôt où Josie voulait en venir, Gretchen demanda :

— Combien y a-t-il d'écoles primaires à Denton ?

— Cinq, en comptant l'école catholique.

— Il sait qu'il est ici à cause de Lucy Ross. Il sait qu'elle a disparu. Il ne se souvient pas d'elle, mais il se rappelle avoir fait une présentation dans son école.

— Il a explicitement mentionné Denton West ?

— Eh bien, non. Il dit être intervenu dans plusieurs écoles de Denton à cette époque-là.

Elles regagnèrent la salle d'interrogatoire. Gretchen lui posa immédiatement ses questions.

— Monsieur Bausch, vous rappelez-vous le nom exact de toutes les écoles primaires où vous êtes intervenu ?

Bausch sourit.

— Inspectrice, j'en visite des centaines par an. Je ne me rappelle pas tous les noms. C'est ma femme qui tient mon agenda. Elle me donne une adresse, je la tape sur le GPS et j'y vais. Comme je l'ai dit, je suis venu ici, à Denton, et j'ai fait ma présentation dans des écoles, mais c'était il y a quelques mois. Je ne me souviens pas de tous les détails.

Josie prit alors la parole.

— Vous avez déclaré à l'inspectrice Palmer que vous vous étiez rendu dans plusieurs des écoles de Denton. L'une d'elles a-t-elle annulé ?

Il se gratta la tête.

— Maintenant que j'y pense, il me semble que c'est arrivé, oui. J'avais une présentation prévue à Denton le matin et une l'après-midi à Bellewood, à une soixantaine de kilomètres, donc je ne suis allé qu'à celle de Bellewood sans m'inquiéter plus que ça. Encore une fois, c'est ma femme qui gère les rendez-vous. Elle sera ravie de vous en parler, et de vous fournir toutes les archives que vous voudrez.

Gretchen adressa à Josie un hochement de tête, appuya sur quelques touches de son téléphone et sortit de la salle. Josie savait qu'elle allait appeler la femme de Bausch pour obtenir plus de précisions. Josie prit son portable et trouva les photos, que Gretchen venait de lui envoyer, de l'homme qui était allé dans l'école de Lucy en se faisant passer pour John Bausch. Tournant l'écran vers lui, elle demanda :

— Vous reconnaissez cet homme ?

Bausch examina la photo un moment. Josie fit défiler d'autres images, mais Bausch secoua la tête.

— Jamais vu.

— Vous n'avez pas d'assistants, de gens qui vous aident ? Des employés ?

— Non, il n'y a que ma femme et moi. Je n'ai jamais eu d'assistant, je n'en ai pas besoin et je ne gagne pas assez pour embaucher des employés.

— Et un fils ? Quelqu'un à qui vous transmettrez l'entreprise un jour ?

— Non, pas de fils. J'ai un gendre, mais il est dans l'armée. En garnison au Texas, en ce moment. Il est là-bas depuis un an, je crois. Et de toute façon, ça n'est pas lui, sur ces photos. Les marines sont tous tondus. Enfin, je suppose qu'il vous faut quand même son nom et le reste.

Josie sourit.

— S'il vous plaît.

32

Oaks arriva au commissariat une demi-heure plus tard, l'air plus épuisé que jamais. Il avait de grosses poches sous les yeux. Son costume était froissé de partout. Josie l'entraîna dans la salle de conférences du rez-de-chaussée et le briefa sur John Bausch. Caressant sa barbe de trois jours, Oaks soupira.

— Je ne sais pas qui est notre homme, mais il prépare son affaire de longue date.

— Je pense que nous devrions utiliser ce que nous avons, dit Josie. Confier sa photo aux médias en tant que suspect possible. Nous ne l'avons que de profil, mais ça pourrait en valoir la peine. Violet Young l'a vu de près. Elle pourrait nous aider à établir un portrait-robot.

— Je vais à l'école lui parler. Entretemps, servons-nous de ces images. Nous flouterons les enfants et ça devrait marcher.

— Ce qui m'amène à mon second point, poursuivit Josie.

— Lequel ?

— Ce type a Lucy. Nous savons qu'elle est en vie, ou du moins qu'elle l'était tout à l'heure quand le kidnappeur a appelé depuis le portable de Wendy Kaplan.

Oaks acquiesçait pendant que Josie parlait, sa hanche

appuyée contre la table de la salle de conférences et les bras croisés devant sa poitrine.

— La photo de Lucy a été diffusée dans toute la ville, à la télé, sur les réseaux sociaux. Les bénévoles ont même fabriqué des flyers qu'ils ont fixés partout. Si le ravisseur la retenait dans un hôtel, quelqu'un l'aurait déjà vue.

— Mais tout le monde n'alerterait pas la police. Surtout dans les établissements les plus douteux. Vous avez des agents qui peuvent faire un tour dans ce genre d'endroit, au cas où ça donnerait quelque chose ?

— Oui, dit Josie. Je pense aussi que nous devrions envoyer des équipes inspecter les cabanes de chasse. Les environs de Denton sont assez ruraux. Beaucoup de cabanes isolées ne sont pas utilisées à cette période de l'année. Si j'essayais de ne pas être repérée et de cacher une petite fille dont le visage est affiché partout, j'envisagerais de trouver une cabane de chasse ou de camper dans les bois. Je peux demander à la police d'État et au bureau du shérif de nous aider à vérifier, à l'échelle du comté.

— Certains de mes agents pourront vous seconder. Nous devrions aussi vérifier les sites de camping.

Le grincement de la porte attira leur attention. Mettner glissa la tête dans la salle.

— Patronne.

— Josie, corrigea-t-elle, sachant que ce serait inutile.

— Nous avons identifié l'homme à la veste de tweed. C'est un psychologue qui a son cabinet privé à Denton.

— Quelqu'un l'a interrogé ?

— Je lui ai parlé. Il dit vouloir proposer ses services gratuitement à tous ceux qui en auraient besoin.

— A-t-il un alibi pour le moment de la disparition de Lucy ?

Mettner se gratta la tempe.

— Non. Dimanche, il est resté chez lui, seul, à lire.

Josie et Oaks se regardèrent.

— Vous voulez que je le convoque ? demanda Mettner.
— Pas encore.
— Qu'on l'ait à l'œil ?
Oaks répondit :
— Nous commençons à manquer d'effectifs. Écoutez, mon équipe va vérifier ses antécédents, au cas où il y aurait quelque chose qui cloche. Vous verrez si vous trouvez un lien entre lui et la famille Ross.
— Ça marche, dit Mettner.
— Je poserai la question à Amy et Colin, promit Josie. Comment s'appelle-t-il, Mett ?
— Bryce Graham. Je vous envoie par texto mes notes sur lui avec son adresse et le reste.
— Merci, Mett.
Lorsqu'il fut parti, Josie revint vers Oaks.
— Votre équipe a tiré quelque chose des voisins de Wendy Kaplan ?
Oaks secoua la tête.
— Rien de substantiel. Une femme dit avoir vu un pick-up blanc dans le lotissement en début de journée, c'est tout. Pas moyen de savoir s'il y a un lien avec le meurtre de Wendy Kaplan. Ça pourrait être n'importe qui. Sans la marque, le modèle ou le numéro d'immatriculation, cette piste ne mène à rien. Il n'y a de caméras extérieures nulle part.
— Ça ne m'étonne pas, dit Josie.
Oaks haussa un sourcil.
— Moi, si. Là d'où je viens, tout le monde a une caméra à l'extérieur de sa maison.
— Eh bien, à Denton, les gens n'en voient pas l'utilité. Parce que le taux de criminalité est plutôt bas, croyez-le ou non.
Oaks parut déconcerté, mais continua son briefing.
— Nous avons trouvé ce qui doit être l'ADN du tueur sous les ongles de Kaplan et sur un des fragments de céramique. Il y a une chance pour qu'elle ait blessé son agresseur.

— Vous avez son sang à lui ?

Oaks acquiesça.

— Il semble bien. Nous le testerons tout comme les résidus de peau et nous les comparerons avec ce que nous avons recueilli sous les ongles de Jaclyn.

— Même si ça correspond et que vous avez la preuve que le même homme était présent sur les deux scènes de crime, l'ADN trouvé sous les ongles de Jaclyn n'a rien donné. Donc ça ne nous aidera pas à identifier le tueur.

— Vrai, concéda Oaks. Ça aidera simplement la procureure si nous arrêtons ce salaud, lors du procès.

— Alors continuons à étudier toutes les pistes possibles.

— Mais il y a une chose que je vais vous demander de faire dès maintenant.

— Laquelle ?

— Parler de nouveau à Mme Ross. Vous savez, à propos de la liste ?

— Des gens qui sont proches d'elle ?

— Oui. Il n'y a personne d'autre dessus.

— Quoi ? s'exclama Josie.

— La nourrice et Kaplan étaient les seules qu'elle voyait régulièrement, selon elle.

— Deux personnes ?

— C'est assez logique, vu ce que nous savons d'elle. Tout le monde nous a dit les mêmes choses : elle parle peu, elle est très réservée. Isolée. Préoccupée.

— Oui, d'accord, mais le kidnappeur va viser quelqu'un d'autre pour contacter les Ross, et nous devons deviner qui avant qu'il le fasse si nous ne voulons pas avoir un autre meurtre sur les bras.

— Je pense que vous êtes la mieux placée pour le lui faire avouer, affirma Oaks. En attendant, j'envoie des unités chez les mères que vous avez interrogées, Mettner et vous. Je sais bien qu'elles vous ont déclaré qu'elles n'étaient pas proches d'elle, mais c'est tout ce que nous avons.

— Bonne idée, approuva Josie.

— Et je vais reprendre les informations que nous avons récoltées sur Mme Ross, au cas où nous aurions négligé quelque chose. En creusant plus profond, peut-être.

— Très bien. Je file chez les Ross.

Une fois dehors, Josie prit son portable et envoya un texto à Trinity : *Quoi de neuf ?*

La réponse arriva quelques secondes plus tard : *Je cherche. Je te rappelle dès que j'ai quelque chose.*

33

Dans le jardin, Amy était assise sur une chaise qu'elle avait rapprochée de la cabane de sa fille. Elle tenait une licorne en peluche que Josie avait vue sur le lit de Lucy. Amy avait le visage enflé, marbré et sali par les larmes. Quand Josie arriva, elle dit :

— Je suis au courant, pour Wendy.

— Je suis désolée, vraiment désolée.

— Nous n'étions même pas si proches que ça, ajouta Amy d'une voix râpeuse.

— Mais vous déjeuniez ensemble plusieurs fois par semaine, non ?

Amy acquiesça, serrant la licorne contre sa poitrine.

— Wendy était une pièce rapportée, comme moi. Divorcée. Elle avait passé l'âge d'avoir des enfants, et elle n'avait aucune envie de rencontrer quelqu'un ou de se remarier. Elle était très isolée. Comme moi, j'imagine.

— Elle n'avait pas d'amis, ici ?

— Non, pas beaucoup.

— De quoi parliez-vous, à table ? s'enquit Josie.

— De ce que nous avions vu aux actualités, des projets sur

lesquels elle travaillait, de livres. Je parlais beaucoup de Lucy. Ça n'avait pas l'air de la déranger, même si elle n'avait pas d'enfants. Wendy était gentille avec moi.

Amy ferma les yeux pour refouler de nouvelles larmes.

— Je ne peux pas le croire.

— Où est Colin ?

— Je ne sais pas. À l'étage, probablement.

— J'ai besoin de vous parler à tous les deux.

De la porte arrière leur parvint la voix de Colin.

— Je suis là. Vous avez trouvé quelque chose ? Qu'y a-t-il ?

Lorsqu'il sortit dans le jardin, Amy se leva, pressant encore plus la peluche contre son cœur.

— Nous pensons que Lucy était chez Wendy avec le kidnappeur.

— Quoi ? s'exclama Colin. Vous pensez... vous pensez qu'elle a vu ce qui est arrivé à Wendy ?

— Ça signifie qu'elle est vivante ? demanda Amy.

Josie leva la main.

— Nous pensons qu'elle n'a pas vu le meurtre, mais qu'elle l'a entendu. Une chrysalide en papier a été découverte sous le bureau de Wendy.

Les rides se creusèrent dans le visage de Colin sous l'effet de la confusion.

— Quoi ? Qu'est-ce que vous racontez ?

Amy émit un sifflement courroucé à l'adresse de son mari.

— Vraiment, tu n'écoutes rien ! Une chrysalide, tu ne sais pas ce que c'est ?

Il fit les gros yeux.

— Putain, pourquoi je devrais le savoir ? Quel rapport avec notre fille ?

La voix d'Amy devint un cri. Ses mains écrasaient la tête de la licorne.

— C'est un cocon, Colin. Tu sais, ce que fabrique une chenille avant de se changer en papillon. Tu te rappelles que ta fille est obsédée par les papillons, non ? Ou bien ça te ferait trop de choses à retenir pendant que tu écumes la planète pour vendre aux malades du cancer un médicament hors de prix ?

Colin recula comme si elle l'avait giflé. Même Josie fut abasourdie. Les commentaires d'Amy étaient pleins de venin, et lancés avec plus de force qu'elle n'en avait montré jusque-là.

Avant que Colin ait pu riposter, Josie prit son téléphone et afficha la photo qu'un membre de l'équipe scientifique du FBI lui avait envoyée.

— C'est un cocon. Nous pensons que Lucy a déchiré un morceau de papier sur le bureau de Wendy pour le fabriquer.

Elle brandit son téléphone et les deux parents s'en approchèrent. Amy hoqueta.

— Elle est en vie. Oh, mon Dieu, mon bébé est vivant.

Elle détacha une main de la peluche et saisit l'avant-bras de son mari.

— Comment savez-vous que c'est Lucy qui a fabriqué ce truc ? protesta Colin. Comment savez-vous ce que c'est, même ? Et si Wendy avait déchiré ce papier, l'avait froissé et jeté par terre ?

— C'est bien Lucy ! insista Amy.

— J'ai trouvé la même chose dans le casier de son pupitre à l'école, expliqua Josie. Je crois que Lucy a fabriqué ce cocon.

— Pour nous faire savoir qu'elle est encore en vie ? s'enquit Amy avec espoir.

— Peut-être.

— Oh là là, quel cauchemar ! gémit Colin en se mettant à faire les cent pas.

Amy se tourna vers lui.

— Comment peux-tu dire ça ? Notre fille est vivante. Vivante ! Il y a une chance pour qu'on la récupère saine et sauve.

Colin cessa de s'agiter et désigna le téléphone de Josie.

— Quand avez-vous trouvé ça ? Il y a quelques heures ? Il pourrait déjà l'avoir tuée.

— Non ! Ne dis pas ça, couina Amy.

Les yeux de Colin brillaient de larmes.

— Tu dois te préparer, ma chérie. L'homme qui l'a enlevée... C'est un tueur. Il a tué Jaclyn et Wendy comme si ça ne lui faisait rien. Qu'est-ce qui l'empêchera de tuer Lucy ?

— Nous, intervint Josie.

Les deux parents se figèrent. Josie continua.

— Selon nos informations les plus récentes, Lucy est encore en vie. Nous partons du principe qu'elle l'est et nous ferons tout pour la retrouver au plus vite. Le mieux que vous puissiez faire pour elle, tous les deux, c'est de garder votre calme et de répondre à nos questions.

Colin roula des yeux, s'attirant un regard noir de la part de sa femme.

— Des questions, toujours des questions. Quoi encore ?

Ignorant cette pique, Josie demanda :

— Connaissez-vous un nommé Bryce Graham ?

— Non, répondit Colin. Jamais entendu ce nom-là.

— Qui est-ce ? demanda Amy.

— Un psychologue local. Il a participé à la battue, l'autre jour, au parc. Il a proposé ses services à beaucoup de bénévoles. Gratuitement. Nous voulions savoir si vous le connaissiez personnellement.

— Non, répondirent en chœur les Ross.

— Vous pensez qu'il a enlevé Lucy ? ajouta Amy.

— Non, pas du tout. Simplement, il nous a sauté aux yeux lors du visionnage des vidéos, parce qu'il portait un costume en tweed.

— Il y a forcément autre chose, dit Colin. Sinon vous ne seriez pas en train de nous parler de lui.

— Il n'a pas d'alibi pour l'heure où Lucy a disparu.

Amy resta bouche bée.

— Mais... Un psychologue ? Pourquoi voudrait-il du mal à Lucy ?

— Je n'ai pas dit que c'était un suspect. Simplement, il n'a pas d'alibi. Nous n'avons aucune raison de penser qu'il ait un lien avec l'enlèvement. En fait, nous sommes actuellement sur une autre piste.

Elle reprit son portable et fit apparaître les photos de l'homme qui s'était fait passer pour John Bausch à l'école de Lucy. Elle confia son téléphone à Amy, qui le tint pendant que Colin regardait par-dessus son épaule.

— Il y a d'autres photos, leur indiqua Josie. Faites glisser vers la gauche. Dites-moi si vous reconnaissez cet homme.

Amy et Colin examinèrent attentivement chaque image. Le visage de Colin ne manifesta aucune émotion. Des plis horizontaux barraient le front d'Amy.

— Je ne le connais pas. Qui est-ce ? demanda-t-elle.

— Vous ne l'avez jamais vu ?

Amy rendit le téléphone.

— Non. Je ne crois pas. Enfin, on ne le voit que de profil, mais ça ne me rappelle rien.

Elle se tourna vers son mari.

— Tu le reconnais ?

Colin secoua la tête.

— Jamais vu ce type.

— Qui est-ce ? insista Amy. Vous pensez que c'est lui qui a pris Lucy ?

— Cet homme est venu à l'école de Lucy. Il a fait une présentation sur les insectes.

— Oh, fit Amy. L'expert en insectes. Je me rappelle avoir entendu Lucy en parler. Il a apporté un papillon, bien sûr, et un tas d'autres insectes. Elle a adoré le phasme.

— Je me souviens qu'elle y a fait allusion, renchérit Colin. Vous pensez qu'il a un rapport avec sa disparition ?

— C'est ce que nous étudions, répondit Josie. L'école avait

invité un nommé John Bausch. Le véritable John Bausch a une soixantaine d'années, mais quelqu'un l'a contacté pour annuler son intervention. Puis cet homme est venu à l'école de Lucy et a fait une présentation.

— Qu'est-ce que c'est que cette histoire ? s'étonna Colin, la tension lui redressant les épaules.

— Cet homme s'est fait passer pour le véritable John Bausch, ce qui est anormal en soi. Il a dû rencontrer Lucy. Elle aura sûrement été très intéressée par sa présentation.

— Oh oui, croassa Amy. Pour elle, c'était le meilleur intervenant que l'école ait reçu.

— Et vous ne vous rappelez ni l'un ni l'autre l'avoir vu ensuite ? Lucy ne vous l'a jamais montré nulle part ? Vous ne l'avez jamais croisé ?

— Non, rien. Je suis certaine qu'elle en aurait parlé si elle l'avait revu.

— Je me souviens seulement de l'avoir entendue parler de sa présentation à l'école. Ensuite, il n'a plus jamais été question de lui.

Josie rangea son téléphone.

— C'était il y a deux mois. Lucy pourrait-elle l'avoir revu ou l'avoir côtoyé sans que vous en ayez été informés ?

Colin resta muet. Sans doute parce qu'il n'était pas assez souvent à la maison, ou jamais assez longtemps pour emmener Lucy quelque part.

Amy réfléchit longuement à la question.

— Eh bien, quand elle sortait avec Jaclyn, je suppose. Je m'en serais forcément souvenue, si elle avait parlé à un inconnu quand nous étions ensemble.

— Où avez-vous emmené Lucy au cours des deux derniers mois ?

Colin se tourna vers son épouse, attendant sa réponse.

— Je vous ai déjà répondu, dit Amy. À l'école, au parc, c'est tout. Nous avions nos habitudes. Nous ne menions pas une vie bien palpitante.

— Vous l'emmeniez faire les courses avec vous ?

— Oui, bien sûr, parfois.

— Au centre commercial ?

— Oui, c'est arrivé. Ils ont cette nouvelle salle d'arcade, on peut y manger et jouer sur les machines. Une de ses amies y a fêté son anniversaire il y a quelques mois, et nous y sommes allées plus récemment, rien que toutes les deux. Mais Lucy n'a que sept ans. Je ne m'éloigne jamais quand nous sortons ensemble.

Josie pensa à l'homme qu'Ingrid Saylor avait vu lors de cette fête, qui aidait Lucy au flipper pendant qu'Amy était allée chercher de la monnaie.

— Même quelques minutes ?

— Non, pas vraiment.

— Pourriez-vous retrouver les dates approximatives ? Celles où vous êtes allées au centre commercial, depuis cet anniversaire ?

— J'imagine. Je peux essayer. Si je consulte mon compte bancaire... Vous pouvez le faire aussi, nous avons donné au FBI l'accès à tous nos comptes. J'ai une carte de débit pour le compte que Colin m'a créé. En général, je prélève une somme chaque semaine, mais parfois je l'utilise comme carte de crédit au lieu de prendre du liquide, donc les dépenses à la salle d'arcade devraient apparaître sur les relevés.

— Et quand vous faites des courses, c'est avec du liquide ou avec la carte ?

Amy haussa les épaules.

— Ça dépend. Pourquoi ? À quoi pensez-vous ?

— C'est juste une hypothèse. La plupart des magasins ne gardent pas très longtemps leurs vidéos de surveillance, mais je pourrais obtenir celles de la salle d'arcade et du supermarché pour les dates où vous y êtes allée avec Lucy, pour voir si ce type vous suivait.

— Je vais vous trouver les relevés de compte, dit Colin. Je vous ferai la liste des endroits où Amy s'est servie de la carte depuis deux mois.

— Merci.

Lorsque son mari fut de nouveau dans la maison, Amy se rassit.

— Vous pensez que cet homme nous épiait ? Depuis tout ce temps ? Qu'il observait Lucy ?

Reprise par ses nausées, Josie se toucha l'estomac. Elle avait les joues brûlantes et croisa les doigts en espérant qu'elle n'allait pas vomir devant Amy.

— Je ne sais pas. Mais ça me paraît tout à fait vraisemblable. Cet enlèvement avait été prévu dans le moindre détail et il a été exécuté sans aucune erreur. Si le kidnappeur en avait commis une, nous aurions déjà trouvé quelque chose, or ce n'est pas le cas.

Amy serra la licorne contre sa poitrine.

— C'est vraiment inquiétant. Perturbant. Je ne peux pas le croire. Ce... ce monstre a espionné mon bébé pendant tout ce temps et je n'en savais rien. Quel genre de mère faut-il être pour ne pas s'apercevoir que quelqu'un suit votre enfant de sept ans ?

Josie inspira profondément, à plusieurs reprises, et la nausée commença à se dissiper. Une fois de plus, elle se demanda si un bébé, son bébé à elle, ne grandissait pas dans son ventre, mais elle chassa cette idée. Elle devait se concentrer sur l'affaire. Elle repensa à ce qu'Oaks lui avait dit plus tôt.

— Amy, il faut que vous m'écoutiez très attentivement. Cet homme qui a Lucy vise les gens dont vous êtes proche, afin de vous contacter.

— Il les tue pour m'atteindre ?

— Il utilise leur téléphone pour que nous ne puissions pas

remonter jusqu'à lui tant qu'il quitte les lieux avant que nous arrivions, et il les tue pour que ses victimes ne puissent pas l'identifier... mais aussi pour vous faire du mal, je pense. Nous nous sommes focalisés sur Colin, mais Colin avait moins de contacts avec Jaclyn que vous, et je suppose qu'il connaissait à peine Wendy.

— Il ne l'avait rencontrée qu'une ou deux fois.

— Qui le tueur va-t-il frapper ensuite ? Voilà ce que nous avons besoin de savoir.

Amy dévisagea Josie comme si elle attendait qu'elle réponde à sa propre question.

— Amy, vous comprenez ce que je vous demande ? J'ai besoin de savoir qui sera le prochain.

— Je... Je ne... Il n'y a personne.

— Vous voyiez Jaclyn presque tous les jours. Vous déjeuniez avec Wendy plusieurs fois par semaine. Qui y a-t-il d'autre dans votre vie, avec qui vous soyez régulièrement en contact ?

— Personne. Personne qui compte. Je vois presque toujours la même caissière au supermarché. Le facteur n'a pas changé depuis longtemps.

— Vous savez bien que ce n'est pas ce que je veux dire.

— Inspectrice Quinn...

— Appelez-moi Josie, je vous en prie.

— Josie, je n'ai pas beaucoup d'amis. Vraiment. Plus maintenant. Wendy était mon amie. C'est tout. Jaclyn m'aidait pour Lucy. Je suis mère, c'est mon métier.

— Qui appelleriez-vous si vous aviez un problème, ou si vous aviez besoin de vous épancher ?

— Mon mari.

Josie soupira.

— Je suis à peu près sûre qu'il n'arrivera rien à Colin. Il sera avec nous jusqu'au bout. Mais, Amy, il faut vraiment que vous réfléchissiez sérieusement à ma question, parce que le tueur ne va pas s'arrêter. Il a formulé ses exigences, il veut un million de dollars, mais il ne vous a pas expliqué où et quand lui apporter la somme, donc il va devoir vous rappeler. Pour ça, il va utiliser quelqu'un. Qui ?

— Je ne sais pas, persista Amy. Je vous assure, il n'y a personne d'autre.

— De vieux amis ? Quelqu'un de New York, ou de votre enfance ?

— Non. Je ne suis restée en contact avec personne. Je vous le répète, il n'y a personne d'autre. Je n'avais que ma mère, et elle est morte il y a des années. Je n'ai jamais été douée pour me faire des amis. Les gens sont... Ils m'intimident, ils me rendent nerveuse. J'ai mon mari et ma fille. C'est tout ce qu'il me reste.

34

Noah était à son bureau dans la grande salle du commissariat de Denton quand Josie arriva en fin d'après-midi, en prévision de la conférence de presse que devaient donner conjointement l'agent spécial Oaks et le chef Chitwood. On avait ajouté une autre chaise, sur laquelle reposait la jambe plâtrée de Noah.

— Salut, lança-t-il quand Josie vint lui mettre la main sur l'épaule. Tu viens pour la conférence de presse ?
— Oui. Comment es-tu venu ici ?
— Un des fédéraux m'a amené en voiture.
— Ils te donnent beaucoup de boulot ?
— Oh, ça va. Un portrait-robot a été élaboré, avec Violet Young.
— Montre-moi.

En quelques clics, le visage de l'homme qui avait fait la présentation sur les insectes dans la classe de Violet apparut à l'écran.

— Tu le reconnais ? demanda Noah.

Josie fronça les sourcils.
— Non.

— En tout cas, ils vont l'utiliser pour la conférence de presse. Une permanence téléphonique est déjà ouverte. Avec un peu de chance, grâce à ce dessin et à la photo de profil, quelqu'un se rappellera l'avoir vu et saura où le trouver. Les parents sont là ?

— En bas, répondit Josie. Mett les a mis dans la salle de conférences en attendant le début de la rencontre avec la presse. Ils y assisteront, mais Oaks ne veut pas les faire parler.

— Ils tiennent le coup ?

— Mieux maintenant qu'ils savent que Lucy était en vie en début de journée.

— Oaks n'a pas peur que le kidnappeur téléphone pendant qu'ils seront ici ?

— Les agents qui surveillent leurs portables sont en bas aussi, expliqua Josie. Mais je doute que ce type commette deux meurtres la même journée et, après cette conférence de presse, il saura qu'on le recherche.

Gretchen fit irruption dans la salle, une pile de documents dans les bras.

— J'ai des mandats pour le supermarché et la salle d'arcade. Ils viennent d'être signés. Si les vidéos existent, ça va être long à visionner.

Noah leva une main.

— Je serai ravi de rester ici à mon bureau pour faire ça.

— Génial, répondit Gretchen. Au fait, le gendre du véritable John Bausch n'a rien à se reprocher.

— Pas étonnant, remarqua Josie.

Mettner entra et prit la télécommande accrochée au mur dans un coin de la salle pour allumer le téléviseur. L'écran s'anima, déjà réglé sur WYEP, qui diffusait l'événement sur le parking municipal de Denton. Les journalistes étaient trop nombreux pour que le commissariat puisse les accueillir. Tous les quatre regardèrent l'agent spécial Oaks monter sur un podium jusqu'à un pupitre hérissé de micros, suivi par le chef Chitwood et par Colin et Amy. Les parents s'agrippaient l'un à l'autre, l'air effrayé et perdu.

— Tu ne devrais pas être avec eux ? demanda Noah à Josie. Oaks t'a chargée de veiller sur Amy, non ?

Josie désigna son visage, encore marqué de bleus autour des yeux.

— Chitwood n'a pas envie que je me montre dans cet état. Ça risquerait de détourner l'attention, selon lui.

Gretchen passa un coup de fil et, quelques instants après, deux agents en uniforme vinrent chercher les mandats afin d'obtenir au plus vite les vidéos de surveillance des lieux où Amy était allée avec Lucy ces deux derniers mois.

Le silence se fit alors que la conférence de presse commençait. Oaks informa les journalistes de l'avancée de l'enquête, présentant les photos et le portrait-robot, avant de demander l'aide du public. Il répondit très brièvement aux questions, puis mit fin à la conférence. Josie savait qu'Oaks avait décidé de ne pas laisser parler les Ross parce qu'il ne voulait pas offrir au kidnappeur la satisfaction de voir les parents souffrir. En même temps, il était important que tous deux soient présents et visibles à l'écran, pour que le public soit encouragé à aider. Il n'avait pas été facile de persuader Amy mais, comme on lui avait garanti qu'elle n'aurait pas à s'exprimer, elle avait fini par accepter d'y aller.

— Bien, dit Noah. Avec un peu de chance, la permanence téléphonique va recevoir des coups de fil.

— C'est le FBI qui prend les appels, indiqua Gretchen. Je propose que nous rentrions dormir chez nous pour revenir demain bien reposés.

— Pas besoin de me le dire deux fois, répliqua Noah.

35

Chez elle, Josie laissa Noah dans la cuisine avec Misty, qui avait cuisiné un énorme gratin d'aubergines, bien trop copieux pour trois adultes et le petit Harris. L'odeur suivit Josie dans le salon, lui donnant la nausée plutôt que faim. Elle ravala sa bile et appela Trinity.

— Dis-moi que tu as du nouveau, supplia-t-elle quand sa sœur décrocha.

Trinity soupira.

— J'ai de la concurrence, voilà le problème. Le FBI est arrivé comme s'il y allait de la sécurité du pays.

— Ils font ça, parfois.

— En tout cas, j'ai retrouvé une maison ayant appartenu à une certaine Dorothy Walsh, qui a été revendue il y a dix-sept ans par Renita Walsh. Je n'ai pas pu mettre la main sur les actes notariés, mais il semble que Renita ait hérité de la maison à la mort de sa mère et y ait vécu quelques années avant de déménager. Je n'ai pas retrouvé Renita Walsh, enfin, pas ici, mais je suis remontée jusqu'à une Renita Desilva qui a à peu près le bon âge et qui habite maintenant Binghamton, dans l'État de New York. Je lui ai laissé un message, mais elle ne m'a pas répondu. Il y a juste une vieille voisine qui se souvient d'elles, et du fait que la mère et une des sœurs sont mortes dans un accident de voiture, donc ça colle. Renita est restée quelques années, puis a revendu la maison à un jeune couple.

— Et la voisine se souvient d'Amy ? Elle t'a parlé d'elle ?

— Une jeune fille charmante. Très discrète.

Josie lâcha un soupir.

— Ah, c'est une sacrée piste, ça.

Trinity rit.

— Je n'ai pas fini. Demain, je vais essayer de me renseigner sur ses années au lycée. La vieille voisine ne se rappelle pas qu'Amy ait eu un petit copain, mais si la relation toxique dont Amy a parlé était vraiment « un truc de gosses », il y aura peut-être une trace dans l'annuaire des anciens élèves. Ensuite, j'irai à la bibliothèque locale fouiller leur base de données, au cas où il y aurait des choses dans le *Fulton Daily News*. Pour voir si les Walsh y sont mentionnées. Et si je n'ai toujours pas de nouvelles de Renita Desilva, j'irai la voir à Binghamton.

— Formidable ! s'exclama Josie. Un immense merci.

Elle s'apprêtait à raccrocher quand la voix de Trinity se fit de nouveau entendre.

— Josie ?

Josie remit le téléphone contre son oreille.

— Oui ?

— Ça va ? Tu as l'air un peu patraque.

— Tout va bien, mentit Josie, une main sur le ventre.

— Ouais, ouais, ironisa Trinity.

— Je t'assure, ça va.

— J'en jugerai quand on se verra. Il me faut encore une journée, ou deux au maximum.

Le lendemain matin, Josie et Noah se rendirent au poste de commandement mobile. Grâce aux mandats de Gretchen, ils avaient obtenu des vidéos des différents endroits où Amy était allée avec Lucy dans les semaines ayant précédé l'enlèvement. Josie s'assit à côté de Noah lorsqu'il entama le visionnage.

— Commençons par cette vidéo de la salle d'arcade. Selon la liste que Colin a établie à partir de leurs relevés bancaires, Amy y a emmené Lucy il y a trois semaines.

— Regardons ça, approuva Josie.

Noah fit apparaître à l'écran le film découpé en cases correspondant chacune à l'une des caméras placées dans la salle d'arcade.

— Ça va prendre une éternité, grommela-t-il.

— Pas forcément. Regarde celles de gauche, je m'occupe de celles de droite.

Un quart d'heure après, Josie s'écria :

— Stop ! Juste ici. Cette caméra.

Elle désigna l'un des carrés, sur la droite de l'écran.

— Tu peux agrandir celle-là ? Rien que celle-là ?

Noah cliqua plusieurs fois et la petite case remplit l'écran. On y voyait, filmées depuis le haut du mur, plusieurs machines dans un coin de la salle. L'une était constituée d'un grand écran avec devant, sur le sol, plusieurs blocs de couleurs différentes. Josie se pencha et vit que le jeu s'appelait Dance Off. Des silhouettes se déplaçaient à l'écran et, devant, se servant des blocs qu'elle avait sous les pieds, une petite fille blonde tentait d'imiter chacun de leurs mouvements.

— C'est Lucy Ross, non ? dit Noah.

— J'ai l'impression.

— Où est Amy ?

Josie scruta le reste de l'image. Dans le coin inférieur gauche se tenait une femme, un portable contre l'oreille, tournant le dos à Lucy.

— Là, je crois que c'est elle.

Ils durent attendre plusieurs secondes avant que la femme montre son visage.

— C'est bien elle, incontestablement, confirma Noah en mettant la vidéo en pause pour zoomer.

— Oui, reconnut Josie.

Il dézooma et relança le film. Amy jetait un coup d'œil en direction de Lucy, qui sautait et dansait sur la plateforme du jeu. Puis elle se retournait de nouveau.

— À qui parle-t-elle, d'après toi ? demanda Noah.

— Son mari, j'imagine. Elle n'a personne d'autre dans sa vie, à notre connaissance.

Quelques secondes plus tard, un autre personnage faisait son apparition, s'approchant de Lucy.

— Regarde ce type, murmura Noah.

L'homme portait un jean, des bottines, un sweater et une casquette de base-ball baissée sur son front. Sous la visière, Josie distingua des cheveux bruns.

— Il serait difficile d'affirmer que c'est lui, mais il ressemble bien au type de l'école. Celui qui s'est fait passer pour un expert en insectes.

— Je vais prendre des captures d'écran.

— Finissons d'abord de visionner ça. On devrait aussi vérifier les autres caméras, au cas où son visage serait mieux visible quand il arrive et repart.

Noah laissa défiler la vidéo. L'homme observait Lucy pendant quelques secondes. Puis, tout à coup, elle se détournait et levait les yeux vers lui, l'air radieux. Elle quittait la plateforme, les bras en l'air comme pour un câlin, mais il s'écartait, avec un geste en direction de sa mère.

— Mon Dieu, dit Josie. Elle le connaissait déjà.

— Elle le connaissait bien. On croirait qu'elle va lui sauter au cou.

Sur l'écran, Lucy s'était immobilisée, puis avait repris son jeu, cette fois avec beaucoup moins d'enthousiasme.

— Manifestement, il avait déjà beaucoup parlé avec elle, à ce moment-là, nota Josie. Il n'a eu qu'à lui donner un petit signal – un geste en direction d'Amy – et elle a su qu'elle devait faire semblant de ne pas le connaître. Elle ne devait pas alerter sa mère.

— C'est effrayant.

L'homme la laissait jouer pendant quelques secondes encore, tournant la tête de temps à autre pour vérifier où se trouvait Amy. Puis il rejoignait Lucy sur la plateforme. Ils dansaient ensemble quelques instants, dos à la caméra. Les mouvements de Lucy devenaient plus animés. Quand un feu d'artifice éclatait sur l'écran de la machine, ils se tapaient dans la main. Puis l'homme regardait de nouveau en direction d'Amy, tirait quelque chose de sa poche et le donnait à Lucy. Il se penchait pour lui murmurer quelque chose à l'oreille avant de s'en aller en hâte.

— Ce qui est aussi effrayant que ce résultat, dit Josie, c'est tout le travail qu'il a fallu pour gagner la confiance de Lucy et la former à ce point sans qu'aucun adulte ne le sache.

Involontairement, elle porta la main à son ventre.

À l'écran, Amy marchait vers la machine Dance Off. Elle n'était plus au téléphone mais fouillait dans son sac à main. Elle n'avait même pas vu l'homme.

— Mets en pause. Qu'est-ce qu'il a donné à la petite ?

Noah prit le temps de rembobiner et de chercher la meilleure image possible de l'objet avant de zoomer. Ce n'était pas très net mais, d'après sa taille et sa couleur rouge, Josie était à peu près sûre que c'était le porte-clés coccinelle que Lucy avait dans son sac à dos le jour où elle avait disparu.

— C'est le porte-clés, dit Noah comme s'il lisait dans ses pensées.

— Oui. Continue.

Il dézooma et la vidéo redémarra. Serrant le petit objet contre sa poitrine, Lucy regardait sa mère venir vers elle. Quand

Amy n'était plus qu'à quelques pas de la machine, la fillette se détournait et fourrait le porte-clés dans la poche de son pantalon. Amy lui tendait la main, Lucy la prenait et rejoignait sa mère en sautillant pour sortir du cadre.

— Ça alors, fit Josie.

Noah chercha l'homme sur les autres vidéos. Ils le virent arriver peu après Amy et Lucy, s'attarder devant l'un des changeurs de monnaie sans l'utiliser, suivre Lucy jusqu'à ce qu'elle commence à jouer à Dance Off, puis s'en aller aussitôt après leur interaction.

— Il n'apparaît sous aucun angle permettant de bien voir son visage, surtout avec cette casquette, constata Noah.

— Bien entendu. Il savait ce qu'il faisait. Fais un maximum de captures d'écran. Après, on visionnera les autres vidéos.

— C'est incroyable.

Il désigna l'écran où il avait mis le film en pause alors que l'homme s'avançait vers Lucy.

— Amy est juste à côté. Elle est là et elle ne voit pas ce type.

— Elle ne le remarque pas, rectifia Josie. Parce qu'il se fond dans la masse. Il ne constitue pas une menace. Elle ne le voit jamais vraiment parler à Lucy, et elle a l'esprit ailleurs. Comme au terrain de jeu le jour de la disparition. Tout le monde pouvait la voir, mais personne n'a remarqué sa présence. Nous passons notre temps à regarder des gens et des choses que nous oublions instantanément.

— Tu penses qu'il a pu faire ça combien de fois ?

— Beaucoup. Assez pour que Lucy le considère comme un ami. Quelqu'un vers qui elle accourait, quelqu'un qu'elle était heureuse de voir.

— Ça devait être au parc, la plupart du temps, non ? Quand elle y était avec la nounou ?

— Oui, et une des autres mères a déclaré que Jaclyn était souvent sur son téléphone.

— Et il n'y a pas de caméras au parc. Donc pas de caméras au manège. Ce type a pu l'atteindre sans que personne le sache.

Josie réfléchit à toute la préparation qu'il avait fallu pour en arriver là.

— À un moment, la nounou a hébergé une invitée mystère. Les empreintes digitales de cette femme ont été retrouvées dans la chambre de Lucy.

— Donc nous savons qu'elle était mêlée à tout ça, affirma Noah. À propos, l'équipe d'Oaks a réussi à retrouver une amie de Jaclyn qui pense bien que quelqu'un a séjourné un moment chez elle, mais ne l'a jamais rencontré. Quand l'amie l'a questionnée, Jaclyn a répondu qu'elle aidait une fille rencontrée sur le campus, qui était entre deux appartements. C'était il y a cinq ou six mois.

— Donc la femme mystère s'est liée d'amitié avec Jaclyn, l'a manipulée, l'a convaincue de l'héberger un moment et a réussi à ne jamais rencontrer aucune de ses amies. Elle est très douée.

— Oui, acquiesça Noah. Sa mission était d'obtenir des informations sur Lucy et sa famille.

— Leurs habitudes, leur mode de vie. Ce qu'aimait Lucy.

— La femme mystère fait son rapport au type. Elle lui indique, entre autres choses, que Lucy est obsédée par les papillons, enchaîna Noah.

— Il voit une opportunité d'établir un contact avec la petite à son école, en se faisant passer pour un expert en insectes.

— Comment a-t-il su que Bausch devait intervenir à Denton West ?

— C'était annoncé sur le site internet de l'école. Le programme est mis en ligne, il annonce tous les visiteurs et événements spéciaux. Il n'a eu qu'à le consulter pour savoir quand l'intervention de Bausch était prévue.

— Et soit lui, soit sa complice a appelé le vrai John Bausch en se faisant passer pour l'école de Denton West, pour lui dire qu'ils devaient annuler. Waouh. Ce type a un culot monstre.

— Oui, dit Josie. Se faire passer pour Bausch est probablement ce qu'il a fait de plus culotté, parce qu'il s'est montré à visage découvert, il s'est rendu vulnérable. Il a dû se préparer très en amont. Ce devait être pour lui la meilleure et peut-être la seule opportunité de gagner la confiance de Lucy.

— Parce qu'elle le rencontre dans un environnement sûr – l'école –, elle sent qu'elle peut lui faire confiance.

— Exact. Ensuite, quand il l'aborde hors de l'école, elle le voit déjà comme quelqu'un de fiable.

— C'est là qu'il se met à la contacter à chaque occasion.

— Pour consolider leur relation, leur amitié.

— Mais que lui raconte-t-il pour la convaincre de partir avec lui ? demanda Noah.

Josie pensa aux dessins de Lucy : la fillette et un homme en costume fauve, comme celui que le kidnappeur portait à l'école lorsqu'il avait joué le rôle de John Bausch, tous deux munis de filets à papillons, attrapant des insectes colorés.

— Il va l'emmener à la chasse aux papillons.

— Quoi ? C'est absurde.

— Non, pas du tout. Amy m'a confié qu'ils avaient emmené leur fille visiter la salle des papillons à l'Académie des sciences naturelles de Philadelphie, et que ç'avait été pour Lucy le plus beau jour de sa vie. Le kidnappeur connaît son obsession pour les papillons, donc il lui propose quelque chose de magique. Trop magique pour qu'elle résiste.

— Quoi ? Il l'emmènerait dans le monde enchanté des papillons, un truc comme ça ? Tu t'entends ?

— Lucy a sept ans. Tu te rappelles comment tu étais, à sept ans ?

— Je me rappelle à peine comment j'étais hier, soupira-t-il.

— Ce n'est qu'une enfant, Noah. Elle a beaucoup d'imagination, la passion des papillons et, d'après ce que j'ai appris, elle est solitaire et a envie de plaire aux autres. Ce type n'a pas dû avoir trop de mal à obtenir sa confiance. Il lui a prêté une attention particulière. Il était son ami secret. Elle était folle de lui, à voir sa réaction quand elle s'est aperçue qu'il était là à la salle d'arcade. Elle voulait le rendre heureux, donc elle lui a obéi et n'a rien révélé à sa mère.

— Ni aux autres adultes de son entourage.

— Non. Il a dû lui promettre de l'emmener quelque part. Un endroit comme la salle des papillons de l'Académie des sciences naturelles, mais en beaucoup plus grand et beaucoup plus excitant. Pas un endroit réel, puisqu'il n'a jamais eu l'intention de l'y emmener. Il voulait juste lui promettre quelque chose qui comble son cœur d'enfant de sept ans. Quelque chose qui la pousse à s'enfuir avec lui, sous le nez de ses parents.

— Il lui a dit qu'il la ramènerait ensuite ?

— Bien sûr, répondit Josie. Il a sans doute expliqué qu'ils partiraient vivre une aventure, mais qu'elle serait de retour dans son lit le soir même. Tout ce que ce type a fait relève de la manipulation.

— Mais pourquoi ? Pourquoi ne pas simplement l'enlever ? Tous ces préparatifs, pour aboutir à quoi ? Si tu as raison, si ce type a une complice qui est devenue l'amie de la nounou il y a six mois, bien avant qu'il n'aille à l'école de Lucy, ça fait beaucoup de préparation pour un enlèvement. De préparation superflue. Surtout si tout ce qu'il veut, c'est une rançon. Si la nounou était sur son téléphone chaque fois qu'elle emmenait Lucy au terrain de jeu, il aurait pu l'enlever n'importe quand. Pourquoi fait-il tout ça ?

— Il joue à un jeu, dit Josie, dont l'esprit tourbillonnait. Ce n'est pas la rançon qu'il veut. Pas réellement.

— Alors de quoi s'agit-il ?

— Je ne sais pas encore, mais il faut que je passe un coup de fil.

36

Il ne l'a pas tuée. Mais il lui a fait bien plus de mal que jamais avant. Elle est restée allongée sur le lit un long moment, pendant que je priais pour qu'elle bouge. Je me suis léché les doigts pour enlever un peu du sang qu'elle avait sur le front, mais il était épais et sec. Je n'ai fait que l'étaler et il y en a eu dans ses cheveux et sur l'oreiller. Nous n'avions qu'une taie et il ne nous laissait presque jamais la laver. Je savais qu'elle se mettrait en colère si je salissais cette taie, donc j'ai renoncé à essayer de nettoyer son visage. J'ai eu l'impression qu'une éternité passait avant qu'elle me reparle.

Elle a tendu une main, que j'ai prise.

— Tu vas te réveiller ?

Elle a hoché la tête, faiblement.

— On peut aller à la maison ?

— Pas encore.

— J'ai fait quelque chose de mal ?

Elle a battu des paupières.

— Non, bien sûr que non. Ce n'est pas ta faute. Il faut que tu t'en souviennes : rien de tout ça n'est ta faute.

Elle a pressé ma main.

— Maintenant, j'ai besoin de me reposer, d'accord ?

J'ai acquiescé, même si ses yeux étaient déjà presque refermés. Son nez sifflait quand elle dormait. Quand elle est devenue inerte, elle a lâché ma main et j'ai pu me lever. À la fenêtre, j'ai regardé dehors. La femme argentée était de nouveau dans son jardin. Elle nous accueillerait peut-être chez elle. J'ai levé la main pour frapper à la vitre, mais je n'ai pas pu.

J'ai tourné les yeux vers le visage ensanglanté, les yeux enflés. J'ai entendu sa voix même si elle ne parlait pas. « Tu dois faire le moins de bruit possible. »

Je ne voulais pas être la raison pour laquelle il la frapperait encore.

37

Josie sortit de la tente, collant le téléphone à son oreille tout en marchant. En attendant que Trinity décroche, elle regarda vers le manège, là où les tables proposant café et nourriture étaient encore dressées. Quelques bénévoles poursuivaient les recherches. Josie reconnut Ingrid Saylor à côté de la table du *Komorrah's Koffee*, parlant à l'homme au costume de tweed. Josie tâcha de se rappeler son nom. Bryce Graham. À quelques mètres de là, ceux qui étaient venus avec leur propre chien, dont Luke. Il lui fit signe, mais elle se détourna très vite et fila vers sa voiture, hors du parc.

Finalement, à la huitième sonnerie, Trinity répondit par un « allô » essoufflé.

— Je suis sûre à cent pour cent que ce kidnapping concerne Amy.

— Un kidnapping ? Pas un rapt ? s'étonna Trinity.

Josie émit depuis le fond de sa gorge un bruit signalant son exaspération.

— Quelle différence, bordel ?

— Eh bien, quand tu dis « rapt », on pense à un prédateur

sexuel, mais quand tu dis « kidnapping », j'ai l'impression qu'on l'a enlevée pour obtenir une rançon.

— Qu'est-ce que ça change ? grommela Josie. Dans tous les cas, on doit retrouver Lucy Ross au plus vite.

— OK, concéda Trinity.

Elle avait dû entendre la contrariété dans le ton de Josie, car elle n'insista pas pour qu'elle lui livre ou trahisse par inadvertance des informations dont elle pourrait se servir dans un reportage.

— Tu disais que cette affaire concernait Amy.

— Oui. Il s'agit avant tout d'Amy. Quelqu'un veut la faire souffrir.

— La gentille petite Amy dont la vie est ennuyeuse comme la pluie ?

— Oui. Dis-moi que tu as trouvé quelque chose. N'importe quoi.

— J'ai la photo de l'annuaire des élèves. C'est tout. Là, je vais à la bibliothèque. Toujours pas de réponse de Renita. Mais je t'envoie la photo.

Après quelques secondes, le téléphone de Josie vibra. Elle l'éloigna de son visage pour ouvrir le texto que Trinity venait de lui adresser avec la photo d'une adolescente, le nom « Amy Walsh » inscrit en dessous. Josie l'examina. L'image granuleuse était celle d'une jeune fille aux cheveux noirs frisés et au sourire timide. La ressemblance avec Amy était tout sauf flagrante. Elle entendit la voix de Trinity venant de l'appareil.

— Je ne l'ai pas rencontrée en personne. C'est elle, non ?

Josie fixa la photo une seconde de plus.

— J'imagine que ça peut être elle, si elle s'est fait couper, teindre et défriser les cheveux. Je serais horrifiée si j'avais encore la même tête qu'au lycée.

— Le FBI est sur mes talons, annonça Trinity. Ils ont trouvé quelque chose ?

— Je ne crois pas. Il faut que je parle à l'agent Oaks. Je vais chez les Ross. Tiens-moi au courant si tu déniches autre chose à la bibliothèque, ou si Renita te contacte.

— Promis, dit Trinity avant de raccrocher.

Josie s'accorda encore un instant pour regarder la photo d'Amy Walsh. Elle tenta de zoomer, mais cela ne fit que rendre l'image plus floue.

— Patronne.

Mettner la rejoignit à grandes enjambées. Cette fois, elle ne prit pas la peine de le corriger.

— Qu'y a-t-il, Mett ?

— Une des équipes a trouvé une cabane de chasse à Denton dans laquelle quelqu'un est entré par effraction. Le coffre a été fracturé et des armes ont été volées.

Josie jeta un dernier coup d'œil à la photo et soupira.

— Allons-y. J'appellerai Oaks en chemin pour lui signaler la chose.

Les quartiers sud de Denton se composaient principalement de galeries marchandes et d'autres bâtiments trapus à toit plat, dont une entreprise de garde-meubles et une agence de location de voiture, qui semblaient avoir poussé au milieu de l'épaisse végétation. Quelques maisons étaient éparpillées çà et là. Comme c'était une zone commerciale, beaucoup avaient été transformées en entreprises : un restaurant, un magasin d'antiquités, une librairie d'occasion. À la limite de la ville, plusieurs routes sinueuses à une seule voie menaient dans les montagnes. Josie et Mettner suivirent l'une d'elles sur trois kilomètres pour s'enfoncer dans les bois, jusqu'à ce qu'ils voient deux véhicules de la police de Denton au bout d'une allée de gravier marquée par deux réflecteurs rouges de part et d'autre.

Josie se gara derrière l'un d'eux, puis gravit avec Mettner l'allée menant à la petite cabane. C'était une construction rectangulaire sur un seul niveau, aux parois en faux rondins et au toit en tôle ondulée incliné pour que glisse la neige des hivers en Pennsylvanie. À gauche du petit porche s'étendait un carré d'herbe et, à quelques mètres, un cercle de pierres où allumer un feu, entouré de chaises de jardin. L'un des sièges était occupé par un petit homme rond, aux cheveux blancs. Deux agents en uniforme se tenaient devant lui, l'un parlant tandis que l'autre prenait des notes. Le propriétaire de la cabane, devina Josie. Sous le porche, Hummel, en combinaison, discutait avec un collègue muni d'un porte-bloc.

— Qu'avez-vous trouvé ? lui demanda Josie alors que Mettner et elle les rejoignaient.

D'un geste par-dessus son épaule, Hummel désigna le propriétaire et les autres policiers.

— La cabane appartient à ce monsieur. Il habite en ville. Il n'était pas venu depuis plus d'un mois. Nous étions en train de vérifier toutes les cabanes de la région, comme vous l'avez demandé. On a vu une fenêtre cassée à l'arrière, donc on a appelé le propriétaire pour lui demander de venir. Il affirme que rien n'a été dérangé à part l'armoire vitrée où il enferme ses armes. La vitre a été brisée, et le contenu a disparu.

— Il n'avait pas de coffre-fort ? s'enquit Mettner.

Hummel secoua la tête.

— Il n'y a jamais personne par ici. Il a cru qu'une armoire suffirait. Elle était fermée à clé mais, comme j'ai dit, le voleur s'est contenté de briser la vitre. Le propriétaire dit qu'il possède cette cabane depuis trente ans et qu'il n'avait encore jamais eu le moindre problème.

— Quel genre d'armes ? demanda Josie.

Hummel regarda l'autre policier, qui détacha une page sur son porte-bloc. Hummel déchiffra ce qui y était griffonné.

— Un fusil de chasse Winchester modèle 101, une carabine à levier Marlin de calibre 30/30, une carabine à verrou Remington 700 et un Glock 19.

— Il avait une arme de poing dans sa cabane de chasse ? s'étonna Mettner.

— Il la portait à sa ceinture quand il travaillait sur la propriété.

— Pour les coyotes, probablement. Une arme de poing est plus facile à porter qu'un fusil quand on arrache des mauvaises herbes ou qu'on est assis devant le feu.

Mettner hocha la tête.

— Vous pensez que le visiteur a séjourné ici ?

— Non, répondit Hummel. Comme je le disais, la seule chose qui a été touchée, c'est l'armoire. Nous avons fait le tour avec le propriétaire, et il affirme que tout le reste est absolument intact.

Ce qui signifiait qu'il n'y aurait pratiquement aucun indice menant à l'individu qui s'était introduit dans la cabane.

— Vous pensez que c'est notre homme ? demanda Mettner à Josie.

— Difficile à dire. Combien de cambriolages de ce genre avons-nous chaque année ?

— Un ou deux au maximum, répondit Hummel. Et ce sont en général des ados qui cherchent un endroit où boire. Ils s'intéressent rarement aux armes.

— Oui, confirma Josie, la chasse, c'est sacré, ici. On ne plaisante pas avec les armes des gens.

Hummel hocha la tête.

— Vous voulez jeter un coup d'œil ? L'équipe est en train de travailler, mais vous pouvez entrer. Il y a des combinaisons et des gants dans le coffre de ma voiture.

Josie s'habilla ; le policier au porte-bloc nota son nom et elle pénétra dans la cabane. L'intérieur était à peine plus grand qu'une caravane, la délimitation entre le salon et la cuisine matérialisée à l'endroit où terminait la moquette marron et où commençait le carrelage brun clair. Au-delà, un petit couloir desservait deux pièces, une chambre et une salle de bains. Hummel avait raison : il n'y avait de désordre que dans le salon, où la vitre de l'armoire avait été brisée. Elle salua les deux agents qui photographiaient ce meuble et les éclats de verre dispersés tout autour, et qui recueillaient des empreintes.

Elle prit un moment pour étudier la pièce. Sur sa droite, trois têtes de cerf empaillées étaient accrochées au mur, au-dessus de l'armoire fracturée. Sur sa gauche, un petit canapé et deux fauteuils entouraient un téléviseur sur pied. Si elle avait été une fillette de sept ans épouvantée, avec un homme effrayant qui cassait la vitre de l'armoire à armes à feu, où se serait-elle cachée ?

Elle se mit à quatre pattes derrière le fauteuil le plus proche.

Mettner apparut derrière elle, également en combinaison.

— Qu'est-ce que vous cherchez, patronne ?

— Une chrysalide, répondit Josie.

Il n'y avait rien sous le fauteuil. Elle passa au canapé. Rien. Lorsqu'elle baissa la tête vers le plancher et regarda sous le dernier fauteuil, elle repéra un petit objet vert.

— Il me faut une lampe torche, cria-t-elle par-dessus son épaule.

Un instant après, Mettner lui confia son portable avec le flash allumé. Le faisceau éclaira l'objet vert, cylindrique et légèrement incurvé.

— Trouvé ! s'exclama Josie, son cœur martelant sa poitrine. Je vais prendre quelques photos, puis il faudra l'analyser. Je me sers de votre téléphone et vous pourrez me l'envoyer par texto. Soulevez le fauteuil, voulez-vous ? Doucement.

Mettner fit basculer le siège. Josie prit une série de photos avant de dire à Mettner qu'il pouvait le lâcher. Elle lui rendit son portable. Faisant défiler les images, il commenta :

— Cette fois, elle a utilisé des feuilles d'arbre. Je ne crois pas qu'on puisse relever des empreintes là-dessus.

— Peu importe, répondit Josie. L'essentiel, c'est qu'il y a de grandes chances qu'elle soit en vie, et nous savons maintenant que ce type est armé de bien plus qu'un couteau.

38

Josie déposa Mettner au poste de commandement. Quand apparurent les bénévoles qu'elle avait vus auparavant, elle lui suggéra :

— Vous devriez en emmener quelques-uns à la cabane quand l'équipe de Hummel aura terminé. Pour qu'ils fouillent les bois, au cas où ils trouveraient quelque chose.

Mettner acquiesça.

— Bonne idée. Cela leur donnera quelque chose à faire. Enfin, sauf le psychologue, j'imagine.

Josie suivit le regard de Mettner : Bryce Graham était assis sur un banc du terrain de jeu, et discutait avec l'une des mères qu'ils avaient rencontrées le soir de l'enlèvement. Il lui semblait que c'était Zoey. Elle ressentit une légère irritation : elle ne connaissait pas cet homme, mais il avait tout l'air d'exploiter la tragédie familiale des Ross pour agrandir sa clientèle.

— Il semble avoir largement de quoi s'occuper, remarqua Josie.

Elle repartit en voiture jusque chez les Ross, non sans devoir faire deux fois le tour du pâté de maisons avant de trouver une place parmi tous les véhicules des médias. Les journalistes présents dans le jardin l'assaillirent de questions alors qu'elle se dirigeait vers la porte principale. Un agent du FBI la fit entrer.

— Ils sont dans la salle à manger, lui dit-il.

Oaks était en train de parler lorsqu'elle se glissa dans la pièce.

— Rappelez-vous ce que nous avons convenu. La prochaine fois que le kidnappeur appelle, je veux que vous soyez prêts tous les deux.

De leurs places à l'autre bout de la table, Amy et Colin le dévisageaient.

— J'ai déjà demandé la preuve qu'elle était en vie, observa Colin. Ça ne s'est pas bien fini.

Josie s'avança auprès d'Oaks. Colin et Amy la toisèrent avant de fixer de nouveau les yeux sur lui.

— C'est une négociation, expliqua Oaks. Il n'est pas question de lui donner tout de suite tout ce qu'il exige, sinon il deviendra de plus en plus gourmand. Vous avez un million de dollars ?

Les époux se regardèrent. Colin s'agita sur sa chaise.

— Je ne les ai pas sous la main. J'ai commencé à liquider des actifs l'autre jour. Je pourrais réunir assez rapidement huit cent mille, mais le reste... ça mettrait plus de temps.

— Exigez quand même la preuve que votre fille est en vie, ordonna Oaks. Vous vous êtes bien débrouillé, la dernière fois.

— Mais il refusera de nous en donner une.

— Rien n'est moins sûr. Il veut de l'argent. Notre meilleur espoir pour récupérer Lucy, c'est de négocier un accord avec ce monstre. Montrez-lui que vous êtes prêts à jouer le jeu.

— Je pense que c'est une erreur, intervint Amy d'une voix tremblante. Pourquoi prendre des risques avec la vie de notre fille ?

— Avons-nous seulement le choix ? dit Colin.

Oaks leva les yeux vers Josie.

— Votre agent, Hummel, nous a envoyé une liste des armes dérobées avec leurs numéros de série. Avez-vous trouvé quoi que ce soit dans la cabane de chasse ?

Josie prit son téléphone et afficha les photos de la chrysalide.

— Oh, mon Dieu, s'exclama Amy. Elle est vivante !

Les yeux de Colin brillèrent eux aussi lorsqu'il regarda l'image.

— Nous n'en savons rien. Nous ne savons pas quand ils sont allés dans cette cabane.

— C'est vrai, concéda Josie.

— Et maintenant il est armé, souligna Colin.

— Il a toujours été armé, dit Amy. Il a tué Jaclyn et Wendy. La police dit qu'il les a poignardées.

La sonnerie d'un portable les interrompit. Amy se mit à trembler visiblement, mais ce n'était pas son téléphone. Oaks tira le sien de la poche de sa veste et décrocha.

— Oaks à l'appareil, aboya-t-il, avant d'écouter un moment. Vous êtes sûr ?

Il se leva en fronçant les sourcils.

— Oui, envoyez-le-moi. Tout de suite, s'il vous plaît. Merci.

Il raccrocha et regarda Amy et Colin.

— Tout va bien, j'ai simplement besoin de dire un mot à l'inspectrice Quinn, si vous permettez.

— Bien sûr, répondit Colin tandis que sa femme hochait la tête.

Josie suivit Oaks dans la cour.

— Que se passe-t-il ?

— J'ai reçu un appel d'un de mes agents à New York. Amy Walsh est morte quand elle avait vingt-deux ans.

— Pardon ?

Josie sentit les battements de son cœur accélérer. Oaks afficha sur son téléphone un document qu'il lui montra. C'était un certificat de décès émis par l'État de New York pour Amy

Walsh, datant de 1997. Alors qu'elle survolait le paragraphe visible sur le minuscule écran, Oaks précisa :

— Elle est morte de plusieurs traumatismes par objet contondant.

Josie trouva ces mots dans le texte et continua à lire : « Décès accidentel. »

— Ce n'est pas Amy Walsh qui est dans cette maison, résuma Oaks.

— Elle a volé l'identité d'une autre, termina Josie.

Elle repensa à la photo de l'annuaire du lycée. Elle était juste assez ressemblante pour que ça marche, à condition de ne pas y regarder de trop près.

Oaks lâcha un long soupir.

— Pas étonnant qu'elle ait menti au test polygraphique.

Josie lui tourna le dos et se mit à arpenter la cour.

— Je n'arrive toujours pas à croire qu'elle soit impliquée dans l'enlèvement de Lucy.

Oaks frotta sa barbe de trois jours.

— Je ne vous pensais pas naïve, inspectrice Quinn. J'ai lu des articles sur vous. Je vous ai vue à la télévision. Vous ne croyez pas que cette femme soit capable de mettre en scène le kidnapping de sa propre fille ?

Josie s'arrêta et le regarda dans les yeux.

— Je ne sais pas.

— Ça expliquerait pourquoi elle était aussi préoccupée. Vous l'avez dit vous-même : tous les gens à qui vous et votre équipe avez parlé vous ont déclaré qu'elle semblait souvent préoccupée.

Ce mot rappela à Josie la vidéo qu'elle avait visionnée ce matin-là avec Noah.

— Préoccupée, oui, mais pas parce qu'elle organisait l'enlèvement de Lucy. Vous vous souvenez de ce que je vous ai dit à propos des vidéos de surveillance de la salle d'arcade ? Amy ignorait que cet homme les suivait. Par ailleurs, nous avons accès à ses relevés bancaires et téléphoniques, à sa boîte mail. Elle nous a fourni tout ça spontanément. Si elle était coupable, nous aurions déjà découvert des preuves.

— Je pense que nous devrions la convoquer. Pour un interrogatoire.

— Non, refusa Josie. Pas encore. Elle coopère avec nous.

— Elle ment sur son identité, Quinn.

— Je sais. Mais pour le moment, nous avons besoin d'elle. La vie de Lucy dépend peut-être encore de sa coopération. Si nous commençons à la traiter comme une criminelle, elle va se fermer. Malgré les désaccords qu'elle a pu avoir avec son mari, Colin protégera instinctivement sa femme, ce qui signifie qu'il embauchera un avocat à la seconde où il décidera que nous la traitons en suspecte. Or le kidnappeur, quel qu'il soit, fait partie de son passé à elle.

— Un passé dont nous ignorons absolument tout, précisa Oaks. Parce qu'elle nous ment depuis le début.

— Dans d'autres circonstances, je la traînerais au commissariat pour essayer de lui foutre la trouille, dit Josie. Je comprends ce que vous proposez. Mais je vous le répète, ce n'est pas le moment. Laissez-moi essayer de lui parler de nouveau, pour voir si je peux lui tirer les vers du nez.

Oaks soupira.

— Très bien. Mais, Quinn, si vous n'obtenez rien et que ça s'éternise, nous n'aurons plus le choix.

— Je sais. Accordez-moi juste un peu de temps.

39

Amy était de retour dans la chambre de Lucy, affalée sur le pouf poire, une coccinelle en peluche dans les bras. Le soleil filtrait à travers les voilages et tous les objets scintillants de Lucy étincelaient, projetant un kaléidoscope de couleurs sur les murs. Josie ferma la porte derrière elle et s'assit en tailleur devant Amy.

— Pourquoi a-t-il besoin d'armes ? Le kidnappeur ? Qu'est-ce qu'il va en faire ?

— Honnêtement, je n'en sais rien, répondit Josie. Amy, il faut que je vous parle, c'est très important.

Les yeux d'Amy se firent moins brumeux et se portèrent sur Josie.

— Il est arrivé quelque chose ?

Josie secoua la tête.

— Pas encore. Je suis ici pour vous avertir. Bientôt, très bientôt, mes collègues viendront vous chercher. Ils vous emmèneront au commissariat, vous mettront dans une salle d'interrogatoire, et ils vous poseront des questions embarrassantes en enregistrant vos réponses.

Amy se mit à pétrir la peluche.

— De quoi parlez-vous ? Ils me croient coupable ? Ils pensent que je suis impliquée dans l'enlèvement de Lucy ?

— Ce qu'ils savent, c'est que vous nous avez menti. Ils savent que vous n'êtes pas Amy Walsh.

Amy voulut parler mais les mots restèrent bloqués dans sa gorge. Elle détourna le regard et se plaqua une main sur la bouche.

— Je ne veux pas vous croire complice. Mais, de notre point de vue, Amy, votre situation n'est pas très claire.

Amy resta un moment muette. Lorsqu'elle se retourna vers Josie et parla, ce fut d'une voix si basse que Josie dut tendre l'oreille.

— Qu'est-ce que je dois faire ?

— Dites-moi la vérité. Maintenant. Dans cette chambre. Si vous n'avez joué aucun rôle dans la disparition de Lucy, alors ce que vous cachez paraîtra bien dérisoire.

Josie désigna la porte fermée.

— En ce moment, mes collègues se focalisent sur vous, et c'est bien compréhensible. Je vois à quoi ils vont aboutir. Quand on apprend qu'une personne ment sur un certain nombre de choses, et des choses importantes, qui plus est, on en arrive très vite à penser qu'elle ment peut-être aussi au sujet du crime qu'on essaie d'élucider.

— Je n'ai joué aucun rôle dans l'enlèvement de Lucy, affirma catégoriquement Amy. Je vous le jure. Je veux juste la récupérer.

— Moi aussi. Je ne pense qu'à Lucy. Je veux vous la rendre vivante, et je me contrefiche de tout le reste. Voilà. C'est tout. Donc si vous n'êtes pas responsable de sa disparition, rien de ce que vous me confierez, aucun des secrets que vous me dévoilerez n'aura d'importance. Je me moque que vous ayez tué quelqu'un, Amy, mais vous devez me l'avouer. Maintenant. Avant que mes collègues n'ouvrent cette porte et que tout cela dégénère.

Les larmes roulèrent sur les joues d'Amy. Elle serra de nouveau la coccinelle. Ses yeux reprenaient leur air confus, troublé.

— Pourquoi avez-vous usurpé l'identité d'Amy Walsh ?

Amy battit des paupières, son regard allant et venant entre le visage de Josie et l'autre côté de la pièce, où était suspendu le jardin à papillons.

— J'y ai été obligée. Il m'en fallait une.
— Colin est au courant ?
— Bien sûr que non. Il ne sait rien.
— Comment avez-vous fait ?
— Je connaissais Amy Walsh. C'était mon amie. Sa mère m'a recueillie. Elle m'a permis de vivre avec elles. Ça n'a duré que quelques mois. Puis elles sont mortes. Dans un accident de voiture. Renita n'était pas avec elles, donc c'était la seule survivante de la famille. Mais elle ne voulait pas que je reste. Elle m'avait toujours été hostile. J'ai pris les effets personnels d'Amy et je suis partie pour New York. J'ai simplement... utilisé son identité. Je vivais dans la terreur d'être démasquée. Mais ça ne s'est jamais produit. Jusqu'à aujourd'hui. Vous saviez que je n'ai même pas quarante-quatre ans ? Je n'en ai que quarante.

Josie enregistra mentalement cette information.

— Pourquoi avez-vous fait ça ?
— Je ne vous ai pas raconté que des mensonges.
— Vous fuyiez quelqu'un. Un amant violent ?

Amy déglutit et s'empourpra.

— Pas un amant, lâcha-t-elle.
— Un petit ami ? Un mari ?
— J'étais prisonnière, vous comprenez ? Prisonnière. Je me suis évadée. Je n'avais pas le choix.
— Qui était-ce, Amy ?

Elle secoua vigoureusement la tête.

— Je vous répète qu'il est mort. Je ne prononcerai plus jamais son nom.

— Amy, il me faut la vérité.

Un éclair apparut dans ses yeux.

— Je vous dis la vérité.

— Alors comment vous appeliez-vous avant de devenir Amy Walsh ?

— Si vous savez que je n'ai jamais été Amy Walsh, alors vous devez connaître mon vrai nom.

Josie ne souhaitait pas attirer son attention sur le fait que cette information leur manquait encore.

— Je veux vous l'entendre dire, préféra-t-elle répondre.

Amy se taisait. Des larmes roulèrent encore sur son visage.

— Celle que j'étais auparavant est un fantôme. Une fiction. Depuis toujours.

Les réponses énigmatiques d'Amy agaçaient Josie. Elle aurait voulu la secouer mais, en même temps, cette femme n'avait encore jamais été aussi sincère.

— Vous étiez quelqu'un d'autre avant de prendre l'identité d'Amy Walsh. J'ai besoin de savoir qui.

Le front plissé, Amy contemplait le jardin à papillons.

— Non. Je ne crois pas avoir été quelqu'un. Je n'étais personne.

— Amy, insista Josie en essayant de dissimuler son irritation. Il faut que vous soyez franche avec moi, maintenant. Arrêtez de tourner autour du pot.

Amy émit un petit rire amer.

— Je tourne autour du pot ? Ça fait plus de vingt ans, et je n'y comprends toujours rien.

Josie se demanda si le stress causé par l'enlèvement de Lucy et le meurtre de ses proches l'avaient fait basculer dans la démence. Elle se pencha pour toucher la main d'Amy.

— Parlez-moi de votre vie avant que vous soyez devenue Amy Walsh. Dites-moi quelque chose de vrai.

Amy réfléchit un instant.

— J'habitais Buffalo.

Josie n'eut pas l'occasion de poursuivre. Un brouhaha leur parvint soudain du rez-de-chaussée, et des pas martelèrent l'escalier. Oaks ouvrit grand la porte.

— Le téléphone de Mme Ross sonne. Descendez tout de suite.

40

Tous trois se précipitèrent dans la salle à manger. Au centre de la table, le portable d'Amy sonnait. Josie se pencha pour voir l'écran. Ce n'était aucun des contacts d'Amy. Elle lut le numéro à haute voix.

— Savez-vous qui ça peut être ?

Amy secoua la tête.

— Non, je n'en sais rien.

— C'est parti, dit l'un des agents, tapotant sur son clavier.

— Vous pensez que c'est lui ? demanda Amy.

— Il n'y a qu'un moyen de le savoir, répondit Oaks.

Colin tendit la main, prit le téléphone et répondit.

La voix du kidnappeur remplit la pièce, et les deux parents frémirent.

— Allô, Colin, j'aimerais parler à votre chère épouse, s'il vous plaît.

Colin ferma les yeux et inspira profondément, le portable contre l'oreille.

— Elle ne peut pas parler pour le moment. Mais je peux discuter de la rançon avec vous. Écoutez, je n'ai pas...

Il ouvrit les yeux et regarda Oaks, qui secoua la tête et articula le mot « comment ». Oaks leur avait déjà dit de réagir à toutes les exigences du ravisseur par la question : « Comment ? »

— Comment suis-je censé réunir un million de dollars ? poursuivit Colin.

— Passez-moi Amy.

L'agent murmura :

— Le numéro est sur liste rouge. Il me faut une seconde pour trouver un nom et une adresse.

— Comment Amy pourra-t-elle vous aider ? C'est moi qui gère les finances. Je peux vous obtenir 800 000 dollars, mais il me faut la preuve que Lucy est vivante.

La voix du kidnappeur devint plus froide.

— Passez-moi Amy.

Colin consulta Oaks qui lui fit signe de continuer.

— Vous voulez lui parler, je comprends, mais nous devons d'abord parler d'argent. Je le répète, je peux obtenir la majeure partie de la somme, mais je veux la preuve que ma fille est en vie.

— La ligne est au nom de Bryce Graham, chuchota l'agent.

Josie tourna brusquement la tête vers lui.

— Pardon ?

Oaks alla se placer entre Amy et Colin.

— Selon l'inspectrice Quinn, vous avez affirmé ne pas connaître Bryce Graham. Pourquoi cet appel vient-il de son téléphone ?

Mais Amy n'écoutait pas. Elle avait les yeux fixés sur Colin, et ses doigts s'entortillaient devant sa poitrine.

Il y eut un bruit au bout du fil. Le kidnappeur dit :

— Vous voulez la preuve qu'elle est en vie ? Je vais vous en donner une.

Le cœur de Josie s'arrêta puis se remit à battre avec fracas, cognant si fort contre son sternum que tout le monde devait voir sa chemise se soulever, elle en était sûre. Elle indiqua à Oaks qu'elle voulait lui parler.

— Bryce Graham était encore au parc quand j'en suis partie. Mais le kidnappeur est manifestement chez lui.

Oaks baissa les yeux, lut l'adresse de Graham et la transmit à un agent qui se tenait à la porte.

— Allez là-bas avec quelques unités, ordonna-t-il.

L'agent acquiesça et sortit.

— J'appelle mon équipe pour qu'ils s'assurent que Graham est au parc, suggéra Josie.

— Amenez-le au commissariat, dans son propre intérêt, lui dit Oaks.

Josie quitta la pièce, le temps d'appeler Gretchen et de lui donner des instructions très brèves. Elle revint et s'approcha d'Amy, lui prenant l'avant-bras.

— Vous avez affirmé ne pas connaître Bryce Graham. Pourquoi le ravisseur vous appelle-t-il de chez lui ?

Mais ses mots furent noyés par le hurlement qui retentit au bout du fil. Le son transperça Josie comme une lance. Ses genoux se dérobèrent. C'était une petite fille, à la voix haut perchée. Pas de mots, rien que le son affligeant de la terreur d'un jeune enfant, ponctué par les cris du kidnappeur.

— La voilà, ta preuve qu'elle est en vie, pauvre connard. C'est ça que tu veux ? C'est ça ?

Amy se jeta sur son mari et lui arracha le portable.

— Stop ! hurla-t-elle. Stop ! Stop ! Je suis là. J'écoute. Arrêtez, s'il vous plaît. Laissez-la tranquille ! Laissez Lucy tranquille. Je vous en prie.

Le bruit cessa tout à coup, mais Josie entendait encore de légers gémissements entre les mots du kidnappeur.

— Dis-lui de ne pas reprendre le téléphone, Amy.

Colin tomba à genoux, le visage gris cendre. Pendant un instant, Josie crut qu'il allait vomir.

— C'est moi qui ai le téléphone, répondit Amy. Je vous

assure. Vous pouvez me parler. Mais laissez Lucy tranquille. Dites-moi ce que vous voulez.

— Un million de dollars.

— Oui.

Oaks fit une grimace désapprobatrice.

Amy lui tourna le dos, serrant le portable contre sa joue. Sa poitrine se soulevait rapidement alors qu'elle attendait les instructions du kidnappeur.

— Tu vas diviser la somme en deux moitiés.

— En deux moitiés, répéta Amy.

À l'arrière-plan, les pleurs de Lucy s'estompaient.

— Tu iras à Walmart acheter deux sacs de sport imperméables. Il faut qu'ils soient imperméables, tu comprends ?

— Imperméables, oui.

— Tu mettras la moitié de la somme dans chaque sac.

— Cinq cent mille dollars dans chaque sac, OK.

— Sois prête demain soir à 18 h 30.

— On sera prêts. Qu'est-ce que je dois faire ?

La communication fut coupée.

Amy détacha le téléphone de son visage et le contempla, incrédule. Elle le remit à son oreille.

— Allô ? Allô ? Vous êtes là ? Où faut-il déposer l'argent ? Allô ? Qu'est-ce qu'on fait ? Qu'est-ce qu'on fait de l'argent ?

— Il a raccroché, dit l'un des agents qui utilisaient les ordinateurs.

— Non ! cria Amy. Non, non, non !

41

Amy s'effondra au sol, les larmes coulant sur son visage, tout son corps secoué de tremblements. Elle lâcha le portable. Colin rampa jusqu'à elle et la prit dans ses bras. Josie et Oaks se regardèrent.

— Allez chez Graham, lui dit Josie. Je pars pour le commissariat dans une minute.

Il sortit en courant. Josie alla dans la cuisine où elle savait que le Xanax d'Amy se trouvait sur le plan de travail, à côté du grille-pain. Elle s'en empara, et les pilules cliquetèrent dans le tube. Elle attrapa une bouteille d'eau dans le réfrigérateur et revint dans la salle à manger. Elle plaça une pilule au creux de sa main et la tendit à Amy. Colin l'incita à l'avaler, et elle but l'eau que lui proposait Josie.

— Ils sont sur place, annonça un des agents, qui s'était coiffé d'un casque quand l'équipe d'Oaks était partie.

Josie accorda une minute supplémentaire à Amy, puis Colin et elle la hissèrent pour la déposer doucement sur une chaise.

— Amy, connaissez-vous Bryce Graham ?

Amy ne répondit pas.

— La maison est déserte. Personne, leur fit savoir l'agent.

— Amy ? insista Josie, impatiente.

Amy leva le menton pour croiser le regard de Josie.

— Oui, je le connais. J'étais... Je suivais une thérapie.

— Quoi ? s'étonna Colin. Tu suivais une thérapie et tu ne me l'as jamais dit ?

— C'était il y a longtemps, marmonna-t-elle.

— Et ça ne t'a pas traversé l'esprit d'en parler à la police ? demanda-t-il, la colère faisant monter sa voix dans les aigus.

— C'était il y a combien de temps ? s'enquit Josie.

— J'ai arrêté de le voir il y a environ quatre mois.

— Et tu le consultais depuis quand ?

Elle baissa les yeux vers le sol.

— Depuis la naissance de Lucy.

Colin leva les bras au ciel.

— Bon sang, Amy. Pourquoi tu ne m'en as jamais parlé ?

Elle resta muette.

— Tu allais le voir à quelle fréquence ?

— Deux ou trois fois par semaine, au début. Puis une fois par semaine. C'était un rendez-vous régulier. Nous ne nous contactions que si l'un des deux devait annuler.

— Tu baisais avec lui ? demanda Colin.

Josie et Amy tournèrent la tête vers lui.

— Qu-quoi ? balbutia Amy.

— Tu vois cet homme depuis des années, plusieurs fois par semaine, et tu ne m'en as jamais parlé. Pourquoi ferais-tu ça, à part pour dissimuler ta liaison avec lui ?

— Colin, tu sais que je me suis toujours battue avec la dépression et l'angoisse. J'avais besoin d'aide.

— Personne n'a besoin d'autant d'aide que ça. Putain, pas quelqu'un comme toi. Tu es mère au foyer, merde ! C'est quoi, ton problème ?

Amy ne répondit rien.

— Comment tu le paies ?

— Je retirais du liquide sur le compte que tu m'as créé. Ça n'était pas très cher.

Colin se prit la tête entre les mains et se tira les cheveux avec violence. Un grognement de contrariété sortit de sa gorge.

— Qu'est-ce que tu me caches d'autre, Amy ? Tu comprends que la vie de notre fille est en jeu ? Tu as joué un rôle là-dedans ?

Josie songea qu'Amy ne pouvait pas paraître plus blessée ou plus affligée qu'elle ne l'était déjà, mais elle se trompait.

— Comment oses-tu me poser la question ?

— Comment sais-tu que ce n'est pas ce psy qui a enlevé Lucy ? Et si c'était lui ? Tu as prétendu que tu ne le connaissais pas. Il n'a pas d'alibi pour le jour où Lucy a disparu.

— Jamais il ne l'enlèverait ! protesta Amy. Je sais qu'il ne ferait jamais ça. Ça ne me paraissait pas important. Je pensais que si je disais à tout le monde que je l'avais consulté, on se disputerait, toi et moi, et que ça nous empêcherait de retrouver Lucy. Ça fait des mois que je ne le vois plus. Il n'a aucun rapport avec Lucy. Il ne l'a jamais rencontrée et, de toute façon, jamais il ne ferait une chose pareille.

— Et pourquoi je te croirais ? riposta Colin. Comment je peux croire ce que tu me racontes ? Comment je peux savoir que tu ne couchais pas avec ce type ? Vous avez peut-être comploté ensemble pour me prendre Lucy et mon argent.

— C'est de la folie. Tu deviens complètement dingue. Pourquoi ferais-je une chose pareille ?

La sonnerie du téléphone de Josie vint interrompre l'altercation. C'était Gretchen.

— Nous avons Graham. Il est en sécurité. Nous le gardons au commissariat.

— J'arrive tout de suite, répondit Josie.

Elle raccrocha et regarda les deux parents l'un après l'autre.
— Je dois vous laisser. Si j'étais vous, je me concentrerais sur la rançon. Lucy est encore en vie. Arrêtez de vous battre et ramenons-la chez elle.

42

Tandis que Josie roulait vers le commissariat, son portable gazouilla plusieurs fois. Après s'être faufilée entre les véhicules des médias, elle se gara sur le parking municipal et prit son téléphone sur le siège passager. Elle avait reçu plusieurs textos de Trinity, dont une photo. Josie coupa le moteur, inspira profondément et lut le tout.

Amy n'est pas qui elle prétend être.

Il m'a fallu des heures mais j'ai trouvé quelque chose dans les archives du Fulton Daily News.

Dorothy Walsh avait trois filles : Renita, Amy et Pamela. Dorothy, Amy et Pamela sont toutes mortes dans un accident de voiture.

Venait ensuite la capture d'écran de l'article découvert par Trinity. Il était daté du 27 octobre 1997 et intitulé : « Trois femmes tuées dans un accident de voiture dans le Sud de Fulton. » Elle parcourut rapidement l'article.

— Bon Dieu, murmura-t-elle.

Les trois victimes étaient désignées nommément et la date de leurs obsèques était précisée, mais il n'y avait rien de plus. Il n'était pas question d'autres passagers, mais Josie supposa qu'Amy Ross n'était pas à bord du véhicule lors de l'accident.

Elle répondit à Trinity : *J'ai besoin d'un nom. Amy Ross sait que nous savons qu'elle a usurpé une identité, mais je n'arrive pas à lui faire avouer son vrai nom. On pense qu'elle était amie avec la véritable Amy Walsh. Ça urge. Le FBI est sur le coup, mais tu as déjà une piste avec Renita. Elle t'a rappelée ?*

Plusieurs secondes s'écoulèrent. Josie ne s'était même pas rendu compte qu'elle retenait sa respiration quand arriva la réponse de Trinity : *Je m'en vais parler à Renita maintenant.*

Josie souffla, remit son portable dans sa poche et entra dans le commissariat. Gretchen et Mettner se trouvaient devant la porte de la salle de conférences du rez-de-chaussée. Mettner lui remit un gobelet de café. L'odeur lui causa un haut-le-cœur immédiat. Pendant une fraction de seconde, le cerveau de Josie lui dit que ce ne pouvait pas être le stress. Ça devait être l'autre explication. Un bébé. De qui ? De Noah... ou de Luke ? Non, elle ne pouvait pas y penser. Pas encore. Pas maintenant. Elle serra le gobelet entre ses doigts et se força à sourire.

— Merci, Mett.

— Je viens de parler à un des agents du FBI qui était chez Bryce Graham. La porte de derrière a été enfoncée, la serrure fracturée. Rien ne semble avoir été dérangé à l'intérieur. Il y a une chaise renversée dans la cuisine où se situe le téléphone. Ils n'ont trouvé aucun... cocon. C'est tout.

Le son des hurlements de Lucy occupait entièrement le cerveau de Josie, et la nausée s'accentua. Elle préférait ne pas imaginer pourquoi cette chaise avait été renversée.

— L'équipe du FBI analyse les lieux, compléta Gretchen. Nous avons échangé quelques mots avec le docteur Graham. Il fallait le convaincre qu'il serait plus en sécurité ici.

— Merci, dit Josie. Je vais lui parler.

Calmement assis sur une des chaises de la salle de conférences, Bryce Graham n'avait pas touché au gobelet de café posé devant lui. Quand Josie se présenta, il se leva pour lui serrer la main. Elle s'installa en face de lui et posa son café sur la table, assez loin pour ne pas en sentir l'odeur.

— Que puis-je pour vous, inspectrice ?

Graham lui sourit, la peau se ridant au coin de ses yeux bleus. Son expression et le ton de sa voix étaient aimables et apaisants. Pas étonnant qu'autant de bénévoles lui aient parlé.

— Amy Ross était votre patiente, commença Josie. On vous voit au parc depuis que sa fille a disparu, et cependant vous ne l'avez jamais abordée, vous n'avez jamais signalé aux forces de l'ordre qu'elle avait été votre patiente.

— Quelle est votre question, inspectrice ?

Le sourire et la douceur du personnage indiquaient à Josie qu'il ne cherchait pas l'affrontement.

— Pourquoi n'avez-vous pas abordé Amy Ross lorsque vous êtes venu au parc ?

— Je ne connais pas Amy Ross, répondit-il simplement.

Josie ressentit une soudaine colère. Elle en avait plus qu'assez des réponses énigmatiques.

— Une enfant de sept ans a disparu, docteur Graham. Sa vie est en danger. Je vous serais reconnaissante d'arrêter les conneries et de me parler franchement.

Il croisa ses mains sur son ventre.

— Je sais très bien ce qui se passe dans cette ville.

Le téléphone de Josie gazouilla. Elle leva une main, pour indiquer qu'elle avait besoin d'une seconde. Elle découvrit un texto de Trinity, qu'elle ouvrit.

Elle s'appelait Tessa. Renita ne se souvient pas de son nom de famille. Amy l'a rencontrée à la laverie automatique. Elle n'avait pas de maison. Dorothy l'a recueillie.

Je verrai ce que je peux encore tirer de Renita, mais elle ne se rappelle pas grand-chose après tout ce temps.

Josie tapa sa réponse.

Amy dit qu'elle a habité Buffalo.

Trinity réagit aussitôt : *Je cherche.*

Josie posa son portable sur la table et se consacra de nouveau au docteur Graham.

— Amy Ross dit que vous l'avez suivie pendant plusieurs années.

— Je n'ai pas suivi Amy Ross.

— Je consulte les dossiers de vos patients et on en reparle ensuite ?

Son sourire vacilla.

— Vous n'avez pas le droit. Il y a des lois. Vous ne pouvez pas... Je ne vous autoriserai pas à les consulter.

— Je peux obtenir un mandat.

— Non, je ne crois pas. Je n'ai aucun lien avec l'affaire sur laquelle vous enquêtez. Je n'ai même jamais rencontré Lucy Ross.

— Vous n'avez pas d'alibi pour le jour où elle a disparu. Quelqu'un s'est introduit chez vous pour appeler sa mère et exiger une rançon. Je pense que c'est une connexion suffisante.

— Je croyais être ici parce que je ne serais pas en sécurité si je rentrais chez moi. Et maintenant vous m'annoncez que je fais partie des suspects ?

— Je ne sais pas, qu'en pensez-vous ?

— Je suis absolument innocent, rétorqua-t-il.

Il remua sur sa chaise, puis se pencha en avant, les mains sur les genoux.

— Parlez-moi d'Amy Ross.

— Je ne connais pas Amy Ross.

Josie se renfonça dans sa chaise et le dévisagea. Elle promena ses doigts sur la table jusqu'à ce qu'ils rencontrent son téléphone. Elle le prit et le rangea dans la poche de sa veste. Graham suivait des yeux tous ses gestes. Il entrouvrit les lèvres pour parler mais se ravisa, referma la bouche et regarda ailleurs.

— Mais vous connaissez Tessa, non ? lui demanda Josie.

43

Bryce Graham resta bouche bée. Josie attendit qu'il parle et, comme il se taisait, elle ajouta :
— Parlez-moi de Tessa, votre patiente.
— Je ne peux pas. Le secret médical... Je...
— Vous pouvez me confirmer qu'elle est votre patiente. Ça ne viole pas le secret médical.

Il soupira et se détourna, faisant la moue. Puis il hocha la tête.

— Vous confirmez que vous avez une patiente nommée Tessa ?
— Oui.
— Tessa comment ? Il me faut son nom de famille.
— La confiance que m'accordent mes patients est cruciale dans l'exercice de mon métier, inspectrice Quinn.

Josie se leva, le dominant de toute sa hauteur.

— Je le répète puisque vous ne m'avez pas entendue la première fois, apparemment : une petite fille de sept ans est entre les mains d'un tueur impitoyable. Chaque seconde que vous me faites perdre dans cette pièce est une seconde pendant laquelle je pourrais essayer de la ramener chez elle. Vous allez vraiment faire passer la vie privée d'une patiente, qui est la mère de cette enfant, avant la vie de Lucy Ross ?

— La vie privée de ma patiente n'a aucun rapport avec l'enlèvement de Lucy.

Josie s'éloigna de lui.

— Ça suffit. Je vais demander un mandat, et je l'obtiendrai. Une enfant a été enlevée par quelqu'un qui cherche à détruire sa mère. La mère en question a menti sur son identité et lors d'un test polygraphique, et a également fini par avouer avoir été votre patiente. Notre enquête a révélé qu'elle s'appelait réellement Tessa, et vous avez reconnu avoir une patiente qui porte ce prénom. Puisque nous ne savons pas ce que Tessa, ou Amy, nous cache d'autre, un juge décidera que ce qui est dans vos dossiers peut être important pour l'enquête. Vous resterez ici jusqu'à ce que le kidnappeur de Lucy soit arrêté.

— Inspectrice ! Je vous en prie. Si mes patients pensent que la police a eu accès à mes dossiers, cela nuira énormément à ma réputation.

Josie revint vers lui.

— Alors parlez-moi de Tessa. Dites-moi ce que vous savez d'elle et je n'aurai pas besoin de fouiller votre cabinet.

— Je ne savais pas qu'elle s'appelait Amy Ross. Elle n'a jamais utilisé ce nom-là. Elle s'est présentée un jour à mon cabinet. Elle payait en liquide. Elle m'a dit qu'elle s'appelait Tessa. Comme elle n'avait pas de couverture santé, je n'avais pas besoin d'une pièce d'identité.

— Tessa comment ?

— Lendhardt, soupira Graham. Tessa Lendhardt.

Josie prit son téléphone et envoya aussitôt ce nom à Trinity par texto.

— Quand avez-vous découvert qu'elle avait menti sur son identité ?

Il eut un sourire sans joie.

— Quand je l'ai vue au parc le lendemain de la disparition

de Lucy. J'y allais réellement pour proposer mes services. Et j'ai compris alors que la mère de Lucy était Tessa. J'ai été choqué.

Josie se rassit en face de lui.

— Avez-vous essayé de lui parler ?

— Non. Elle semblait trop stressée. Je savais qu'elle m'avait menti. Je pensais qu'elle devait avoir ses raisons. Je ne voulais pas lui compliquer les choses.

Josie repensa à l'accusation de Colin.

— Docteur Graham, je suis obligée de vous poser la question : aviez-vous une liaison avec Tessa Lendhardt ?

Il secoua la tête en agitant une main pour chasser cette idée.

— Ah non. Elle n'était que ma patiente. Je suis un professionnel. Jamais je n'aurais de liaison avec une de mes patientes. Et même si elle n'avait pas été ma patiente, elle est beaucoup plus jeune que moi, vous savez.

Josie étrécit les yeux.

— Ça n'empêche pas.

— Je peux vous assurer que nous avions exclusivement une relation de médecin à patient.

— Alors pourquoi n'avez-vous pas prévenu la police quand vous avez compris qu'elle vous avait menti sur son identité ?

— Pour la même raison que je ne voulais pas discuter de tout cela, grommela-t-il.

— Le secret médical.

Josie ne voulait pas retomber dans cette discussion maintenant qu'il parlait plus librement.

— Pourquoi Tessa est-elle venue vous consulter ?

— Dépression. Elle croyait être en dépression post-partum. Elle avait accouché sept semaines auparavant. Elle sentait qu'elle avait du mal à créer un lien affectif avec le bébé.

— Et c'était le cas ?

Graham acquiesça.

— Je crois bien. Mais je ne suis pas sûr que ça ait été à cause d'une dépression post-partum.

— Pourquoi, alors ?

— Tessa refusait d'évoquer son enfance, à part pour dire que son père était absent et que sa mère l'avait négligée. Mais je pense qu'elle a subi un traumatisme considérable à un moment de sa vie, ce qui l'a empêchée de créer un lien avec son enfant. Du moins au début. Nous avons beaucoup travaillé là-dessus, et elle a fini par tisser un lien affectif avec Lucy. Une grande victoire pour elle.

— Ce traumatisme pourrait-il venir d'une relation avec un homme violent à la sortie de l'adolescence ?

Graham haussa les épaules.

— Oui, je suppose. Je n'ai jamais pu en apprendre davantage. Elle ne m'a jamais parlé de la période qui avait précédé la naissance de sa fille, ou seulement dans les très grandes lignes.

— Vous a-t-elle raconté avoir été piégée dans une relation avec un homme abusif ?

— Non. Elle disait que son mari était très affectueux. Que c'était une partie du problème. Elle avait tout, mais elle ne se sentait pas heureuse.

— Je parle d'avant son mariage. A-t-elle mentionné une relation qu'elle aurait eue avant d'être mariée ?

— Non. Elle s'y refusait. J'ai vraiment essayé de la faire parler de son passé. Je crois qu'évoquer les événements du passé contribue beaucoup à aider un patient à mener une vie plus épanouie dans le présent.

— Elle ne vous parlait ni de son enfance, ni de ses autres relations ?

— Non.

— De quoi vous parlait-elle ?

— Tessa était très angoissée, au point que ça en devenait réellement handicapant. Elle m'a dit qu'elle était mère au foyer. Au début, quand son enfant était un bébé, un nourrisson, elle souffrait énormément. Elle était seule avec Lucy la plupart du temps. Elle ne se croyait pas capable de s'occuper seule d'un enfant. Elle avait... constamment peur.

— De quoi ?

Il haussa de nouveau les épaules.

— Je ne sais pas. Elle était terrifiée, c'est tout. J'ai essayé de lui faire faire des exercices respiratoires, de la méditation pour gérer ces sentiments. Pendant un long moment, elle a suivi un traitement médicamenteux, prescrit par son généraliste. Comme vous le savez sans doute, je ne peux pas émettre d'ordonnance. Je l'ai incitée à voir un psychiatre pour gérer son dosage, mais elle n'a consulté que son généraliste.

— Vous a-t-elle dit quels médicaments elle prenait ? Du Xanax ?

— Pour les épisodes aigus, oui. Je pense qu'elle prenait aussi d'autres antidépresseurs. Pour soigner sa dépression sous-jacente, présente depuis des années. Elle a fini par réussir à se sevrer. Son angoisse s'est atténuée avec le temps.

— Quand a-t-elle arrêté les antidépresseurs ?

— Il y a deux ans, quelque chose comme ça. Quand sa fille avait cinq ans, je crois.

— Quand Lucy est entrée à l'école ?

— Je ne me rappelle pas exactement. Je sais seulement qu'elle a fait de gros progrès ces dernières années.

— Est-ce elle qui a décidé de ne plus vous consulter ?

— Oui. Elle sentait qu'elle avait atteint une certaine stabilité. Je lui ai dit qu'elle serait la bienvenue si elle souhaitait revenir, et je lui ai souhaité bonne chance.

— C'était quand ?

— Il y a quatre ou cinq mois. Quand je l'ai revue ensuite, c'était au parc. J'ai compris alors qu'elle utilisait un autre nom.

— Vous pensez que son vrai nom était bien Tessa Lendhardt ?

Il sourit tristement.

— Oh, inspectrice, je crois que cette pauvre femme n'a jamais su qui elle était vraiment.

44

Pendant que Mettner réservait pour Graham une chambre d'hôtel qui serait surveillée, Josie monta dans la grande salle au centre de laquelle étaient massés les bureaux des inspecteurs. La porte du bureau de Chitwood était fermée. Elle se demanda s'il était dedans ou s'il gérait les affaires quotidiennes de la ville, maintenant que tous les inspecteurs travaillaient sur l'affaire Lucy Ross. Josie s'assit pour consulter la base de données TLOxp, utilisée par les forces de l'ordre pour accéder à toutes sortes d'archives. Gretchen arriva derrière elle alors qu'elle tapait « Tessa Lendhardt » avec la localisation « Buffalo, New York ».

— Les bénévoles ont fini leurs recherches autour de la cabane de chasse. Ils n'ont rien trouvé. Oaks a terminé, chez Bryce Graham. Il sera ici d'une minute à l'autre.

— Super, répondit Josie. Attendons-le et nous ferons un débriefing. J'ai aussi besoin de Mett et de Noah, et si Chitwood veut une mise à jour, c'est le moment ou jamais.

— Ça marche, patronne.

Et Gretchen ressortit.

Les résultats de la recherche apparurent à l'écran. Rien pour Tessa Lendhardt à Buffalo. Josie élargit sa recherche à tout l'État de New York. Rien. Une fois encore, elle élargit la recherche à tout le pays. Rien.

— Qu'est-ce que ça veut dire ? murmura-t-elle.
— Quinn !

La voix de Bob Chitwood résonna dans la salle alors qu'il arrivait en haut de l'escalier. Derrière lui venaient l'agent Oaks, Gretchen et Mettner, suivis par Noah sur ses béquilles.

— Chef, le salua Josie.
— J'aimerais un débriefing. Maintenant.

Noah prit sa chaise et s'assit, posant sa jambe plâtrée sur le bureau. Gretchen et Mettner s'installèrent à leurs bureaux, tandis que Chitwood et Oaks restaient debout. Tout le monde semblait épuisé, hagard et un peu dépenaillé. Mettner sortit son portable et se prépara à prendre des notes tandis que Gretchen tenait son stylo au-dessus de son fidèle bloc-notes.

— Nous devons parler de beaucoup de choses, déclara Josie.

Elle leur transmit tout ce qu'elle avait appris ce jour-là : Amy avait avoué être la patiente de Bryce Graham ; le nom sous lequel elle l'avait consulté était Tessa Lendhardt ; Amy avait reconnu avoir usurpé l'identité d'Amy Walsh après le décès de celle-ci. Josie résuma tout ce que Bryce Graham lui avait révélé sur Tessa, alias Amy, soit pas grand-chose.

— J'ai consulté TLOxp, mais il n'y a aucune Tessa Lendhardt dans le pays.
— Impossible, réagit Chitwood.

Josie désigna l'ordinateur.

— Si vous voulez vérifier par vous-mêmes, faites donc, peut-être sur une autre base de données. Je n'ai utilisé qu'une orthographe pour le nom de famille, donc on pourrait essayer avec d'autres.
— On pourrait chercher d'autres personnes nommées Lend-

hardt à Buffalo, suggéra Noah. Leur demander si elles ont connu une Tessa.

— Je peux mettre sur le coup quelques agents de notre antenne à Buffalo, annonça Oaks.

— Lendhardt était peut-être son nom d'épouse, dit Gretchen. Elle a pu être mariée. Nous ne savons réellement rien d'elle.

— Bien vu, approuva Josie. Nous avons aussi ses empreintes, que Hummel et son équipe ont relevées dans la chambre de Lucy après la découverte du message laissé par le kidnappeur dans l'ours en peluche et qui ont été déclarées non suspectes, justement parce que c'étaient les siennes. Je peux demander à Hummel de nous les envoyer, pour qu'on les compare à celles recensées dans la base AFIS.

Chitwood secoua la tête.

— Ça ne servira à rien, sauf si elle a commis un crime. Vous dites qu'elle n'a que quarante ans ? Si elle a usurpé l'identité d'Amy Walsh il y a vingt-deux ans, elle devait à peine avoir dix-huit ans, donc si elle est dans le système, c'est en tant que délinquante juvénile. Elle ne sera pas dans l'AFIS.

— Elle pourrait y être, observa Gretchen. Si elle a été arrêtée à dix-huit ans mais qu'elle s'est enfuie.

— D'après ce qu'elle nous a révélé, ajouta Oaks, il est très probable qu'elle ait fui un partenaire violent. Quinn, c'est vous qui avez passé le plus de temps en tête à tête avec cette femme. Vous avez parlé à son psychologue. Vous pensez qu'elle était en cavale après un crime à 18 ans ?

— Non. Chercher ses empreintes dans la base des criminels est peut-être inutile, mais je pense qu'il vaut mieux s'en assurer.

Mettner s'éclaircit la gorge.

— Ou bien nous pourrions l'interroger. L'arrêter, même.

— En avançant quels chefs d'accusation ? demanda Noah.

Mettner haussa les épaules.

— Entrave à l'exercice de la justice. Obstruction à une enquête. Usurpation d'identité. Fraude.

— Alors elle prendra un avocat, dit Gretchen. Un avocat qui coûte cher. Elle cessera de coopérer, et son mari aussi, peut-être.

— Nous sommes à moins de vingt-quatre heures de devoir livrer la rançon, rappela Josie. Ça pourrait être notre seule et unique chance d'arrêter ce type. Nous avons besoin de la coopération des parents. Arrêter Amy maintenant nous causerait un sérieux problème.

— Elle a violé la loi, protesta Mettner.

— Oui. Et quand tout ça sera fini, nous pourrons nous occuper de cette usurpation d'identité, mais, pour le moment, Lucy est peut-être encore en vie et la seule personne avec qui le kidnappeur accepte de discuter est Amy. Nous avons besoin d'elle.

— Colin et Amy sont à la banque pour réaliser leurs actifs et essayer de rassembler le liquide nécessaire, les informa Oaks. Ensuite, mes agents les emmèneront à Walmart acheter des sacs de sport imperméables.

— Imperméables, répéta Noah. Qu'est-ce que ce type mijote ?

— Nous ne le savons pas, répondit Josie. Ce qui signifie qu'il va téléphoner de nouveau.

— Ce qui représente un grave danger pour un des habitants de cette ville, dit Gretchen. Bryce Graham s'en est bien tiré. La prochaine personne dont l'homme utilisera le téléphone pourrait avoir moins de chance.

— Il faut donc que Quinn reparle à Amy et qu'elle tire d'elle plus d'informations. Fini les secrets. Bryce Graham aurait pu être tué aujourd'hui à cause d'eux.

Josie se frotta les yeux, sentant des jours et des jours de fatigue accumulée dans chacune des cellules de son corps.

— Je veux bien retenter, mais je ne garantis pas d'obtenir quelque chose d'utile à temps.

— Et nous ne pouvons pas la menacer de l'arrêter si nous voulons qu'elle collabore, observa Noah. Donc tu n'as aucun moyen de pression.

— Sauf la culpabilité, précisa Gretchen.

— J'ai déjà essayé ça, dit Josie. Et elle ne nous a jamais donné le nom de Bryce Graham. Je doute que ça fonctionne mieux cette fois-ci.

— On en parle à son mari ? suggéra Noah.

Josie et Oaks se regardèrent. Oaks lui fit signe de décider. Elle se redressa et regarda tout le groupe.

— Non.

Mettner ouvrit la bouche mais Josie leva la main.

— Ils se sont déjà sauté à la gorge. Nous ne pouvons pas laisser à Colin le temps de digérer que sa femme n'est pas qui elle prétend être, et qu'elle lui ment depuis qu'ils se connaissent. Je ne crois pas qu'elle soit davantage disposée à tout lui dévoiler. Il sera en colère, elle se fermera et parlera encore moins. Et puis nous devons rester concentrés sur Lucy, surtout avec la remise de rançon qui approche. Il faut qu'ils forment un front uni dont le seul but est de récupérer leur fille.

— J'ai l'impression qu'on doit surtout se focaliser sur cette rançon, intervint Chitwood. Vous ne savez même pas où elle sera remise, et si le type appelle à 18 heures et veut l'argent à 18 h 30, que faites-vous ?

— Nous nous mobiliserons très vite, assura Oaks. Comme une équipe de déploiement rapide. Les parents devront être prêts à partir aussitôt avec nous. Nous devrons préparer l'argent en notant les numéros de série des billets et en installant des balises sur les sacs. Je peux mettre mon équipe là-dessus.

— Et si le kidnappeur exige qu'il n'y ait ni police, ni FBI, ni balises ? demanda Mettner.

— Je ne laisserai pas à ce type une occasion de nous échapper, répondit Oaks. Pas avec la vie de Lucy Ross dans la balance. Nous pouvons dissimuler notre présence, mais les balises resteront avec l'argent.

— Je suis d'accord, dit Josie. Mettons tout en place pour quand le ravisseur rappellera. Je retourne chez les Ross et j'essaierai de parler avec Amy.

Chitwood frappa dans ses mains.

— J'ai l'impression que personne ne dormira ce soir.

45

Chez les Ross, le FBI réquisitionna le bureau de Colin pour préparer l'argent. Dans la salle à manger, Amy était installée sur une chaise, les jambes repliées sous elle, les bras autour de la poitrine. Elle contemplait les portables sur la table. Colin faisait les cent pas derrière elle. Josie était sur le point de solliciter Amy quand son propre téléphone sonna. Elle le tira de sa poche et vit le numéro de Trinity apparaître à l'écran. Elle sortit discrètement de la pièce, se dirigeant vers la porte de derrière.

— Quoi de neuf ?

Trinity poussa un soupir théâtral.

— Tessa Lendhardt n'existe pas. Ni à Buffalo, ni ailleurs.

— Oui, je sais, dit Josie. Mais merci d'avoir essayé.

Trinity se mit à rire à l'autre bout du fil.

— Tu crois que je me suis arrêtée là ?

Josie fut parcourue par un frisson d'enthousiasme, espérant que sa sœur avait appris quelque chose d'utile.

— Qu'est-ce que tu as trouvé ?

— J'ai cherché tous les Lendhardt de Buffalo. J'en ai trouvé six, que des hommes. Deux sont déjà morts. Un des défunts laisse une veuve de quatre-vingt-sept ans, Betty.

— Quel âge avait l'autre quand il est mort ?

Elle entendit un froissement de papiers avant que Trinity réponde :

— Il avait soixante-six ans quand il nous a quittés, il y a deux ans.

— Trop vieux, dit Josie. Je pars de l'hypothèse que le Lendhardt avec qui Amy Ross aurait potentiellement été mariée avait à peu près le même âge qu'elle. Elle m'a avoué aujourd'hui qu'elle avait en réalité quarante ans. Sur ta liste, il y a des quadragénaires ?

Trinity resta muette une minute avant de lire l'âge des quatre autres Lendhardt :

— Vingt-six, soixante-treize, cinquante-sept et quatre-vingts ans.

— On est très loin du compte, conclut Josie en s'efforçant de masquer sa déception. Il faut que j'aie une nouvelle conversation avec Amy.

— Moi, demain à la première heure, je parlerai aux Lendhardt que j'aurai pu localiser et aux voisins de ceux qui sont morts.

— Tu penses qu'ils seront coopératifs ?

— Je suis connue, ma chère sœur. Tout le monde me parle. Écoute, j'ai eu une idée. Tu peux m'envoyer une photo d'Amy Ross ? Une photo actuelle ?

Josie réfléchit. Tenant le téléphone contre son oreille, elle rentra dans la maison, traversa la cuisine et atteignit le salon où étaient suspendues plusieurs photos encadrées de la famille Ross.

— Oui, je peux.

— Génial. Tu me l'envoies tout de suite, tu veux bien ?

— OK.

Josie raccrocha et examina les différentes photos jusqu'à ce qu'elle trouve une bonne image nette. Elle se servit de son téléphone pour envoyer à Trinity un portrait d'Amy souriante. Puis, rangeant son portable, elle partit à la recherche de la mère de Lucy.

Amy était encore blottie sur une chaise de la salle à manger. Depuis le couloir, Josie lui fit signe de la rejoindre dans le salon. Au prix d'un immense effort, Amy se leva et se traîna vers l'autre pièce.

— Où est Colin ? lui demanda Josie.

— Il est monté se coucher. Ça m'étonnerait qu'il dorme, mais il a dit qu'il avait besoin de rester seul.

— Asseyons-nous, proposa Josie en désignant le canapé. Nous devons parler.

Amy s'affala sur le siège.

— Vous allez m'arrêter ?

— Non. Je devrais ?

Regardant devant elle sans rien voir, Amy secoua la tête.

— Non.

— Pourquoi ne m'avez-vous pas dit que vous vous appeliez Tessa Lendhardt ?

Amy leva les yeux vers Josie.

— Comment l'avez-vous su ?

— À votre avis ?

Amy détourna de nouveau la tête. Elle porta sa main au col de son pull, qu'elle se mit à tirailler et à rouler entre ses doigts.

— Bryce. Les agents du FBI ont dit qu'il n'avait rien. Qu'il n'a pas été blessé.

— C'est exact. Il est au commissariat.

— Je ne vous en ai pas parlé parce que c'est sans importance, expliqua Amy.

— C'est ce que vous pensez, mais Bryce aurait pu être tué aujourd'hui. Nous aurions pu arrêter le kidnappeur tout à l'heure si seulement vous nous aviez parlé de Bryce. Nous aurions pu envoyer des unités chez lui, pour attendre celui qui détient votre fille.

Les doigts nerveux d'Amy abandonnèrent son col pour

gagner son front. Elle se pencha en avant, secouée par les sanglots.

— Je suis désolée. Je croyais... Je ne savais pas. Je n'ai jamais voulu mettre Bryce ou quiconque en danger.

Elle releva la tête pour regarder Josie droit dans les yeux.

— Je vous jure que je ne suis plus Tessa Lendhardt depuis vingt-deux ans. Elle ne compte pas. Elle n'a jamais compté. Elle n'était personne, et elle n'avait personne. Mon Dieu, je n'étais qu'une gamine.

— Qui était Tessa Lendhardt ?

— Je vous l'ai déjà dit. Une fiction. Un fantôme.

— Amy, nous n'avons pas le temps de jouer aux devinettes. La remise de rançon, c'est pour bientôt. Le kidnappeur va vous rappeler. Ça signifie qu'il va trouver quelqu'un que vous connaissez, probablement quelqu'un que vous aimez, et qu'il va le tuer. À la fois pour utiliser son téléphone sans être repéré et pour vous faire du mal. Si vous me dites qui sera sa cible, je peux l'empêcher de l'atteindre. Nous pourrions même récupérer Lucy avant la remise de rançon. Le prendre de vitesse.

Amy attrapa l'une des mains de Josie. Les larmes coulaient sur son visage.

— Je vous assure que je ne savais pas. Il n'y a personne. Je vous le jure.

— C'est ce que vous disiez la dernière fois, et nous avons reçu un appel venant de chez votre psychologue.

— C'était une erreur. J'aurais dû vous parler de Bryce. Mais honnêtement, je ne pensais pas que ça comptait. Je ne l'avais pas vu depuis des mois, et je n'avais aucune intention de retourner dans son cabinet.

— Alors vous devez me parler de toutes les autres choses qui ne comptent pas, selon vous. C'est à cause de ce que vous ne me dites pas que des gens pourraient être tués. Peut-être même Lucy.

Amy tira violemment sur le bras de Josie.

— S'il vous plaît, implora-t-elle. C'est la vérité. Il n'y a personne d'autre.

— Pourquoi refusez-vous de parler de Tessa Lendhardt ? Que cachez-vous ? Amy, je vous le répète, peu m'importe ce que vous avez fait. L'essentiel, c'est de retrouver Lucy. Qu'est-ce que vous avez bien pu faire de si terrible ? Vous avez tué quelqu'un ? Ça m'est égal.

— J'ai fait bien pire, marmonna Amy.

— Ah bon ? Alors parlez-moi, Amy. Qu'est-ce qu'il y a de pire que ça ? Qu'a fait Tessa Lendhardt pour que vous ayez besoin de vous cacher après toutes ces années, alors même que la vie de votre fille est en jeu ?

— Rien. Je vous l'ai dit. J'étais une gamine. J'étais dans une mauvaise passe.

— Avec un partenaire violent, un mari, un petit copain, un amant ?

Amy hésita.

— Rien de tout ça.

Josie retira sa main, en poussant un soupir d'exaspération.

— Attendez, je dis la vérité.

Josie secoua la tête.

— Désolée, Amy. Je ne crois pas que vous sachiez encore dire la vérité.

46

Dans la salle à manger, Oaks tapait un rapport sur un des ordinateurs. Une tasse de café fumait à côté de lui. Il leva les yeux quand Josie entra, l'air interrogateur. Elle secoua la tête. Elle n'avait rien pu tirer d'Amy. Rien de sensé. Au point où ils en étaient, leur seule chance était d'attendre la remise de rançon, en espérant qu'ils pourraient alors capturer le kidnappeur et récupérer Lucy... en vie.

Oaks désigna sa tasse.

— Vous allez avoir besoin de café, ou de sommeil. M. Ross a dit que nous pouvions utiliser leur chambre d'amis à l'étage.

Josie tenta d'y dormir, alternant avec Mettner, mais sans succès. Les heures s'étiraient dans le silence de tombeau qui enveloppait la maison. Le jour vint et la matinée s'écoula. Puis l'après-midi. Quelqu'un commanda à manger, mais personne ne toucha aux plats qui furent livrés. Chaque minute qui passait semblait les rapprocher du son du glas. Personne ne l'avouait, mais Josie imaginait qu'ils se posaient tous la même question : l'homme allait-il enfin appeler ?

Quand le portable d'Amy finit par sonner, le bruit résonna

dans toute la maison comme une alarme. Amy descendit l'escalier quatre à quatre, trébucha et dégringola les dernières marches. Colin l'aida à se relever, puis à aller jusqu'à la salle à manger. Les mains tremblantes, Amy prit le téléphone sur la table et décrocha. La pièce était bondée, Oaks, Mettner, Colin et plusieurs agents s'y pressant pour écouter Amy prononcer d'une voix vacillante :

— Allô ?

La voix du kidnappeur remplit de nouveau la salle à manger. Il semblait moins se réjouir de la situation qu'habituellement.

— Bonjour, Amy.

Elle ferma les yeux et serra le portable jusqu'à en avoir les articulations blanches.

— Vous avez Lucy ? Est-elle en vie ?

— Pas de questions. Apporte l'argent ce soir. À 18 heures.

Amy écarquilla les yeux et balaya la pièce du regard.

— Vous aviez dit 18 h 30.

— Et maintenant je dis 18 heures. Rappelle-toi, ce n'est pas toi qui définis les règles. Donc 18 heures précises. Ni police, ni FBI. Rien que toi et ton mari.

Les yeux d'Amy trouvèrent ceux d'Oaks. Il fit non de la tête et tapota son poignet, comme s'il touchait une montre. Le délai était trop court.

— C'est trop tôt, bredouilla Amy. Nous ne sommes pas... Nous n'avons pas encore la somme.

— Oh, Amy, dit-il avec un soupir. Tu veux revoir Lucy ou non ?

— Bien sûr que oui. Je vous en prie, je...

— Je suis sûr que tu te débrouilleras. Rappelle-toi, ni police, ni FBI. Si je vois ne serait-ce qu'un seul agent près de l'un ou l'autre des lieux de remise de la rançon, Lucy est morte. Tu m'entends ? Morte.

Josie et Oaks se regardèrent. Elle articula : « *L'un ou l'autre* des lieux de remise ? » Il secoua la tête. Ce n'était pas bon signe.

— Je vous en prie, supplia Amy. Ne lui faites pas de mal. Je ferai ce que vous voudrez. Il nous faut juste un peu plus de temps. L'argent...

— Ce soir, 18 heures. Vous deux. Seuls. Ni balises, ni traceurs, ni billets marqués. Rien qui permette au FBI de suivre l'argent. Tu comprends ?

— Oui, je comprends.

— Tu porteras une moitié de la somme au centre du terrain de football du lycée de Denton East. Toi. Rien que toi. Compris ?

— Oui. Rien que moi. Le terrain de football.

— Ton mari prendra l'autre moitié et la portera à Lover's Cave.

Amy plissa le front.

— Attendez. Lover's Cave ? C'est quoi ?

— Tu as une armée entière de policiers et d'agents du FBI. Trouve.

— OK, OK, répondit Amy. On trouvera. Mais s'il vous plaît, ne faites pas de mal à Lucy. Je vous en supplie.

— Je lui ferai du mal si tu me mens, Amy.

— Je ne mentirai pas.

— La police et le FBI restent à la maison. Compris ?

— Oui, promis. Et Lucy ? Vous l'amènerez ? Comment la récupérerons-nous ?

Il y eut un instant de silence. Puis l'homme répondit :

— Si tu fais ce que je te demande, elle te sera rendue dans les vingt-quatre heures, à l'endroit où tu l'as perdue.

— C'est-à-dire sur le manège ?

Mais il avait déjà raccroché.

Amy reposa le téléphone et contempla les personnes présentes autour d'elle. Un des agents utilisant les ordinateurs annonça :

— Le numéro est celui d'une certaine Violet Young.
— Oh, bon sang ! s'exclama Josie.

Amy se couvrit la bouche, mais pas avant que tout le monde l'entende gémir le mot « non ».

— Qu'y a-t-il ? s'enquit Colin.
— C'est l'institutrice de Lucy, dit Amy. Mon Dieu.

47

Josie se glissa entre Oaks et Mettner derrière l'agent assis qui désignait un petit cercle rouge sur la carte affichée à l'écran.

— Voilà l'adresse de Violet Young, mais ce n'est pas là qu'on a localisé le téléphone.

— Elle doit être sortie, ou bien il lui a volé son portable, supposa Josie. D'où vient l'appel ?

L'agent appuya sur quelques touches, puis fit glisser ses doigts sur le pavé tactile. Une nouvelle carte finit par apparaître, représentant l'Est de Denton, où un affluent du fleuve Susquehanna coulait, avec ici encore un cercle rouge.

— C'est un pont, dit Josie.

C'était le pont de Denton sous lequel se réfugiaient beaucoup de SDF et de toxicomanes. Violet Young était-elle là-bas ? Le tueur avait-il simplement dérobé son portable pour aller passer son appel à cet endroit ? Ou bien avait-il enlevé Violet et jeté son corps ailleurs avant de s'emparer de son téléphone ?

— Allons-y, ordonna Oaks.

Josie et Mettner partirent ensemble derrière un cortège de véhicules du FBI, fonçant à travers la ville jusqu'au pont.

Tandis que Mettner conduisait, Josie appela Noah pour lui expliquer ce qui se passait.

— Préviens l'école. Et essaie de trouver son mari, s'il te plaît.

— OK. Sois prudente.

Mettner se gara derrière le reste du convoi, tous les véhicules rangés du même côté de la route sur une bande de gravier et de mauvaises herbes juste avant le pont. Les agents du FBI inondèrent la zone, tous vêtus de gilets pare-balles marqués des lettres « FBI ». Josie et Mettner sortirent leurs propres gilets et les enfilèrent. Tout le monde se rassembla autour d'Oaks, qui devait crier pour se faire entendre par-dessus le bruit de la circulation franchissant le pont et celui du fleuve en contrebas.

— Ici, le signal du téléphone est encore fort. Divisons-nous en six équipes de deux. Trois de ce côté, trois de l'autre, et on se retrouve au milieu, sous le pont.

— Attendez, dit Josie. Il y a un grand campement de SDF sous ce pont. Et c'est aussi un point de deal. Prenez vos précautions.

Ils formèrent leurs binômes et descendirent sous le pont, à la recherche de Violet Young, du kidnappeur ou des deux. Plusieurs tentes de fortune avaient été dressées sur la rive. Josie et Mettner restèrent ensemble, entrant dans chacune sans rien trouver. Personne ne voulait parler aux flics.

Les six équipes finirent par se rejoindre. Il n'y avait pas trace de Violet Young ou du ravisseur.

— Le téléphone est forcément ici, dit Josie. Nous devrions nous disperser, élargir notre périmètre de recherche le long de la rive.

Oaks acquiesça et, d'un geste de la main, donna le signal à ses agents. Josie et Mettner ainsi que deux autres équipes du FBI avançant en suivant une trajectoire parallèle à la leur fouillèrent l'endroit le plus près de l'eau, soulevant des cailloux et pataugeant dans la boue. Elle était à huit cents mètres du pont quand elle repéra un petit objet coloré à terre. Elle s'accroupit pour le regarder de plus près. C'était un portable dans une coque mauve à paillettes.

— Mett ! le héla Josie pour qu'il la rejoigne.

Il jeta un coup d'œil au téléphone et appela tous les autres. Ils reculèrent quand l'équipe scientifique du FBI arriva. Quelques minutes plus tard, Oaks confirma que le portable appartenait bien à Violet Young.

Le téléphone de Josie sonna. Voyant que c'était Noah, elle décrocha.

— Il y a du nouveau ?

— Violet est partie travailler ce matin à 7 h 30, comme d'habitude. Elle est sortie dans la cour de récréation avec les enfants lors de la pause de l'après-midi, vers 13 h 30. Elle n'est jamais rentrée.

— Quelqu'un l'a vue partir ?

— Quand la directrice et les autres enseignants ont questionné les enfants, deux ou trois ont répondu qu'elle regardait quelque chose dans la rue. Elle a dit à une petite fille qu'elle revenait tout de suite et elle a quitté la cour. Ensuite, personne n'a vu où elle allait.

— Tu as les vidéos des caméras de surveillance proches de la cour de récréation ? demanda Josie.

— Gretchen les a visionnées, mais on voit seulement Violet contempler la rue et sortir.

— Mon Dieu. Tu as parlé à son mari ?

— Il est à Orlando, en voyage d'affaires. À l'aéroport, pour être précis. La directrice l'a appelé quand Violet n'est pas revenue. Il lui a conseillé de contacter la police, ce qu'elle a fait. Le central a envoyé une unité à l'école.

— Personne n'a appelé le poste de commandement mobile ?

Noah soupira.

— Pourquoi l'auraient-ils fait ? Au central, ils ne pouvaient pas savoir que cette dame était l'institutrice de Lucy Ross.

Josie savait que c'était vrai, mais elle ne put s'empêcher de supposer que Violet aurait peut-être été sauvée si l'appel avait été pris par un agent enquêtant sur le dossier Ross.

— Quand son mari lui a-t-il parlé pour la dernière fois ?

— Hier soir. Il sera bientôt de retour.

— La voiture de Violet ? s'enquit Josie.

— Toujours sur le parking de l'école.

Josie soupira.

— Merci. J'avertis Oaks.

— J'ai demandé à Hummel si nous pouvions rentrer les empreintes digitales d'Amy Ross dans l'AFIS pour voir si elles correspondent à quelque chose. Je sais que Chitwood estimait ça inutile, mais j'ai quand même mis Hummel sur le coup. Je ne sais pas combien de temps ça prendra. J'ai dû l'envoyer à l'école pour aider Gretchen à interroger les enseignants, puis trouver les enfants qui avaient vu Violet quitter la cour de récré.

— La remise de rançon aura lieu à 18 heures, maugréa Josie. Il faut encore préparer Amy et Colin, surveiller les lieux de remise, et maintenant Violet a disparu, elle est sans doute en train de se vider de son sang pendant que nous sommes tous sous un pont. On ne sait plus où donner de la tête.

— C'est ce que veut le kidnappeur.

Josie vit Oaks s'avancer vers elle.

— Il faut que je te laisse, Noah. Merci pour ton aide.

48

Josie tenta de se concentrer sur les paroles d'Oaks, mais elle calculait mentalement le temps qu'il leur restait. Il était déjà presque 16 heures. Ils perdaient un temps précieux. Il y avait tant à accomplir. Il était hors de question d'envoyer les Ross seuls sur les lieux de remise de la rançon, ce qui signifiait qu'il fallait cacher des membres des forces de l'ordre très soigneusement sur les deux sites. Ils n'avaient pas le temps d'établir une stratégie, ils n'avaient le temps de rien. Le ravisseur avait délibérément agi ainsi, pour ne pas leur donner la possibilité de se préparer, et laissait planer le doute sur le sort de Violet Young afin de les contraindre à s'éparpiller.

— Inspectrice Quinn, dit Oaks, l'interrompant dans ses pensées. Vous m'écoutez ?

Josie lui offrit un sourire crispé.

— Je suis désolée. Continuez, je vous en prie.

— Je disais que ce téléphone est celui de Violet Young. Un de mes hommes a réussi à faire parler une des toxicomanes. Elle dit avoir vu un homme qui correspond à la description de notre suspect – cheveux bruns, casquette de base-ball, la vingtaine, blanc. Il se tenait au bord de l'eau, il parlait dans le téléphone, puis il l'a jeté dans la boue. Elle s'en souvenait parce que le téléphone était violet, et qu'on ne voit pas beaucoup d'hommes avec des téléphones de cette couleur.

Josie expliqua à Oaks que Noah et Gretchen s'étaient également renseignés de leur côté sur la disparition de Violet.

— Vous pensez que Violet Young l'a vu depuis la cour de récréation et qu'elle l'a reconnu ? demanda Oaks.

Josie haussa les épaules.

— Soit ça, soit il l'a attirée dehors avec Lucy. Il devait être dans un véhicule. Peut-être qu'il s'est approché, lui a montré que Lucy était dans la voiture, et elle a accouru. Si elle l'avait simplement vu, lui, je pense qu'elle aurait appelé la police. Mais si Lucy était là, devant elle, elle a dû vouloir la rejoindre.

— Donc il enlève une instit juste devant l'école, il la tue, il se débarrasse du corps, puis il vient ici téléphoner à Amy.

Oaks se retourna vers le groupe d'agents qui fouillaient les environs.

— Il a changé de modus operandi. Normalement, il tue ses victimes chez elles. Que fait-il ?

— Il sait que nous devons localiser Violet. Il accapare notre temps et nos ressources, il nous déstabilise dans l'espoir que nous ne serons pas prêts quand viendra l'heure de la remise de rançon.

— On ne va pas se laisser faire, protesta Oaks. Deux de mes hommes restent ici pour chercher le corps de Violet Young dans un rayon de trois kilomètres. Les autres se regroupent au poste de commandement mobile d'ici vingt minutes. J'aurai besoin de vos agents.

— Ils sont à vous.

— Il faudra former des équipes, dont une pour Lover's Cave. Vous savez où c'est ?

— Oui, répondit Josie. C'est une grotte, dans les bois du parc de la ville.

— OK. Vous me montrerez ça sur une carte quand nous

serons de retour au poste. En tout cas, il faudra quatre équipes, une là-bas, une au terrain de foot, une pour transporter Colin Ross et une pour transporter Amy Ross.

— Cinq, rectifia Josie. Il vous en faut une autre pour localiser Violet Young.

— Violet Young est morte. Il faut prioriser et ramener Lucy Ross chez elle.

Josie mit une main sur sa hanche.

— Nous ne savons pas si Violet Young est morte.

— D'après le comportement du suspect jusqu'ici, je sais qu'elle est morte. Si Violet Young était encore en vie, ne se serait-elle pas déjà manifestée ?

— Pas si elle est ligotée ou assommée. Et si elle était grièvement blessée ? Nous ne pouvons pas courir le risque d'attendre pour la localiser.

— Inspectrice Quinn, je fais ce métier depuis longtemps. On ne peut pas sauver tout le monde. Selon les informations disponibles, il est fort probable que Violet Young soit morte. Autant que nous sachions, Lucy Ross est encore en vie. Je dois consacrer mes ressources à la récupérer.

— Je n'ai jamais prétendu le contraire.

— Nous ne sommes pas assez nombreux pour organiser maintenant une battue afin de retrouver Violet Young.

— Je ne vous demande qu'une chose, avez-vous quelqu'un qui puisse accéder à l'historique de la géolocalisation du téléphone de Violet ? insista Josie.

— Bien sûr. J'ai déjà mis mes agents sur le coup, et ils y travaillent, mais sa position est actualisée toutes les heures seulement, de sorte que si ce type l'a enlevée et déposée ici entre deux mises à jour, nous ne la retrouverons pas ainsi.

— Mais si sa position a été mise à jour... disons, une demi-heure avant qu'elle soit enlevée, dans ce cas, la suivante a été enregistrée une demi-heure après l'enlèvement. Le tueur l'a eue sous la main pendant plus d'une demi-heure. Nous le savons parce qu'il l'a enlevée vers 13 h 30, alors qu'il était près de 15 heures quand il a appelé Amy Ross. Il y a une chance pour que l'historique des positions enregistrées par son téléphone nous mène à Violet Young.

— OK, concéda Oaks. Mais là encore, je n'ai pas les effectifs nécessaires maintenant. Pas avec la remise de rançon dans quelques heures.

— J'ai des agents qui peuvent rechercher Violet.

— J'ai besoin de vos effectifs aussi, râla Oaks.

— Je ne priverai le dossier Ross de personne.

Il leva les bras au ciel.

— Très bien. Mais allons-y. Le temps presse.

49

L'homme s'était encore absenté. Elle n'a pas dit où il était allé, mais j'adorais quand il n'était pas là. Je pouvais explorer toutes les pièces. Je pouvais sautiller, courir, faire autant de bruit que je voulais. Enfin, presque. Elle m'a quand même rappelé qu'à son retour, je devrais de nouveau me tenir tranquille. Après, elle a dû se sentir coupable, parce qu'elle a dit :

— J'ai un cadeau spécial pour toi, aujourd'hui.

J'ai couru dans la cuisine pour grimper sur une des chaises qui entouraient la table.

— C'est pour moi ? ai-je demandé en désignant le biscuit placé au centre d'une petite assiette.

Elle a souri et ça a bloqué les mots dans ma gorge. Elle ne souriait jamais.

— Oui, c'est pour toi.

J'aurais voulu que ça dure éternellement, mais le biscuit et le sourire ont disparu en un instant.

— Encore ? ai-je demandé.

— Je suis désolée. Tu n'as pas eu beaucoup à manger ces derniers temps. Je ne veux pas que tu tombes malade. Trop de sucre, ça n'est pas bon.

Mes épaules se sont voûtées. Elle m'a touché la main.

— Quand on ira à la maison, tu pourras manger autant de biscuits que tu voudras.

Je lui ai souri à mon tour.

— Va jouer. Avant qu'il rentre.

J'étais en train de sauter du canapé au fauteuil quand on a frappé à la grande porte donnant sur l'extérieur. Elle est sortie de la cuisine, un doigt sur les lèvres. Je ne devais plus faire un bruit. Elle a désigné la chambre, mais je ne voulais pas y retourner, et j'ai préféré me cacher derrière le fauteuil. J'ai écouté ses pas. Puis la porte qui s'ouvrait. Une voix que je n'avais jamais entendue.

— Bonjour, ma petite.

J'ai osé jeter un regard par-dessus le fauteuil pendant à peine une seconde. Assez longtemps pour voir que la femme argentée était à la porte. J'ai tendu l'oreille pour entendre tous les mots mais je n'en ai saisi que quelques-uns.

— ... d'à côté... vous dire bonjour... besoin d'aide...

Sans un mot, elle a claqué la porte au nez de la femme argentée, et a collé son dos à la porte comme si la visiteuse avait voulu entrer de force. Mais elle comme moi, nous avons entendu la femme argentée s'en aller.

Les doigts tremblants, elle a poussé les verrous. Par-dessus son épaule, elle a dit :

— Elle n'a pas pu te voir. Elle n'a pas pu voir quoi que ce soit.

J'ai quitté ma cachette.

— Parce que tu ne l'as pas laissée entrer. Il faut la faire entrer. Elle pourra peut-être nous aider.

— Non, a-t-elle affirmé en secouant la tête. Non. Personne ne peut nous aider.

50

La tente de commandement mobile était noire de monde : deux douzaines d'agents du FBI, Oaks, Chitwood, Josie, Noah, Mettner, Gretchen et plusieurs agents en uniforme de Denton. Près de l'entrée de la tente, il y avait ceux de la police d'État et du bureau du shérif du comté. On sentait un frémissement d'attente, une énergie palpable. Les corps remuaient, les pieds frappaient le sol. Dans un coin de la tente, Amy et Colin étaient accompagnés des agents qui leur avaient été assignés pour les munir de gilets pare-balles sous leurs vêtements. À côté, deux grands sacs de sport remplis de billets. Quand Oaks eut briefé tout le monde et réparti les missions, la foule se dispersa. Josie attendit qu'Amy soit seule avant de s'approcher d'elle.

— Amy, dit-elle tout bas. Avant que vous partiez, il faut qu'on se parle. Même si nous récupérons Lucy demain, vous devez comprendre que si vous ne répondez pas franchement, vous allez faire l'objet d'une enquête très serrée pour déterminer si vous étiez complice. Ce type a tué deux personnes de sang-froid, et il a peut-être assassiné Violet également.

— Je... Pourquoi me laissent-ils porter l'argent s'ils pensent que je suis complice ?

— Parce que la vie de Lucy est en jeu. Et pour le moment, il n'y a aucune preuve contre vous, seulement des soupçons. Je peux éliminer ces soupçons si vous m'avouez la vérité sur votre passé. Selon vous, Tessa Lendhardt était une fiction, et nous ne trouvons aucun signe qu'elle ait jamais existé. Vous étiez quelqu'un d'autre avant de devenir Tessa, n'est-ce pas ? Voilà le problème. Quel est votre véritable nom ? Pas Tessa Lendhardt. Qui étiez-vous auparavant ?

Amy regarda autour d'elle et, quand ses yeux revinrent sur le visage de Josie, ils étaient écarquillés et apeurés.

— Vous n'allez pas me croire, murmura-t-elle.
— Pourquoi ?
— Parce que je ne m'en souviens pas.
— Vous ne vous en souvenez pas ? Qu'est-ce que vous racontez ?

Avant qu'Amy ait pu répondre, la voix d'Oaks retentit à travers la tente.

— Monsieur et madame Ross, venez par ici, s'il vous plaît.

Amy suivit aussitôt Colin jusqu'à l'endroit où Oaks les attendait pour les briefer, laissant Josie seule et plus contrariée que jamais. L'inspectrice inspira profondément et compta jusqu'à dix. Mettner vint lui parler, mais elle n'entendit rien. Lorsqu'il agita une main sous son nez, elle sursauta.

— Désolée, Mett. Vous disiez ?
— Je serai avec l'équipe qui va à Lover's Cave parce que je connais l'endroit et le parc.
— Bonne idée. Moi, j'accompagne Amy et l'équipe qui va au terrain de foot, j'étais lycéenne à Denton East. Gretchen vient avec moi ?

Il hocha la tête.

— Oui, et Lamay est là aussi.
— Parfait.

Elle sortit de la tente, scrutant la foule jusqu'à ce qu'elle repère Dan Lamay, le sergent habituellement posté à l'accueil du commissariat. Il travaillait dans la police depuis plus de quarante ans et il avait vu se succéder cinq chefs différents, dont Josie. Il avait passé l'âge de la retraite, avait un genou en vrac et une bedaine de plus en plus imposante. Lorsqu'elle avait été cheffe de la police, Josie l'avait maintenu à l'accueil parce que sa femme se remettait d'un cancer et que sa fille était à l'université. Il lui témoignait une loyauté farouche, et l'aidait quand elle en avait le plus besoin. Elle avait craint que Chitwood le licencie mais, jusqu'ici, Lamay avait réussi à passer sous les radars.

— Merci d'être venu, Dan. Vous avez contacté les étudiants ?

— Ceux qui ont les drones ? Oui. Ils sont partants.

Josie sentit un frisson d'enthousiasme parcourir tout son corps.

— Fantastique.

Lamay dansait d'un pied sur l'autre.

— Patronne, euh... je... je ne suis pas trop sûr de bien comprendre ce que je dois faire.

— Je veux que vous trouviez Violet Young.

Lamay regarda tout autour, comme pour s'assurer que personne ne les écoutait.

— Patronne, je ne suis plus très vaillant. Je ne suis pas certain d'être le candidat idéal pour ce boulot.

Josie rit.

— Je ne vous demande pas de crapahuter dans les bois, Dan. Vous allez assurer la coordination. Le FBI m'a indiqué deux endroits où le GPS du téléphone de Young signale qu'elle est allée entre le moment où elle a quitté l'école et celui où le kidnappeur a appelé Amy Ross. Il faudra chercher tout autour.

Elle tapa un mot de passe sur son portable et fit apparaître la carte que l'un des agents d'Oaks lui avait transmise. Lamay sortit des lunettes de lecture de sa poche poitrine et l'examina.

— OK, je sais où c'est. Mais, patronne, comment je fais pour coordonner ?

— La première chose, c'est de trouver Luke Creighton. Je vous envoie son numéro par texto. Vous l'appelez. Il devrait encore être en ville. Il a un chien de chasse. Demandez-lui s'il veut vous bien vous aider à chercher Violet Young. Il acceptera. Ensuite, vous rappelez les étudiants pour leur expliquer où ils doivent vous rejoindre avec leurs drones. Après, vous téléphonez au mari de Young pour qu'il vous autorise à aller chercher chez lui un vêtement que Violet a porté récemment. Vous fouillez dans son panier à linge. Peut-être le dernier pyjama qu'elle a mis. Vous dites que vous avez un chien de sauvetage que vous souhaitez utiliser pour chercher Violet. Le mari ne refusera pas. Ensuite, vous contactez WYEP, vous leur dites que vous avez besoin de bénévoles pour retrouver l'institutrice Violet Young et que le temps presse. Qu'ils publient sur tous leurs réseaux sociaux le lieu de rendez-vous dans la demi-heure qui suit. Luke et les étudiants partiront en avance.

— Vous pensez que des gens viendront si on les alerte aussi tard ? s'étonna Lamay.

— On est à Denton. Bien sûr qu'ils viendront.

Lamay n'en avait pas l'air convaincu, mais il hocha néanmoins la tête.

— Je ferai de mon mieux, patronne.

Josie lui sourit. Il ne l'avait jamais déçue.

— J'en suis certaine, Dan.

51

Un silence sinistre régnait dans l'enceinte du lycée de Denton East. Oaks et son équipe s'étaient très bien dissimulés. Toutes les activités sportives avaient été annulées et, même si Josie ne les voyait pas, elle savait que le FBI avait délimité un périmètre autour du bâtiment et du terrain de football. Josie et Gretchen aperçurent un agent de la police d'État dans son véhicule à plus d'un kilomètre de l'entrée du lycée et lui firent un signe de tête, avant de diriger la voiture banalisée de Josie vers ce qui était normalement le parking réservé aux enseignants.

— Tu étais élève ici ? s'enquit Gretchen.

— Oui. Le terrain est juste de l'autre côté.

Elle pointa le doigt vers le pare-brise à travers lequel elles distinguaient deux poteaux de but, au-delà du bâtiment.

Josie coupa le moteur et elles attendirent une minute. Un type en coupe-vent, pantalon de jogging et casquette de baseball promenait un petit chien non loin.

— C'est un des hommes d'Oaks, dit Gretchen. Je le remets.

— Le tueur sait forcément que nous serons là.

— Je ne suis pas sûre que nous devrions être ici. S'il te voit, il risque de te reconnaître puisque tu es passée à la télé.

— Il n'a qu'une complice, répliqua Josie. Il ne peut pas avoir des yeux partout. Suis-moi, on va passer par une entrée dissimulée sous les gradins.

Elles vérifièrent leurs armes et, de la banquette arrière, Josie tira deux gilets pare-balles qu'elles enfilèrent rapidement sous leur veste. C'était un peu voyant, mais Josie espérait que si le kidnappeur surveillait de loin toute l'activité autour du lycée, il ne les remarquerait pas. Par-dessus, elles revêtirent un polo de Denton East. Dans le coffre, Josie prit un filet contenant des épaulières rembourrées de football américain. Quelqu'un le leur avait procuré la veille. Josie et Gretchen le traîneraient jusqu'aux salles situées sous les gradins. Si le ravisseur ou sa complice les repérait par hasard, elles auraient l'air de membres du personnel apportant du matériel dans le complexe sportif.

Les gradins en briques bordaient le terrain de part et d'autre. À l'arrière de l'une des rangées, Josie trouva la vieille porte métallique menant à un vestiaire et à des toilettes. Elle avait été condamnée depuis l'époque où Josie était lycéenne. L'équipe d'Oaks s'était chargée de la rouvrir afin que cette porte puisse être utilisée discrètement. La poignée avait été retirée. Josie saisit le bord du panneau et tira. Une fois la porte entrouverte, Gretchen et elle se glissèrent dans un couloir en béton faiblement éclairé, puis posèrent le sac d'équipement.

Le couloir les mena à une autre porte qui n'était pas fermée à clé et qui donnait sur une sorte de chaufferie. Oaks et son équipe se tenaient dans une petite salle abritant des bancs en métal et des distributeurs de boissons. De petites fenêtres permettaient de voir le terrain.

Josie se hissa sur la pointe des pieds pour jeter un œil à l'extérieur. C'était un poste d'observation assez correct. Juste en face, l'autre bloc de gradins ; à un bout du terrain, derrière les poteaux de but, on voyait le bâtiment du lycée, l'autre but se dressant devant une zone boisée.

— J'ai des tireurs d'élite sur le toit du lycée et en haut des gradins, leur apprit Oaks.

Josie leva les yeux vers le haut des gradins, mais elle ne vit personne.

— Ils sont bien cachés. Où est Mme Ross ?

— Au poste de commandement mobile. Elle arrivera dans son propre véhicule et s'avancera seule sur le terrain. Nous lui avons fourni un gilet pare-balles.

Gretchen contemplait elle aussi l'extérieur.

— Je ne comprends pas comment ça va marcher. Pourquoi ce type veut-il qu'elle laisse la rançon au milieu du terrain ? S'il vient la prendre, il sera complètement exposé.

— Je ne crois pas que la rançon l'intéresse, déclara Josie.

— Donc il va laisser l'argent dans la nature ? Il doit se douter que la police surveille. Il ne croit quand même pas que nous allons tous nous en aller. Et ensuite, il veut que les parents attendent vingt-quatre heures avant de récupérer Lucy ?

— Cela laisse à penser qu'il l'a cachée quelque part. Supposons qu'il se montre à nous aujourd'hui. Nous ne pourrons pas le tuer parce qu'il emporterait son secret dans la tombe.

— Et si nous le capturons, le fait d'être le seul à savoir où est Lucy lui donne un moyen de négocier. Mais pourquoi ici, dans ce grand espace où tout le monde est à découvert ? insista Gretchen.

— Parce qu'il pourra venir au milieu du terrain, ramasser l'argent et partir sans qu'on réagisse. Si on bouge, on perd Lucy.

Une fois de plus, Josie scruta lentement le terrain, d'un bout à l'autre.

— Oaks ?

Il s'avança vers elle.

— Oui.

— Vous avez vérifié cette extrémité-là du terrain ? Devant les arbres ?

— Bien sûr. Il n'y a rien à part des éboulis.

— Les Stacks.

Josie faisait référence aux blocs de pierre tombés de la paroi montagneuse située derrière le lycée, qui formaient un vaste empilement de roches plates.

— Pardon ?

— Les gens d'ici appellent ça les Stacks. C'est là que les lycéens vont boire et fumer.

— Oui, nos hommes ont vu ça, dit Oaks.

— Le sommet des Stacks est une position dominante. Derrière, à moins d'un kilomètre, il y a la vieille usine textile abandonnée.

— Vous pensez qu'il viendra de cette direction ?

Josie hocha la tête.

— C'est ce que je ferais si j'étais lui.

— J'envoie quelqu'un dans les bois, le long de cette crête, et j'appelle le shérif pour qu'il envoie des unités jeter un coup d'œil à l'usine.

— Dans la forêt, les agents devront rester aussi discrets que possible. S'il les voit en arrivant de par là, c'est fini.

— Je m'en occupe.

Sur ce, Oaks prit son téléphone et passa deux coups de fil. Alors qu'elle l'écoutait donner des instructions, elle se sentit soulagée, mais cela ne suffit pas à apaiser le malaise qui montait en elle. Elle connaissait bien les bois de Denton. Elle y avait passé une bonne partie de son enfance. Si des agents patrouillaient dans la montagne au-dessus des Stacks, cela rendrait la zone plus sûre, mais Josie savait qu'il y avait des crevasses et d'autres formations rocheuses qui offriraient une bonne cachette à qui ne voudrait pas se faire remarquer. Le kidnappeur s'y cachait peut-être déjà, et il aurait l'avantage : même si les policiers s'efforçaient d'être invisibles, il les verrait venir. Avec un peu plus de temps devant eux, Josie aurait pu envoyer dans la forêt son équipe, qui connaissait bien mieux le terrain entre les Stacks et l'usine.

Gretchen lui tendit un écouteur relié à un petit appareil.

— Mets ça dans ton oreille. C'est le système qu'utilisent les agents. On pourra suivre tout ce qui se passe.

— Merci, répondit Josie machinalement.

— Tu vas t'abîmer les yeux, à regarder comme ça. Tu as entendu Oaks, non ? Une de ses équipes a vérifié la zone quand il est arrivé.

— Je sais. Simplement, je ne peux pas m'empêcher de penser qu'il y a un truc qui cloche dans tout ce déploiement.

Derrière elles, Oaks dit :

— Il est presque l'heure.

52

C'était comme si l'univers était entré dans une étrange transe silencieuse. Rien ni personne ne bougeait. Ils avaient réussi à ouvrir une des fenêtres, de manière à discerner tout bruit en dehors des gradins, mais il n'y avait aucun son. Pas même le vent ou les oiseaux. Josie consulta son téléphone. Il était 17 h 58. Elle n'entendait que le bourdonnement des distributeurs dans la pièce, Gretchen et Oaks qui respiraient, et les paroles échangées dans le système de talkie-walkie. Dans son oreille, une voix dit :

— L'équipe est en place à l'emplacement 2. Nous allons envoyer le paquet.

Josie savait qu'il s'agissait de la remise de rançon à Lover's Cave.

Une autre voix résonna :

— La mère vient de se garer. Elle a le paquet. Elle se dirige vers le terrain.

Tous trois scrutaient la scène par les petites fenêtres. Une minute plus tard, Amy apparut à l'entrée du terrain de football la plus proche du bâtiment du lycée, un sac de sport dans les mains.

— Combien pèse ce sac ? demanda Gretchen.

— Il s'avère qu'un demi-million de dollars pèse environ dix kilos, répondit Oaks.

D'une main, Amy lâcha les poignées pour remettre une mèche de cheveux derrière son oreille. Josie vit trembler ses doigts.

Oaks dit dans le talkie-walkie :

— L'équipe à l'emplacement 1 envoie le paquet. À vous.

Une autre voix répliqua :

— Bien reçu. L'équipe à l'emplacement 2 envoie aussi le paquet.

Amy marchait à pas lents et mal assurés, ployant sous le poids de son gilet pare-balles et du sac de sport. Oaks lui avait ordonné de déposer le sac sur la ligne des cinquante yards, au milieu de la représentation de la mascotte de Denton East, un geai bleu.

— Emplacement 2, le paquet est livré. M. Ross revient. À vous.

Le silence se fit tandis qu'Amy atteignait le centre exact du terrain et posait le sac au sol. Le bruit de son cœur battant remplissait les oreilles de Josie. Une voix qu'elle ne reconnut pas annonça :

— Attention. Il y a du mouvement du côté est, dans les bois, emplacement 1.

Amy pivota lentement, ses yeux fouillant partout, jusqu'à se poser sur les gradins où les policiers étaient dissimulés.

— Que fait-elle ? demanda Gretchen.

— Elle attend, répondit Josie. Elle attend qu'il se passe quelque chose.

— Attention, nous avons repéré un suspect sur la montagne dans les bois, emplacement 1, reprit la voix inconnue.

À la fenêtre, Oaks tenta d'attirer l'attention d'Amy, mais elle ne bougea pas.

— Elle sait pourtant que le kidnappeur ne va pas amener Lucy ici, commenta Gretchen.

Enfin, après ce qui parut une éternité, Amy se mit à revenir vers eux.

Un coup de feu retentit. Tout le monde se pétrifia. Sur le terrain, Amy s'accroupit, les mains sur la tête.

— Agents, au rapport ! dit Oaks dans le talkie-walkie.

— Ça venait d'où ? demanda Gretchen.

— Des Stacks, répondit Josie. Ça vient forcément des Stacks.

Sans bouger de là où elle était, Amy baissa les bras et, de nouveau, parcourut des yeux les alentours.

Il y eut une nouvelle détonation.

— Agents, au rapport ! hurla Oaks avant de sortir de la pièce en courant.

Sur le terrain, Amy releva la tête. Elle jeta un coup d'œil autour d'elle, bondit et fonça vers l'entrée.

Une autre voix encore se fit entendre :

— Emplacement 1, nous avons un blessé ! Sur la crête. Le suspect est un homme d'un mètre quatre-vingts, armé d'un...

Et la communication fut coupée.

Elles entendirent Oaks rugir à travers le talkie-walkie :

— Agent Morgan, au rapport ! Au rapport ! Unités, vers la crête !

Un troisième coup de feu retentit. Le corps d'Amy se tordit et s'écroula. Soudain, le canal fut saturé de voix qui hurlaient des ordres et des positions. Josie prit son Glock et se rua dehors. Elle gravit quelques marches sur sa gauche pour gagner le terrain. Derrière elle, Gretchen hurla :

— Patronne, non ! C'est trop dangereux.

— Je ne peux pas la laisser seule, cria Josie par-dessus son épaule. Si elle est touchée, elle pourrait mourir là-bas.

— Une minute, insista Gretchen, essoufflée. Attendons des renforts.

Quand Josie surgit à l'extérieur, elle vit la silhouette effondrée d'Amy à vingt mètres, à la bordure du terrain. Elle entendait derrière elle Gretchen haleter.

— Vas-y, lui dit Gretchen. Je te couvre.

L'arme pointée vers le sol, Josie courut rejoindre Amy. Elle était sur le dos, les yeux fixés sur le ciel.

— Oh, Seigneur, je vous en prie, je vous en prie, répétait-elle.

Une flaque de sang s'étalait sous elle, et Josie s'agenouilla, cherchant la plaie sur son corps.

— Où êtes-vous blessée ?

— Je ne sais pas, répondit Amy. Plus bas, je pense...

Elle appuya une main sur son bas-ventre, juste en dessous du gilet pare-balles.

— Ici.

Josie trouva d'où venait le sang. Amy avait été touchée en bas à droite de l'abdomen. Josie rangea son revolver et prit la main d'Amy pour la plaquer sur sa plaie au niveau du pelvis.

— Maintenez votre main là. Appuyez aussi fort que possible.

Elle passa un bras sous les jambes d'Amy et l'autre sous ses épaules pour la soulever. Par chance, c'était une femme de petite taille et qui ne pesait pas trop lourd.

— Il faut que je vive, dit Amy. Il faut que je récupère Lucy.

— On y va.

Gretchen accourut pour aider Josie à porter Amy. Ensemble, elles partirent vers la porte en bas des gradins. Elles étaient à mi-chemin quand un nouveau coup de feu éclata. Josie se prépara à ce qu'une balle vienne déchirer une partie de son corps ou de celui de Gretchen, ou qu'Amy soit de nouveau touchée, la force de l'impact l'arrachant à leur prise. Mais il ne se passa rien.

Elles franchirent la porte, Amy hurlant de douleur. Une fois à l'intérieur, elles descendirent les marches pour la porter dans la salle des distributeurs. Elles la posèrent délicatement au sol. Josie fit pression à deux mains sur la plaie pendant que Gretchen appelait une ambulance.

— Tenez bon, dit-elle à Amy. Tenez bon.

53

Une ambulance avait été prévue au cas où quelqu'un serait blessé pendant l'opération. En moins de cinq minutes, elle arriva derrière les gradins où Josie et Gretchen étaient entrées. Pendant que les infirmiers s'occupaient d'Amy, Josie écouta ce qui se disait dans les talkies-walkies. Les agents d'Oaks se déplaçaient dans les bois.

— Reste avec elle, ordonna Josie à Gretchen. Je ressors.

Josie fit le tour des gradins au pas de course et se glissa derrière deux agents du FBI en tenue tactique qui fonçaient vers les Stacks. Ils couraient accroupis, en file indienne, l'arme au poing même si plus aucune détonation n'avait retenti depuis cinq minutes. À l'orée du bois, où commençaient les Stacks, les agents se dirigèrent vers un autre étendu à terre. En s'approchant, Josie fut soulagée de constater qu'il était encore en vie.

— Il m'a poussé, dit-il, le visage déformé par la douleur. Je crois que j'ai une jambe cassée.

Tandis que ses collègues contactaient les infirmiers, Josie partit à l'assaut de la paroi verticale, cherchant le raccourci qu'elle utilisait à l'adolescence : c'était une faille dans la pierre, un creux rempli de terre où l'on pouvait s'agripper aux racines en saillie et grimper jusqu'en haut de la crête. Lorsqu'elle l'eut trouvé, elle rangea son arme, s'introduit dans la crevasse, s'accrocha à la racine la plus proche et atteignit le sommet en quelques secondes. Elle regarda autour d'elle avant d'aller s'accroupir près de l'agent du FBI qui avait été stationné dans le bois. Il était en position fœtale, serrant sa jambe à deux mains.

Josie s'agenouilla et vérifia son pouls, qui était vigoureux.

— Qu'est-ce qui s'est passé ?

— Il m'a tiré dessus, voilà ce qui s'est passé. Dans la jambe. Il a surgi de nulle part, derrière nous. Il a poussé Morgan en bas de la montagne, je lui ai tiré dessus et il a riposté. Il m'a eu. Putain, il faut m'emmener à l'hôpital.

Josie vit le sang qui se répandait autour de ses doigts alors qu'il se tenait le côté de la cuisse.

— J'ai besoin d'aide là-haut, hurla-t-elle. Il y a un blessé par balle.

Elle appliqua ses mains sur celles de l'agent pour maintenir la pression sur la plaie.

— Vous l'avez vu ? demanda-t-elle pour le faire parler et pour qu'il reste conscient jusqu'à ce que les secours arrivent.

— Oui. Blanc, environ un mètre quatre-vingts. Cheveux bruns. Jeune, une vingtaine d'années. Je pense qu'il était accompagné. J'ai cru voir quelqu'un derrière lui. Il est reparti dans le bois.

— Sans doute sa complice, dit Josie. Hé, regardez-moi. Vous devez tenir le coup, d'accord ?

Il hocha la tête, mais il était blême, et son énergie semblait l'abandonner à chaque respiration.

— J'ai besoin d'aide ! hurla-t-elle de nouveau du haut de la montagne.

Un instant après, elle entendit de lourdes bottines piétiner le sol de la forêt et elle fut soulagée de voir deux autres agents et deux infirmiers portant un brancard. Elle les regarda charger le blessé dessus et repartir en bas de la crête. Les agents restèrent avec elle, et Josie leur indiqua un endroit plus au cœur de la forêt, où le sol était en pente.

— Par là. Nous devrions nous disperser. La femme était avec lui.

Ils acquiescèrent et s'éloignèrent à pas précautionneux, l'arme au clair. Josie resta au sud, rampant entre les arbres. Dans sa tête, elle cartographiait le terrain. Quand ils étaient ados, Josie et son défunt mari Ray avaient bien souvent couru dans les bois après s'être retrouvés sur les Stacks. Quand la police arrivait, ils s'enfuyaient plus loin, suivant des sentiers qu'eux seuls connaissaient. Tantôt ils se réfugiaient dans leurs cachettes, tantôt ils montaient jusqu'au sommet pour dégringoler de l'autre côté, vers l'usine abandonnée. De là, ils rentraient chez eux à pied. Elle trouva l'un des chemins étroits dont elle se souvenait et l'emprunta pour gravir la pente de plus en plus raide et difficile à escalader. Elle ne se laissa pourtant pas décourager, car elle se rappelait une grotte où elle avait l'habitude de s'asseoir, de ce côté-là de la montagne. Elle n'était pas très profonde, mais pas si petite non plus, juste assez grande pour s'y abriter de la pluie.

Une branche claqua à proximité, et Josie se figea. Le dos plaqué contre un arbre, elle braqua son arme devant elle, tendant l'oreille. Les échanges intermittents par talkies-walkies bourdonnaient dans l'écouteur, qu'elle arracha et laissa pendre sur son col. De nouveau, elle tendit l'oreille et crut entendre des pas droit devant. Elle tenta de rattraper l'individu, quel qu'il soit, sans se faire entendre. Sur sa droite, la grotte apparut. Un pied dépassait de l'entrée.

Josie s'avança, le cœur tambourinant. Elle s'adossa à l'extérieur de la grotte, aux aguets. Elle n'entendit rien. Pas de bruit de pas, de froissement de vêtement, de respiration, ou de mouvement d'aucune sorte. Elle jeta un coup d'œil vers l'entrée. Le pied n'avait pas bougé. Josie fit irruption dans la grotte, agitant de haut en bas le canon de son revolver. Le pied était celui d'une femme qui reposait dans une flaque de sang mêlé à de la boue. Elle était jeune et pâle, ses cheveux noirs en queue-de-cheval. En s'approchant, Josie vit qu'elle avait reçu une balle dans la tête. Il y avait une blessure d'entrée au niveau de la tempe droite, avec des traces de poudre sous la plaie, ce qui indiquait que la balle avait été tirée à bout portant. On avait plaqué le canon de l'arme contre sa peau avant d'appuyer sur la détente. Le sang dont était éclaboussée la paroi de la grotte, à gauche de sa tête, n'était pas encore sec.

Josie pensa aux détonations qu'ils avaient entendues quand Amy déposait l'argent au centre du terrain. Deux coups avaient été tirés avant qu'Amy soit blessée, sans doute lorsque l'agent du FBI avait tiré sur le kidnappeur et que celui-ci avait riposté. Puis le kidnappeur avait visé Amy. Plusieurs minutes s'étaient écoulées avant le dernier coup de feu. Le ravisseur avait-il tué sa propre complice ? Pourquoi ? Quel était son plan ? Garder toute la somme pour lui ? Cela n'avait aucun sens, car il n'était même pas dit qu'il ait pris l'argent. Elle n'avait qu'à demi suivi ce qui se disait dans son écouteur, mais elle savait que l'équipe présente à Lover's Cave n'avait remarqué aucune activité depuis que Colin y avait laissé le sac.

Apparemment, le kidnappeur avait un seul objectif : tuer Amy.

Cette femme avait-elle tenté de l'en empêcher ? Avait-elle réclamé sa part de la rançon ? Quoi qu'il en soit, elle n'était plus de ce monde. Josie prit son portable et appela Oaks.

— J'ai trouvé la complice. Elle est morte, annonça-t-elle tout bas avant d'indiquer de son mieux sa position et de raccrocher.

Elle se dirigea vers l'autre côté de l'entrée de la grotte en guettant le moindre son, croyant entendre un bruissement de feuilles à un moment, mais sans pouvoir en être sûre.

Josie sortit de la grotte sans s'éloigner de la paroi extérieure, scrutant les arbres et le sous-bois, et ne vit personne. Elle reprit le sentier, se déplaçant pliée en deux d'un arbre à l'autre. L'escalade devint plus ardue. Ses poumons étaient en feu. La pente était de plus en plus raide. Elle finit par arriver à une petite clairière, et elle sut qu'elle était près du sommet. Il y avait de gros rochers, et un anneau de petites pierres entourant un tas de cendres. Le sol était jonché de canettes de bière. Les gamins de Denton grimpaient jusqu'ici pour être seuls.

Du coin de l'œil, elle distingua un mouvement sur sa gauche. Elle se mit en posture de tir et visa dans cette direction. Elle vit les cheveux bruns hirsutes de l'homme, sa chemise vert foncé et son jean maculé de boue lorsqu'il sortit de derrière un gros tronc, la bretelle d'un fusil barrant sa poitrine. Le canon de son arme pointait derrière son épaule gauche.

— Plus un geste, cria-t-elle. Police. Les mains en l'air.

Il se tourna vers elle. Elle remarqua l'arme qu'il avait dans les mains. Tous deux tirèrent en même temps. Josie sentit l'impact de la balle dans son ventre et elle fut soulevée dans les airs, puis dégringola en bas de la montagne.

54

Étendue sur le dos, Josie tentait désespérément d'aspirer de l'air, en vain. La pression était énorme sur son abdomen. *Enlevez-moi ce gilet, enlevez-le, enlevez-le !!!* Elle essaya de prononcer ces mots tout haut, mais elle avait perdu tout son souffle. Ses poumons brûlaient, tout son corps vibrait de panique. Elle ne pouvait plus respirer, elle avait perdu son arme, et le tueur était encore dans la montagne, quelque part au-dessus d'elle. Des feuilles crissèrent près de sa tête. Elle tâcha de rouler sur le côté, de se relever, de crier, mais elle en était incapable. Des mains appuyèrent sur ses épaules.

— Ne bougez pas, dit une voix masculine.

Quand les visages de deux agents du FBI en tenue tactique apparurent devant elle, le soulagement l'envahit.

— Elle a reçu une balle dans le gilet, déclara l'un d'eux.

— Il faut le lui retirer.

Ils lui enlevèrent le gilet et la redressèrent, mais ce mouvement fit surgir une douleur intense dans son ventre. Elle reprit enfin sa respiration. Hoquetant, elle désigna le haut de la pente.

— Il est là-haut. Je lui ai tiré dessus, mais je crois que je l'ai manqué.

— Nous avons d'autres unités qui arrivent depuis la direction opposée, lui apprit l'autre agent. Nous allons vous amener jusqu'à l'ambulance à côté du lycée.

Ils la remirent debout.

— Je n'ai pas besoin d'ambulance, protesta Josie.

— Vous devriez vous faire examiner.

— Non, je n'ai pas besoin d'ambulance. Il faut juste que je... que je rentre chez moi... ou que... J'ai besoin de mon arme. Mon arme.

Le revolver apparut dans la main d'un des agents.

— La voilà. Maintenant, partons d'ici. Vous ne devriez pas rester dans le coin alors que vous êtes blessée.

Elle prit son arme et la remit dans son holster, mais ce simple mouvement suffit à envoyer des ondes de douleur à travers son ventre.

— Je ne suis pas blessée.

— On verra ça, répondit un agent alors qu'ils lui faisaient descendre la colline.

Ils la menèrent à l'arrière d'une ambulance ouverte mais, à l'instant où les deux agents repartirent vers la forêt, Josie affirma aux infirmiers qu'elle allait très bien et regagna sa voiture, en s'efforçant de marcher normalement alors qu'un feu brûlant la consumait.

Elle appela Noah sur son portable, le mit en haut-parleur et jeta le téléphone sur le siège passager.

— Salut, ça va ? Il paraît que ça a été l'horreur, là-haut ?

Conduire lui faisait mal. Tout lui faisait mal. Josie serra les dents et tenta de répondre d'une voix normale.

— Tout va bien. Oui, c'était dingue.

Elle lui raconta tout, sauf le moment où elle avait été blessée.

— Je n'ai pas vu Oaks en redescendant.

— Il est à l'usine, semble-t-il. Ils ont trouvé des indices prouvant que le kidnappeur et sa complice avaient squatté les lieux.

Pas de trace de Lucy, cependant. Enfin, ils ne l'ont pas retrouvée.

— Elle est cachée ailleurs. Gretchen est à l'hôpital ?

— Oui, auprès d'Amy Ross. Le mari est là-bas aussi. Mme Ross est sur le billard.

— Ils pensent qu'elle va s'en sortir ?

— Ce n'est pas encore sûr. La balle est logée dans son pelvis. Elle a perdu beaucoup de sang. Mais j'ai une bonne nouvelle.

Il était difficile d'imaginer qu'une nouvelle puisse être considérée comme bonne dans ce cauchemar.

— Laquelle ?

— On a retrouvé Violet Young. Enfin, c'est l'équipe dirigée par Lamay qui l'a retrouvée. Le chien de Luke Creighton l'a flairée dans les bois. Elle a été poignardée...

— Dans la poitrine ? devina Josie, tressaillant sous l'effort que lui coûtaient ces mots.

Elle était presque chez elle.

— Oui. La lame est passée à côté du cœur, mais a quand même fait beaucoup de dégâts. Les médecins affirment qu'elle survivra. Elle avait été abandonnée au fond de la forêt. Elle a essayé d'en revenir, mais elle avait perdu trop de sang, donc elle s'est réfugiée sous des buissons au cas où le tueur reviendrait. C'est tout ce qu'on a pu tirer d'elle avant son transport à l'hôpital.

Josie sentit une telle vague de soulagement qu'elle eut l'impression de pouvoir de nouveau respirer.

— Josie ?

— C'est génial, réussit-elle à articuler. Fais en sorte que quelqu'un prenne sa déposition, d'accord ? Peut-être Gretchen, puisqu'elle est déjà à l'hôpital.

— Je m'en occupe, dit Noah.

— Et tu peux appeler Hummel ? Demande-lui d'analyser les mains de la suspecte, au cas où il y aurait de résidus de poudre.

Elle entendit une page se tourner et elle sut qu'il notait ses instructions dans son carnet.

— Ça va ? redemanda-t-il. Tu as l'air bizarre.

— Ne t'en fais pas, répondit Josie alors même que la douleur rayonnait à travers son abdomen et dans le bas de son dos. Il faut juste que je me change. J'ai de la boue partout, après ce qui s'est passé dans la montagne.

— D'accord. Tu devrais venir au commissariat, après. Oaks est à la recherche du tueur, Chitwood et le chargé de relations presse du FBI essaient de concocter une déclaration pour les journalistes qui campent dehors. On a besoin de quelqu'un qui ait la tête froide.

Josie s'engagea dans son allée, soulagée d'y voir la voiture de Misty.

— Toi, tu as la tête froide, répliqua-t-elle à Noah. Dis-leur qu'on n'a pas encore assez d'informations pour faire une déclaration. Je viendrai dès que je pourrai.

55

Une fois dans la maison, Josie s'avachit contre la porte. Du salon, elle entendait la télévision allumée. Quelques secondes plus tard, Misty apparut, vêtue d'un t-shirt beaucoup trop grand et d'un pantalon en molleton, ses cheveux blonds réunis à la hâte en un chignon.

— Josie ? Oh là là, ça va ?

Josie grimaça, tenant son estomac.

— Tu peux m'aider à monter ?

Les yeux bleus de Misty s'écarquillèrent quand elle s'approcha.

— Mon Dieu, tu es couverte de sang. J'appelle le 911 ? Tu es blessée ? Qu'est-ce qui t'arrive ?

La panique rendait la voix de Misty plus aiguë à chaque nouvelle question. Josie agita sa main libre en l'air.

— Tout va bien. Vraiment. Ce n'est pas mon sang.

— Ah, c'est vachement rassurant ! J'appelle le 911.

— Non, arrête. Je n'ai pas besoin d'une ambulance. Ça va. Je suis... tombée. Il faut juste m'aider à monter à la salle de bains pour me nettoyer. S'il te plaît.

— Tu veux que je prévienne Noah ? demanda Misty, plaçant un bras autour de la taille de Josie.

— Non, je t'en prie. Tu vas pouvoir m'aider. Où est Harris ?

Misty la guida lentement dans l'escalier.

— Il dort dans la chambre d'amis.

— OK, c'est bien.

Dans la salle de bains, Josie s'assit sur le bord de sa baignoire. Elle tira sur le bas de sa chemise.

— On m'a tiré dessus, avoua-t-elle à Misty.

— Oh, mon Dieu ! Josie, tu as dit que ce n'était pas ton sang ! Il faut que tu ailles à...

— Je portais un gilet pare-balles. Ça n'a pas traversé.

Misty se plaqua une main contre la poitrine.

— Le ciel soit loué. Qu'est-ce qui s'est passé ?

— Aide-moi à enlever ma chemise, et je te raconterai.

Tandis que Misty lui retirait son haut, Josie lui fit un résumé des événements de la journée. Toujours avec l'assistance de Misty, elle put se débarrasser de son jean éclaboussé de sang.

— Je vais jeter tout ça. À moins que tu veuilles que je les lave ?

— Non, vas-y, jette tout, répondit Josie.

Misty imbiba d'eau chaude un gant de toilette. Elle le tendit à Josie et la regarda s'essuyer le visage et les bras.

— Josie, ça ne va pas du tout. Mais regarde donc ton ventre !

En baissant les yeux, Josie découvrit un bleu qui s'étalait sur sa peau, comme une tache rouge violacé. Elle posa une main dessus. Des larmes lui piquaient les yeux.

— Je pense que tu devrais aller à l'hôpital. Pour un examen. Et si tu avais une blessure interne ?

— Il y a une chose que tu dois d'abord faire pour moi. S'il te plaît.

Misty écouta les explications de Josie. Puis elle mit une main sur sa hanche et dit :

— Tu es sûre que je ne dois pas appeler quelqu'un d'autre ? Ta grand-mère ? Ta sœur ? Ta mère ?

— Non, merci. Je t'en prie, fais ça pour moi.

Misty sortit de la salle de bains.

— Très bien. Je vais d'abord t'apporter des vêtements propres. Ça ira si Harris se réveille pendant que je suis partie ?

Josie hocha la tête.

— Oui. Mais s'il te plaît, dépêche-toi de revenir.

56

Une demi-heure plus tard, toutes les deux étaient assises sur le carrelage de la salle de bains, contemplant le bâtonnet blanc entre elles.

— Pourquoi tu ne m'en as pas parlé ? demanda Misty. À moi ou à quelqu'un d'autre ?

Josie laissa échapper un petit rire.

— Je ne voulais même pas me l'avouer à moi-même. Vu tout ce que je ressentais, je me disais que j'étais peut-être enceinte, mais je ne voulais pas admettre cette possibilité.

Misty sourit.

— Tu sais, ce n'est pas le pire qui puisse t'arriver. Tu serais une mère formidable. Tu es merveilleuse avec Harris. Il t'adore.

— Et je l'adore, moi aussi. Ce n'est pas ça. Enfin, ça a peut-être un peu quelque chose à voir avec ça... Quand j'étais mariée avec Ray, avant qu'on se sépare et qu'il te rencontre, nous avions décidé que nous n'aurions pas d'enfants parce que nous avions tous les deux vu tant de choses horribles, au sein de nos propres familles pour la plupart. Et si je mettais au monde un monstre, à cause de notre ADN ?

— Mais tu te trompais complètement au sujet de ton ADN,

souligna Misty. Pas une goutte du sang de la femme qui t'a élevée ne coule dans tes veines.

— Je sais, dit Josie. Et l'apprendre a été un soulagement, mais je ne me suis pas encore demandé si je voulais des enfants.

— Vous seriez des parents parfaits, Noah et toi, dit Misty en repoussant d'un geste cette objection.

Josie appuya délicatement ses doigts sur la partie meurtrie de son ventre à présent recouvert d'un t-shirt.

— Eh bien, c'est un peu le problème. Le mois dernier, quand j'étais sur cette grosse affaire, j'ai dû aller dans le comté de Sullivan pour interroger un témoin. J'ai revu Luke.

— Luke, ton ex ?

Josie acquiesça.

— Ça allait mal entre Noah et moi. Il avait proposé qu'on fasse une pause. J'étais vexée, furieuse. J'ai... j'ai passé la nuit chez Luke.

Misty resta bouche bée.

— Tu as couché avec lui ?

— Non. Enfin, je ne sais pas. J'étais soûle, j'ai fini par m'écrouler et, quand je me suis réveillée, nous dormions dans le même lit. Je n'ai aucune idée de ce qui s'est passé.

— Mais tu crois que tu as couché avec lui ?

— Pas vraiment. Je ne crois pas, mais je n'ai aucun moyen d'en être sûre.

— Vous n'en avez pas parlé ?

Josie rougit, toute honteuse.

— Non. Je suis partie avant qu'il se réveille.

Elle se pencha au-dessus du bâtonnet, puis consulta son téléphone. Il y avait encore une minute à patienter avant que le résultat du test de grossesse apparaisse.

— Pourquoi ça met si longtemps, ces trucs-là ?

— Tu ferais mieux d'en parler à Luke, conseilla Misty. Si vous n'avez rien fait ensemble, tu n'aimerais pas mieux le savoir et être tranquille ?

Josie hocha la tête.

— Si, j'imagine, mais...

— Mais tu as peur qu'il t'apprenne quelque chose que tu ne veux pas entendre ?

— Oui, murmura Josie. Je ne... Je ne veux pas faire de peine à Noah.

— Eh bien, dit Misty en prenant le bâtonnet, je ne sais pas si tu lui as fait de la peine ou pas mais, en tout cas, tu n'auras pas du tout à lui parler de Luke si tu ne veux pas. Ton test est négatif.

— Quoi ?

Josie arracha le bâtonnet de la main de Misty et contempla le signe moins dans la petite fenêtre au centre.

— Tu n'es pas enceinte, clarifia Misty.

— Oh, mon Dieu ! soupira Josie.

Elle se sentit aussitôt soulagée, mais pas pour la raison qu'elle avait envisagée. Elle n'était pas rassurée de ne pas être enceinte ; elle était soulagée que la balle qui avait frappé le gilet n'ait pas blessé le bébé... puisqu'il n'y avait pas de bébé. L'idée qu'il n'y avait pas de bébé l'attristait, en un sens, mais la partie rationnelle de son esprit affirmait froidement que son travail ne lui aurait pas permis d'avoir un enfant, donc tout était pour le mieux.

Misty l'observait attentivement. Josie prit conscience des larmes qui roulaient sur ses joues uniquement quand Misty se pencha et en essuya une avec le gras de son pouce.

— Oh, Josie ! Tu devrais peut-être quand même parler à Luke. Et à Noah, aussi.

Elle devrait leur parler à tous les deux, en effet, mais ce n'était pas le moment. Lucy était toujours portée disparue.

— J'irai à l'hôpital. Pour faire examiner ma blessure. Je ne voulais juste pas apprendre là-bas que j'étais enceinte pour la première fois, et qu'on me dise que j'avais perdu le bébé. Pas dans un endroit pareil. Entourée d'inconnus.

Misty hocha la tête.

— Je sais que tu détestes les hôpitaux. Je n'en suis pas folle non plus. Je peux peut-être appeler quelqu'un de ton équipe pour qu'on vienne te chercher ?

— Merci, Misty, répondit Josie d'une voix étranglée, incapable de maîtriser l'émotion qui s'emparait d'elle.

Misty se jeta à son cou, ce qui lui causa une douleur violente à l'estomac, mais elle tint bon, reconnaissante pour l'amitié de Misty, heureuse de ne pas être seule – comme Amy était seule même quand elle était entourée.

57

Mettner conduisit Josie au Denton Memorial où elle passa une série de tests et fut jugée apte au service. Elle était encore courbaturée, et sa chute dans la montagne lui avait causé plusieurs bleus et plaies qu'elle n'avait pas encore remarqués, mais elle se sentait les idées plus claires qu'auparavant. Elle parla au docteur de sa nausée permanente et il lui répondit que cela venait sans doute du stress ; il lui prescrivit un antinauséeux, en lui conseillant de consulter son médecin traitant si les symptômes persistaient. L'ordonnance à la main, Josie trouva les ascenseurs et monta au quatrième étage où elle trouva Gretchen faisant les cent pas devant la salle d'attente du bloc opératoire.

— Salut, dit Gretchen. J'étais inquiète. Ça va ?

Josie se tenait le ventre, comme si elle venait de faire un millier d'abdos.

— Ça va. Des nouvelles d'Amy ?

Gretchen secoua la tête.

— J'attends encore.

À travers les vitres, on voyait Colin assis entre deux agents du FBI dans la salle d'attente. Son visage était rongé par une barbe de trois jours grisonnante. Il était penché en avant sur sa chaise, les coudes sur les genoux, les mains jointes sous son menton. Ses lèvres remuaient alors que ni l'un ni l'autre des agents ne semblait réagir à ce qu'il disait.

Comme si elle lisait dans les pensées de sa collègue, Gretchen dit :

— Il prie.

— Ce n'est pas une mauvaise idée, murmura Josie. Et Oaks ?

— Il est encore là-bas. Entre le lycée et l'usine, il y a de quoi faire.

— Ils ont identifié la femme ?

— Pas encore. Ils y travaillent.

— Et l'argent ?

— Il est toujours là où les Ross l'ont déposé. Oaks fait surveiller les sacs par deux agents. Si quelqu'un s'approche, il sera appréhendé.

— Bien, approuva Josie. Mais cet argent ne pourra pas rester indéfiniment au milieu du terrain de foot de Denton East.

— Effectivement.

— On devrait quand même le laisser là jusqu'au moment où il est censé rendre Lucy.

— Tu penses qu'il va vraiment la rendre à ses parents ? demanda Gretchen.

Josie se sentit de nouveau nauséeuse.

— Non, je ne crois pas. Je pense qu'il veut faire du mal à Amy et que tant qu'elle est en vie, il continuera de la torturer. Tu as parlé à Violet Young ?

— Pas encore. Elle est toujours entre les mains des médecins, pour des examens.

— Je tenterai de lui parler, dit Josie.

Son téléphone sonna. Elle regarda le texto.

— C'est Oaks. Il est en bas, à la morgue, avec la

docteure Feist. Je descends tout de suite. Ensuite nous verrons si nous pouvons parler à Violet. Reste là et tiens-moi au courant.
— Ça marche, patronne.

58

La morgue de la ville se trouvait au sous-sol de l'hôpital Denton Memorial. C'était un espace morne et sans fenêtre, où s'attardait une odeur de produits chimiques mêlée à celle de la pourriture naturelle. Les murs du long couloir étaient blancs, à l'origine, mais ils n'avaient plus été repeints depuis si longtemps qu'ils étaient à présent d'un gris terne, et le sol carrelé avait jauni. C'était l'endroit le plus silencieux de l'hôpital, et peut-être même de la ville. En général, ce silence donnait la chair de poule à Josie, mais après la pagaille des dernières vingt-quatre heures, c'était un changement appréciable. Dès qu'elle pénétra dans la morgue, elle vit Oaks, le costume maculé de boue, le visage hagard. Il se tenait à plus d'un mètre de la table en acier inoxydable qui supportait le corps de la femme que Josie avait trouvée abattue par balle dans la grotte. La docteure Feist était penchée au-dessus de son visage, tenant ce qui ressemblait à un permis de conduire à côté de sa tête.

— Comment allez-vous ? demanda Oaks en voyant Josie.
— Bien. Quoi de neuf ? Vous l'avez identifiée ?
Oaks hocha la tête.

— Nous avons trouvé un sac à dos dans une salle du deuxième étage de l'usine désaffectée, et il contenait un portefeuille avec son permis de conduire. Maintenant, nous comparons ses empreintes avec celles relevées chez Jaclyn Underwood et dans la chambre de Lucy, mais nous pensons que ce sont les siennes. La docteure Feist est en train de procéder à la comparaison. Nous allons aussi prélever de l'ADN de son corps pour voir s'il correspond à celui des cheveux trouvés sur l'oreiller du placard de Jaclyn.

— Qui est-ce ?

La docteure Feist tendit le permis à Josie.

— Natalie Oliver. Vingt-quatre ans.

Sur la photo du permis de conduire, la femme dévisageait Josie de ses yeux bruns pénétrants, le menton relevé en signe de défi. Elle voulait se donner un air dur, mais Josie la jugea simplement vulnérable.

— Elle vient de West Seneca, dans l'État de New York. Que fait-elle ici ?

— Nous ne le savons pas encore, répondit Oaks. Maintenant que nous avons son identité, mon équipe va pouvoir enquêter sur elle.

Josie remit le permis de conduire à Oaks et prit son téléphone pour chercher West Seneca sur Google Maps.

— C'est assez près de Buffalo. Il doit y avoir un lien avec Tessa Lendhardt.

— Nos agents à Buffalo n'ont encore rien trouvé, dit Oaks. Il y a des Lendhardt, mais ce sont tous des hommes.

— Oui, je sais, confirma Josie en espérant que Trinity allait tirer quelque chose de ses rencontres avec les personnes qu'elle comptait interroger. Hummel est passé ?

— Pour l'analyse des résidus de poudre sur les mains ? demanda la docteure Feist. Oui, on devrait avoir les résultats d'une minute à l'autre.

Josie regarda Oaks, qui déclara :

— Je pense que nous devrions organiser une réunion dans une heure. Au poste de commandement mobile. Il commence à y avoir beaucoup de nouvelles pistes.

— Je suis d'accord. Mais d'abord, je veux parler à Violet Young.

59

Violet Young occupait un lit de l'unité de soins intensifs, et sa silhouette allongée semblait encore plus petite entourée de tous les appareils auxquels elle était raccordée. Josie fut prise de vertige en pénétrant dans la chambre, en repensant à l'affaire des jeunes disparues et en revoyant son fiancé d'alors, Luke Creighton, dans ce même genre de chambre d'hôpital – dans un état plus grave encore. Le mari de Violet était assis dans un grand fauteuil en skaï. Il se leva d'un bond quand Josie et Oaks entrèrent.

— Qui êtes-vous ? aboya-t-il, sa grande carcasse remplissant presque la moitié de la pièce.

Josie fit les présentations et l'homme se détendit aussitôt. Il leur serra la main à tous les deux.

— Désolé, la journée a été difficile. Je n'arrive pas à croire ce qui nous arrive. J'ai eu peur d'avoir perdu Violet pour toujours.

Il se tourna de nouveau vers son épouse, essuyant les larmes qui menaçaient de couler.

— Je sais que le moment est très mal choisi, mais nous aimerions poser quelques questions à Violet, si vous le permettez, expliqua Josie.

— Bien sûr. Elle était réveillée juste avant que vous entriez. Violet ? Vi ? Les policiers sont là, ils ont besoin de te parler.

Josie et Oaks s'approchèrent de son chevet. Violet battit des paupières et elle réussit à sourire.

— Bonjour, dit-elle d'une voix râpeuse.

— Ce ne sera pas long, promit Josie. Juste quelques questions. Vous avez été enlevée devant l'école, c'est bien ça ?

Violet hocha la tête. Son mari s'était posté de l'autre côté du lit, lui tenant la main.

— J'étais dans la cour de récréation, pour la pause de l'après-midi. Je l'ai vue, j'ai vu Lucy.

— Elle était avec eux.

— Oui, dans une voiture noire. Ils sont passés devant l'école plusieurs fois. J'ai cru que mon imagination me jouait des tours, mais la voiture allait et venait, et je l'ai reconnue, sur la banquette arrière, les mains collées à la vitre comme si elle appelait au secours.

Josie sentit un pincement au cœur en pensant à la pauvre petite Lucy.

— Vous vous êtes avancée vers le véhicule.

— Oui. Je sais que je n'aurais pas dû. J'aurais mieux fait de rentrer dans l'école pour appeler la police, mais j'ai eu peur qu'elle m'échappe. Je n'avais pas les idées très claires. Puis je me suis approchée de la voiture et j'ai vu que c'était un couple. Je ne sais pas pourquoi, je n'ai pas pensé que...

— Que la femme était une menace, compléta Josie.

— Je suis un peu gênée de l'admettre, mais oui.

— Ils vous ont forcée à monter ? demanda Oaks.

Des larmes brillèrent dans les yeux de Violet.

— Oui. L'homme a dégainé un revolver et m'a dit qu'il tirerait si je ne montais pas. Je ne voulais pas que les enfants soient blessés, donc j'ai obéi.

— Comment était Lucy ? s'enquit Josie.

Une larme roula sur la joue de Violet.

— Terrorisée. Elle s'est accrochée à moi. J'ai tâché de la réconforter. L'homme a redémarré. Une fois dans une zone isolée, il s'est garé et m'a fait sortir de la voiture. La pauvre Lucy, elle a hurlé, pleuré, en s'agrippant à moi. Mais il était trop fort. Il m'a pris mon téléphone et m'a enfermée dans le coffre.

— Quel genre de véhicule ? demanda Oaks.

— Petit, noir. Cinq portes. Je ne connais ni la marque ni le modèle. Je n'ai jamais été très douée pour ces choses-là.

— Que s'est-il passé ensuite ? voulut savoir Josie.

— On a roulé, longtemps. Il y a eu quelques arrêts. Parfois, j'entendais Lucy pleurer. À un moment, elle a crié, puis ça a cessé, et ensuite je ne l'ai plus entendue.

Des larmes roulèrent de plus belle sur le visage de l'institutrice. Au-dessus du lit, un des moniteurs se mit à biper. Sa pression sanguine augmentait, son rythme respiratoire accélérait.

— Ça va aller, dit Josie. Vous avez fait tout votre possible pour aider Lucy. Vous avez de la chance d'être encore en vie. Nous la recherchons toujours et ce que vous nous apprenez sera très utile. Plus que quelques questions, et nous vous laisserons vous reposer.

Violet hocha la tête. Elle regarda son mari, qui pressa sa petite main entre les siennes, avec un sourire encourageant.

— Que s'est-il passé après ça ? reprit Josie.

— On a roulé encore, puis on s'est arrêtés. Il m'a fait sortir du coffre et m'a forcée à marcher dans le bois. Il braquait un revolver contre ma tête. J'avais trop peur pour m'enfuir, et la femme qui était derrière lui hurlait constamment. Elle répétait : « Pourquoi tu as fait ça ? Tu n'aurais pas dû. »

— Ils se disputaient ?

— Oui. Elle était en colère parce qu'il avait anéanti leur plan, quel qu'il soit. Il lui ordonnait de se taire, et puis il lui a dit de retourner à la voiture. Elle a refusé et il l'a frappée. Elle est tombée. Il a expliqué que c'était lui qui commandait et que le plan avait changé. Ensuite, elle s'est relevée et elle est partie. Il...

il m'a poignardée. Il avait un couteau. Comme un couteau de chasse. Attaché à sa ceinture. Je ne l'avais pas remarqué jusque-là parce que j'étais trop préoccupée par le revolver. Je... J'ai essayé de me battre, mais il était trop fort. J'avais peur.

— Ils s'appelaient par leurs noms respectifs ? Vous les avez entendus prononcer des noms ? demanda Oaks.

— Elle, c'était Nat. Mais lui, elle n'utilisait jamais son prénom.

Natalie Oliver, songea Josie.

— Donc il vous a poignardée alors qu'ils s'étaient disputés. Et après ?

— Après, la femme est revenue. Elle l'a frappé à la tête avec quelque chose. Ils ont recommencé à se battre. J'avais envie de me lever et de m'enfuir, mais je saignais. Je ne voulais pas attirer l'attention, alors je suis restée immobile. Quand ils ont arrêté de se disputer, il est revenu vers moi et m'a donné des coups de pied dans les côtes. Je me suis efforcée de ne pas réagir. Elle a dit : « On s'en va », et il a dit qu'il devait finir le travail.

Elle s'interrompit pour inspirer plusieurs fois. Son visage était devenu encore plus pâle que lorsqu'ils étaient entrés dans la chambre.

— Prenez votre temps, conseilla Josie.

Après encore quelques respirations, Violet poursuivit son récit.

— Elle a dit que j'étais déjà morte. J'ai senti qu'elle me touchait. Elle a pris mon pouls. Dans mon cou. Elle a dû le sentir, mon cœur battait comme un fou. Mais elle lui a dit : « Tu vois, je t'avais bien dit qu'elle était morte. Laisse-la et partons d'ici. »

Josie et Oaks échangèrent un regard intrigué.

— Elle vous a sauvé la vie ?

— Oui, je ne sais pas pourquoi. Elle a forcément senti mon pouls. Mais elle l'a persuadé que j'étais morte. Je les ai entendus s'éloigner. Un peu plus tard, j'ai essayé de me lever et de marcher, mais je n'ai pas pu aller bien loin. J'étais trop faible. J'avais trop mal.

— Vous êtes en sécurité, maintenant, la rassura Josie. Reposez-vous. Merci, madame Young.

Josie et Oaks quittèrent les Young et remontèrent le couloir menant aux ascenseurs.

— Ce n'est pas très prometteur, dit Oaks.

— Non, en effet. Votre équipe a trouvé des traces de Lucy, à l'usine ?

— Nous sommes toujours dessus, mais rien pour le moment, non.

Ni l'un ni l'autre ne voulaient l'admettre, mais elle savait que tous deux se disaient la même chose : il était probable que Lucy soit morte.

60

Elle avait encore disparu pendant la nuit. Je ne dormais plus et j'avais froid. Je savais que si elle n'était pas dans la pièce avec moi, c'est qu'elle était en train de se préparer de nouveau à aller à la maison. J'ai couru jusqu'à la porte entrouverte et j'ai regardé par l'entrebâillement. J'ai attendu que son ombre apparaisse, mais il ne s'est rien passé. J'avais les jambes raides, la bouche sèche. J'ai tendu l'oreille, mais je n'ai pas entendu ses pas. Elle avait toujours l'art de se déplacer sans bruit. Quand la lumière du jour s'est introduite dans le salon, mon cœur a été transpercé par la crainte.

Où était-elle ?

J'ai eu l'impression que des heures et des heures s'écoulaient, mais je ne sais pas combien de temps il a fallu pour qu'il sorte de l'une des autres pièces. Je l'ai regardé dans un silence total. Il portait une chemise à carreaux, un jean et des grosses bottines, comme d'habitude. Ses cheveux bruns clairsemés étaient rabattus d'un côté de son crâne vers l'autre côté et, comme toujours, une odeur de cigarette flottait derrière lui. Il sentait le tabac même quand il ne fumait pas. Il a vu que j'étais par terre, sur le seuil.

— Tu la cherches ?

Je n'ai pas bougé.

— T'as perdu ta langue ? Dis quelque chose.

— Je... je...

Il a secoué la tête.

— Laisse tomber. Elle est partie.

— Partie ? ai-je répété.

— Elle a foutu le camp. Elle a pris ses cliques et ses claques, et elle s'est barrée.

J'ai couru vers la porte donnant sur l'extérieur, mais sa main a empoigné le col de ma chemise.

— Je pars avec elle, ai-je crié.

Il n'a eu qu'à tirer sur mon col pour me faire décoller du sol comme si je ne pesais rien et m'envoyer m'écraser contre un mur. J'ai senti la douleur partout à la fois. Quelque chose s'est enflammé en moi, une colère brûlante, et, sans réfléchir, j'ai voulu me relever et me jeter sur lui. J'ai attrapé son gros avant-bras velu et j'y ai planté mes dents.

Il s'est agité comme pour chasser un insecte.

— Putain, arrête ça !

Je ne lâchais pas. Un grognement est né au fond de ma gorge. Le sang coulait dans ma bouche. De son autre grosse patte, il m'a donné une gifle. J'ai eu des étoiles dans les yeux et ma mâchoire s'est relâchée alors que je m'écroulais à terre.

— Regarde ce que tu m'as fait, pauvre débile ! a-t-il marmonné.

Le sang ruisselait sur son bras, jusqu'à son poignet, serpentant entre ses doigts. Je l'avais fait saigner, exactement comme il l'avait fait saigner, elle, tant de fois.

J'ai essayé de me relever mais ma tête tournait trop.

— Et tu crois aller où ? a-t-il demandé.

— Je vais la retrouver.

— Tu ne partiras pas. Tu restes ici avec moi.

— Elle reviendra, ai-je balbutié.

Son visage était à quelques centimètres du mien, je pouvais sentir son haleine chaude et fétide.

— Elle ne reviendra jamais, a-t-il grommelé. Tu comprends ça ? Jamais.

Les larmes ont jailli de mes yeux.

— Je veux aller à la maison.

— C'est ici, ta maison.

61

Le poste de commandement mobile bourdonnait d'activité quand Josie et Oaks arrivèrent au parc. Les réverbères étaient encore allumés au-dessus du terrain de jeu, éclairant les forces de l'ordre qui tournaient autour de la tente ainsi que les bénévoles que Josie avait recrutés pour rechercher Violet Young. Elle repéra le chien de Luke, Blue, qui flairait le sol près des balançoires, et elle se dirigea vers lui. Josie s'agenouilla et héla doucement Blue, qui la reconnut. Il marcha jusqu'à elle, remuant la queue, et se frotta de tout son corps à ses mains qui l'attendaient. Elle lui gratta le dos, lui caressa les flancs, et lui parla tout bas. Non loin de là, Luke était en pleine conversation avec un adjoint du shérif. Il sourit lorsqu'il la vit, prit congé de l'adjoint et s'approcha.

— Ça va ? Il paraît que tu as reçu une balle dans l'estomac. Tout le monde a eu la trouille, et puis on a appris que tu portais ton gilet.

Josie acquiesça.

— Quelques bleus, c'est tout. Je voulais te remercier, ainsi que Blue, pour nous avoir aidés à retrouver Violet Young.

Luke sourit et désigna le chien.

— Tout le mérite lui revient. Je ne suis que son coéquipier.

— Eh bien, on a de la chance que vous ayez tous les deux été là.

— C'était la moindre des choses, surtout après ce qui est arrivé chez moi. Tu sais, l'autre jour, j'allais te préparer ton petit déjeuner mais, quand je me suis réveillé, tu étais déjà partie. J'ai supposé que tu avais une grosse piste à suivre.

Josie baissa les yeux un instant. Puis elle se ressaisit et croisa de nouveau son regard.

— C'était le cas. À propos, Luke, que s'est-il passé, cette nuit-là ?

Il eut tout à coup l'air dépité.

— Tu ne te rappelles pas ?

— Je suis désolée. Je me rappelle... euh... le dîner. Ensuite je suis partie, je suis revenue, et nous avons bu. Beaucoup. Je me rappelle avoir regardé la télé avec toi, avoir ri. Et puis on s'est réveillés dans ton lit. J'ai besoin de savoir...

— Pour toi, c'est le noir complet ?

Elle rougit de confusion.

— Oui. Je te l'ai dit, ça faisait des mois que je ne buvais plus. Mais ce n'est pas une excuse. Je suis tellement désolée. Je ne me rappelle rien. Pourtant, il faut que je sache. Si les choses doivent avancer entre Noah et moi, il faut que je sache la vérité.

Luke se retourna vers la tente où Josie savait que Noah avait passé toute la nuit au téléphone ou sur un ordinateur parce que sa jambe cassée l'empêchait d'être sur le terrain.

— Oh, tu penses que nous... Tu penses qu'on a couché ensemble ?

— Ça n'est pas le cas ? demanda Josie.

Elle tenta d'endiguer le raz-de-marée de soulagement qui déferlait en elle, au moins jusqu'à ce qu'elle ait tout entendu.

Luke éclata de rire.

— Non, Josie. On n'a rien fait. Ça ne m'aurait pas déplu. Je veux dire, toi et moi... on a vécu des moments super. Mais non, je savais que tu tenais à Noah, donc je n'ai même pas essayé. Je t'avais précisé que je n'étais pas en train de te draguer.

— Ça, je m'en souviens, dit Josie, les joues en feu.

— Eh bien, j'étais sérieux. On a regardé la télé. On a ri comme des baleines devant une comédie. Tu as dit que ça te faisait du bien. Et après, tu t'es mise à pleurer.

— Quoi ? s'étonna Josie, un peu plus fort que prévu.

Elle n'avait pas l'habitude de pleurer.

— Ouais, tu m'as raconté que Noah prenait de la distance, alors que tu l'aimais à la folie.

— Oh là là...

Luke agita une main en l'air.

— Ne sois pas gênée, c'était mignon. Je savais que tu étais vulnérable parce que, quand on était ensemble, tu étais toujours tellement réservée. Alors je t'ai fait mes propres aveux.

— À quel sujet ?

Il détourna les yeux.

— Quand je ne suis pas ivre, je préfère vraiment ne pas en parler.

— Luke, je t'en prie.

Il la regarda de nouveau.

— Disons simplement que j'ai encore des cauchemars à cause de tout ce qui est arrivé : mon meilleur ami tué sous mes yeux, la torture, le temps que j'ai passé en prison. J'ai... peur. Je t'ai dit que c'était pour ça que j'avais pris Blue. Je me sens mieux quand il est près de moi. C'est aussi pour ça que je vis encore chez Carrieann. Parce que j'ai horreur d'être seul.

— Je suis désolée.

— Tu t'es endormie profondément dans mon lit et, quelques heures plus tard, je t'ai rejointe. J'avais... À cause de mes angoisses, ça m'a fait du bien de m'allonger à côté de toi. Pas très viril, je sais.

— Oh, Luke... Je comprends. Crois-moi, je te comprends.

Josie contempla Blue qui s'était installé aux pieds de Luke.

— Mais Blue était devant la porte de la chambre. Quand je me suis réveillée, son panier était vide, et il était à l'extérieur de la pièce.

— Couché contre, non ?

— Oui, j'ai failli lui marcher dessus. Je me suis demandé si tu l'avais fait sortir parce qu'on... Tu vois.

Là encore, Luke rit. Il se baissa pour tapoter la tête de Blue.

— Blue sait ouvrir les portes, tu te souviens ?

Josie s'en souvenait.

— La porte de ma chambre a tendance à se fermer toute seule si on ne la cale pas, ajouta-t-il.

Tous deux se retournèrent en entendant quelqu'un héler Josie. Noah se tenait à l'entrée de la tente avec ses béquilles. Il leva une main pour lui faire signe de venir.

— Parfois, quand je passe vraiment une sale nuit, poursuivit Luke, il dort sur le palier, adossé à la porte. Comme ça, il faut d'abord passer devant lui pour arriver à moi. Je ne lui ai pas appris à faire ça, il a compris tout seul. C'est ça qui le rend exceptionnel.

Josie sourit à Blue.

— Oh, il y a beaucoup de choses qui le rendent exceptionnel. Reste dans les parages, OK ? On pourrait encore avoir besoin de ton aide pour retrouver Lucy.

Les yeux de Luke allaient et venaient entre elle et Noah.

— Tu devrais y aller.

Alors qu'elle se dirigeait vers la tente, et vers Noah, elle adressa un dernier regard à Luke par-dessus son épaule.

— Merci, Luke.

62

Noah sortit de la tente en boitillant pour l'accueillir.

— Pourquoi tu ne m'as rien dit ? Pourquoi tu ne m'as pas dit qu'on t'avait tiré dessus ? Bon sang, Josie.

Josie s'arrêta net. Elle devina à son ton qu'il était réellement bouleversé.

— Je suis désolée, Noah. Ça ne me paraissait pas grand-chose. J'avais un gilet pare-balles.

— Amy Ross aussi, et maintenant elle est entre la vie et la mort. Tu sais très bien que ces foutus gilets ne te rendent pas invincible. Tu aurais pu y rester.

— Noah, je suis désolée.

— Je l'ai appris grâce aux deux agents fédéraux qui t'ont portée dans la forêt. Pourquoi m'avoir caché ça ?

Josie mit une main sur sa hanche.

— Ils ne m'ont pas portée, rectifia-t-elle.

Il pointa un doigt accusateur sur elle.

— Ne détourne pas la conversation.

Que pouvait-elle dire ? Qu'elle ne lui en avait pas parlé parce qu'elle avait voulu d'abord rentrer chez elle et s'assurer qu'elle n'était pas enceinte avant d'aller se faire examiner à l'hôpital ? Et parce que, si elle avait été enceinte, elle n'aurait pas su qui, de Noah ou de Luke, était le père ? Elle avait vraiment fait n'importe quoi.

— Je viens de perdre ma mère, Josie. Je ne peux pas te perdre, toi aussi.

— Tu ne me perdras pas, répondit Josie sur un ton plus doux. Je te le promets.

— Tu ne peux pas me faire cette promesse, vu le métier que tu fais.

— Toi non plus, souligna-t-elle. Tu reprendras le service dans pas longtemps, et on sera sur le terrain tous les deux.

Il ne réagit pas.

— Je regrette de t'avoir caché la vérité. Mais attends, tu as dit qu'Amy Ross était vivante ? Elle a survécu à l'opération ?

Noah regardait ailleurs et, au muscle qui remuait dans sa mâchoire, elle vit qu'il lui fallait un moment pour se calmer. Il se retourna vers elle.

— Oui, elle a survécu. Elle récupère, sous sédatifs. Ils ont dû lui retirer un ovaire et une des trompes de Fallope. Mais ils ont pu sauver son utérus.

— Mon Dieu, murmura Josie.

Une vague de tristesse l'enveloppa. Presque d'elle-même, sa main monta jusqu'à son propre abdomen endolori. Amy avait quarante ans et ne prévoyait sans doute pas d'avoir d'autres enfants, mais ses blessures auraient un impact sur toutes ses décisions en la matière. Lucy était toujours portée disparue, les comptes de la famille Ross étaient allégés d'un million de dollars et, maintenant, le corps d'Amy avait subi des dommages irréparables. De quoi cette femme allait-elle encore être dépouillée ?

— Entrons, dit Noah. Oaks veut faire une réunion.

Josie le suivit dans la tente où, une fois de plus, des dizaines d'agents – police d'État, adjoints du shérif, police de Denton dont Gretchen, Mettner, Chitwood et Lamay – étaient réunis autour d'Oaks, attendant qu'il prenne la parole. Il leva la main, indiqua qu'ils devraient patienter encore cinq minutes, puis il s'approcha de Josie.

— Ça va ? lui demanda-t-il.

— Très bien, répondit-elle alors qu'elle éprouvait exactement le contraire.

— Je voudrais que vous expliquiez à tout le monde ce qui s'est passé sur le terrain de foot.

— Bien sûr.

Oaks exigea l'attention de tous. Josie fit le récit des événements de la veille, sur le terrain du lycée et dans le bois derrière les Stacks. Gretchen présenta un rapport sur l'état de santé d'Amy. Mettner briefa tout le monde sur la remise de rançon à Lover's Cave, qui s'était déroulée sans heurts, si ce n'est que l'argent déposé par Colin y était encore, intact. Lamay relata le sauvetage de Violet Young. Après quoi Oaks conclut sur ce que Josie avait appris de Violet.

— Entre l'enlèvement de Mme Young devant l'école et l'appel téléphonique passé aux Ross par le kidnappeur pour leur communiquer ses instructions concernant la remise de rançon, nous ignorons quel sort les criminels ont réservé à Lucy Ross.

— Mais ils avaient le téléphone de Violet Young avec eux, compléta Josie, donc je pense que nous devrions commencer par chercher dans un rayon de trois kilomètres autour de l'endroit où ils l'ont laissée pour morte.

Mettner traîna au milieu de la pièce un grand panneau auquel était fixée une carte.

— Voici la zone à fouiller, dit-il en montrant une partie de l'Est de Denton délimitée en rouge. C'est ici que Violet Young a été retrouvée.

— Il est possible que le kidnappeur ait caché Lucy quelque part avant la remise de rançon, puis soit allé la rechercher, mais c'est un bon point de départ pour nous. Nous n'avons pas la certitude qu'il l'ait laissée là, donc nous devons chercher tout autour de cet endroit. Si nous découvrons un indice suggérant qu'elle pourrait être ailleurs, nous devrons aussitôt en tenir compte.

Au fond de la tente, quelqu'un demanda :

— Le kidnappeur n'est pas censé déposer Lucy au manège demain ?

— Nous devons prendre en compte la possibilité qu'il n'ait pas l'intention de rendre Lucy, répondit Josie. Il n'a pas pris l'argent, et nous pensons qu'il a tué sa propre complice, Natalie Oliver. Nous savons grâce à Violet Young qu'ils se sont disputés. Nous savons aussi que tous deux étaient au lycée de Denton East, et donc qu'ils ne se sont même pas approchés de Lover's Cave. Leur objectif premier n'est pas tout à fait clair, mais nous savons que le suspect a modifié leur plan, ce qui a déplu à Natalie Oliver.

Josie fit signe à Oaks, qui s'adressa à la foule.

— Natalie Oliver a des résidus de poudre sur les mains. La balle que les médecins ont retirée du pelvis d'Amy Ross était de calibre 308, tirée par une carabine, donc.

— Une carabine assez puissante pour l'atteindre alors que le tir venait de la grotte où Natalie Oliver se cachait, précisa Josie.

— La balle qui a été retirée du cerveau de Natalie Oliver était une balle de 9 mm et, d'après les lésions subies par le crâne, nous pensons qu'elle venait d'un revolver, dit Oaks.

— Toutes les deux pourraient avoir été tirées par des armes volées dans la cabane de chasse, dit Gretchen avant de feuilleter son bloc-notes. Celle de calibre 308 par la Remington 700, celle de 9 mm, par un Glock 19.

Josie hocha la tête et poursuivit :

— Nous pensons que le kidnappeur se cachait dans les Stacks près du terrain de football. Natalie Oliver était censée se rendre sur l'autre site de remise de rançon mais, pour une raison que nous ignorons, peut-être à cause de leur désaccord, elle est venue à Denton East, où elle était restée cachée dans la grotte. Nous pensons que lui ignorait sa présence jusqu'à ce qu'elle tire sur Amy Ross. Quand l'affrontement a commencé entre le suspect et les agents qui patrouillaient sur la crête, elle en a profité pour viser Amy Ross. Le suspect l'ayant alors localisée, il lui a mis une balle dans la tête et a emporté sa carabine.

— Donc il est désormais en cavale, résuma Noah. Sans complice et sans argent.

— Exact, confirma Oaks. Nous ne savons pas ce qu'il va faire ensuite : essayer de revenir sur un des sites pour prendre la rançon, ou retourner là où il a caché Lucy pour relancer l'affaire, à supposer qu'elle soit encore en vie.

— Pourquoi Natalie Oliver a-t-elle tiré sur Amy Ross ? demanda Gretchen.

Josie soupira.

— Nous n'en savons rien. Une forme de jalousie ? Elle estimait peut-être que le kidnappeur compromettait l'enlèvement par son besoin de torturer Amy. Il jugeait la rançon secondaire. Et il a exigé des sacs imperméables alors que l'argent devait être déposé loin de tout point d'eau. Ils craignaient peut-être qu'il pleuve, ou bien ils avaient d'abord envisagé un point de remise près du fleuve, avant de changer d'avis. C'était peut-être la cause de leur désaccord. Impossible de savoir à quoi ils pensaient ou ce qui s'est passé entre eux. Pour le moment, l'essentiel est de localiser Lucy.

— Ou de retrouver son corps, intervint Chitwood.

— Et de mettre la main sur ce salaud avant qu'il tue de nouveau, ajouta Oaks.

— Vos agents à New York ont-ils trouvé quelque chose sur Oliver, ces dernières heures ? demanda Josie.

Oaks hocha la tête. Il fouilla dans les papiers qu'il tenait.

— Natalie Oliver, vingt-quatre ans. Ce sont les services sociaux qui s'en occupent depuis toujours. Ballottée de foyer en foyer. Elle s'est retrouvée livrée à elle-même une fois majeure, à dix-huit ans. A exercé plusieurs petits métiers : serveuse, réceptionniste dans une salle de gym, elle a gagné un peu d'argent comme chauffeuse Uber, elle a travaillé dans une galerie marchande. Elle a étudié quelques semestres à l'Erie Community College de Buffalo. Il y a deux ans, elle a gagné 100 000 dollars à la loterie de New York. Elle a lâché son emploi de vendeuse et s'est installée dans un bel appartement à West Seneca. A payé son loyer pendant un an. Ni le propriétaire ni les voisins ne l'ont vue depuis six mois.

— Un véhicule ?

— Oui. Elle possède une Honda Accord noire immatriculée à son adresse, à West Seneca.

— Pouvez-vous vérifier les caméras aux péages ? A-t-elle un abonnement au télépéage ?

— Non, répondit Oaks, mais une de nos équipes examine les vidéos et nous avons diffusé dans les médias un numéro d'immatriculation au cas où le kidnappeur serait encore en possession de la voiture et s'en servirait.

— Elle avait des amis, des fréquentations ? demanda Josie.

— Nous étudions encore ces pistes. Pour le moment, j'ai des unités à Denton East et à Lover's Cave qui surveillent l'argent. Colin est à l'hôpital avec Amy. J'ai trois agents au Denton Memorial, dont un qui surveille spécifiquement leurs téléphones. Nous avons des unités qui fouillent la zone sur un rayon de trois kilomètres autour de là où Violet Young a été retrouvée, comme l'inspectrice Quinn l'a expliqué. Le bureau du shérif a envoyé ses chiens de sauvetage, et ils chercheront Lucy toute la nuit. Évidemment, il y aura des unités à l'extérieur, qui surveilleront le manège au cas très improbable où le kidnappeur amènerait Lucy.

Josie ajouta :

— J'aimerais que des unités se tiennent prêtes, si jamais il y a du nouveau sur l'un des sites de remise de rançon, ou dans les recherches concernant Lucy. Tous ceux qui sont disponibles devraient participer à la battue.

Tandis qu'ils se dispersaient, Oaks dit à Josie :

— Vous devriez rentrer chez vous. Dormir quelques heures.

— Je ne peux pas, répondit Josie, alors que toutes les cellules de son corps aspiraient au sommeil, ou simplement à s'allonger dans son lit.

— Il a raison, patronne, insista Gretchen. On a travaillé toute la journée. On peut alterner comme la dernière fois. Toi et Noah, vous allez dormir un peu, et ensuite vous nous remplacerez.

Chitwood intervint :

— S'il y a du neuf, vous en serez la première informée, Quinn.

Les quatre inspecteurs de Denton le dévisagèrent. C'était la phrase la moins insultante et la moins hostile qu'il lui avait jamais adressée.

— Chef ?

Chitwood roula des yeux.

— On travaille mieux avec les idées claires. Si je ne m'abuse, aujourd'hui, vous avez sauvé une mourante sur un terrain de foot, escaladé une montagne, pris une balle, puis vous êtes tombée de cette montagne, et maintenant vous êtes encore ici. Est-ce que vous avez mangé, au moins ?

— Euh... non, bredouilla Josie. Je... je n'ai pas eu le temps.

— Alors ne discutez pas. Emmenez Fraley. Mangez et couchez-vous aussitôt. On se revoit dans trois heures, quand vous viendrez relayer Palmer et Mettner.

Josie les regarda tous. Lamay se leva.

— Patronne, moi, je reste. S'il arrive quelque chose, n'importe quoi, je vous appellerai moi-même.

Noah se mit debout et plaça ses béquilles sous ses aisselles.

— Allons-y. L'heure tourne.

63

En chemin, Josie et Noah achetèrent des plats à emporter. Misty et Harris dormaient déjà dans la chambre d'amis. Ils engloutirent leur repas dans la cuisine, pendant que Josie envoyait un texto à Trinity pour voir si elle était encore éveillée. Un instant après, Trinity l'appela.

— Tu es encore debout ? demanda Josie en décrochant.

— Plus pour très longtemps. J'espérais que tu me ferais signe. Il paraît que la police ne veut rien divulguer à la presse, mais ça s'agite beaucoup, dans ton coin. Mon contact à WYEP m'a aussi appris qu'Amy Ross était à l'hôpital. Alors ?

— Il y a du neuf. Amy a été blessée. Je ne peux pas t'en dire plus.

Il y eut un silence.

— Si tu n'étais pas ma sœur, tu ne t'en tirerais pas à si bon compte, déclara Trinity. En tout cas, je veux l'exclusivité quand tout sera terminé. Je fais tout le boulot et tu ne me révèles rien.

— Parce que je n'ai pas le droit. Tu le sais bien.

— Ne t'inquiète pas, je me débrouille toujours pour tout découvrir.

— Je sais bien, dit Josie en riant doucement. Je suppose que tu n'as rien déniché d'utile sur Amy, alias Tessa, depuis ton dernier appel.

— Désolée, Josie. J'ai interrogé deux des Lendhardt qui vivent ici, à Buffalo, et la veuve d'un autre qui est mort. Personne n'a jamais connu de Tessa, et aucun n'a reconnu la photo d'Amy aujourd'hui ou celle d'elle plus jeune que j'ai fait faire.

— Plus jeune ?

— Oui. Il y a quelques années, on a fait un reportage sur une entreprise de généalogie qui se servait d'un logiciel de rajeunissement pour voir à quoi ressemblaient les ancêtres des gens quand ils étaient enfants. J'ai gardé le contact et je leur ai demandé de rajeunir Amy sur la photo pour avoir une image d'elle vers seize ou dix-sept ans. J'ai montré aussi sa photo actuelle, mais si elle a vécu ici il y a vingt-deux ans ou plus, les souvenirs des gens pourraient être ranimés par la version rajeunie d'Amy – ou de Tessa, appelle-la comme tu veux.

— C'est incroyable.

— Demain, j'irai voir les deux autres Lendhardt, puis j'interrogerai les voisins de celui qui est également décédé, puisqu'il n'avait apparemment aucune famille.

— Tiens-moi au courant si tu découvres des choses, dit Josie.

Elle raccrocha et aida Noah à monter l'escalier. Une fois dans la chambre, il s'assit sur le bord du lit et appuya ses béquilles contre la table de chevet.

— Tu penses que Misty va rester longtemps ? demanda-t-il.

Josie fouillait dans sa commode pour trouver un vêtement confortable.

— Je ne sais pas. Jusqu'à ce qu'elle s'estime en sécurité chez elle.

Noah éclata de rire.

— Tu te rends compte que ça pourrait ne jamais arriver ?

— Non. Misty est forte et indépendante. Simplement, cette

histoire d'enlèvement lui fait peur. Quand ce sera fini, je pense qu'elle préférera rentrer chez elle.

Josie laissa tomber ses habits à terre et enfila un t-shirt ample. Elle grimpa dans le lit et s'étendit sur le dos.

— Ça te gêne tant que ça ?

— Non, répondit Noah. Mais j'oublie toujours qu'il ne faut pas faire de bruit pour ne pas réveiller Harris.

Il hissa son plâtre sur les couvertures et s'adossa à la tête du lit. Il tendit la main et caressa les cheveux de Josie.

— Pourquoi ne m'as-tu pas dit que tu t'étais fait tirer dessus ? Je veux la vraie raison.

— Je pensais que j'étais peut-être enceinte.

— Et tu l'es ?

— Non.

Ce moment s'étira entre eux. Les doigts de Noah continuaient à parcourir doucement le crâne de Josie.

— Je pensais aussi que tu pouvais l'être, finit-il par avouer.

— Alors pourquoi n'en as-tu pas parlé ?

— J'imaginais que tu aborderais la question quand tu serais prête. Et puis, cette affaire...

Josie se rapprocha de lui. Il se laissa glisser pour être à plat sur le dos, et elle posa la joue contre sa poitrine. Des larmes coulèrent de ses yeux, mouillant le t-shirt de Noah.

— J'ai quelque chose à te dire.

Il fit descendre sa main vers le dos de Josie, frôlant ses omoplates.

— Quoi ?

— Quand j'enquêtais sur le meurtre de ta mère, le mois dernier, et que je suis allée dans le comté de Sullivan suivre une piste, j'ai passé la nuit chez Luke.

— Je sais.

Elle redressa la tête, tout à coup, et plongea son regard dans ses yeux noisette.

— Pardon ?

— On ne savait pas où tu étais, tu te rappelles ? C'est moi qui ai suggéré à Trinity d'essayer chez la sœur de Luke. J'ai pensé que c'était le seul endroit du comté de Sullivan où tu saurais aller, et que tu devais y être.

— Tu savais que Luke était là ?

Noah haussa les épaules.

— Où est-ce qu'il aurait pu aller, une fois sorti de prison ? C'était leur maison de famille, non ?

— Oui, c'est vrai. Et tu ne t'es pas inquiété ?

— À quel sujet ?

— Je ne sais pas, tu aurais pu avoir peur qu'il se passe quelque chose entre Luke et moi.

— Josie. Tu as beaucoup de défauts, mais tu n'es pas menteuse. Donc non, ça ne m'a pas effleuré.

— Il y a autre chose.

— Quoi ?

— Je me suis soûlée. Au point de ne pas me souvenir d'une partie de la soirée. Je me suis réveillée au lit avec Luke, tout habillée, mais dans le même lit. Même si je n'ai pas couché avec lui.

— Comment le sais-tu ?

— Il me l'a dit. Je lui ai parlé. Ce soir. Je suis désolée.

— Bon, dit Noah. Je suis à peu près sûr d'avoir été un vrai connard à cette époque-là.

— Ça n'excuse pas mon comportement.

Le silence s'abattit sur eux. La main de Noah continuait à explorer le dos et la nuque de Josie. Finalement, il dit :

— Mais j'avais raison.

— À propos de quoi ?

— Je ne pensais pas que tu coucherais avec Luke, et même ivre morte tu ne l'as pas fait.

— Tu es trop indulgent avec moi, protesta Josie.

— Toi, tu l'as été avec moi après la mort de ma mère.

— Ce n'est pas pareil.

— Eh bien, j'ai quand même le droit d'être indulgent avec toi si je veux.

Josie sourit, ferma les yeux et enfonça davantage le visage dans sa poitrine, pour inhaler son odeur.

— Je ne pardonne pas aussi facilement que toi.

— Il y a des péchés pires que d'autres. On parle de ta grossesse ?

— Il n'y a pas eu de grossesse, souligna Josie.

Noah lui pressa l'épaule.

— Tu sais où je veux en venir, Josie.

— Alors non, on n'en parle pas.

— Et si tu avais été enceinte ?

— Arrête.

— Tu serais une mère formidable, Josie.

Elle leva la tête et le regarda dans les yeux.

— Misty m'a dit la même chose, mais comment est-ce que vous le savez ? Comment pourriez-vous bien savoir ça ? Je n'ai eu aucun exemple, aucun modèle. J'ignore tout de la maternité.

Noah écarta ses mèches brunes de ses yeux.

— Tu t'en sortirais. Tu aimerais ton enfant. Tout le reste viendrait naturellement.

— Ah oui ? ironisa Josie. Certaines mères ne se lient pas avec leurs enfants. Elles n'y arrivent pas. Amy, par exemple – à ce que m'a raconté Bryce Graham –, elle aime sa fille, du plus profond de son cœur, et pourtant elle a eu du mal à créer un lien avec elle.

— Mais elle a fini par le faire, et puis ce n'est pas ça qui fait une mauvaise mère.

— Je dis simplement que la maternité n'a rien de naturel. Vivre des choses affreuses change les gens. Ce que j'ai vécu dans mon enfance m'a transformée.

— Je suis d'accord. Ça a fait de toi quelqu'un de meilleur, de plus fort, de plus aimant.

— Je suis ravie que tu penses ça. Mais tu veux bien qu'on en parle une autre fois ? On a besoin de dormir. Lucy Ross est toujours portée disparue. Je ne veux penser à rien d'autre qu'à la retrouver.

Noah rit tout bas et lui embrassa le haut du crâne.

— Tu viens juste de prouver ce que je suis en train de dire.

— Je ne t'entends plus, marmonna-t-elle. Je dors.

64

Quelques heures plus tard, ils remplacèrent Gretchen et Mettner. Le matin succéda à la nuit, le soleil se levant sur Denton avec une splendeur impitoyable, indifférent au drame qui se jouait dans la ville ; Oaks assura à Josie que ses collègues de Buffalo travaillaient dur sur toutes les pistes possibles. Les agents de patrouille de la police de Denton localisèrent la Honda Accord de Natalie Oliver, abandonnée dans un fossé en contrebas d'une route de montagne. La journée s'écoula. Josie laissa Noah à la tente de commandement pour participer aux recherches autour de l'endroit où Violet Young avait été retrouvée. Il n'y avait aucune trace de Lucy ou de son kidnappeur. L'argent était intact. L'heure où Lucy aurait dû être ramenée au manège passa sans que la petite fille réapparaisse.

L'état d'Amy ne s'était pas amélioré mais, comme il y avait des décisions à prendre, Josie envoya Mettner chercher Colin à l'hôpital. Une mince barbe grise couvrait son visage. Il était pâle et émacié, comme s'il avait vieilli de plusieurs décennies au cours de ces derniers jours. Josie lui proposa du café mais il refusa, se laissant tomber sur une chaise pliante à côté de Noah, les yeux vers le sol. Il semblait totalement abattu.

Oaks et Josie se regardèrent. Elle lui fit signe de commencer.

— Monsieur Ross, dit-il. Nous ne pouvons pas laisser votre argent indéfiniment sur les lieux de remise. Nous sommes prêts à attendre encore quelques jours, mais le lycée aura bientôt besoin de son terrain. Que voudriez-vous que nous fassions ?

Colin secoua la tête.

— Je ne sais pas. Comment suis-je censé décider ? Nous ne savons même pas si Lucy est en vie. Ma femme...

Il s'interrompit, les yeux brillants de larmes. Il se tourna vers Josie.

— Que feriez-vous à ma place ?

Josie ne savait plus où se mettre.

— Je n'ai pas d'enfants, monsieur Ross.

— Mais je vous ai vue avec votre fils, le jour où Lucy a disparu. Au parc.

Josie grimaça.

— Harris n'est pas mon fils. Je faisais du baby-sitting pour une amie.

Il digéra l'information, les yeux de nouveau baissés, un muscle tressautant dans sa mâchoire.

— Ma femme vous fait confiance.

— Oui, acquiesça Josie.

— Monsieur Ross, intervint Oaks, nous ne pouvons pas prendre cette décision pour vous.

— Vous pensez que Lucy est en vie ?

— Nous n'en savons rien, répondit honnêtement Josie. Mais nous continuerons à la rechercher.

— Vous pensez qu'il reviendra prendre l'argent ?

— Je ne crois pas, admit Oaks, mais là encore, nous n'avons aucun moyen de prévoir ce qu'il va faire ou ne pas faire.

— Il a cessé d'appeler. Vos agents surveillent le téléphone d'Amy depuis tout ce temps.

Il se cacha le visage dans les mains.

— Mon Dieu, ça ne peut pas se finir comme ça. Ma petite Lucy. Elle ne peut pas s'en aller comme ça.

Josie attendit un instant et, comme il se taisait, elle proposa :

— Il y a une autre solution.

Colin se redressa aussitôt.

— Nous pouvons vous faire passer à la télé. Organiser une conférence de presse. Vous vous adresserez directement à lui.

— Pour dire quoi ?

— Pour lui donner des instructions.

— Ce n'est pas une mauvaise idée, approuva Oaks. Nous n'avons aucun moyen de contacter ce type. Nous ne savons pas où il est, maintenant que son plan a complètement déraillé.

— Les médias sont désormais le seul moyen de l'atteindre, continua Josie. Vous lui dites ce qu'il doit faire. On pourra peut-être l'attirer.

— Je lui laisse l'argent, dit Colin. J'irai le porter quelque part et il pourra le garder. Je veux juste récupérer Lucy.

— Nous allons en discuter, fixer le lieu et l'heure, et nous contacterons la presse. Rentrez donc chez vous. Prenez une douche, changez-vous. Quand vous reviendrez, nous aurons mis au point tous les détails, et nous vous expliquerons ce qu'il faut dire et comment.

Colin se leva.

— Oui, oui. Je peux faire ça.

— Je vous accompagne, déclara Josie. J'aimerais rapporter deux ou trois choses de la chambre de Lucy, si vous permettez. Si ce type a un tant soit peu d'humanité en lui, nous pouvons faire appel à ses sentiments. Lui rappeler que Lucy n'est qu'une petite fille et que, malgré tous ses griefs contre Amy, Lucy n'a rien à voir avec ça.

Colin la suivit jusqu'à son véhicule, et ils parcoururent les quelques centaines de mètres les séparant de la maison des Ross.

— Tous les journalistes sont partis, observa-t-il.

— Ils sont sur les autres sites, dans l'espoir qu'il s'y passera quelque chose d'intéressant. S'ils savaient que vous êtes ici, ils reviendraient.

— Votre agent, Mettner, je crois ? Il a très bien su les éviter quand nous avons quitté l'hôpital.

— Mettner est quelqu'un de bien, dit Josie lorsqu'ils sortirent de la voiture et s'avancèrent jusqu'à la porte.

Colin ouvrit et ils entrèrent. Un calme étrange régnait dans la maison, une odeur de nourriture avariée se répandait dans les pièces. Josie fronça le nez.

— Il doit y avoir quelque chose de pourri dans la cuisine. Nous sommes partis très vite l'autre jour, et je ne suis pas revenu depuis.

Josie désigna l'escalier.

— Montez vous préparer. Je nettoierai la cuisine.

Colin s'arrêta en bas des marches, la main sur la balustrade.

— Inspectrice Quinn, hier soir l'agent Oaks m'a appris que ma femme... qu'elle... qu'Amy n'est pas son vrai nom. Qu'elle en portait un autre auparavant. Tessa quelque chose. Est-ce vrai ? Elle n'est pas qui elle prétend être ?

— Oui, c'est vrai. Je suis absolument désolée.

— Savez-vous... ce qui lui est arrivé ? Pourquoi elle a usurpé l'identité de quelqu'un d'autre ?

— Non. Elle a fait allusion au fait qu'elle avait été coincée dans une relation malsaine. Nous essayons d'en savoir plus sur son passé.

— Je ne savais pas. Je ne l'ai jamais su. Elle a toujours été très angoissée. J'essayais de faire preuve d'empathie, d'être compréhensif mais... en vérité, je n'y suis pas parvenu. Je n'aurais pas dû lui parler comme je l'ai fait l'autre jour. Mes mots ont dépassé ma pensée. Et maintenant... Je ne pourrai peut-être jamais le lui dire.

— Ce n'est pas sûr, elle s'en sortira peut-être. Alors vous pourrez lui dire tout ce que vous avez besoin qu'elle sache. Pour le moment, nous devons nous concentrer sur Lucy. Plus vite vous serez prêt, plus tôt nous pourrons retourner au poste mobile et organiser la conférence de presse.

Avec un hochement de tête, Colin gravit les marches. Josie entrait dans la cuisine pour s'attaquer au ménage quand son téléphone sonna. Trinity.

— Salut, tu as trouvé quelque chose ?

— Martin Lendhardt, un des deux Lendhardt déjà morts, j'ai parlé à ses anciens voisins. Personne ne se souvient de lui.

— Ça ne nous aide pas beaucoup.

— Attends !

Josie entendit l'excitation dans la voix de Trinity.

— Un des voisins a racheté sa maison à une vieille dame encore en vie, elle habite dans une maison de retraite pas loin. Je suis allée la voir. Elle se souvenait de Martin Lendhardt. C'était vraiment un sale bonhomme. Il avait emménagé à côté de chez elle il y a vingt-six ans avec sa jeune épouse.

— Sa jeune épouse ?

— Oui. Qui se prénommait Tessa.

— Tu n'es pas sérieuse ?

— Je te jure.

Josie fit les calculs dans sa tête.

— Attends, il y a vingt-six ans, Amy aurait eu quatorze ans. Cette dame a affirmé qu'ils étaient mariés ?

— C'est ce qu'elle a dit. Ils étaient nouveaux dans le quartier. La femme ne parlait à personne, mais on l'entendait souvent crier. Ils étaient sûrs qu'il la battait mais, chaque fois que quelqu'un appelait la police, Martin inventait une histoire : il avait trop poussé le son de la télévision, et Tessa parlait juste assez longtemps pour affirmer à la police que son mari ne l'avait pas touchée.

— Mon Dieu. Je me demande s'il y a eu des rapports de police sur cette histoire.

— J'en doute. Il n'a jamais été arrêté. Enfin, pas pour des violences conjugales, en tout cas.

— Pour quoi, alors ?

— Attends, c'est là que ça devient vraiment intéressant.

Le rythme cardiaque de Josie accéléra.

— Raconte.

— Tessa et Martin Lendhardt avaient eu un bébé.

— Quoi ?

— Ma source prétend que, lorsqu'ils ont emménagé, elle entendait souvent un bébé pleurer. Elle a fini par oser aller frapper à la porte, un jour où Martin était au travail. Elle a demandé à Tessa si elle avait besoin d'aide, mais ladite Tessa lui a refermé la porte au nez.

— Pourtant, il n'y a rien qui indique que Tessa Lendhardt ait jamais existé, s'exclama Josie. Comment pourrait-elle avoir eu un enfant ?

— Si elle a accouché chez elle... Apparemment, Martin ne la laissait pas sortir très souvent, ou même pas du tout.

— Cet enfant, c'était un garçon ou une fille ?

— La dame ne savait pas. L'enfant ne quittait jamais la maison.

— Comment peut-elle être sûre qu'il y avait un enfant dans cette maison, alors ?

— Elle ne peut pas en être absolument certaine, j'imagine. Mais il y a autre chose.

— En plus du bébé qui n'a peut-être jamais existé ?

— Nous y reviendrons, promit Trinity. Ma source pense que Martin a tué Tessa.

— Pourquoi ?

— Environ cinq ans après leur emménagement, Tessa a disparu. La vieille dame dit qu'elle la voyait passer tous les jours à une des fenêtres. Puis, à partir d'un moment, elle ne l'a plus jamais vue, et Martin est devenu plus affreux que jamais. Elle lui a demandé où sa femme était partie, et il lui a répondu de se mêler de ses affaires. Puisqu'il la battait, il avait dû la tuer et cacher son corps dans la maison. Elle affirme avoir appelé la police : ils sont venus, ils ont passé un moment dans la maison et ils sont repartis. Elle a essayé d'en savoir plus, mais ils n'ont rien voulu lui révéler. Elle a demandé s'ils avaient vu l'enfant dans la maison, mais ils lui ont répondu que ça ne la regardait pas. Et c'en est resté là.

— Sans doute parce que Tessa n'avait jamais existé. Il n'y a aucune trace d'elle où que ce soit. Donc que s'est-il passé ?

Trinity inspira, Josie entendit un bruit de pages que l'on tourne.

— Ma source ne sait pas trop ce qui s'est passé ensuite. Ses enfants l'ont placée dans un hospice. Sa maison a été louée plusieurs fois. J'ai laissé un message à son fils, mais je ne sais pas s'il aura des informations sur tous les locataires, ni si l'un d'eux se souviendra de Martin.

— Évidemment, ce serait trop facile, grogna Josie.

— Mais j'ai vérifié, et Martin Lendhardt a bien été condamné en 2002 pour mise en péril d'un mineur.

Le cœur de Josie lança une série d'éclairs dans sa poitrine.

— Donc il y avait bien un enfant.

— Évidemment. Je n'ai rien pu obtenir d'autre. Mais toi ou le FBI, vous aurez peut-être accès à son dossier ?

— Oui, répondit Josie. Je vais appeler l'agent spécial Oaks. Merci pour tout ça, Trinity. Tu l'auras, ton exclusivité.

Josie raccrocha et téléphona à Oaks, pour lui transmettre tout ce que Trinity avait découvert. Il promit de récupérer le maximum d'informations sur la condamnation de Martin Lendhardt pour mise en danger d'enfant. Josie rangea son portable dans sa poche et tenta de ralentir sa respiration. Cette dernière avancée semblait décisive. Elle espérait que, lorsqu'elle ramènerait Colin à la tente, Oaks aurait avancé.

Elle jeta un coup d'œil dans la cuisine et se mit à nettoyer. Plusieurs tasses de café à moitié bues avaient été laissées sur la table. Quelqu'un avait fait en sorte que du café soit toujours à disposition pendant que le FBI et la police de Denton stationnaient dans la maison. Josie vida les mugs et les rinça. La véritable puanteur venait de la poubelle, qui était pleine de plats à peine entamés, également laissés là par les divers membres des forces de l'ordre qui s'étaient relayés vingt-quatre heures sur vingt-quatre. Ni Amy ni Colin n'avaient eu le cœur à manger depuis que Lucy avait disparu. Elle noua le sac-poubelle. Quand elle alla vers la porte de derrière pour sortir le jeter, quelque chose attira son attention sur le carrelage.

Une empreinte boueuse. Puis une autre, partielle. De quelqu'un qui était entré dans la cuisine par la porte de derrière. D'après la forme, Josie devina que l'individu était chaussé de bottines. Elle repensa à tous les agents qui s'étaient succédé chez les Ross au cours de la semaine écoulée. Aucun ne portait de bottines. Et puis il n'avait pas plu, et il n'y avait pas de boue dans la cour. Josie déposa sans bruit le sac-poubelle. Elle prit son téléphone, envoya un texto à Noah – il serait le plus prompt à réagir – puis elle dégaina son arme de service.

65

Tout en montant les marches quatre à quatre, elle entendit l'eau couler dans la salle de bains. Sur le palier, elle tourna à droite et se mit à vérifier les pièces, le Glock tendu devant elle. D'abord le bureau de Colin, puis la chambre de Lucy. La suivante était la salle de bains. Elle posa une main sur la poignée.

— Monsieur Ross ?

Pas de réponse. Il pouvait être sous la douche. Elle s'imaginait peut-être des choses. Même si le kidnappeur était venu chez les Ross après avoir tiré sur Josie depuis la montagne derrière Denton East, il était sans doute déjà reparti. Pourquoi serait-il venu ici ? Peut-être pensait-il qu'ils avaient rapporté l'argent à la maison, et il voulait donc s'en emparer pendant que personne ne s'y trouvait.

— Monsieur Ross ?

Pas de réponse. Elle tourna la poignée, qui se baissa sans difficulté. Elle poussa la porte, gardant toujours son arme prête à tirer. Le kidnappeur était là. Il plaquait Colin contre le mur en écrasant son cou avec son avant-bras, et pointait un grand couteau au creux de son plexus solaire. Tous deux tournèrent la tête vers elle. Josie visa le ravisseur. Il était plus grand qu'elle ne s'y attendait. Tout s'était passé si vite dans la montagne, elle avait à peine eu l'occasion de voir quoi que ce soit avant qu'il lui tire dessus. Elle pouvait maintenant l'examiner. Ses cheveux bruns hirsutes étaient gras, ils semblaient ne pas avoir été lavés depuis des jours. Son visage et ses vêtements étaient maculés de boue. Il écarquilla ses yeux marron en la voyant.

— Je vous ai abattue !

— Posez ce couteau et éloignez-vous de M. Ross, ordonna Josie.

La voix de Colin s'éleva, étranglée et râpeuse.

— Laissez-le me tuer. Il peut avoir l'argent. Récupérez simplement Lucy. Ramenez-la à la maison.

Josie visait les côtes, mais elle savait qu'elle n'était pas bien placée pour tirer. Pas avec le kidnappeur si proche de Colin. Pourtant, elle n'hésita pas.

— J'ai dit : lâchez ce couteau et libérez M. Ross. Maintenant. Vous êtes en état d'arrestation pour l'enlèvement de Lucy Ross et pour trois meurtres.

Il lui sourit.

— Trois meurtres ?

— Jaclyn Underwood, Wendy Kaplan et Natalie Oliver.

Son sourire s'effaça. Il remua les lèvres mais n'émit aucun son.

— Eh oui, reprit Josie. Nous avons identifié votre amie, et nous savons que vous l'avez tuée. C'est fini pour vous. Je ne veux pas d'autre blessé, même vous, donc posez ce couteau et éloignez-vous de M. Ross.

Les mains de Colin étaient coincées entre son propre cou et l'avant-bras de l'homme, maintenant entre eux juste assez d'espace pour qu'il puisse respirer.

— Je vous en prie, dit-il. Ça m'est égal qu'il me tue. Faites ce qu'il faut pour récupérer Lucy. Il peut garder l'argent.

L'homme toisa Colin un instant.

— Je veux pas de ton fric, connard.

Josie calcula que les renforts mettraient encore cinq minutes pour atteindre la maison des Ross. Cependant, ils n'arriveraient peut-être pas avant que ce type plonge son couteau dans la poitrine de Colin ou qu'elle doive lui tirer dessus.

— Qu'est-ce que vous voulez ? demanda Colin, les yeux exorbités. Peu importe ce que c'est, je vous aiderai. Je veux juste qu'on me rende Lucy.

— Ta femme te dira peut-être un jour ce que je veux. À moins qu'elle soit déjà morte ?

— Tessa est en vie, lança Josie.

Il tourna aussitôt les yeux vers elle et elle vit se relâcher un peu la main qui tenait le couteau.

— Elle vous l'a dit ?

— Quoi ?

— La vérité. Ce qu'elle m'a fait.

— Que vous a-t-elle fait

Il baissa la main, son avant-bras s'écartant légèrement de la gorge de Colin, qu'il maintenait néanmoins en place.

— Vous vous foutez de ma gueule. Si elle vous avait dit ce qu'elle a fait – la vérité, la vérité vraie –, vous l'auriez arrêtée. Elle serait en prison, pas à l'hôpital.

— Amy ne ferait de mal à personne, hoqueta Colin. Vous devez vous tromper. Tout ça est un énorme malentendu. Je vous en prie, ramenez-nous Lucy. Je ne sais pas ce que ma femme a fait selon vous, mais vous vous trompez. Lucy n'a rien à voir avec tout ça. Ramenez-la ici et je vous promets que nous oublierons tout.

L'homme réappuya brutalement son avant-bras contre le cou de Colin, dont le crâne percuta le mur.

— C'est toi qui te trompes, connard. Ta femme, tu ne la connais pas. C'est une sale garce malfaisante. Tu crois qu'elle pense à Lucy ? Tu crois qu'elle pense à autre chose qu'à elle-même ? Regarde ce qu'elle m'a fait, à moi. Regarde !

De sa main libre, il fit sauter les boutons de sa chemise, dévoilant une poitrine pâle et peu velue. De larges cicatrices argentées s'étendaient sur son torse. De vieilles entailles, ou des marques de coups, Josie ne pouvait en être sûre. Il y avait des brûlures de cigarette et, en bas du ventre à gauche, une balafre en forme de boucle de ceinture. Les cicatrices étaient vieilles et décolorées, mais si indélébiles qu'elles étaient encore visibles à l'âge adulte.

Des cicatrices d'enfance, nota vaguement Josie dans un coin de son cerveau, mais elle fit taire cette voix parce que la partie de son esprit qui était en état d'alerte maximale remarqua que l'homme avait enfin baissé son couteau. Lentement, Colin se laissa glisser jusqu'au sol.

— Si Amy vous a fait ça, il faut que vous me racontiez ce qui s'est passé, annonça Josie. Posez ce couteau. Je poserai mon arme. Je suis prête à vous écouter, mais ça ne doit pas se passer comme ça.

Il eut un rire amer.

— Je ne crois pas. Vous savez quand les gens vous écoutent ? Quand vous avez un couteau à la main.

— Que voulez-vous ?

— Je veux qu'elle paie.

— Qui ? Tessa ? Vous pensez qu'elle n'a pas assez payé, encore ? Vous lui avez pris toutes les personnes qu'elle aimait – Jaclyn, Wendy et surtout Lucy. Et maintenant, en plus, elle est à l'hôpital, dans un état critique. Qu'est-ce qu'il vous faut de plus ? Vous voulez qu'elle meure ?

Il secoua la tête.

— Je veux qu'elle souffre. Comme moi j'ai souffert.

À toute vitesse, Josie tâcha encore de passer en revue tout ce qu'elle savait sur cette affaire, et ce que Trinity venait de lui apprendre. L'homme qu'elle avait devant elle ne pouvait pas avoir plus de vingt-six ou vingt-sept ans. Sa complice n'en avait que vingt-quatre. Tous deux devaient être des bébés, ou du moins de tout jeunes enfants, quand Amy vivait à Buffalo sous le nom de Tessa.

— C'était vous ou Natalie ? Ou tous les deux ?

— Moi ou Natalie quoi ?

— Vous étiez ses enfants, murmura Josie.

Au rez-de-chaussée, la porte principale s'ouvrit et l'on entendit ensuite une demi-douzaine de personnes investir la maison. Le cri « FBI » monta dans l'escalier. L'homme ouvrit de grands yeux. Il contempla Colin, en position fœtale sur le sol carrelé. D'une main, il brandit son couteau et, de l'autre, il attrapa Colin. Josie tira. La balle effleura le haut du bras, mais ce fut assez pour qu'il lâche son arme. La lame tomba bruyamment et Josie se jeta sur lui, son arme braquée sur sa poitrine, lui hurlant de lever les mains en l'air et de se mettre à genoux. D'un coup de pied, elle projeta le couteau sous la baignoire à pattes de lion. Elle savait que les agents du FBI s'étaient précipités dans l'escalier, leur ombre s'étalait maintenant derrière elle. D'un air de défaite, le kidnappeur de Lucy tomba à genoux et mit les mains derrière la tête.

66

J'ai attendu le rugissement de son camion au démarrage. Quand j'ai entendu crisser ses roues, j'ai commencé à travailler sur la serrure de la porte de la chambre. Quand il était à la maison, il me laissait aller dans les autres pièces à condition que je reste calme. Il ne me laissait pas jouer comme elle le faisait, et on n'avait jamais de biscuits. Le plus souvent, je restais dans ma chambre. À la moindre incartade, il me frappait ou il imaginait une autre punition pire encore. Une qui laissait des cicatrices. Parfois, je le mordais ou j'essayais de lui donner des coups de poing et des coups de pied, je tentais de lui laisser des marques sur le corps comme il en laissait sur le mien. Ça me faisait du bien de me battre contre lui. Quand je voyais son sang, quelque chose s'animait en moi, comme si on avait appuyé sur un interrupteur. Je rêvais de me procurer un couteau pour l'utiliser sur sa peau tannée. Mais quand je lui faisais mal, il me battait encore plus violemment. Ces derniers jours, je n'avais pas quitté le salon, et j'avais étudié silencieusement le mécanisme qu'il avait installé sur la porte de ma chambre pour m'y enfermer. Il était rudimentaire, c'était un simple crochet. Je pensais que je pourrais l'ouvrir de l'intérieur avec quelque chose de fin.

Un couteau suffirait. Sans qu'il le remarque, j'ai réussi à en voler un dans la cuisine avant qu'il m'enferme de nouveau. L'idée de le garder pour la prochaine fois qu'il me laisserait sortir m'a traversé l'esprit. Je pourrais le cacher dans ma chemise et m'en servir pour le poignarder quand il serait absorbé par la télévision.

Mais il fallait que je m'en tienne à mon plan. Il fallait que je m'en aille, exactement comme elle.

Faire sauter le crochet qui maintenait la porte de ma chambre fermée n'a pas pris longtemps. À cause de l'euphorie, j'avais des picotements sur la peau. Je n'ai pas pris la peine de rassembler des affaires comme elle l'avait fait. J'avais beau savoir qu'il n'était pas là, j'ai essayé de me déplacer aussi discrètement que possible. C'était une habitude que je ne perdrais peut-être jamais. En quelques secondes, j'ai pu sortir par la porte principale. Les premiers rayons du soleil surgissaient à l'horizon. Comme je n'avais plus couru depuis très longtemps, mes jambes se sont dérobées sous moi au bout de cent mètres. J'avais les poumons en feu.

Deux lumières sont apparues au loin. Exactement comme la nuit où elle a essayé de m'amener à la maison. Mon esprit ordonnait : *Cours ! Sauve-toi !* Mais mon corps ne voulait pas m'obéir. Je n'arrivais pas à bouger, comme si mes os avaient fondu. Les lumières se sont arrêtées près de moi, aveuglantes. Une portière s'est ouverte, puis refermée. J'ai senti des mains m'arracher au trottoir froid. Elles me tenaient doucement, ça m'a rappelé la façon dont elle me caressait autrefois. Je ne voulais pas pleurer, mais des larmes brûlantes ont ruisselé sur mon visage.

Un visage que je n'ai pas reconnu s'est interposé entre moi et les lumières. Une femme. Ni elle, ni la femme argentée. Quelqu'un d'autre.

— Mon Dieu, s'est-elle exclamée. Qu'est-ce qui t'est arrivé ? Est-ce que ça va ?

Une grosse boule s'est formée dans ma gorge. J'étais à peine capable de parler, alors j'ai secoué la tête. Non, ça n'allait pas.

Elle a pris mes joues entre ses mains.

— Je vais téléphoner à la police. Tu sais quoi ? Tu vas venir dans ma voiture et je vais t'emmener à l'hôpital. Ce sont eux qui contacteront la police. Allez, viens, on y va.

Je l'ai laissée me déposer à l'arrière de la voiture. En démarrant le moteur, elle m'a demandé :

— Comment tu t'appelles, mon petit ? Tu peux me dire ton nom ?

Je me suis souvenu du prénom que ma mère me donnait.

— Gideon. Je m'appelle Gideon.

67

— Mais bon sang, c'est qui, ce gamin ? demanda Chitwood à la cantonade.

Josie, Noah, Mettner, Gretchen, Oaks et Chitwood s'entassaient dans une des salles de visionnement du commissariat de Denton pour observer l'homme qu'ils avaient appréhendé chez les Ross, filmé en direct tandis qu'il était assis seul dans une salle d'interrogatoire au bout du couloir. Ils l'avaient laissé menotté et il s'était avachi sur une des chaises métalliques, posant sur ses genoux ses poignets attachés. Il ne leur avait pas dit un mot depuis qu'ils l'avaient amené là.

— C'est le fils d'Amy Ross et de Martin Lendhardt, dit Josie. J'en suis certaine.

— Tu penses que c'est elle qui lui a fait toutes ces cicatrices ? demanda Gretchen.

— Je ne l'ai jamais trouvée très sympathique, avoua Noah, mais je ne la vois pas torturer un petit garçon.

— Non, répondit Josie. Ce n'était pas elle. C'est Martin qui a été condamné pour mise en péril d'un mineur. Toutes ces marques, c'est forcément lui.

— Ça n'explique pas le genre d'abus qu'il a subi étant gosse, à en juger d'après les cicatrices, déclara Noah. Il ne s'agit pas de simple négligence, ou d'un enfant laissé dans une situation dangereuse. Il a clairement été victime de maltraitance.

— Eh bien, je ne sais pas vraiment ce qui s'est passé, mais il accuse Amy de tout ce qui lui est arrivé.

— Bon, et comment s'appelle-t-il ? demanda Chitwood.

Le téléphone d'Oaks gazouilla. Il décrocha avec un « allô » plutôt brusque, écouta quelques minutes, puis remercia son interlocuteur. Il se tourna ensuite vers Josie.

— C'était un de mes agents à Buffalo. Ils sont en contact avec le procureur de district et ont eu accès au dossier de Martin Lendhardt. Il avait un fils, mais pas de fille, et ce fils s'appelait Gideon. Gideon Lendhardt.

— Quel âge ?

— Vingt-six ans, maintenant. Je devrais obtenir la photo de son permis de conduire d'ici quelques minutes. Nous verrons si elle correspond à notre suspect. Il s'est enfui de chez Martin Lendhardt à neuf ans, souffrant de malnutrition et couvert de cicatrices. Il n'avait pas été scolarisé. Martin a été arrêté. Gideon en était terrifié et il a refusé de parler de lui ou de ce qui s'était passé dans la maison. L'avocat de Martin a prétendu que c'était la mère de Gideon qui le battait et l'affamait. Mais elle avait disparu.

— Très commode pour lui, commenta Josie.

— Ils n'ont pas pu prouver que ce n'était pas elle, poursuivit Oaks. Le mieux qu'ils ont pu faire, ç'a été de l'accuser de mise en péril d'un mineur. Un an de prison. Gideon a été placé en famille d'accueil, il a connu plusieurs foyers successifs, jusqu'à l'âge de dix-huit ans.

— Natalie Oliver aussi était une enfant placée, souligna Gretchen.

— Donc nous savons comment ils se sont rencontrés, dit Noah.

— Et nous savons qu'Amy, ou Tessa, l'a abandonné. Mais nous ne savons toujours pas où est Lucy. Je vais lui parler.

68

Josie était assise face à Gideon Lendhardt. De l'autre côté de la table d'interrogatoire, il la dévisageait d'un œil furieux. Rien ne garantissait qu'il lui parle, mais il n'avait pas non plus demandé d'avocat, donc Josie allait tenter sa chance.

— Gideon, qui a eu l'idée de retrouver Tessa pour la faire payer ? Vous ou Natalie ?

Aucune réponse.

Josie continua.

— Je pense que c'était le rêve de votre vie, de la faire payer, mais que c'est Natalie qui a conçu un plan. Vous vous êtes rencontrés dans un foyer, c'est bien ça ? Je crois que vous aviez neuf ans quand on vous a pris pour de bon à votre père. Après ça, vous êtes ballotté de famille en famille. Un jour, vous rencontrez Natalie, vous devenez bons amis. Peut-être même amants, par la suite ?

Elle vit dans ses yeux qu'elle avait visé juste.

— Vous vous compreniez, n'est-ce pas ? Tous les deux enfants placés. Tous les deux chassés d'un système qui ne s'intéressait plus à vous dès lors que vous aviez dix-huit ans. Et puis vous trouvez Tessa. Vous découvrez qu'elle vit en Pennsylvanie avec son mari et sa fille. Vous voulez vous venger, mais vous ne savez pas comment. Natalie y voit une opportunité non seulement de prendre votre revanche, mais aussi d'en tirer un peu d'argent. C'est elle qui s'occupe de la logistique, pas vrai ? Des préparatifs. Qu'est-ce qu'elle y gagnait ? Juste de vous rendre heureux ? Ou bien elle voulait l'argent ? Je sais qu'elle avait connu la belle vie. Elle avait gagné à la loterie. Elle savait qu'elle pouvait obtenir une rançon du nouveau mari de Tessa, hein ? Tous les deux, vous n'aviez qu'à apprivoiser la petite Lucy quelques mois avant l'enlèvement, n'est-ce pas ? Obtenir sa confiance, devenir ses amis. Lui promettre quelque chose d'irrésistible, peut-être l'emmener dans un jardin à papillons, quelque chose comme ça. Enfin, c'est sans doute Natalie qui a inventé ça. Vous, vous vouliez juste la voler à ses parents ?

— Ça aurait été beaucoup plus simple, admit-il.

— Oui, je suppose. Votre plan est assez compliqué. Surtout le manège. Pas de caméras dans le parc, ça, c'était malin. Qui a donné le signal à Lucy ? Vous ou Natalie ? C'était vous, non ? Natalie est allée chez les Ross laisser votre message secret dans l'ours en peluche, hein ?

— Si vous voulez mon avis, c'était un coup de génie, dit-il en souriant. Je regrette seulement de ne pas avoir vu la tête de Tessa quand elle l'a entendu.

Bien qu'écœurée par la joie qui se peignait sur son visage, Josie se força à poursuivre.

— Où avez-vous emmené Lucy ?

— Vous croyez que je vais vous le dire ? Vous n'êtes pas futée, finalement. Un peu comme Tessa.

Josie ne releva pas cette pique.

— Eh bien, je sais que vous avez beaucoup bougé. Campé dans les bois. Séjourné à l'usine un moment. Ça aussi, c'est malin, de toujours se déplacer.

Il ne réagit pas.

— Gideon, qu'avez-vous fait à Lucy ?

Aucune réponse.

— Lucy n'a pas mérité ça, vous savez. Elle est innocente.

— Moi aussi, j'étais innocent, marmonna-t-il.

— Oui, c'est vrai. Ce qui vous est arrivé a dû vous causer un vrai traumatisme.

— Vous n'en savez rien, bordel.

— Je sais qu'on vous a pris à votre père quand vous aviez neuf ans. Je sais aussi que votre père a raconté aux services de protection de l'enfance que toutes ces cicatrices étaient le fait de Tessa. Mais si ç'avait vraiment été le cas, ils vous auraient laissé avec lui, non ?

Il ne répondit pas. Une veine vibrait sur son front.

— Vous n'avez jamais été rendu à votre père. Pendant toutes ces années, ils ne vous ont jamais renvoyé chez lui. Nous n'avons pas accès à votre dossier de placement, mais je suppose que si vous n'êtes jamais retourné chez vous, c'est parce que vous étiez violent, exactement comme votre père.

— Je ne ressemble pas du tout à ce salaud, grommela-t-il.

— Eh bien, vous ne ressemblez pas non plus à votre mère. Elle est douce et aimante.

Il recula légèrement sa chaise, dont les pieds raclèrent le sol.

— Elle fait semblant.

— Comment le savez-vous ?

— Parce qu'une garce qui laisse son gosse à quelqu'un comme mon père ne peut pas être aimante. Une garce qui abandonne son enfant sans aucun remords n'est ni douce ni aimante. Quoi qu'elle ait pu vous raconter pour vous faire croire ça, elle fait semblant.

Josie adoucit son ton.

— Quel âge aviez-vous quand elle est partie ? Vous vous souvenez vraiment d'elle ?

— Je m'en souviens assez. Je me souviens du jour où je me suis réveillé parce que j'avais faim, et où je l'ai cherchée, mais elle était partie. Mon père m'a dit qu'elle nous avait quittés. Il m'a dit qu'elle ne nous aimait pas. Que c'était une menteuse et qu'elle ne reviendrait pas me chercher. J'ai attendu. Elle n'est jamais revenue.

— C'est votre père qui vous a laissé ces marques, n'est-ce pas ?

Il baissa les yeux un instant.

— C'est sa faute, à elle. Si elle était restée, il se serait défoulé sur elle, pas sur moi. Elle aurait pu m'emmener avec elle, mais elle ne l'a pas fait. Elle est partie mener la belle vie et elle m'a laissé dans ce merdier où mon père me battait simplement parce qu'il pensait à elle en me voyant. Les brûlures de cigarette, une bonne partie des marques, oui, tout ça, ça vient de lui.

— Les autres, c'était en famille d'accueil ? devina Josie.

— Je n'aurais jamais été placé en famille d'accueil si elle n'était pas partie. Vous ne comprenez vraiment rien ? J'ai été torturé. Ma vie était un enfer sans fin. Tout ça parce qu'elle m'a abandonné. Elle m'a laissé là, et elle n'est jamais revenue.

Josie pensa à l'une des conversations qu'elle avait eues avec Amy : elle lui avait dit qu'elle voulait simplement la vérité, et peu lui importait qu'Amy ait tué quelqu'un. Amy avait répondu : « J'ai fait bien pire. » Parce qu'elle avait abandonné son propre enfant, le condamnant effectivement à un sort pire que la mort.

— Comment l'avez-vous retrouvée ? demanda Josie. Comment avez-vous même su qu'elle était en vie ?

— Par mon père. Il y a quelques années, je suis allé le voir. Quand j'ai eu dix-huit ans, j'ai préféré l'éviter, mais quelqu'un m'a appris qu'il était malade, vraiment malade. Alors j'y suis allé. Il avait perdu toute son énergie. Il n'était plus dangereux. Cancer des os. Vraiment douloureux. C'était la fin. Je savais qu'il allait mourir, alors je lui ai demandé, pour elle. Je voulais une photo, quelque chose. On n'avait jamais eu de photos, rien du tout. C'était presque comme si elle n'avait jamais existé, mais je savais. Je savais qu'elle avait été là.

— Qu'est-ce qu'il vous a répondu ?

— Les mêmes choses que d'habitude. C'était une sale menteuse qui nous avait abandonnés. Je lui ai demandé si elle vivait encore. Il m'a dit que, pendant des années, il l'avait crue morte, et que c'était pour ça qu'il ne l'avait jamais recherchée. Mais un jour, en chimio, en feuilletant des magazines, il était tombé sur une sorte de dépliant laissé par un représentant en produits pharmaceutiques, sur Quarmark et leur nouveau médicament extraordinaire. Ça l'a intéressé parce que leur truc était censé empêcher le cancer des os de se propager, ou d'éviter la métastase osseuse. Ça empêchait le cancer d'attaquer les os, je ne sais pas. Peu importe. De toute façon, il n'avait pas les moyens de se le payer, leur putain de médicament. Mais le dépliant parlait de l'équipe de Quarmark. Ils avaient donné une grande fête à New York, et un des types chargés de la tarification était sur les photos.

— Et votre père a reconnu votre mère sur la photo, à côté de l'homme en question ? compléta Josie.

— Oui. Elle était là, comme un genre de top model, pendant que mon père crevait dans le merdier où elle l'avait laissée, et il était tellement fauché à la fin que la banque a tout pris. Il ne restait rien pour moi.

— Donc vous avez décidé de vous en prendre à elle.

— Je voulais juste la faire souffrir, elle, mais après j'ai su qu'elle avait un gosse. Là, j'ai su ce que je devais faire.

— Natalie vous a aidé.

— Oui, mais elle a pété un câble, elle a dit que je ne suivais pas le plan qu'on avait décidé. Tout ce qu'elle voulait, c'était le fric. Moi, je m'en foutais. Je voulais faire souffrir Tessa. Nat a dit que je gâchais tout. Que j'étais obsédé par Tessa, qu'il fallait l'éliminer.

— Donc vous avez tué Natalie.

Il ne répondit rien. Josie changea de tactique.

— C'était votre seul point de désaccord ?

— Ça l'a emmerdée que je change l'endroit où ils déposeraient la rançon. On avait pensé faire ça ailleurs, près du fleuve, mais j'ai changé à la dernière minute. Ça ne lui a pas plu.

Le jour où ils avaient enlevé Violet Young, leur dispute n'avait donc aucun rapport avec Lucy. Cela ne signifiait pas pour autant que la petite fille soit encore en vie.

Josie sentit monter la nausée familière dans son estomac.

— Gideon, qu'avez-vous fait de Lucy ?

69

Gideon se pencha en avant, ses mains menottées tendues vers elle sur la table. Le sourire qui fendait son visage horrifia Josie.

— Devinez !

— Vous savez que vous allez avoir de gros ennuis, non ? S'il y a au moins une chance que Lucy soit encore en vie, ce n'est plus le moment de jouer à votre petit jeu. Rendez-nous Lucy, et je négocierai un accord avec le procureur de district, par exemple pour vous éviter la peine de mort.

Il cessa de sourire.

— Ah, vous n'aviez pas prévu ça ? La peine de mort a été abolie dans l'État de New York, c'est vrai, mais en Pennsylvanie, nous l'avons toujours.

Il resta muet, le visage durci. Josie aperçut la mine qu'il devait avoir face à ses victimes. L'aspect terrifiant qu'il présentait en tant qu'agresseur, vu de près.

— Votre unique chance d'éviter la peine de mort, c'est de rendre Lucy. Qu'avez-vous fait d'elle ?

Un long silence s'étira entre eux. Josie veilla à ne pas baisser les yeux la première. Finalement, elle soupira comme si elle s'ennuyait et se leva pour sortir. Elle avait la main sur la poignée de la porte quand Gideon l'apostropha :

— Si vous étiez moi, vous en auriez fait quoi ?

Là encore, Josie fut prise d'une envie de vomir. Elle tenta de ne pas se laisser déstabiliser. Se retournant vers lui, elle garda une voix calme et lui demanda sans trahir la moindre émotion :

— Où est son corps ?

Il s'empourpra et frappa du poing sur la table.

— Putain, vous croyez que je tuerais une gamine ?

Josie se rapprocha de la table, y posa ses deux mains et se pencha vers lui.

— Oui, je le crois. Vous êtes le fils de votre père.

Il bondit de sa chaise pour se jeter sur elle, mais Josie ne broncha pas, alors même que son cœur lui martelait si fort la poitrine qu'il menaçait de lui traverser le sternum. Son visage était à quelques centimètres du sien. Elle détecta dans son haleine un parfum de cigarette et une odeur fétide.

— Je ne suis pas comme lui.

— Si vous n'avez pas tué Lucy, alors où est-elle ?

— N'essayez pas de me piéger, éructa-t-il.

Josie secoua la tête.

— Vous croyez que j'ai le temps pour ça ? Pour vous piéger, pour jouer à vos petits jeux ? J'ai un objectif, Gideon. Un seul. Trouver Lucy Ross. C'est tout. Ça s'arrête là. Donc si vous refusez de m'aider – et de sauver votre peau au passage –, je n'ai pas de temps à perdre avec vous.

Elle pivota sur ses talons. Il lui cria :

— Ah oui, donc vous vous en allez. Comme elle. Vous êtes toutes les mêmes, des vraies salopes. Vous voulez savoir où elle est, la gosse ? Devinez. Qu'est-ce que vous feriez d'elle, à ma place ? Si vous vous intéressez vraiment à Lucy Ross, vous trouverez. Hé, t'en va pas comme ça, connasse. T'en...

La porte se referma derrière elle.

Elle traversa le couloir et entra dans la salle de visionnement. Chitwood, Noah, Gretchen, Mettner et Oaks la dévisagèrent.

— Ça s'est bien passé, ironisa Chitwood.
— Il ne m'aurait rien dit. C'est un pauvre type, c'est pathétique. Il n'a que ça. Il est aux commandes de son petit jeu. Il ne lâchera jamais. Il n'a plus rien à perdre.
— Tu crois qu'il l'a tuée ? demanda Gretchen.
— Je ne sais pas.
— Donc nous devons résoudre sa devinette. Si nous étions à sa place, que ferions-nous de Lucy Ross une fois que le plan original est parti à vau-l'eau ?
— Il ne l'aurait pas libérée, déclara Oaks. J'ai toujours pensé qu'il n'en avait pas l'intention.
— Il ne l'aurait pas libérée parce qu'il veut qu'Amy attende sans savoir, comme quand il était enfant, précisa Josie. Il attendait que sa mère revienne. Il se demandait si et quand elle reviendrait.
— C'était une torture pour lui, c'est certain, ajouta Gretchen.
— S'il tue Lucy et qu'on retrouve le corps, ça mettra un terme à l'incertitude, dit Noah.
— Mais s'il la tue et qu'il cache son corps assez bien, l'incertitude n'en finira jamais, rétorqua Chitwood.

Josie ne pouvait le nier, mais elle ne pouvait pas non plus renoncer à l'éventualité que Lucy soit en vie. Si la fillette vivait encore, elle était seule quelque part, terrorisée. Les heures étaient comptées.

— Supposons une minute qu'il est sincère lorsqu'il prétend qu'il ne tuerait pas un enfant, commença-t-elle.
— Si elle est vivante, il l'a laissée quelque part, poursuivit Gretchen. Mais où ?
— Quelque part où on ne la trouvera pas, répondit Noah.
— Auquel cas on peut considérer qu'elle est déjà morte, affirma Oaks.

— Dans la forêt, on ne la retrouverait pas, suggéra Gretchen.

Noah émit un long grognement.

— Ça peut être n'importe où. Dans absolument n'importe quel endroit en dehors de la ville.

— Pourquoi l'aurait-il laissée dans les bois ? s'étonna Chitwood.

— À cause de ce qu'il a vécu, dit Josie. Quand il était enfant, Amy l'a abandonné dans la forêt, métaphoriquement parlant. Elle l'a laissé entre les mains d'un père violent. Il a dû se débrouiller tout seul.

— Mais il s'en est sorti, précisa Noah. Donc si le jeu consiste à recréer ce scénario – un enfant qu'on laisse se débrouiller seul dans un environnement hostile –, il y a une chance pour qu'elle s'en sorte, pour qu'elle survive.

— Les gens peuvent survivre dans les bois, même les enfants, observa Gretchen.

— Pas un enfant de sept ans, rectifia Josie.

— Il n'a aucune notion de l'âge, fit remarquer Oaks. Il n'a pas eu une enfance normale. À sept ans, il avait déjà dû apprendre bien plus de techniques de survie que Lucy Ross. Il ne réfléchit pas à ce que ça représente pour elle, d'avoir sept ans. Il pense à ce que c'était pour lui.

— Ce qui nous ramène dans les bois, dit Chitwood.

— Prenons une carte, proposa Josie.

Quelques minutes plus tard, ils étaient réunis autour de Noah qui était allé chercher sur Google Earth une photo satellite du comté.

— Mon Dieu, s'exclama Oaks, c'est vraiment chercher une aiguille dans une botte de foin. Comment trouver une petite fille de sept ans dans des hectares de forêt ?

Josie contempla la carte.

— Il a dû y réfléchir. Il ne l'aurait pas simplement abandonnée n'importe où. Il a dû la déposer à un endroit où elle n'arriverait pas tout de suite dans une zone résidentielle. Ici.

Elle désigna le Sud de Denton, où finissait le comté d'Alcott et où commençait le comté de Lenore.

— La réserve de chasse et de faune sauvage, peut-être ? C'est isolé.

— Trop de monde, jugea Noah. C'est un espace public. Avec des randonneurs, des pêcheurs, des chasseurs. Il y aurait beaucoup plus de chances que quelqu'un la retrouve là-bas.

— Vous croyez ? Personne ne met les pieds dans certaines zones pendant des mois, affirma Mettner. Il y a des tas d'animaux ; si j'étais ce dingue et que je jouais à son jeu tordu pour voir si une gamine de sept ans peut sortir du bois vivante, je choisirais peut-être la réserve.

— En tout cas, dit Oaks, ça ne doit pas être si loin que ça. Entre l'heure de la remise de la rançon et le moment où Quinn l'a surpris chez les Ross, il ne s'est écoulé que vingt-quatre heures environ. Il a dû aller là où il avait enfermé Lucy, la récupérer, la conduire où il voulait la laisser, et repartir chez les Ross.

— En vingt-quatre heures, il aurait pu l'emmener n'importe où dans l'État, souligna Josie. Ça ne nous paraît pas long, mais on peut facilement rouler pendant six heures en partant d'ici, rester quelques heures sur place une fois à destination, et avoir le temps de revenir.

— Nom de Dieu, jura Chitwood, on ne la retrouvera jamais. Il faudrait que quelqu'un tente de le faire avouer.

— Dommage qu'on ne puisse pas lui taper dessus pour ça, commenta Noah.

Il y eut des hochements de tête autour de la table.

— Je vais rêver que je tabasse ce salaud jusqu'à la fin de mes jours, marmonna Oaks. Mais ce n'est pas une option.

— Il n'est pas d'ici, signala Josie. Pas plus que Natalie Oliver.

— Et alors ? Moi non plus, je ne suis pas d'ici, répliqua Chitwood. Palmer non plus. Qu'est-ce que ça change ?

— Comment a-t-il connu Lover's Cave ? C'est un lieu-dit qui n'est pas indiqué sur les cartes, insista Josie.

— Leur opération de reconnaissance a duré des mois, observa Mettner.

— Quand même. Chef, vous êtes ici depuis au moins un an. Vous en aviez déjà entendu parler, avant cette affaire ?

— Non. Mais je ne suis pas en quête d'endroits abandonnés où squatter.

— Quelqu'un a dû lui parler de Lover's Cave. Seuls les gens d'ici la connaissent.

— Moi, je connaissais l'existence de la grotte, annonça Gretchen. Au *Komorrah's Koffee*, ils exposent le travail des artistes et des photographes de la région, et il y a pas mal de photos des formations rocheuses remarquables du coin.

Josie voyait très bien de quel mur elle parlait. Une section entière avait été consacrée aux images d'un photographe local qui avait ensuite eu un grand succès et qui voyageait maintenant à travers le monde, travaillant en freelance pour des magazines et des sites internet comme *National Geographic* et le *Smithsonian*. Il avait photographié des endroits que seuls les habitants de la ville fréquentaient, comme les rochers situés dans les forêts environnantes. Josie les connaissait bien : Broken Heart, les Stacks, Turtle, Lover's Cave, et l'Overlook.

— Mett, allez au *Komorrah's* pour prendre ce mur en photo.

Mett obéit à Josie sans un mot et sortit au pas de course.

— Sérieusement, Quinn ? lança Chitwood. Vous allez rechercher la gamine sur la base de trois photos accrochées au mur d'un café ? Vous vous rendez bien compte que Lucy pourrait être tuée pendant que vous jouez aux devinettes avec ce monstre ?

— Il est dans la région depuis des mois. Bien avant qu'ils

enlèvent Lucy, avant qu'ils soient recherchés par la police, ils ont dû aller plusieurs fois au *Komorrah's*.

— Ça attire beaucoup de gens, souligna Noah.

Chitwood lui adressa un regard noir.

— Peut-être qu'un jour, en attendant leur commande, ils ont vu le mur et il a eu l'idée d'utiliser un de ces endroits comme lieu de remise de la rançon.

— Vous déconnez complètement, Quinn.

— Vous avez une meilleure suggestion pour restreindre le périmètre des recherches, chef ? demanda Oaks.

Chitwood ne répondit pas. Il se détourna d'eux et se mit à arpenter la pièce. Le téléphone de Josie gazouilla. Elle ouvrit le texto de Mettner et afficha la photo.

— Je vois les Stacks. Ça ne peut pas être là. C'est juste derrière le lycée où Oliver a été tuée. Broken Heart, c'est aussi tout près de Denton East. Assez pour que Lucy sorte vite du bois. Turtle...

— C'est derrière une zone résidentielle, compléta Noah. Cette partie-là de la forêt n'est pas très grande.

— Tu as raison. Ce n'est pas très grand. C'est juste derrière le parc de mobile homes où j'ai grandi.

— Qu'est-ce qu'il reste ? s'enquit Noah.

— L'Overlook.

— C'est un point de rendez-vous pour les amoureux ? demanda Gretchen.

— Non, c'est un énorme rocher au beau milieu des bois. Il est presque à la verticale, mais il y a une pente qui permet d'aller se promener en haut.

— Et on peut redescendre sur les fesses, ajouta Noah. C'est une sorte de toboggan géant.

— Immense, grand comme un arbre, renchérit Josie. Et plat sur le dessus.

— Ça ne surplombe rien du tout, en fait. Mais on est à la

hauteur des cimes. C'est juste un endroit cool, et un peu bizarre, car c'est un gros rocher tout seul en plein milieu de la forêt.

— On peut le trouver sur la carte ? questionna Gretchen.

Elle s'approcha de l'ordinateur et dézooma pour avoir une vue plus large autour de la réserve de chasse et de faune sauvage qu'ils avaient examinée. Elle pointa différents sites pour les orienter.

— Voici l'Ouest de Denton : le parc municipal, l'école primaire, la maison des Ross. Là, c'est le centre-ville, où nous sommes actuellement. Ici, le lycée de Denton East, les Stacks et l'usine textile abandonnée. Où est l'Overlook ?

— C'est au nord, indiqua Noah.

Josie montra une route de montagne sinueuse qui sortait de Denton, vers le haut de l'écran.

— Si on prend cette route vers le nord, c'est sur la gauche. Il y a des sentiers de randonnée. On pourrait peut-être même le voir sur la carte satellite.

Elle cliqua, fit passer la zone concernée au centre de l'écran et zooma jusqu'à ce qu'apparaisse une forme grise surgissant parmi les arbres.

— C'est là.

— On a encore les chiens de sauvetage ? demanda Gretchen.

— La brigade canine attend nos ordres et Luke Creighton est encore en ville avec son chien, répondit Noah.

— Allons-y, dit Oaks. Je ne veux pas gaspiller une seconde de plus.

70

Dans la nuit noire, sur la route de montagne sortant de Denton, Josie dut s'y reprendre à trois fois pour trouver l'entrée du chemin de randonnée qui les mènerait à l'Overlook. Lorsqu'elle l'eut localisée, elle se gara et sortit de la voiture. Tout le long de la route, des phares se suivaient sans discontinuer, à perte de vue. En très peu de temps, ils avaient réussi à rassembler plus de soixante-dix personnes pour participer aux recherches. Des membres de la police de Denton étaient venus alors qu'ils ne travaillaient pas. Le bureau du shérif avait envoyé plusieurs adjoints, la police d'État était également présente, sans oublier les agents du FBI qui travaillaient déjà sur l'affaire. Ils se dispersèrent sur l'accotement, couvrant près d'un kilomètre de part et d'autre du chemin.

Des lampes torches se mirent à s'agiter dans l'obscurité quand Josie leur donna le signal de s'avancer dans la forêt. La température avait chuté. Le cœur de Josie se serra quand elle pensa à Lucy, seule dans le noir et le froid. Il n'y avait aucun éclairage public dans cette partie de la ville.

— Ça va, patronne ? demanda Gretchen quand toutes deux commencèrent à cheminer côte à côte dans le sous-bois.

Chitwood était à cinq cents mètres au sud, et Oaks à cinq cents mètres au nord. Mettner était avec Oaks.

— Ça ira quand nous aurons retrouvé Lucy.

Alors qu'elles s'enfonçaient dans les bois, elles entendaient les branches craquer, les feuilles crisser sous leurs pieds, les chiens haleter et courir plus loin devant, et un chœur de voix héler Lucy. L'Overlook était situé à un kilomètre et demi de la route. Josie savait que, sur plusieurs kilomètres dans toutes les autres directions, il n'y avait aucun signe de civilisation. Elle tâchait de ne pas paniquer en pensant à la vaste superficie qu'ils avaient à couvrir. Elle espérait que Gideon avait laissé Lucy à l'Overlook et qu'elle y serait restée ou n'aurait pas pu aller très loin si elle en était partie.

Leurs lampes finirent par éclairer le pied de l'Overlook. Elles continuèrent à appeler Lucy, mais sans obtenir aucune réponse. Aucune trace de la petite fille tout autour de l'énorme rocher.

— Je vais grimper au sommet, annonça Josie.

Gretchen braqua sa lampe vers le haut.

— Ça fait une sacrée hauteur, patronne. Dans le noir.

— Nous n'avons pas le choix. Et si elle était là-haut ?

Mais elle n'y était pas. Josie atteignit le sommet en quelques minutes, à bout de souffle. Elle s'efforça de rester au centre de la surface pour ne pas tomber. À genoux, elle promena sa lampe sur le dessus de l'Overlook. Au bout de deux balayages, elle distingua quelque chose d'inhabituel. Elle rampa pour s'en approcher, et vit deux pierres plates en équilibre l'une contre l'autre, comme un V inversé, une petite arche. En dessous, quelques feuilles. Assemblées en forme de chrysalide.

— Lucy, murmura Josie.

Elle redescendit en hâte, propulsée par l'enthousiasme.

— Elle était ici, dit-elle à Gretchen. Elle était ici, et elle a laissé un cocon là-haut.

— Elle n'est peut-être pas loin. Dans quelle direction penses-tu qu'elle serait partie ?

Josie éclaira les alentours, sans distinguer autre chose que des troncs. Quelque part, un hibou hulula. Elle pensa à Lucy.

— Selon sa mère, elle n'a aucun sens de l'orientation.
— Je me rappelle qu'elle a dit ça.
— Mais elle est obsédée par les insectes.

Gretchen rit.

— Pas sûr que ça lui serve beaucoup.
— Ce qu'elle préfère, ce sont les papillons et les coccinelles.
— Là encore, patronne, je doute que ça lui soit très utile, vu les circonstances.
— On voit le soleil se lever, du haut de l'Overlook. Où est l'est ?

Gretchen prit son téléphone. L'écran s'alluma et elle appuya sur une icône.

— J'ai une appli boussole. Je ne sais pas si ça fonctionnera ici. Ah si, une seconde... L'est est par ici, annonça Gretchen en indiquant la direction du doigt.
— Alors elle est partie dans l'autre sens, dit Josie.
— Vers l'ouest ?
— Oui. Quand les coccinelles hibernent, elles se cachent dans des murs clairs orientés vers l'ouest, parce que le soleil de la fin d'après-midi les réchauffe. Lucy le savait. Elle a dit à sa mère que si jamais elle se perdait, elle rentrerait en volant comme une coccinelle. Vers l'ouest.
— Mais la maison des Ross n'est pas à l'ouest d'ici, elle est au sud.
— Et Lucy Ross a sept ans, répliqua Josie en riant. Sa logique n'est pas très fiable. Elle a dû passer la nuit ici. Le soleil s'est levé par là, et elle devait savoir qu'il se lève à l'est. Donc elle est partie vers le mur ouest de sa maison.

Gretchen plaça sa lampe sous son menton, illuminant son visage par en dessous.

— Pour reprendre les mots de Chitwood : « Sérieusement ? »

Avec sa lampe, Josie l'imita en souriant.

— On prend un des chiens, et on verra s'il la flaire depuis l'Overlook. Je te parie qu'il filera vers l'ouest.

Josie passa quelques coups de fil. C'était Luke qui était le plus proche d'elles, avec Blue. Dix minutes plus tard, son chien et lui s'étaient frayé un chemin jusqu'à l'Overlook. Blue salua Josie en lui léchant longuement la main.

— Salut, mon bonhomme, murmura-t-elle.

Retenant leur respiration, ils attendirent que Blue détecte l'odeur de Lucy à la base de l'Overlook. Finalement, le chien trouva quelque chose et partit dans l'obscurité.

Vers l'ouest.

Ils le suivirent, s'enfonçant dans la forêt drue, criant le nom de Lucy avec plus d'insistance. Josie commençait à avoir mal aux pieds. Elle ne savait pas depuis combien de temps ils cherchaient, mais cela semblait une éternité. Puis Blue émit un aboiement grave. Josie et Gretchen se figèrent, promenant leurs lampes partout pour le localiser. Le chien aboya de nouveau. Puis une troisième fois.

— Par ici, dit Josie.

Ils coururent vers le son, Josie fonçant sans hésiter le sol forestier, comme dans son enfance, quand elle parcourait les bois de Denton avec Ray. Derrière elle, Gretchen avait plus de mal. Le faisceau d'une lampe torche apparut, pointé vers Blue, qui était assis au pied d'un arbre.

— Il a trouvé quelque chose, dit Luke. Tais-toi, Blue.

Le chien cessa d'aboyer, et tous trois tendirent l'oreille. Josie fit le tour de l'arbre, cherchant des traces de Lucy.

— Je ne vois rien.
— Chut. Écoute, ordonna Gretchen.

De tout près provenaient de légers gémissements. Josie pivota sur elle-même. Le son revint.

— C'est au-dessus de nous. Elle a grimpé dans l'arbre. Lucy !

Josie dirigea sa lampe vers la cime. Une inspiration bruyante retentit au-dessus d'eux. Puis de nouveau, de légers gémissements. Ils braquèrent tous leur lampe vers le haut jusqu'à ce qu'apparaisse enfin, au milieu des branches, un petit pied chaussé d'une basket. Le cœur de Josie s'arrêta un instant, puis redémarra de plus belle avec fracas.

— Lucy. C'est la police. Nous sommes là pour te ramener chez toi.

Rien. Josie aurait voulu voir le visage de la fillette.

— Lucy, s'il te plaît. Nous sommes là pour te ramener à ton papa et à ta maman. Nous n'allons pas te faire mal.

— Où est Natalie ? demanda une petite voix.

— Elle a dû partir, répondit Josie. Mais elle voulait que je te ramène à tes parents.

— Tu mens, dit Lucy. Tous les adultes mentent.

— Pas moi. Je veux simplement te ramener chez toi.

— Il lui a fait du mal, Gideon ? Il est méchant. Il veut faire croire qu'il est gentil, mais c'est pas vrai.

— Je sais, Lucy. Je suis désolée. J'ai rencontré Gideon aujourd'hui. Il ne m'a pas plu du tout.

La fillette parla d'une si petite voix que Josie eut du mal à l'entendre :

— Il t'a fait du mal ?

— Non. Il ne m'a pas touchée. Il est en prison maintenant. Il ne pourra plus faire de mal à personne.

— Mais à cause de lui, Natalie est partie ?

— Je suis désolée, Lucy.

Elle ne répliqua pas, mais Josie distingua des sanglots et le craquement d'une branche.

— Lucy, descends, je t'en prie, pour qu'on te ramène chez toi.

Elle refusait encore de bouger. D'autres policiers, alertés

par téléphone par Gretchen, commençaient à arriver. Josie réessaya.

— Lucy, tu manques tellement à ton papa et à ta maman. On voudrait vraiment te ramener chez eux.

— Mon père doit même pas être là.

— Si. Il est à la maison depuis que tu as été enlevée. Il te cherche. Comme ta maman. Ils t'aiment beaucoup et ils te veulent chez toi avec eux.

— Tu connais pas vraiment mes parents.

— Si, je les connais. J'étais là le jour où tu es allée sur le manège. Tu te souviens de moi ? J'avais un petit garçon avec moi, Harris. Il descendait le toboggan pendant que tu essayais de remonter.

Josie dirigea sa lampe vers son propre visage. Quelques secondes s'écoulèrent. Josie crut voir une mèche blonde parmi les branches.

— T'étais pas comme ça, dit Lucy.

Josie porta la main à sa joue. Ses yeux au beurre noir.

— Je suis tombée par terre. Mais ça va mieux. Tu te souviens de moi ?

Pas de réponse.

— Ta maman veut que tu rentres parce que tu vas bientôt devoir libérer tes papillons. Ceux de ton jardin à papillons. Ils vont sortir de leur cocon d'un moment à l'autre. Ils sont peut-être déjà sortis.

— Tu les as vus ? Tu es allée dans ma chambre ?

— Oui. Ta maman m'a montré ta chambre, pour que j'en sache un peu plus sur toi. Pour m'aider à te retrouver. Elle m'a aussi montré l'ours que ton papa t'a donné, celui où il laisse des messages.

Elle ne précisa pas que Gideon l'avait profané.

— J'ai aussi parlé à ta maîtresse. J'ai vu la chrysalide dans ton pupitre, et celle que tu as laissée chez l'amie de ta maman, celle de la cabane de chasse, et celle sur l'Overlook. Tu les as laissées pour qu'on te retrouve ?

— J'aime bien en fabriquer. Comme ça, j'oublie les choses tristes. Cet homme m'a mis plein de choses tristes dans la tête.

— Je sais. Mais comme je te l'ai dit, il est en prison, maintenant. Il n'en sortira jamais. C'est l'heure de rentrer chez toi pour voir ton papa et ta maman.

Josie s'avança jusqu'au pied de l'arbre et tendit une main vers le haut.

— Tu viens me rejoindre ?

Elle avait mal au bras à force de le laisser dressé vers le ciel mais, finalement, les branches remuèrent, bruissèrent, et, un instant après, une petite main froide se glissa dans celle de Josie. Gretchen était à côté et prit sa lampe quand Lucy lui tomba dans les bras. La petite fille se blottit contre Josie, serrant ses jambes maigrelettes autour de sa taille et ses bras autour de son cou. Elle posa sa tête contre la poitrine de Josie. À chaque pas, Josie avait mal au ventre, mais elle n'osait pas détacher la petite fille. Luke, Gretchen et plusieurs autres lui éclairèrent le chemin pour sortir du bois, jusqu'à l'ambulance qui attendait.

71

Josie était dans l'ambulance avec Lucy. Aux urgences, elle resta avec la petite fille pendant que les médecins et les infirmières l'examinaient et lui posaient ce qui parut être un millier de questions. Elle n'avait pas quitté Lucy quand Colin fit irruption dans la salle et souleva sa fille dans ses bras, sanglotant dans ses cheveux.

— Dieu soit loué ! Oh, Lucy. Merci, mon Dieu.

Josie sentit des larmes lui piquer les yeux. Sans bruit, elle se glissa hors de la pièce et prit le couloir menant à la sortie. Alors que les portes s'ouvraient, Dan Lamay entra.

— Patronne, la héla-t-il en agitant une liasse de papiers.

Elle s'arrêta dans son élan et, faisant demi-tour, elle revint avec lui dans la salle d'attente, qui était pratiquement déserte, par chance.

— Qu'y a-t-il, Dan ?

Hors d'haleine, Lamay lui tendit les papiers.

— Hummel a entré les empreintes d'Amy Ross dans la base AFIS, comme vous l'aviez demandé.

Josie haussa un sourcil.

— Je crois que ça n'a plus beaucoup d'importance. Nous

avons Lucy. Ce n'est pas moi qui décide si Amy devrait être poursuivie pour ce qu'elle a fait. Si le FBI veut l'attaquer pour usurpation d'identité, je leur en laisse le soin. Ce qu'elle a fait ou pas fait à New York concerne les procureurs de là-bas.

— Je pense que ça va quand même vous intéresser.

Elle prit les pages et se mit à les consulter.

— Il doit y avoir une erreur, dit-elle. Vous êtes sûr des résultats ?

Lamay hocha la tête.

— Hummel a voulu que la police d'État recommence la recherche AFIS. Il n'y a pas d'erreur.

Incrédule, Josie contempla la vieille photographie qu'elle avait sous les yeux pendant que Lamay lui apportait des précisions.

— Les empreintes d'Amy Ross coïncident avec celle d'une fille de onze ans qui a disparu à Cleveland, dans l'Ohio, en 1990. Dans les années 1980, la police locale avait relevé les empreintes dans les écoles pour faciliter les recherches en cas de disparitions. Ils ont pris celles de tous les élèves et les ont envoyées aux parents pour qu'ils les conservent. Sa mère les a transmises à la police quand la gamine a disparu, et elles ont été introduites dans la base de données nationale. Elle s'appelait Penny Knight.

— Penny Knight, murmura Josie en examinant le visage de la fillette souriante, photographiée près de trente ans auparavant.

Avec son fond bleu ciel, c'était manifestement un portrait scolaire, et Penny avait une pose artificielle, les bras croisés au-dessus d'une pile de livres. Ses cheveux courts n'étaient pas peignés. Ses yeux bleus, regardant bien droit dans l'objectif, brillaient au-dessus d'un sourire qui dévoilait toutes ses dents. Josie discernait des traces d'Amy adulte dans cette enfant : les yeux et la forme de la bouche.

— Vous avez appelé la police de Cleveland ?

— Oui. Elle habitait un appartement dans un quartier miteux, avec sa mère. Célibataire. Toxico. Apparemment, Penny n'a jamais eu de père. Il n'est même pas mentionné dans son acte de naissance. Sa mère l'envoyait faire les courses à l'épicerie du coin quand elle n'était pas elle-même en état d'y aller. Un après-midi, elle lui a demandé d'aller acheter du lait et des œufs. Penny n'est jamais arrivée au magasin et n'est jamais rentrée. La mère a attendu près de deux jours avant de signaler sa disparition.

— Deux jours ? s'exclama Josie.

— Elle pensait que Penny était chez des amis et finirait par rentrer. Comme elle ne revenait pas, sa mère a alerté la police, qui n'a rien découvert de suspect.

— Ils ont cru qu'elle avait fugué ? À onze ans ?

— Ils n'ont rien conclu dans un sens ou dans un autre. Ils ont mené une enquête assez approfondie et la mère les relançait régulièrement, jusqu'à sa mort d'une overdose en 1996.

— À l'époque où Penny – ou Amy – avait dix-sept ans. Elle n'avait pas d'autre famille ?

— Personne dont sa mère ou elle ait été proche. Apparemment, la mère avait été rejetée par ses parents à cause de sa toxicomanie, répondit Lamay. Donc, que Penny se soit enfuie ou ait été enlevée, elle n'avait plus de maison où revenir une fois que sa mère est morte.

— Penny a eu dix-huit ans l'année où Amy Walsh est morte.

Josie se rappelait qu'Amy avait entouré son passé de mystère, affirmant ne pas se rappeler qui elle était vraiment ou comment elle s'appelait autrefois. Selon elle, Tessa Lendhardt était une fiction. Parce que c'était une identité que Martin Lendhardt lui avait attribuée. Lorsqu'elle s'était enfuie, elle y avait renoncé. Ce nom n'avait jamais réellement existé.

— Mon Dieu, souffla Josie.

— Vous allez leur en parler ?

— Oui. Il faut qu'ils sachent. Mais pas ce soir. Demain, j'aurai une conversation avec Amy et Colin.

72

Quatre jours après, Josie s'arrêta devant la porte de la chambre d'hôpital d'Amy Ross et regarda par le minuscule entrebâillement. Lucy racontait à sa mère qu'elle avait vu un véritable papillon lune dans les bois lorsqu'elle était avec « les méchants ». Elle était assise en tailleur à son chevet, son petit corps coincé entre le garde-corps et le flanc d'Amy. Tandis qu'elle parlait, Amy caressait ses cheveux blonds et l'observait d'un air émerveillé. Josie entendit Amy poser ses questions et écouta attentivement les réponses. Ce n'était pas la première fois qu'elle éprouvait un immense soulagement et un sentiment de gratitude. La famille Ross avait beaucoup perdu. Ils avaient été traumatisés. Les secrets d'Amy avaient été mis à nu. Lucy aurait sans doute besoin de plusieurs années de suivi psychologique, après tout ce dont elle avait été témoin avec Natalie et Gideon. Ils déploreraient à jamais la perte de Jaclyn, qui avait été pour eux comme un membre de la famille. Josie savait aussi qu'Amy ployait sous le fardeau de la culpabilité après la mort de Wendy Kaplan. Mais ils étaient tous trois en vie, et les secrets d'Amy ne semblaient pas avoir fait fuir son mari. La cellule familiale de Lucy était intacte.

— Vous pouvez entrer, vous savez, dit Colin qui était apparu derrière elle.

Josie sursauta, puis rit, se tournant vers lui.

— Je ne voulais pas les déranger.

Il apportait du thé et un milkshake. Il pénétra en premier dans la chambre et maintint la porte ouverte avec son coude.

— Vous ne les dérangerez pas. Je vous en prie. Lucy serait ravie de vous voir. Elle a été très déçue d'apprendre que vous étiez venue en début de semaine pour nous parler sans elle – même si je suis content que vous ayez procédé ainsi, car elle n'a pas besoin de connaître le passé d'Amy. Pas encore.

Josie acquiesça et entra.

Quand elle l'aperçut, Lucy sauta à bas du lit et courut dans ses bras.

— Josie ! J'avais peur que tu ne reviennes pas.

Josie toucha la joue de Lucy et lui sourit.

— Je voulais juste te voir, savoir comment vous allez, ta maman et toi. Comment te sens-tu ?

Lucy fit la moue.

— Je dors mal. Je fais des cauchemars.

Josie s'agenouilla pour la regarder dans les yeux.

— Je comprends. Moi aussi, avant, je faisais des cauchemars.

— Toi ?

— Bien sûr. Quand j'étais petite, moi aussi, j'ai rencontré des méchants.

Lucy baissa la voix.

— Ils sont en prison ?

— Oui. Absolument.

— Quand je serai grande, j'aimerais bien faire policière comme toi. Pour mettre les méchants en prison.

Josie sourit.

— Alors qui s'occuperait des insectes ?

— C'est vrai. Maman pense que je serai entomologiste.

Elle se retourna vers sa mère.

— Je l'ai bien dit ?

— Oui, ma chérie, approuva Amy.

Colin s'approcha et remit à Lucy son milkshake.

— Tiens, Lucy. Viens te promener un peu avec moi, pendant que Josie et ta maman discutent.

Lucy prit le gobelet en plastique et partit dans le couloir en sautillant. Colin lui courut après pour lui crier de ne pas renverser son milkshake. Amy sourit en les voyant partir.

Josie s'avança vers le lit.

— Qu'est-ce qu'il a dit ? demanda Amy.

— Gideon refuse de vous voir. Et le procureur de district préférerait que vous n'ayez aucun contact.

Amy cessa de sourire.

— Vous lui avez expliqué la vérité ? Pour son père ? Ce qu'il m'a fait ?

— Son avocat l'en a informé. Il refuse toujours de vous voir ou de vous parler.

Amy se détourna, mais Josie eut le temps de distinguer les larmes dans ses yeux.

— Je ne voulais pas l'abandonner. Je savais que c'était mal. J'ai essayé de l'emmener, mais Martin m'a surprise. Il a juré qu'il tuerait Gideon si j'essayais de l'emmener avec moi. Vous devez comprendre, il n'y avait qu'un moyen de sortir de cette maison, et avec Gideon ça n'était pas possible.

— Vous n'avez pas à vous justifier devant moi, dit Josie. Je ne fais que transmettre un message.

— Mais je veux que vous compreniez. J'étais... j'étais si jeune. Je n'étais pas prête à être mère. Pauvre Gideon. J'ignorais tout des soins à donner à un enfant, surtout dans ces conditions. Je lui répétais qu'un jour nous irions à la maison. Je ne sais pas pourquoi. J'étais tellement bête. Je croyais que je manquais à ma mère. Que je pourrais m'enfuir avec Gideon et qu'elle serait contente de nous voir, si contente qu'elle changerait. Elle arrêterait de se droguer et elle veillerait sur nous. Puis Martin m'a révélé qu'elle était morte, mais j'ai continué de promettre à Gideon que nous allions partir. Je ne pensais même plus à un endroit concret, c'était juste une idée. Une maison à nous, un foyer. Là où personne ne pourrait nous faire de mal, où on n'aurait jamais faim, où on ne souffrirait pas, où on ne s'ennuierait pas. Je n'aurais pas dû faire ça.

— Lui donner de l'espoir ?

Amy hocha la tête.

— Je lui ai menti.

— Vous croyez ? Vous l'auriez emmené, si vous aviez pu ?

Amy regarda ailleurs, et répondit d'une voix minuscule et rauque.

— Je ne sais pas. Chaque fois que je voyais Gideon, ça me rappelait toutes les horreurs que Martin m'avait infligées.

— Comment avez-vous rencontré Martin ? demanda Josie, incapable de maîtriser sa curiosité.

— Il était routier. Il venait souvent à Cleveland faire des livraisons dans un entrepôt près de mon appartement. Je passais devant presque tous les jours. Il s'est mis à me parler. Au début, il était très doux. Ma mère... était accro à la drogue. Ça n'était pas une situation bien réjouissante. Martin m'a souvent proposé de partir avec lui. Il en parlait comme d'une aventure. Il était gentil et drôle, il m'apportait des cadeaux. Il me nourrissait quand j'avais faim.

Les parallèles avec l'enlèvement de Lucy étaient glaçants.

— Un jour, je suis partie avec lui. Je n'avais pas l'impression d'être sa prisonnière. Nous avons roulé pendant très longtemps. Au début, c'était enthousiasmant. Et puis il s'est mis à me faire des choses. Des choses que je n'aimais pas. Des choses que je ne comprenais même pas, à l'époque. Quand je lui demandais de s'en abstenir, il se mettait en colère, il devenait très violent. Je lui ai déclaré que je voulais rentrer chez moi, mais il m'a répliqué que j'étais enceinte. Je ne m'en étais même pas rendu compte. J'étais très naïve, et encore moins au courant de ces choses-là que les autres filles de mon âge, je pense. Alors nous nous sommes installés à Buffalo. Il disait aux voisins curieux que j'étais sa femme. Personne ne s'en est étonné. Je ne sortais jamais de la maison. J'ai accouché dans ma chambre. C'est un miracle qu'on ait survécu, le bébé et moi. Ç'a été très douloureux.

— Le bébé n'a surpris personne ? Comment a-t-il même pu avoir un certificat de naissance ?

— Je ne sais pas. Ça s'est fait après que je me suis enfuie. Gideon lui ressemblait tellement, personne n'aurait douté de sa paternité. Vous savez, chaque fois que la police venait à la maison, jamais on ne nous a demandé nos papiers, rien. Je n'ai jamais eu à prouver qui j'étais. Comme je le disais, je ne sortais pas de la maison. Martin m'a déclaré que mon travail était de m'occuper du bébé, pendant qu'il continuait de me... de m'agresser. Je savais désormais que c'était ça – je passais mes journées devant la télévision. C'est comme ça que j'ai appris ce qu'était un viol. Grâce aux films. Aux séries.

— Comment était Martin, une fois que son fils est né ?

— Horrible, répondit Amy. Il est devenu pire qu'avant. Gideon n'était pas un bébé heureux. Il pleurait beaucoup. Martin refusait de me procurer ce que je demandais, ce qui aurait pu aider. Des choses que je voyais dans les publicités ou dans les émissions matinales. Martin ne levait jamais la main sur lui, seulement sur moi. Je savais que si je ne partais pas, il me tuerait. Quand j'ai abandonné Gideon, je ne pensais pas qu'il lui ferait du mal. Il s'était mis à s'intéresser davantage à son fils depuis qu'il était un peu plus grand, qu'il pleurait moins. Je sais que ça paraît absurde, mais je n'étais qu'une gamine. Une gamine vraiment idiote.

— Vous vous êtes enfuie. Pourquoi n'avez-vous pas prévenu la police ?

— Pour leur dire quoi ? Je ne me rappelais même pas mon ancien nom. Enfin, je savais que mon prénom était Penny. Mais c'était tout. Quand il m'a appris que ma mère était morte, je n'avais aucune raison de ne pas le croire. Elle avait déjà failli mourir plusieurs fois. Ça n'était pas difficile d'imaginer qu'elle avait succombé à une overdose. Et puis je ne voulais pas être cette fille-là : la fille enlevée, violée pendant des années, qui avait eu un bébé pendant sa captivité. Mon visage sur tous les magazines et les journaux du pays. Rendue à une famille qui n'avait jamais voulu avoir le moindre contact avec moi, qui se fichait éperdument que ma mère soit toxico ou que j'aie disparu. J'étais partie avec lui, vous comprenez. Partie avec lui. Il me répétait que je ne pouvais pas me plaindre à la police parce que j'étais partie volontairement, que je l'avais laissé me faire toutes ces choses. Je pensais que la police m'accuserait, moi. J'étais si bête que je n'ai jamais imaginé que les ennuis seraient pour lui. Il devait être très sûr de lui, sûr que je ne parlerais pas, parce que je crois qu'il n'a jamais essayé de me retrouver.

— Il vous a manipulée, dit Josie. Exactement comme Gideon et Natalie Oliver ont manipulé Lucy. C'est ce que font les gens comme Martin.

— Mais ça a marché. Je savais que je n'aurais pas dû quitter ma mère, et je suis partie quand même. J'étais tellement bête. Je voulais vivre une aventure. Je voulais être avec Martin parce qu'avec lui je n'avais jamais faim.

— Vous étiez une enfant.

— Oui, soupira Amy, les yeux vers la fenêtre, la voix pleine de résignation. J'étais une enfant. Mais ce qui m'est arrivé... est arrivé. Je suis devenue une adulte, et j'ai voulu recommencer ma vie.

— Comment avez-vous su ce que vous deviez faire ?

Amy rit.

— Je n'en savais rien. J'ai quitté Buffalo en stop, en ne montant que dans des voitures conduites par des femmes. Quelqu'un m'a déposée à Fulton. Il y avait une laverie automatique ouverte vingt-quatre heures sur vingt-quatre. Il y faisait chaud et personne ne m'y ennuyait. Dans la journée, je me promenais, et la nuit, j'y dormais. C'est là que j'ai rencontré Amy. Elle venait y laver son linge. Je pense qu'elle a eu pitié de moi. Elle m'a donné des vêtements. Elle a fini par me recueillir chez elle. Dorothy m'a regardée et a déclaré que je serais toujours chez moi dans sa maison. Elle était si gentille. Amy et sa petite sœur aussi. Il n'y avait que Renita qui ne m'aimait pas. Mais ça a été une période merveilleuse. Puis il y a eu cet accident de voiture. J'étais anéantie. J'aimais Dorothy comme une mère. Tout ce que je sais de la maternité, je l'ai appris d'elle.

Josie se sentit envahie par la tristesse. Amy n'avait vécu que quelques mois avec cette femme. À part ça, elle n'avait jamais vraiment eu de mère. Au moins, Josie avait toujours eu sa grand-mère pour lui apporter la stabilité et l'amour qui lui manquaient chez elle, et compenser au moins un peu les atrocités qu'elle avait subies.

— Je savais que Renita ne me permettrait pas de rester. Je couchais dans la chambre d'Amy ; j'ai fait mes bagages pendant que Renita était au funérarium. Un agent de police est venu rapporter des effets personnels trouvés dans la voiture. Il y avait le permis de conduire d'Amy. Je me suis décidée sur un coup de tête. J'ai pris le permis et je suis partie avant le retour de Renita. J'ai aussi emporté l'argent dans le portefeuille de Dorothy, qui faisait partie des effets personnels, et je suis montée dans un bus pour New York. Je savais désormais comment survivre. J'ai trouvé un refuge et j'y suis restée jusqu'à ce que j'aie gagné assez, en faisant des petits boulots, pour me trouver une colocation avec d'autres filles. J'étais Amy Walsh. Je me suis même servie de son dossier scolaire pour être admise à l'université de Denton. Personne ne m'a jamais posé de questions. Jusqu'à la disparition de Lucy.

— Pourquoi ne m'avez-vous pas parlé de Gideon ?

— Je n'ai jamais imaginé un instant qu'il pouvait être responsable.

— Vous avez fait des recherches à son sujet ?

Amy secoua la tête. Elle se pencha par-dessus la table de chevet, grimaçant de douleur, et prit un mouchoir. Elle essuya les larmes sous ses yeux.

— J'en ai fait sur Martin, pour voir s'il vivait encore. Quand il est mort, il y a quelques années – j'ai vu sa nécrologie –, je me suis enfin sentie libre. L'avis de décès ne mentionnait pas Gideon. J'ai cru... J'ai cru qu'il était mort, lui aussi, mais je n'ai rien pu trouver sur internet. Je n'ai pas fait de recherches très approfondies, pour être honnête. Je voulais que cette partie-là de ma vie soit anéantie. Je n'aurais jamais pensé que le prix serait aussi élevé. Je suis désolée.

Accablée, Josie songea aux vies perdues. Comme si elle lisait dans ses pensées, Amy ajouta :

— Jusqu'à la fin de mes jours, je vivrai avec la culpabilité de ce que j'ai fait et de ce que Gideon a fait.

Josie hocha la tête, incapable de parler. Elle ne pouvait s'empêcher de se demander combien de vies auraient été sauvées si Amy avait été entièrement sincère avec eux depuis le tout début. Josie savait qu'elle n'avait pas à la juger. Sa mission à elle était de ramener Lucy à la maison, et elle l'avait accomplie. Elle ne s'était pas mise à la place de Penny Knight, de Tessa Lendhardt, ou même d'Amy Ross. Elle n'avait pas à critiquer les choix de vie d'Amy, et il était vain de s'interroger sur ce qui aurait pu se dérouler. Ils devaient tous vivre avec les conséquences de ce qui s'était réellement produit.

Le regard de Josie se dirigea vers la fenêtre, derrière le lit. Une petite chrysalide en compresses de gaze était posée sur le rebord. Elle aurait reconnu n'importe où l'œuvre de Lucy. Elle déglutit avec difficulté, à cause de la boule qui s'était formée dans sa gorge, et tourna de nouveau les yeux vers Amy.

— Je ne dirai qu'une chose : avec Lucy, rompez ce cycle-là.

Elle est si intelligente, si mignonne. Aidez-la à être forte, comme l'acier, à savoir ce qu'elle veut et à réfléchir par elle-même. Elle le mérite.

Amy versa encore des larmes.

— Vous avez raison, je suivrai votre conseil. Je vous le promets.

73

Josie rentra chez elle, l'esprit accaparé par tout ce qu'Amy lui avait confié. Elle se sentait encore lestée par la gravité de cette affaire, le seul rayon de soleil étant l'idée que Lucy était saine et sauve. En se garant dans son allée, elle remarqua l'absence de la voiture de Misty. Il n'y avait pas non plus le véhicule loué par Trinity, qui était venue passer quelques jours avec Josie, puis s'en était retournée à New York après avoir interviewé à peu près toute la ville. À contrecœur, Josie avait même demandé à Colin d'accorder un entretien à Trinity, et il avait accepté, avant tout pour remercier publiquement tous les bénévoles et les membres des forces de l'ordre qui avaient contribué à ce que l'on retrouve Lucy.

Dans la maison, Noah était installé sur le canapé, sa jambe plâtrée sur la table basse.

— Salut, dit-il en tapotant le coussin voisin du sien après avoir coupé le son de la télévision. Viens t'asseoir.

Elle se laissa tomber à côté de lui et contempla la pièce. Pour la première fois depuis huit jours, le sol n'était pas jonché de jouets appartenant à Harris.

— Misty est partie. Mais elle a dit qu'elle te téléphonerait la semaine prochaine pour un baby-sitting.

Josie sourit.

— Je n'en doute pas. Ça sera bizarre, sans eux. Je commençais à m'habituer à leur présence, y compris celle du petit chien. En plus, Misty est une merveilleuse cuisinière.

Noah acquiesça.

— C'est vrai. Tu sais, moi aussi, je peux cuisiner.

— Je sais.

Josie contempla l'écran du téléviseur, qui diffusait une sitcom muette.

— Et on pourrait prendre un chien, si tu veux.

Elle haussa un sourcil.

— « On » pourrait prendre un chien ? Ça fonctionnerait comment ? Tu l'aurais les jeudis et un week-end sur deux ?

Il lui prit la main.

— Ou bien je pourrais venir vivre ici, et il n'y aurait pas de garde alternée.

— Quoi ?

— Tu n'es pas obligée de me répondre tout de suite.

— Pour le chien ou pour ton emménagement ici ?

Il éclata de rire.

— L'un ou l'autre. Les deux. Mais réfléchis-y.

— Noah, nous avons vécu beaucoup de choses ces derniers mois, depuis le décès de ta mère. Je ne suis pas sûre que nous ayons l'esprit assez clair pour prendre une décision aussi importante.

— C'est pour ça que je te demande d'y réfléchir. Je t'aime, Josie, et malgré la façon dont je me suis comporté, je veux qu'on vive ensemble. Pour de bon. S'il te faut plus de temps, si tu as besoin de preuves, compte sur moi.

Il se pencha et l'embrassa.

— J'y réfléchirai, promit-elle. Mais il y a une chose qu'on

doit vraiment faire, en premier lieu. Dès que ta jambe ira mieux, avant toute autre chose.
— C'est quoi ?
— Prendre des vacances.

UNE LETTRE DE LISA REGAN

Merci beaucoup d'avoir choisi de lire *Son Cri silencieux*. Si ce livre vous a plu et que vous voulez être tenu au courant de toutes mes dernières parutions, cliquez sur le lien ci-dessous. Votre adresse électronique restera confidentielle, et vous pourrez vous désinscrire quand vous le souhaiterez.

france.bookouture.com/subscribe/

Un grand merci d'avoir lu la dernière enquête de Josie et de son équipe ! J'apprécie énormément que vous reveniez régulièrement à Denton, la ville de Josie, pour suivre ses aventures.

J'adore avoir un retour de mes lecteurs. Vous pouvez me contacter sur les réseaux sociaux mentionnés ci-dessous, ainsi que sur mon site et sur ma page Goodreads. Et si le cœur vous en dit, j'aimerais beaucoup que vous laissiez un commentaire et, peut-être, que vous recommandiez *Son Cri silencieux* à d'autres personnes. Les critiques et le bouche à oreille jouent beaucoup pour aider les lecteurs à découvrir mes livres. Comme toujours, un grand merci pour votre soutien. Cela compte énormément pour moi. J'ai hâte de connaître votre opinion, et à la prochaine fois, j'espère !

Merci,
Lisa Regan

RESTER EN CONTACT AVEC LISA REGAN

www.lisaregan.com

facebook.com/LisaReganCrimeAuthor
x.com/LisalRegan

REMERCIEMENTS

Comme toujours, je dois avant tout remercier mes formidables lecteurs et mes fidèles fans ! Votre enthousiasme pour cette série est un don précieux que je chéris chaque jour. Je ne me lasse jamais d'avoir de vos nouvelles, chers lecteurs, et j'apprécie réellement chacun de vos messages ! Merci beaucoup à mon mari, Fred, pour son soutien sans faille, son humour, et pour ses encouragements permanents. Tu révèles ce qu'il y a de meilleur en moi et je ne pourrais pas faire ça sans toi ! Merci à ma fille, Morgan, qui renonce à sa mère pendant toutes les heures que je passe à écrire. Merci à mes premières lectrices : Dana Mason, Katie Mettner et Nancy S. Thompson. Merci à mes lecteurs chez Entrada. Merci à mes proches – William Regan, Donna House, Rusty House, Joyce Regan et Julie House – pour leur soutien constant, et parce qu'ils ne se lassent jamais des bonnes nouvelles. Merci aux *usual suspects*, qui m'aident et m'encouragent, qui font connaître mes livres, et grâce auxquels je continue : Maureen Downey, Carrie Butler, Ava McKittrick, Melissia McKittrick, Andrew Brock, Christine et Kevin Brock, Laura Aiello, Helen Conlen, Jean et Dennis Regan, Debbie Tralies, Sean et Cassie House, Marilyn House, Tracy Dauphin, Dee Kay, Michael Infinito Jr., Jeff O'Handley, Susan Sole, la famille Funk, la famille Tralies, la famille Conlen, la famille Regan, la famille House, les McDowell et les Kay. Merci aux adorables membres de Table 25 pour leur sagesse, leur soutien et leur bonne humeur. J'aimerais aussi remercier tous les aimables blogueurs et critiques qui ont lu les cinq premiers volumes de la série *Josie Quinn* d'avoir continué à la lire et de l'avoir recommandée avec enthousiasme à leurs lecteurs !

Merci beaucoup au sergent Jason Jay qui a répondu à toutes mes questions sur les forces de l'ordre, à toute heure du jour et de la nuit, sans jamais perdre patience. J'ai une reconnaissance immense envers vous !

Merci à Oliver Rhodes, Noelle Holten, Kim Nash et à toute l'équipe de Bookouture pour avoir rendu à la fois possible et extrêmement amusant ce fantastique voyage. La dernière, mais certainement pas la moindre, merci à l'incroyable Jessie Botterill qui arrive à chaque fois à tirer le meilleur de moi-même. Tu ne cesses de m'étonner et, sans toi, je ne pourrais ni ne voudrais écrire ces livres.

Manufactured by Amazon.ca
Bolton, ON

45604192R00240